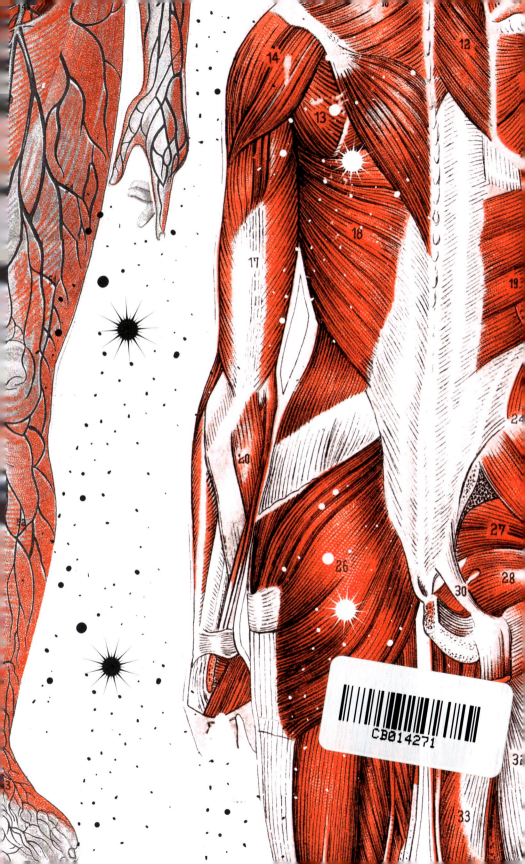

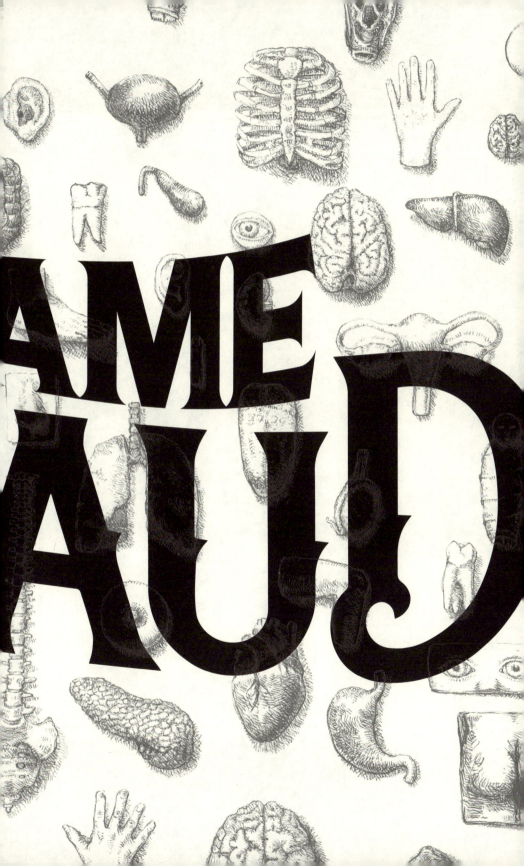

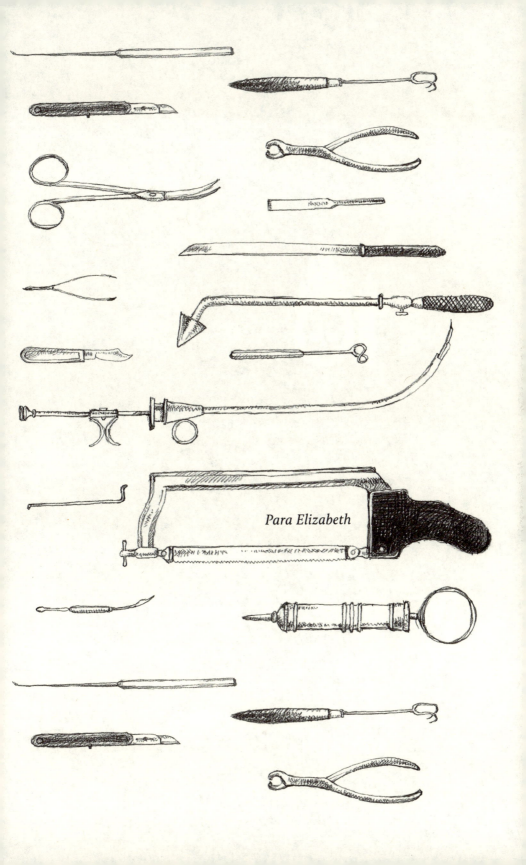
Para Elizabeth

DARKSIDE

DADOS INTERNACIONAIS DE
CATALOGAÇÃO NA PUBLICAÇÃO (CIP)
Angélica Ilacqua CRB-8/7057

Carey, Edward
Madame Tussaud : a pequena colecionadora de
corpos / Edward Carey ; tradução de Alexandre Boide.
— Rio de Janeiro : DarkSide Books, 2022.
384 p.

ISBN: 978-65-5598-018-9
Título original: Little

1. Ficção inglesa 2. Tussaud, Marie, 1761-1850
- Ficção 3. Ficção biográfica 4. França - História -
Revolução, 1789-1799 - Ficção
I. Título II. Boide, Alexandre
20-2886   CDD 823

Índices para catálogo sistemático:
1. Ficção inglesa

**MADAME TUSSAUD: A PEQUENA
COLECIONADORA DE CORPOS**
LITTLE
Copyright © 2018 by Edward Carey
Illustrations © 2018 by Edward Carey
Tradução para a língua portuguesa
© Alexandre Boide, 2022

Permita-se ver o mundo através dos olhos
determinados de quem, a despeito do apelido,
foi gigante em observação, talento e coragem.
A vida nos reserva uma experiência fascinante e
assustadora quando nos permitimos explorar além do
nosso portão. Que possamos usar os nossos dons
para trazer luz e encanto a este macabro mundo.

Fazenda Macabra
Reverendo Menezes
Pastora Moritz
Coveiro Assis
Caseiro Moraes

Leitura Sagrada
Aline TK Miguel
Jessica Reinaldo
Talita Grass
Tinhoso & Ventura

Direção de Arte
Macabra

Coord. de Diagramação
Irmão Chaves

Impressão
Ipsis Gráfica

A toda Família DarkSide

MACABRA
DARKSIDE

Todos os direitos desta edição reservados à
DarkSide® Entretenimento Ltda. • darksidebooks.com
Macabra® Filmes Ltda. • macabra.tv

© 2022 MACABRA/ DARKSIDE

A PEQUENA COLECIONADORA DE CORPOS

EDWARD CAREY

MADAME TUSSAUD

TRADUÇÃO
ALEXANDRE BOIDE

A vida extraordinária e as aventuras históricas
de uma criada que era chamada de **PEQUENA**,
contendo aventuras por três países, crianças perdidas,
pais perdidos, fantasmas de macacos, manequins
de alfaiate, bonecas de madeira, uma população
artificial, um rei, duas princesas, sete médicos, o
homem que passeou por toda Paris, o homem que era
manequim de loja, sua bem-sucedida mãe, o homem
que colecionava assassinatos, filósofos famosos, heróis
e monstros, todas as pessoas de importância, uma
casa maior que a outra, progresso, retrocesso, uma
família grande, cenas de relevância histórica, pessoas
famosas, pessoas comuns, amor, ódio, massacres
de inocentes, assassinatos testemunhados, corpos
esquartejados, sangue nas ruas, miséria, prisão,
perda de tudo, casamento, lembranças capturadas
e guardadas, calamidades exibidas diariamente,
a história em pessoa. Escritas por ela mesma.

E TAMBÉM:
*Desenhadas por ela mesma.
Em grafite, carvão e giz pastel preto.*

{Este seria um lápis parecido com o dela.}

ANTES

UM PEQUENO VILAREJO
Do meu nascimento até os
meus seis anos de idade.

1761-1767

Quando se dá o meu nascimento e onde descrevo a minha mãe e o meu pai.

No mesmo ano em que, aos cinco anos de idade, Wolfgang Amadeus Mozart escrevia seu Minueto para Cravo, no ano em que os britânicos tomavam Puducherry dos franceses na Índia, no ano em que a melodia de "Brilha, Brilha, Estrelinha" era publicada pela primeira vez, ou seja, em 1761, enquanto na cidade de Paris as pessoas nas tavernas contavam histórias sobre monstros em castelos e homens com barbas azuis e beldades que não acordavam e gatos de botas e sapatinhos de cristal e crianças com penachos nos cabelos e filhas enroladas em pele de asno, e enquanto em Londres as pessoas em seus clubes privados discutiam sobre a coroação do rei Jorge III e da rainha Carlota: a muitos quilômetros de toda essa atividade, em um pequeno vilarejo na Alsácia, na presença de uma parteira de aspecto corado, de duas moças locais e de uma mãe apavorada, nascia um bebê de tamanho menor do que o normal.

Anne Marie Grosholtz foi o nome dado à criança batizada às pressas, apesar de eu ser chamada apenas de Marie. A princípio, eu não era muito maior que o tamanho das mãos pequeninas da minha mãe unidas, e ninguém esperava que fosse vingar. Ainda assim, depois de sobreviver à primeira noite, eu fui em frente, apesar das previsões em contrário, e terminei minha primeira semana respirando. E depois disso meu coração continuou batendo, sem interrupções, ao longo do meu primeiro mês. Uma pessoinha minúscula e obstinada.

Minha solitária mãe tinha dezoito anos quando do meu nascimento, uma mulher miúda, de menos de um metro e meio, marcada por ser filha de um padre. Esse padre, o meu avô, que a varíola tornou viúvo, foi um homem muito rígido, um azougue vestido de preto que nunca deixava a filha sair das suas vistas. Depois que ele morreu, a vida da minha mãe mudou. Ela começou a conhecer pessoas, gente do vilarejo que a procurava, e entre elas havia um soldado. Esse soldado, um solteiro já um pouco acima da idade costumeira do casamento, com um temperamento sombrio adquirido por testemunhar tantas coisas horripilantes e perder tantos companheiros de farda, se afeiçoou da minha mãe; ele achava que os dois poderiam ser felizes, por assim dizer, sendo tristes juntos. O nome dela era Anna-Maria Waltner. O nome dele era Joseph Georg Grosholtz. Eles eram casados. A minha mãe e o meu pai. Havia amor e alegria.

A minha mãe tinha um nariz grande, ao estilo romano. O meu pai, acho, tinha um queixo proeminente, um pouco apontado para cima. Esse queixo e esse nariz, ao que parece, se encaixavam bem. Depois de pouco tempo, porém, a licença do meu pai acabou e ele voltou à guerra. O nariz da minha mãe e o queixo do meu pai se conheciam fazia três semanas.

Para começo de conversa, sempre houve amor. O amor que o meu pai e a minha mãe tinham um pelo outro ficou presente de forma definitiva no meu rosto. Nasci com o nariz dos Waltner e o queixo dos Grosholtz. Cada atributo era digno de nota por si só, e conferia personalidade aos rostos de ambas as famílias; em combinação, o resultado era um pouco desfavorável, como se eu estivesse mostrando o meu corpo mais do que deveria. As crianças crescem cada uma à sua maneira. Algumas se destacam como prodígios pelo comprimento dos cabelos, ou têm sua primeira dentição incrivelmente cedo; outras chegam ao mundo tão brancas que a palidez de sua pele provoca um choque naqueles que as veem nuas. Eu chamei atenção pelo nariz e pelo queixo a vida toda. Sem dúvida nessa época eu não fazia a menor ideia dos corpos extraordinários que conheceria, das vastas construções que habitaria, dos eventos sangrentos em que me veria envolvida, mas parecia que o meu nariz e o meu queixo já apresentavam algum indício a respeito. Nariz e queixo, uma tremenda armadura para a vida. Nariz e queixo, que companheiros.

Como garotas da minha estirpe não eram escolarizadas, a minha mãe me educou para Deus. A Bíblia era a minha cartilha. Fora isso, eu pegava lenha, procurava madeira na mata, lavava pratos e roupas, cortava legumes, ia comprar carne. Varria. Limpava. Carregava. Estava sempre ocupada. A minha mãe me ensinou a ser trabalhadora. Se ela estivesse ocupada, estava feliz; era quando parava de se movimentar que a incerteza a atingia, obrigando-a a dissipá-la com alguma nova atividade. Ela estava sempre se mexendo, e o movimento lhe fazia bem.

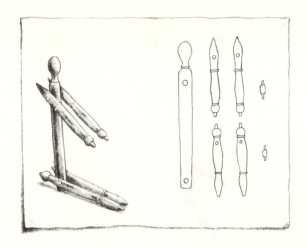

"Procure o que fazer", ela dizia. "Você sempre vai arranjar alguma coisa. Um dia o seu pai vai voltar, e vai ver como você é uma menina boa e que sabe ser útil."

"Obrigada, mãe. Eu vou ser bem útil, quero muito isso."

"Que criaturinha você é!"

"Ah, sou? Uma criatura?"

"Sim, uma criaturinha feita por mim."

A minha mãe escovava os meus cabelos com um vigor extraordinário. Às vezes tocava meu rosto ou dava um tapinha carinhoso na minha touca. Provavelmente minha mãe não era muito bonita, mas eu achava que sim. Ela possuía uma pequena verruga logo abaixo de uma das pálpebras. Gostaria de ter lembrança de seu sorriso. Eu sei que ela sorria.

Aos cinco anos de idade fiquei da altura do cachorro velho que morava na casa ao lado da nossa. Mais tarde eu chegaria à altura das maçanetas das portas, que gostava de esfregar. Depois, e pararia por aqui, ainda chegaria à altura do coração de muita gente. As mulheres que me viam no vilarejo às vezes murmuravam enquanto me beijavam: "Não vai ser fácil arrumar marido para você".

No meu aniversário de cinco anos, a minha mãe querida me deu uma boneca. Era Marta. Fui eu que escolhi o nome. Conhecia muito bem o seu corpinho, cujo tamanho era um sexto do meu; aprendi por completo sua anatomia enquanto a manipulava, às vezes de forma bruta, às vezes com grande ternura. Ela chegou até mim nua e sem rosto. Era um conjunto de sete pinos de madeira, que poderia ser montado para lembrar vagamente uma figura humana. Marta, segundo a minha mãe, foi a minha primeira conexão mais íntima com o mundo; eu estava sempre com ela. Éramos felizes juntas: a minha mãe, Marta e eu.

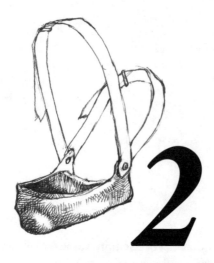

A família Grosholtz.

O meu pai se manteve ausente durante os meus primeiros anos, porque seu exército sempre arrumava pretextos para adiar suas licenças. E o que ele poderia fazer a respeito? Era como uma semente de dente-de-leão, indo para onde o vento o levava. Para nós, ele era uma figura ausente, porém não esquecida. Às vezes, a minha mãe me sentava no banco perto do fogo e me contava sobre o meu pai. Eu gostava muito dessa palavra: *pai*. Às vezes, quando a minha mãe não estava por perto, eu me referia em segredo ao fogão como pai, ou a uma cadeira ou um baú, ou a várias árvores, e fazia mesuras ou abraçava esses objetos, em um ensaio para quando ele voltasse. O meu pai estava em todos os lugares no vilarejo; estava na igreja; estava nos currais. O meu pai era um homem correto, segundo a minha mãe. E com certeza se manteria assim na nossa lembrança caso nunca voltasse para casa.

Mas um dia ele voltou. O meu pai de verdade foi forçado a se aposentar — não por causa de uma batalha, pois não houve batalhas na Europa naquele ano, mas como resultado do mau funcionamento de um canhão em um desfile militar. O canhão havia sido danificado na Batalha de Freiberg em 1762, e os reparos devem ter sido feitos de forma muito desleixada, pois uma única aparição do armamento defeituoso depois disso causou uma mudança irremediável na minha vida. Em um desfile de domingo, o último do canhão, ele foi aceso para uma salva de celebração, mas ainda estava de alguma forma tremendamente entupido, e lançou para trás uma carga de enxofre, carvão e salitre, além de um pedaço de metal em brasa, cuja trajetória formou um amplo arco. O meu pai estava ao alcance desse arco, e por isso enfim recebeu permissão para voltar para casa.

A minha mãe não cabia em si de preocupação e alegria. "Seu pai está voltando para nós! E em pouco tempo vai estar recuperado. Tenho certeza. Seu pai, Marie!"

O homem que voltou para a nossa casa, porém, teve que vir empurrado. O pai que chegou foi um pai sentado em uma cadeira de rodas. Seus olhos amarelados estavam úmidos; não pareciam reconhecer em nada a esposa diante dele; da mesma forma, não se alterou quando a esposa começou a tremer e a chorar. Não havia cabelos no alto da cabeça do meu pai; o material expelido pelo canhão o havia escalpelado. Acima de tudo, porém, o que faltava naquele pobre pedaço de carne contido na cadeira de rodas era o maxilar inferior, o maior osso do rosto humano, normalmente chamado de mandíbula.

Eis o momento de fazer uma confissão: fui eu que atribuí o meu queixo ao meu pai. Caso contrário, por que eu teria uma coisa assim tão ostensiva e ofensiva em mim? Nunca vi o queixo do meu pai, porém mesmo sem vê-lo desejava ter sua marca em mim, para que pudesse ter convicção absoluta de que eu era dele e ele era meu. Não tenho como afirmar com certeza — esses primeiros anos estão bem afastados no tempo, e os outros atores que participaram desse ato já abandonaram o palco — se declarei que o meu queixo era dele apenas depois de sua volta, motivada por algum tipo de desejo nostálgico, ou se sempre acreditei nisso. Mas sua ausência era um problema, e eu queria entender e compor um retrato mais completo do homem que era o meu pai em sua condição de tristeza. Desejava vê-lo completo, e imaginava que o meu rosto poderia complementar o retrato, pois a imagem diante de mim estava infeliz e arruinada.

Com a chegada do meu pai, um vislumbre do meu futuro apareceu diante de mim. Uma pequena janela se abriu e me chamou.

O homem na cadeira de rodas não tinha mandíbula, mas em seu lugar foi colocada uma placa de prata. Essa placa de prata era moldada no formato da porção inferior de um rosto humano médio. Essa placa de prata foi tirada de um molde, então é possível concluir que dezenas de desafortunados tinham aquele mesmo queixo de prata que o meu pai. A placa de prata podia ser removida. O meu pai veio em pedaços, que poderiam ser montados com um pouco de dor.

O meu pobre pai não fazia ideia de onde estava. Era incapaz de reconhecer a esposa, e não sabia que a garotinha que o observava silenciosamente era a própria filha.

Para ajudá-la, a minha mãe recontratou a parteira, uma mulher carinhosa e ofegante com braços grossos, que se adaptava a qualquer trabalho pago e era chamada com frequência pelo médico do vilarejo vizinho, dr. Sander. Juntas elas arrumaram o quartinho ao lado da cozinha para o meu pai, e depois que ele entrou nunca mais saiu. Ficava lá deitado o dia todo, às vezes olhando pela janela, às vezes para o teto, mas sem nunca se concentrar em nada, penso eu. Eu ficava sentada com o meu pai por horas e horas e, como ele não falava comigo, eu lhe atribuía algumas palavras e imaginava todas as coisas que ele gostaria de me dizer.

Depois da chegada do meu pai, a minha mãe subiu a escada, foi para o quarto e fechou a porta. Conforme os dias passavam, ela ficava cada vez mais tempo na cama. A minha mãe parou de se mexer, e isso nunca fez bem para ela. O dr. Sander falou que ela estava em um estado de choque pronunciado e precisava ser conduzida aos poucos aos seus antigos hábitos. Seu corpo inteiro mudou depois da chegada do meu pai; sua pele se tornou reluzente e amarelada, como a casca de uma cebola. Ela começou a emitir cheiros diferentes. Certa manhã eu a encontrei do lado de fora, quase sem roupas, deitada no chão em pleno inverno, chorando. Eu ajudei ela a voltar para a cama.

Eu me alternava entre uma figura parental e outra, do quarto da minha mãe no andar de cima para o do meu pai no andar de baixo, e lia a Bíblia para ambos. Eu usava o banquinho, a extensão do meu corpo, para me posicionar em locais variados ao redor do perímetro da cama do meu pai, a depender de suas necessidades. E me fazia presente quando o meu pai era lavado e barbeado. A parteira gostava muito de mim, às vezes me dava abraços apertados, e nesses momentos eu ficava surpresa ao constatar como corpos humanos poderiam ser grandes, e a abraçava de volta com todas as forças de que era capaz. Fazíamos muitas refeições juntas; acho que ela me dava uma parte de sua própria comida. Quando falava comigo sobre o meu pai, franzia a testa de preocupação; quando falava da minha mãe, sacudia negativamente a cabeça.

Certa manhã, comigo sentada ao seu lado, o meu pai morreu. Foi uma morte bem discreta, até suave. Eu o observei com toda atenção. Ele estremeceu um pouco, bem de leve, e depois, de forma muito silenciosa, quase imperceptível, nos deixou. Seu último ruído foi o som do último pensamento de Grosholtz abandonando a cabeça de Grosholtz. Eu ainda estava sentada ao seu lado segurando sua mão quando a parteira entrou.

Ela percebeu imediatamente que o meu pai não poderia mais ser contabilizado entre os vivos. Com gentileza, colocou uma das mãos dele sobre o peito e em seguida fez o mesmo com a outra, depois me pegou pela mão e me levou à casa de sua filha. Devo ter dormido por lá naquela noite.

Alguns dias depois, o meu pai foi enterrado. Mas o pai no caixão, sobre o qual fomos convidadas a jogar terra, não estava completo. O dr. Sander me dera a placa de prata do meu pai, que, segundo ele, valia algum dinheiro. Era um tanto pesada, tinha mais ou menos o peso de uma caneca de latão cheia de água. Para mim foi inevitável o questionamento de que o meu pai poderia sentir falta daquilo, e achei que seria melhor ter deixado a placa com ele. Queria abrir sua cova e enfiar o queixo lá dentro. Caso contrário, como ele conseguiria falar lá no Céu? Mas então, pensando melhor a respeito, eu me dei conta: a placa não era o queixo do meu pai, não o de verdade. Foi moldada usando outra pessoa como modelo. Apenas eu tinha seu queixo, e o levava sempre comigo, pouco abaixo do nariz da minha mãe.

O meu pai deixou para trás sua farda militar, uma placa de prata, uma viúva, uma quase órfã e muita penúria. A pensão do exército não era suficiente. Para sobreviver, a minha mãe e eu precisaríamos encontrar trabalho. Assumindo a frente da situação, o dr. Sander descobriu através de seus colegas médicos que um tal dr. Philippe Curtius, do Hospital de Berna, estava precisando de uma criada para ajudar nas tarefas domésticas. Um emprego e uma utilidade, segundo o dr. Sander, fariam a minha mãe recuperar a saúde.

A minha mãe, com a infelicidade estampada em todo o seu corpo reluzente, sentou-se para escrever para o dr. Curtius. E ele escreveu de volta. Quando a carta chegou, o movimento voltou a fazer parte da vida da minha mãe — mais do que nunca, como se ela temesse terrivelmente que fosse parar.

"Um cavalheiro educadíssimo, Marie!", ela bradou com os olhos arregalados. "Da cidade, Marie, um médico da cidade! Vamos sair dos cômodos pequenos e escuros da zona rural. Em vez disso, iremos para lugares altos, iluminados e arejados. O meu pai, o seu avô, sempre disse que nós merecíamos um lugar melhor. Ah, a cidade! Curtius, da cidade!"

Pouco depois, em algum momento de 1767, a minha mãe e eu estávamos em uma carroça a caminho da cidade de Berna. Eu estava sentada ao lado da minha mãe, segurando uma ponta de seu vestido em uma das mãos, a placa de prata do meu pai na outra, e com Marta no meu colo. A família Grosholtz estava de mudança. Saímos às sacudidas do vilarejo em que nasci, deixando para trás os chiqueiros e a igreja e o túmulo do meu pai.

E nós não voltaríamos.

MADAME TUSSAUD

LIVRO UM

VIA DE MÃO ÚNICA
Até eu completar oito
anos de idade.

1767-1769

3

Quando a minha mãe e eu somos apresentadas a muitas coisas maravilhosas.

A noite em Berna era dominada por construções altas e escuras, ruas estreitas e não iluminadas, e vultos circulando por essas vias. O Hospital de Berna apareceu, de forma bem conveniente, em um ponto acima do nível das ruas. Fomos deixadas diante do hospital com nosso único baú, uma antiga posse do nosso ancestral sacerdote, colocado ao nosso lado. A carroça partiu ruidosamente, ansiosa para voltar à zona rural.

No centro da fachada do Hospital de Berna havia um enorme portão preto, com largura suficiente para duas carruagens passarem de uma vez, uma enorme boca de titã destinada a engolir pacientes e direcioná-los a seu vasto e misterioso interior. Foi desse portão preto que a minha mãe e eu nos aproximamos. Havia um sino. A minha mãe o tocou. O ruído ecoou por todo o enorme pátio vazio do hospital. De algum lugar próximo veio o som de alguém tossindo e cuspindo. Um pequeno quadrado de madeira se abriu no portão. Uma cabeça apareceu; nós mal conseguíamos vê-la.

"Não, obrigado", disse a cabeça.

"Por favor...", a minha mãe começou.

"Voltem de manhã."

"Por favor, eu vim falar com o dr. Curtius. Ele está me esperando."

"Quem?"
"O dr. Curtius. Vamos morar com ele, a minha filha e eu."
"Curtius? Curtius já morreu. Faz cinco anos."
"Eu recebi esta carta dele", a minha mãe insistiu, "uma semana atrás."
Uma mão se espichou para fora e pegou a carta; a portinhola se fechou de novo. Não conseguíamos ouvir o que era dito do lado de dentro até que voltasse a ser aberta e a cabeça reaparecesse. "*Esse* Curtius! O *outro* Curtius. Ninguém nunca veio procurar *esse* Curtius antes. Ele não mora aqui, a casa dele é na Welserstrasse. Não sabe onde é? Vocês são do interior, certo? Ernst pode levar vocês, eu acho." Ouvimos outra voz atrás do portão, e a cabeça respondeu: "Vai, sim, Ernst... se eu mandar você vai. Ernst vai levar vocês. Vão lá para a esquina. Tem uma porta lateral ali. Na porta vocês vão encontrar um lampião, tremulando. Sob esse lampião estará Ernst".

A portinhola se fechou de novo, e Ernst saiu e nos cumprimentou, usando o uniforme preto de zelador do hospital. Ernst tinha um nariz que se entortava para o lado oposto do rosto; o nariz apontava para um lado, o rosto para o outro. Claramente ele havia se metido em muitas brigas na juventude. "Curtius?", perguntou Ernst. "Dr. Curtius", respondeu a minha mãe. "Curtius", Ernst repetiu, e fomos em frente.

A apenas cinco minutos do hospital havia uma rua estreita e de péssimo aspecto. Era a Welserstrasse. Caminhando por sua extensão naquela noite, imaginei que as casas pareciam murmurar para nós: *Não parem aqui. Continuem andando. Sumam das nossas vistas.* Ernst enfim parou diante de uma casa menor e mais estreita que as demais, espremida entre as duas residências vizinhas, pobre e negligenciada.

"A casa de Curtius", anunciou Ernst.
"Aqui?", questionou a minha mãe.
"Aqui mesmo", confirmou Ernst. "Já vim aqui pessoalmente uma vez. Nunca mais volto. O que tem aí dentro, não vou dizer, só sei que nunca gostei. Não, eu não vou com a cara de Curtius. Desculpem-me por ir embora antes de vocês baterem na porta." E assim Ernst e seu nariz ao contrário se foram, andando mais depressa do que antes, levando consigo a luz.

Colocamos nosso baú no chão. A minha mãe se sentou sobre a bagagem e olhou para a porta, como se estivesse satisfeita em encontrá-la fechada. Então fui eu que me encarreguei de dar um passo à frente para bater três vezes. Quatro. E por fim a porta se abriu. Mas ninguém apareceu na escuridão da noite. A porta permaneceu aberta, sem ninguém para nos receber. Esperei por um instante com a minha mãe, até que a puxei pela mão e ela finalmente se levantou, e nós entramos, junto de nosso baú.

A minha mãe fechou a porta silenciosamente atrás de nós; me agarrei no vestido dela. Olhamos ao redor em meio às sombras. De repente a minha mãe soltou um suspiro de susto: "Ali!". Havia alguém à espreita em um canto. Era um homem bem magro e alto. Tão magro que parecia estar nos estágios mais terríveis da inanição. Tão alto que sua cabeça quase roçava o teto. Um rosto pálido e espectral; a luz escassa do candelabro no recinto estremecia ao seu redor, mostrando as bochechas encovadas, mostrando os olhos úmidos, mostrando pequenos tufos de cabelos escuros e sebosos. Ficamos ao lado de nosso baú, como se buscássemos proteção.

"Vim falar com o dr. Curtius", a minha mãe explicou.

Houve um longo silêncio, e em meio a esse silêncio a cabeça meneou, bem de leve.

"Gostaria de vê-lo", ela complementou.

A cabeça emitiu um leve ruído. Poderia ter sido um "Sim".

"Eu *posso* vê-lo?"

De forma lenta e silenciosa, como se fosse mera coincidência, a cabeça respondeu: "O *meu* nome é Curtius".

"Eu sou Anna-Maria Grosholtz", disse a minha mãe, tentando manter o controle.

"Sim", falou o homem.

As apresentações pararam por aí, e mais um período de silêncio se seguiu. Por fim o homem no canto voltou a falar de novo, bem devagar. "Eu... Sabe, eu... Eu não estou muito acostumado à presença de pessoas. Não venho trabalhando muito ultimamente. Estou bastante... sem prática. E é necessário ter pessoas por perto, ter pessoas para conversar... ou você pode esquecer, sabe, como elas... *são* exatamente. E, confesso, o que fazer com elas. Mas isso vai mudar agora. Com vocês aqui. Não vai?"

Houve um longo silêncio.

"Talvez eu possa, se quiserem... posso mostrar a casa para vocês?"

Com uma expressão de grande infelicidade no rosto, a minha mãe assentiu.

"Sim, talvez vocês queiram vê-la. Fico feliz que estejam aqui. Sejam bem-vindas. Eu queria ter dito isso antes: bem-vindas. Quis dizer isso assim que vocês chegaram. A palavra estava na ponta da língua, fiquei pensando nisso o dia todo. Mas então, ah, esqueci. Não estou acostumado... sabem como é, *acostumado*", disse o médico, e aos poucos foi saindo de seu canto. Parecia feito de bastões, ou cabos de vassoura, alto e magro, desdobrando a enorme extensão de seu corpo como se fosse uma aranha. Nós o seguimos, mantendo distância.

"Existe um quarto, lá em cima, só para vocês", falou Curtius, apontando a luz da vela para as escadas, "para mais ninguém. Eu nunca subo lá. Espero que fiquem contentes." Em seguida acrescentou, com mais confiança: "Por favor, por favor, venham por aqui".

O dr. Curtius abriu uma porta e entramos em um pequeno corredor. Ao final havia outra porta, sob a qual dava para ver o brilho de uma luz fraca. Com certeza era onde o médico estava assim que chegamos. "Esta sala", informou Curtius, "é onde eu trabalho." Curtius deteve o passo, com suas costas estreitas voltadas para nós. Ele fez uma pausa, endireitou o corpo o máximo que podia e falou de forma lenta e precisa: "Façam o favor de entrar".

Havia dez ou mais velas protegidas por lamparinas acesas dentro da sala, proporcionando uma iluminação formidável, revelando para nós um lugar tão abarrotado que a princípio era impossível entender do que se tratava. As longas prateleiras estavam repletas de frascos com rolhas, que guardavam pós coloridos. Outras, mais curtas, continham vasilhames diferentes, mais grossos; esses tinham tampas mais robustas de vidro, indicando a possibilidade de que os líquidos ali contidos, pretos ou marrons ou transparentes, fossem fatais. Havia caixas cheias de cabelo; parecia — ou não? — cabelo humano. Em uma mesa apoiada sobre cavaletes, estavam posicionados vários recipientes de cobre e centenas de pequenas ferramentas de modelagem, algumas com pontas afiadas, outras curvadas, algumas diminutas, não muito maiores que um alfinete, outras do tamanho de um cutelo de açougueiro. No centro da mesa, sobre uma tábua de madeira, havia um objeto pálido e ressecado.

A princípio, era difícil identificá-lo exatamente. Um pedaço de carne? Um peito de frango, talvez? Mas não era, ainda que tivesse um aspecto bem familiar, de coisa cotidiana. Era *alguma* coisa... uma coisa cujo nome estava na ponta da minha língua. E era — que coisa — justamente isso! Uma língua! Bem parecida com uma humana, sobre uma mesa de cavalete. E eu me perguntei: caso fosse de fato uma língua, como chegou ali, e onde estava a pessoa que a perdera?

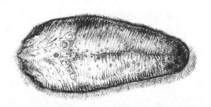

Havia outras coisas pela sala além de línguas. A parte mais impressionante do ateliê, a essa altura era possível ver, estava nas caixas de jacarandá, que ficavam em prateleiras etiquetadas que iam de alto a baixo e de um lado para o outro, cobrindo quase inteiramente uma das paredes. Entre as etiquetas, escritas em uma caligrafia elegante em cor sépia, via-se toda uma variedade de palavras: *ossa, neurocranium, columnae vertebralis, articulatio sternoclavicularis, musculus temporalis, bulbus oculi, nervus vagus, organa genitalia*. Perto do órgão sobre a mesa, havia outro rótulo, onde estava escrito *lingua*.

Eu estava começando a entender: partes de corpos. Uma sala cheia delas. Lá estava eu, uma garotinha, diante de todas aquelas partes do corpo humano. Estávamos sendo apresentados: partes e pedaços do corpo humano, esta menina se chama Marie. Menina chamada Marie, este é o corpo em pedaços. Fiquei escondida atrás da minha mãe, segurando no vestido dela, mas espiando o espetáculo à nossa frente.

Curtius começou a falar: "Trato urogenital. Com bexiga. Ossos. Do fêmur, o maior e mais forte, até o lacrimal, o menor e mais frágil do rosto". Ele estava fazendo um inventário do conteúdo da sala. "Muitos músculos também, todos rotulados. Os dez grupos da cabeça, do *occipitofrontalis* ao *pterygoideus internus*. Muitas das artérias principais, da tireóidea superior até a carótida comum. Veias também: a cerebelar, a safena interna, a esplênica, a cardíaca e a pulmonar. Tenho órgãos! Separados, em uma almofada de veludo vermelho, ou expostos junto de seus vizinhos em tábuas de madeira. A impressionante complexidade do labirinto ósseo do ouvido. Ou as longas e espessas nuvens dos intestinos, tanto o grosso como o delgado — com seus caminhos compridos e sinuosos."

A minha mãe estava observando a sala, parecendo cada vez mais agastada. Curtius deve ter percebido que ela estava horrorizada, pois se apressou em explicar: "Fui *eu* que fiz. Eu fiz tudo isso. Meu labirinto ósseo, minha vesícula biliar e meus ventrículos. Fui eu que fiz. São apenas modelos, ou seja, são réplicas. Eu não quis... Não estou acostumado... Peço desculpas. O que vocês vão pensar de mim? Não pensem que são... *reais*. Parecem reais, claro. Não parecem reais? Vocês são obrigadas a admitir que sim. Vocês sabem que são. Ah, sim, parecem muito reais, mas não são. Não. Apesar de parecerem. Pois é. Porque, na verdade, fui eu que fiz".

Nós nos viramos para ele. Estávamos tão surpresas com os objetos espalhados pela sala que a princípio nem reparamos no mais significativo de todos: o dr. Curtius sob uma luz mais forte. Curtius era um homem jovem, deu para notar naquele momento, pelo menos mais novo que a minha mãe. Quando vi sua forma comprida e obscura se movimentando pela escuridão, pensei que se tratasse de um velho, mas então vi aquele homem alto e

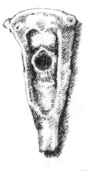

magro, tímido e passional, com a respiração acelerada. Mais de um metro e oitenta de magreza, pairando bem acima de nós no canto de seu ateliê, com as narinas finas se alargando ligeiramente. Demonstrava um orgulho evidente de sua sala, enquanto nos via observando seu trabalho. Suas bochechas se recolhiam quando ele respirava, mas sem nunca se expandir para fora na expiração; o nariz descia pelo rosto comprido como uma corda esticada. A testa era ladeada por veias, tanto grossas como mais finas. Por fim, as mãos enormes e delgadas daquele homem estranho se encontraram diante do peito. Pensei que ele fosse fazer uma oração, mas em vez disso começou a aplaudir. Não era um ruído muito alto, mas uma batidinha alegre, como a de uma criança contente que recebe a promessa de um doce, um barulho de felicidade que parecia fora de lugar em um ambiente como aquele. Curtius curvou o corpo sobre as mãos que aplaudiam como se houvesse algum pássaro preso ali, batendo as asas diante de seu coração, e ele estivesse preocupado em não o deixar fugir.

"Eu mesmo. Eu fiz todas. Todas elas. De cera. Sozinho! E muitas outras, isso é só uma fração. A maior parte está no hospital, e recebe visitas frequentes!"

Quando o dr. Curtius terminou as apresentações, eu me virei para a minha mãe. O rosto dela estava pálido e suado. Ela não disse nada. Nós três ficamos parados em silêncio até que Curtius, decepcionado, acho, perguntou se não estávamos precisando dormir depois da nossa longa jornada.

"Estamos cansadíssimas mesmo, senhor", ela falou.

"Boa noite, então."

"Ah, perdão, senhor", minha mãe falou. "Os nossos papéis. Acho que o senhor vai querer ficar com eles."

"Não, não, acho que não. Podem ficar com eles, por favor."

Segui a minha mãe enquanto ela carregava o nosso baú para o andar de cima e fechava a porta do nosso pequeno quarto. Era possível ouvir Curtius perambulando pelo andar de baixo. A minha mãe ficou sentada ao lado da janela por um bom tempo. Estava tão imóvel que cheguei a temer que sua doença tivesse voltado. Por fim, eu a ajudei a se deitar na nossa cama. Não conseguimos dormir naquela primeira noite na nova casa. A minha mãe se abraçou a mim. Eu, por minha vez, me agarrei a Marta. Ainda estávamos abraçadas quando amanheceu. Três pequenas mulheres, consumidas pela ansiedade.

Antes de descermos, a minha mãe me falou: "Estamos presas a uma obrigação agora, você e eu. Entendeu? Tudo o que fizermos precisa agradá-lo. Se ele nos abandonar, estamos perdidas. Enquanto estivermos empregadas pelo dr. Curtius, podemos continuar persistindo. Seja prestativa, minha filha querida".

Quando me segurei no vestido da minha mãe, ela falou com uma voz baixa e triste: "Não".

A minha mãe pegou as chaves. Nós esfregamos os assoalhos. A minha mãe cozinhou. Fomos à feira comprar comida, porém era um lugar assustador para ela. As ruas estavam apinhadas de gente, mas não era só por isso. Os objetos à venda — toda aquela carne presa em ganchos, em pedaços, todos aqueles animais divididos em frações ou inteiros, pendurados pelos pés, aves com os pescoços torcidos ou bicos ensanguentados, balançando como criminosos na forca —, tudo isso, e os olhos dos peixes, e as moscas, e a carne nas mãos das pessoas, manchadas de sangue, tudo isso fazia a minha mãe se lembrar, a cada passo, do que havia visto no ateliê do dr. Curtius.

Pelo menos, a casa do médico era tranquila. Curtius passava o dia no ateliê e quase nunca saía de lá. Quando aparecia, se mostrava surpreso com a nossa presença: "Não estou acostumado... não estou *acostumado*", ele murmurava antes de se fechar de novo em sua sala. Na hora do almoço, a minha mãe colocou a comida em uma bandeja, com seu nariz dos Waltner se contorcendo de desaprovação, e ficou segurando tudo sobre a mesa até começar a estremecer, derramando um pouco de sopa. Eu a sentei em uma cadeira e me encarreguei de levar a comida para o dr. Curtius. Ele estava encurvado sobre a mesa, um retrato em que se viam três línguas: uma língua humana retirada de um cadáver, sua réplica de cera, e a dele mesmo, presa entre os lábios enquanto trabalhava.

"A sopa, senhor", falei.

Ele não disse nada. Deixei a comida lá e fechei a porta. O mesmo ocorreu mais tarde naquele dia, quando entrei no ateliê anunciando: "O guisado, senhor". E assim aconteceu durante toda a primeira semana. Por duas vezes, Curtius apareceu na cozinha para dizer à minha mãe: "Estou contente por vocês estarem aqui, muito contente, muito satisfeito, muito... *feliz*". Em ambas as ocasiões, a minha mãe levou a mão ao crucifixo.

Durante a segunda semana, quando no meu modo de ver já estávamos um pouco mais acostumados com a presença uns dos outros, a minha mãe e eu fomos surpreendidas por uma batida na porta. Era um visitante do hospital, vestido com o mesmo uniforme preto de Ernst, mas se chamava Heinrich. Tinha um nariz pouco expressivo e feições nada marcantes; não me lembro de nada de seu rosto a esta altura, nada além de seu nome, também nem um pouco memorável. "Entrega para Curtius", Heinrich anunciou, apresentando-se. "Sou eu que trago as encomendas. Vamos nos ver muitas vezes. O que temos aqui hoje?", ele perguntou, erguendo a tampa de uma caixa de metal e cutucando o objeto coberto de musselina que havia lá dentro. "Um estômago meio doente, acho."

A minha mãe fechou os olhos e fez o sinal da cruz. Dei um passo à frente, tentando ser útil, e estendi as mãos. Heinrich pareceu hesitante. "Obrigada", falei, estendendo um pouco mais as mãos. "Obrigada." Quando Heinrich, não sem alguma relutância, me entregou a caixa, a minha mãe fechou a porta às pressas. Ela me olhou por um instante como se não me reconhecesse mais, e então se retirou para a cozinha. Eu a segui para perguntar se deveria entregar o objeto. Ela fez que sim com a cabeça de maneira desesperada, gesticulando para que eu tirasse a caixa da cozinha. Levei a encomenda ao ateliê.

"Um estômago, senhor", falei, deixando a caixa na mesma parte da mesa onde sempre colocava as refeições. Dessa vez o olhar do dr. Curtius foi atraído para lá.

A minha mãe estava com cada vez mais dificuldade para trabalhar ali. Diversas vezes, eu a via sentada na cozinha com as mãos agarradas ao pequeno crucifixo que levava consigo. As moscas na casa de Curtius, e sempre havia moscas, a deixavam em pânico, pois voavam livremente, podiam entrar no ateliê e de lá espalhar o que havia ali por toda parte. A minha mãe muitas vezes ficava imóvel, com os olhos fechados, mas desperta, enquanto eu cumpria as tarefas de acordo com suas instruções.

Duas semanas depois de eu ter entregado a encomenda para o dr. Curtius, estava sentada na cozinha ao lado do fogão enquanto a minha mãe lia a Bíblia para mim, quando o dr. Curtius bateu de leve na porta e entrou.

"Viúva Grosholtz", ele falou. A minha mãe fechou os olhos. "Viúva Grosholtz", ele repetiu. "Eu gostaria, se não for muito incômodo, viúva Grosholtz — estou muito feliz, aliás, por estarmos assim contentes e tão, hã, deleitados com toda essa... companhia, por estarmos nos entendendo tão bem, por termos esse companheirismo, essa comunidade —, eu gostaria, pois é, de uma ajudinha no ateliê. Seria possível? Amanhã seria o ideal, eu acho. Logo de manhã seria perfeito. Preciso ensiná-la como manusear meu trabalho, para que nada seja danificado. Gostaria que a senhora se familiarizasse com as coisas, sabe. Com certeza vai adorar as minhas novas encomendas. Vai se tornar uma especialista em um instante."

O dr. Curtius observou enquanto a minha mãe assentia de leve com a cabeça. Mas eu entendi que não era bem isso. O aceno da minha mãe, na verdade, foi um estremecimento mal interpretado.

"Boa noite, então", ele falou. "Obrigado."

Naquela noite, no nosso quarto no sótão, a minha mãe me deu um beijo na testa e me pôs na cama. "Seja útil, Marie. Você é uma ótima menina", ela falou. "Me desculpe, não consigo. Eu tentei, mas não consigo."

"Não consegue o quê, mãe?"
"Agora seja boazinha e fique bem quietinha. Boa noite, Marie."
"Boa noite."
Em seguida a minha mãe me mandou fechar os olhos, dizendo que eu precisava dormir imediatamente. Mantenha os olhos fechados, ela avisou, fique com o rosto virado para a parede. Ouvi enquanto ela arrumava coisas, tirava um lençol da cama, movia uma cadeira. Eu dormi.

Quando acordei, a vela estava apagada. Era bem cedo. A minha mãe não estava na cama ao meu lado. Uma fraca luz azul se infiltrava no quarto. Só consegui distinguir uma silhueta escura suspensa pelas vigas do telhado. Não me lembrava de ter visto nada ali antes. A luminosidade foi aumentando pouco a pouco, e comecei a entender o que era aquele objeto. Era a minha mãe. A minha mãe tinha se enforcado.

Estremecendo, segurei um dos pés da minha mãe com a mão, mas esse pé descoberto não me proporcionou consolo nenhum, era um pé gelado, afinal, e sua temperatura era a terrível confirmação do falecimento da minha mãe. A morte de uma mulher talvez seja uma coisa simples, sempre haverá mulheres morrendo em algum lugar, sem dúvida várias mulheres morreram enquanto eu escrevia esta frase; só que essa mulher que estava comigo, essa mulher amarrada às vigas do telhado, ao contrário de todas as outras do mundo — essa mulher era a minha mãe. Antes, eu sempre poderia me esconder atrás da minha mãe; agora estava exposta. Sua morte não foi silenciosa e esperada como a do meu pai, sua morte exigiu trabalho, foi precipitada, a minha mãe deixou a vida de forma repentina. Ao vestido de quem eu me agarraria a partir de então? Nunca mais eu poderia me agarrar a um vestido. Seu nariz gelado balançava para o lado oposto de onde eu estava, o sinal estampado de sua rejeição.

"Mãe", chamei. "Mãe, mãe. *Mãe!*" Mas a minha mãe, ou aquela coisa dependurada que era só em parte a minha mãe, se manteve em silêncio total. Em meio ao pânico, saí em busca de algo, algum consolo ou proteção, e encontrei apenas Marta.

O dr. Curtius deve ter me ouvido gritar, pois me chamou do pé da escada. "Onde está sua mãe?", ele perguntou. "Está na hora. Já passou da hora. Foi o combinado."
"Ela não vai descer, senhor."
"Ela precisa, ela precisa descer, afinal foi o combinado."
"Por favor, senhor. Por favor, doutor."
"Sim?"
"Acho que ela morreu."

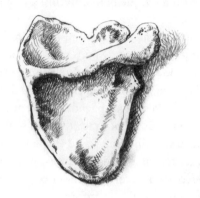

Com isso, Curtius subiu a escada até o sótão. Ele abriu a porta, e eu fui atrás. Curtius conhecia bem os cadáveres. Era especialista em cadáveres e seus rostos sem vida. E reconheceu imediatamente ao abrir a porta do nosso quarto que, pendurado como se fosse um casaco, ali estava mais um espécime.

"Parou", ele falou, "parou, parou... parou."

Ele fechou a porta. Fiquei ao lado dele no alto da escada do sótão.

"Parou", ele repetiu, se inclinando para bem perto de mim, sussurrando como se fosse um segredo. Ele desceu a escada, depois se virou para mim, balançou a cabeça de novo e murmurou, com o rosto desabando em uma careta de tristeza terrível. "Parou", ele disse, e saiu da casa, fechando e trancando a porta atrás de si.

Depois de um bom tempo, eu me sentei no meio da escada com Marta. Ficamos bem paradinhas, esperando. A minha mãe está lá em cima, eu pensei. Ah, a minha mãe está lá em cima e está morta.

Por fim, apareceram homens do hospital. O dr. Curtius estava junto. "Não sei fazer as pessoas funcionarem", ele falou. "Sei fazer pararem de funcionar, sei desmontá-las, pois é, na verdade sou muito bom nisso, bastante competente, mas comigo elas nunca funcionam. Não funcionam. Recusam-se. Silenciam. Paralisam." Os homens do hospital subiram ao sótão, passando por mim e por Marta, mal olhando para nós. O mais velho abriu a porta e deixou todos os demais entrarem — quer dizer, todos menos Curtius, que ficou do lado de fora, atrás da porta fechada. E nós dois ficamos do lado de fora, e nós dois, acho, começamos a nos perguntar se tínhamos feito alguma coisa muito errada, caso contrário, por que não nos deixariam entrar também? O dr. Curtius, muito tímido, sequer olhava para mim, apesar de estarmos bem próximos um do outro, o jovem dr. Curtius e eu. Ele me pareceu extremamente jovem nesse momento, quase uma criança, com os olhos fixos na porta.

Por fim, a porta se abriu. O homem mais velho, muito sério, falou baixo e devagar: "Leve a menina lá para baixo. E mantenha-a lá".

Curtius sacudiu negativamente a cabeça, e falou com uma voz muito intimidada e magoada: "Se me fizer tocá-la, cirurgião Hoffmann, acho que ela vai morrer também".

"Que absurdo. Vamos, Philippe. Você consegue, Philippe Curtius."

"Não sei. Realmente não sei."

"Leve a menina lá para baixo. Temos trabalho a fazer aqui."

"Mas o que eu faço com ela?"

"Não importa", esbravejou o cirurgião, "só tire-a daqui."

A porta se fechou para nós outra vez.

Um instante depois, Curtius encostou de leve no meu ombro. "Venha", ele falou, "venha, por favor", e me conduziu até seu ateliê. Guardei Marta no bolso para que ela ficasse em segurança, então me levantei e o segui com passos lentos.

No ateliê, Curtius ficou olhando ao redor, como se não soubesse o que fazer comigo. Então pareceu encontrar uma resposta para o que procurava. Depois de apanhar uma caixa de ossos em uma prateleira, ele me entregou, com grande gentileza, eu me lembro bem, uma escápula humana, a direita, acho.

"É um bom osso", ele murmurou para mim, "um osso grande e reconfortante. Essa parte do ombro é larga, plana e triangular, e é excelente para acariciar. Sim, um osso maravilhoso e alentador."

Depois de um tempo o cirurgião Hoffmann desceu e nos encontrou sentados no ateliê, eu num banquinho, Curtius no chão ao meu lado, remexendo em uma caixa de ossos.

"E esse é o osso temporal, sabe... E esse, ah, o parietal esquerdo... E esse, o sacro — maravilhoso, não? Não são todos maravilhosos? Os meus velhos amigos!"

"Está feito", avisou o cirurgião.

Eu fiquei totalmente imóvel.

"Pois bem", continuou o cirurgião, "o que será feito com a criança? É preciso encontrar um lugar para ela."

"Posso ficar com ela?", o dr. Curtius se apressou em perguntar. "Com a criança. Posso ficar com ela?"

Eu era o tema de uma discussão. Continuei sem me mover.

"Isso está fora de cogitação", afirmou o cirurgião.
"Ah, eu gostaria de ficar com ela."
"Mas por quê?"
"Ela não está com medo."
"Por que deveria?"
"Ela segura os ossos na mão."
"E o que isso significa?"
"Ela é quietinha."
"E daí?"
"Ela pode ser inteligente, pode ser burra, eu não sei. Mas, por enquanto, se não se importar, vou ficar com ela."
"Ela tem alguma utilidade para você?"
"Talvez eu possa treiná-la."
"Pois bem", falou o cirurgião, "no que me diz respeito, pode ficar com ela. Até que um arranjo mais conveniente possa ser providenciado."

{Usei um pombo de madeira para fazer o papel da minha mãe.}

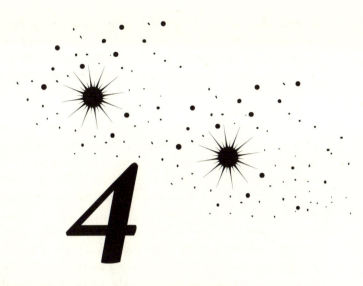

4

Quando uma se torna duas.

Naquela primeira noite juntos, fiquei na cozinha enquanto Curtius tentava cozinhar. Querendo ser útil e trabalhadeira, como a minha mãe me ensinara, perguntei ao dr. Curtius se poderia ajudá-lo, pois ele estava muito agitado, então impedi que as panelas queimassem e auxiliei na preparação da comida. O dr. Curtius me falou: "Eu não sinto medo de você. Você não me assusta nem um pouco. Você não tem nada de assustador, não é? Nada mesmo". Quando terminamos, e chegou a hora de ir para a cama, o dr. Curtius me observou enquanto eu subia a escada do sótão.

"Boa noite, criança."

"Boa noite, senhor."

"Qual é o seu nome? Eu deveria saber seu nome, sabe. Não sei como me comportar com crianças, e com certeza vou cometer erros, mas é consenso que elas têm nomes. Qual seria o seu?"

"Anne Marie Grosholtz. Mas a minha mãe sempre me chama de... Marie."

"Boa noite, então, Marie. Vá para a cama."

"Boa noite, senhor."

E então subi ao sótão, alimentando uma vaga esperança de que a minha mãe estivesse lá de novo, para que eu pudesse lhe contar sobre o meu dia extraordinário. Ela não estava mais lá, claro. Mas, apesar de terem levado a minha mãe, esqueceram o lençol com o qual ela se enforcou, que permanecia jogado num canto do quarto. E então me dei conta de que ela não voltaria mesmo. Nem no dia seguinte, nem no outro, nem no fim da semana; a cidade de Berna, a casa de Curtius, e até eu mesma — tudo teria que seguir adiante sem a minha mãe. Eu me perguntei para onde a teriam levado.

Eu me senti muito insegura naquele sótão. Quando me virava para o lado, de repente sentia a presença da minha mãe pendurada nas vigas do telhado, com o pescoço torto e a cabeça caída para o lado, mas quando olhava ela não estava mais lá. E aquela pessoa enforcada não parecia ser exatamente a minha mãe, e sim talvez a responsável por roubar a minha mãe de mim. Eu não confiava naquele quarto — preferia estar em qualquer outro lugar, pensei, que não fosse o sótão —, então, quando tive a certeza de que o dr. Curtius estava na cama, desci a escada em silêncio com um cobertor e com Marta, que a minha mãe tinha me dado, e com o queixo de prata que era do meu pai. Tentei a cozinha, mas na cozinha senti a presença da enforcada de novo, senti o pescoço torto da minha mãe perto do fogo, vi a Bíblia da minha mãe ainda lá, sobre a prateleira, e fiquei com medo. Era melhor estar em qualquer outro cômodo, pensei, que não fosse o sótão ou a cozinha. Mas quando saí da cozinha, parecia que a mulher de pescoço torto estava me seguindo pela casa, e concluí que o único lugar em que ela não entraria seria o ateliê. No ateliê, eu sabia, havia todos os tipos de objetos horríveis, segredos que era melhor nem descobrir, porém do lado de fora eu sentia a mulher de pescoço torto respirando perto de mim, então entrei às pressas e fechei a porta correndo. Eu estava sozinha em uma sala cheia de pedaços de corpos, com suas figuras aglomeradas ao meu redor. Porém não sentia mais a presença da mãe de pescoço torto, então com todo o cuidado fiz uma caminha sob a mesa do ateliê, implorando para as partes de corpos serem gentis comigo, e, fechando os olhos com bastante força, finalmente consegui dormir.

Minha intenção era acordar bem cedo e subir de volta sem que o dr. Curtius me ouvisse, mas de repente senti Curtius me sacudindo, e já era manhã. "Aí está você! Dormindo aqui!", ele falou. "Vamos, é hora de levantar." Ele não fez nenhum comentário sobre eu ter dormido no ateliê, sob sua mesa apoiada em cavaletes. Dobrei o cobertor e o coloquei em uma prateleira, a lembrança da morte da minha mãe voltando com toda força à minha mente. "Vamos, vamos", ele disse. "Depressa, você precisa ir mais depressa."

Às sete em ponto, o meu treinamento começou.

"Você precisa lembrar", ele se inclinou para bem perto de mim e falou, "que eu não estou acostumado com pessoas. Só conheço partes de pessoas. Não as pessoas inteiras. Eu quero entendê-las; quero conhecê-las. Mas a influência dos meus modelos sobre mim é forte demais. Comecei a sonhar comigo mesmo em um mostruário de jacarandá forrado com veludo vermelho. Sim, e o pior de tudo, o que realmente me deixa apavorado, o que não consigo superar, o que não consigo ignorar, o que não consigo aceitar, é que nos meus sonhos eu me sinto muito confortável lá. Deixe-me sair", Curtius falou, batendo de leve no meu peito com os dedos. "Alguém me deixe sair. Não está me ouvindo bater no vidro? Estou aqui. Alguém vai me deixar sair? Quero conhecer gente. Quero conhecer você. Pois é. Aqui estamos nós. É isso. Eu não tenho medo de você. Nem um pouco."

O dr. Curtius se endireitou de repente e se pôs a trabalhar.

Pouco depois, se desviou de forma abrupta do que estava fazendo. "Eu sei!", ele exclamou. "Eu sei como a coisa funciona! Sei mesmo!" Ele percorreu o ateliê apanhando objetos e posicionando-os sobre a mesa.

"Vamos, Marie — pois esse é o seu nome, você sabe", disse Curtius ao se dar por satisfeito com seu progresso, "vamos, se você estiver pronta e disposta, vamos começar."

"Estou prontíssima, senhor."

"Essas ferramentas foram do meu pai", ele falou. "Meu pai era o anatomista-chefe no Hospital de Berna, um grandíssimo homem. Quando morreu, as ferramentas ficaram para mim." Ele foi até uma lata cheia de gesso em pó, pegou um punhado, despejou no balde de metal e misturou com água, mexendo de forma vigorosa.

"Para mostrar como funciona, para que você possa ter uma ideia, para que possa executar o processo, vou fazer uma peça moldada. Não alguma parte de corpo, não, hoje não. Hoje vou fazer uma peça moldada, para o seu treinamento, caso não tenha nenhuma objeção, da sua própria cabeça."

"Da minha cabeça?"

"Sim, da sua cabeça."

"Da minha cabeça, senhor?"

"Vou repetir: da sua cabeça."

"Como quiser, senhor."

"É isso o que quero."

"Muito bem, senhor, então sim, da minha cabeça."

E assim nós começamos.

"Primeiro um pouco de óleo", ele aplicou óleo no meu rosto, "para que depois o gesso possa ser removido com facilidade." Ele começou o procedimento. "Canudos!", ele gritou de repente. "Preciso de canudos! Quase esqueci", ele falou enquanto posicionava com cuidado canudos feitos de plumas de ganso no meu nariz para que eu conseguisse respirar. "Feche os olhos. E não abra até eu mandar."

Ele pegou o gesso. Senti a substância ser derramada sobre mim em pequenas camadas, e em seguida mais gesso, só que embebido em pedaços de pano. O estranho calor do gesso pareceu grudar no meu rosto. Estava tudo escuro e morno nas minhas bochechas e nas minhas pálpebras e no meu pescoço, até eu me sentir como se estivesse flutuando em algum lugar e talvez já estivesse morta. Na escuridão, pensei ter visto a minha mãe uma vez, mas ela desapareceu de novo e tudo ficou preto e vazio e não havia ninguém por perto.

Por fim o gesso foi retirado e a luz voltou, e eu estava de volta à sala. O dr. Curtius correu com o molde para a mesa. Em seguida ele besuntou meu cabelo de óleo, eu fui reposicionada e ele tirou outro molde da parte de trás da minha cabeça, e depois moldes separados das minhas orelhas.

"Agora", ele falou, "o fogareiro precisa ser montado e aceso. Vou fazer isso só uma vez. Depois disso, é com você." Ele acendeu o fogareiro. "Agora observe com atenção." Ele posicionou os implementos na mesa. Primeiro os pigmentos em pó. "Laca de ruiva", ele explicou, "e cinábrio, misturados. E carmim. Um pouco de azul. E verde. Um toquezinho. E triture. Um pouco de amarelo. E misture. Assim. Agora assim", ele falou, indo até um garrafão com tampa e despejando um pouco do conteúdo em um recipiente menor, "terebintina, que sempre é acrescentada aos pigmentos. Portanto: uma mistura. Portanto: a sua cor."

Ele tirou de uma prateleira uma tigela grande de cobre, mostrou para mim e me fez examiná-la. Em seguida a colocou no fogareiro.

"Por enquanto: nada. Agora, tem um banquinho ali, vá se sentar. Bem, acho que estamos prontos." Pegando uma faca grande, ele foi até um armário trancado, abriu e, com muito cuidado, longe das minhas vistas, cortou alguma coisa. Depois trancou o armário de novo e voltou.

"Isto", falou Curtius, segurando um pedaço de um material amarelado e opaco, "o que estou segurando, esta substância, ela é tudo. Por outro lado", ele continuou, movendo a peça de forma carinhosa entre as mãos, "por outro lado, ela sozinha não tem caráter, não tem personalidade. Por si só não é nada, não é ninguém. Mas pode ser amigável, pode mostrar recato, pode ter beleza, pode ter feiura, pode ser um osso, pode ser uma parede abdominal, pode ser uma série de artérias ou veias, pode ser gânglios linfáticos, pode ser o hipotálamo do cérebro, pode ser unhas, pode ser tudo, do pequeno estribo que temos nos ouvidos aos quilômetros de intestinos que mantemos enrolados dentro de nós. Qualquer coisa! Pode ser qualquer coisa. Pode ser... VOCÊ!"

"Mas o que é, senhor?", perguntei.

"É visão, é memória, é história. Pode ser cinzenta como pulmões, ou marrom-avermelhada como um fígado, pode ser qualquer coisa: pode ser *você*."

"Pode ser a minha boneca Marta?", questionei.

"Pode ser! Sim, pode ser! Pode assumir a superfície de qualquer objeto com uma precisão atordoante. Áspera, lisa, serrilhada, reluzente, plana, sarapintada, esburacada, rasgada, remendada, encrostada, escorregadia. Você escolhe. Não existe superfície que isso não possa ser."

"Então pode ser a minha mãe?"

"Não, criança", ele falou depois de um instante, "isso não dá para ser. Nem o meu pai ou a minha mãe. Que também estão mortos. Poderia ser. Eu bem que gostaria. Mas agora é tarde demais. Eles mergulharam no vazio. Você entende? Eles não podem ser tirados de lá, as imagens deles que guardamos dentro de nós não são precisas, são fugidias, fragmentadas. Isso não basta. Não restou nenhuma superfície, sabe, e é necessária uma superfície. Essa é a única regra. Para a sua mãe é tarde demais."

"Que pena que não pode ser a minha mãe."

"Isto anseia por personalidade", ele disse, voltando a falar às pressas quando viu as lágrimas se formando, "anseia por ser alguma coisa. Só precisa de instruções para isso. Vamos fornecer as instruções, garotinha, menina Marie? Quer ver que serva maravilhosa ela é, que excelente atriz?"

"Sim, senhor."

"Bom, então por que não segura um pouco? Tome aqui, pegue. Pode cheirar."

E eu peguei. E cheirei.

"É só cera", falei, decepcionada.

"Não! Jamais! *Só* cera jamais! De jeito nenhum! Toda cera é sagrada, e esta, esta aqui, é a aristocrata das ceras, a realeza entre as ceras. A maior das colecionadoras de detalhes, a maior imitadora, a mais honesta. O que temos aqui é uma porção de cera de abelha puríssima."

"Cera de abelha puríssima", repeti para poder me lembrar mais tarde.

"Produzida por abelhas asiáticas do gênero *Apis*. Muito bem, então, vamos colocá-la para trabalhar."

"Gênero *Apis*", falei.

A cera foi derretida no recipiente de cobre, o pigmento foi acrescentado, e também um pouco de resina. Ele avisou para ficar de olho no calor, e que a cera precisava ser misturada com cuidado. E então estava pronto. Primeiro, o molde do meu rosto. Ele escovou a superfície do molde com uma substância chamada sabão de potássio, para que mais tarde a cera pudesse ser removida com facilidade, e só então a cera foi despejada. A princípio uma quantidade mínima, uma fina camada sobre o molde, sob o olhar atento do médico. Ele pegou o molde com as mãos e o moveu de um lado para o outro para que a cera se espalhasse pela superfície, removendo todas as bolhas de ar; depois de um tempo, uma segunda camada foi adicionada e, após mais um período de espera, uma terceira, uma quarta e uma quinta. Nas últimas duas camadas, ele falou, apenas acrescentaria volume para dar força ao produto moldado. E, depois de alguns minutos de espera, bem poucos, estava pronto. A cera saiu com facilidade do molde.

"Esse é o meu rosto?", perguntei.

"Exatamente", ele me disse.

Curtius me deixou ver. Ainda estava quente, como se tivesse vida própria. Mas em pouco tempo estava fria de novo. Ele despejou a cera restante nos demais moldes da minha cabeça. Cada um revelou seu segredo. Diante de nós havia diferentes porções da minha cabeça em cera cor de pele, exatamente da cor da minha, como ele dissera. Meu cabelo tinha sido puxado para trás, e a cera que ele despejou nessa parte foi tingida de castanho. Então começou o trabalho de juntar os pedaços, de montar o modelo. Cada pedaço se encaixava no seguinte: nas junções foi preciso trabalhar a cera, raspando ou cortando um pouco, e em seguida mais cera foi espalhada por cima, eliminando as marcas, e o pescoço foi alisado na parte de baixo para que a cabeça pudesse ficar de pé sozinha. A cabeça de cera era oca; o interior foi preenchido com panos velhos, com restos de corda e um pouco de serragem. "Para dar força", ele falou.

E então, sobre a bancada de trabalho, estava a minha cabeça.

"Eu montei tudo isso", Curtius comentou, "sem precisar desmontar nada."

Olhei para a minha cabeça: lá estava eu no ateliê, com os olhos fechados. Uma garota com o queixo do pai e o nariz da mãe. Parecia que eu existia em dobro.

No fim desse primeiro dia tomamos sopa na cozinha.

"Posso falar uma coisa, senhor?", perguntei.

"Sim, o que foi?"

"Eu estava pensando sobre a minha mãe, senhor. Para onde ela foi levada."

"Eu não sei", ele respondeu. "Mas podemos descobrir. O cirurgião Hoffmann com certeza sabe. Vamos perguntar para ele da próxima vez que vier."

"Eu gostaria de visitar o túmulo dela."

"Sim, sim. Claro. Vamos perguntar onde é."

Quando terminamos a sopa e eu limpei tudo, ele falou: "Está na hora de ir para a cama, Marie Grosholtz".

"Sim, senhor", respondi, morrendo de medo de voltar para o sótão.

"Pode dormir aqui embaixo, se quiser. No ateliê. Só não encoste em nada! Mas espere um pouco. Diga-me, você não ficou com medo de dormir naquela sala sozinha?"

"Dava para sentir a presença deles por toda parte. De todos aqueles pedaços de corpos."

"É mesmo?"

"E depois de um tempo não me incomodei mais."

"É mesmo? Algumas pessoas sentem repulsa. Agora vá para a cama. E durma bastante."

Voltei ao ateliê e arrumei a minha cama. Lá estava eu, debaixo da mesa, e lá estava a minha cabeça, em cima da mesa. No meio da noite, se eu ficasse bem quietinha, seria possível ouvir todos aqueles pedaços de corpos respirando. Junto à minha cabeça de cera em uma sala à qual eu sentia quase pertencer.

E também pensei que, se me comportasse direito, ele poderia ficar comigo.

O cirurgião outra vez.

Às vezes eu era requisitada para cuidar do fogareiro, e às vezes para ir passando as ferramentas para o dr. Curtius. Para poder ser útil, precisava saber os nomes. Havia compassos e espátulas, instrumentos para polir e para dar acabamento, estecas e fios, e pás e cinzéis de pontas arredondadas, havia os raspadores de gesso e cordas de tripa para cortar argila, havia batalhões de facas diferentes com vários estilos de ranhuras na lâmina, algumas com pontas curvadas, outras torcidas, havia ferramentas feitas de ferro e de chumbo e de diferentes madeiras, de madeira maciça e pesada e de madeira leve, de jacarandá e de cerejeira, algumas lisas, algumas ásperas, algumas muito afiadas e outras totalmente cegas; eu teria que conhecer cada uma pelo nome. Todas eram ferramentas familiares a um escultor, mas eram apenas uma fração do que ele usava. Curtius dispunha de muitos instrumentos de cirurgião que considerava essenciais para seu trabalho. Esses também tinham seus nomes, e nunca deveriam ser chamados de "este aqui" ou "aquele ali", nem de "esse com ponta comprida e torta" ou "aquele curvado com um gancho" — era necessário aprender e decorar uma enorme gama de nomenclaturas. Havia a família dos bisturis, que iam do reto ao convexo, passando pelo bisturi abotoado e para fístula. As tesouras também tinham várias primas, a reta e a angulada, os afastadores, os tenáculos. Havia também o estilete canulado e a sonda canulada. Isso sem esquecer o cauterizador de ponta redonda, e seu irmão, o cauterizador de ponta fina, e seu primo, o cauterizador de ponta de chave. Nunca era aceitável confundir um estilete de ponta com uma agulha para inserção de dreno. Existem as pinças pelicano, mais simples, e as pinças de remoção. Aquela é uma faca catarata, e aquela é uma sonda nasal, e aquilo é um depressor lingual, e aquilo ali é um gorgereto. Todas essas ferramentas de aparência estranha existem para mexer dentro das pessoas, espetando aqui e puxando ali, para depois raspar ou cauterizar. Mas o dr. Curtius não as usava para seu propósito original; ele adaptara todas elas para propósitos específicos de modelagem. E, para mim, elas pareciam sedentas para entrar fundo em corpos humanos. Sempre que eu pegava uma pelo cabo, sentia claramente que a ferramenta queria mudar de direção e se enfiar em mim. É preciso ser muito forte no manejo dessas ferramentas; elas têm personalidades muito determinadas. É necessário mostrar quem manda o tempo todo, pois no momento em que você relaxa — por menor que seja o instante — elas já estão na sua pele. Várias vezes elas levaram a melhor sobre mim, cortando a ponta de um dedo ou beliscando a palma da minha mão, o que deixava Curtius invariavelmente furioso. Com Curtius, elas sempre se comportavam; ele havia domado todas. Em suas mãos, eram bem mansinhas.

Heinrich, do Hospital de Berna, apareceu duas vezes na primeira semana com caixas cheias de partes de corpos para Curtius reproduzir. Eu o observei e comecei a auxiliar em tarefas menores. Lá estava eu, em meio a objetos profundos. Muitas vezes as partes doentes que nos eram entregues já tinham sido atacadas por algum estudante de anatomia do hospital, que as reduzira a pedaços, ou então eram um tronco já todo esburacado. As peles amareladas e cinzentas eram removidas na mesa de trabalho. O cheiro se sobrepunha a qualquer outro odor. Mesmo muito depois de ter sua fonte descartada, o fedor permanecia impregnado na pessoa, dentro da boca, do nariz, dos olhos, na pele. *Pedaço de corpo*, eu me perguntava, *de quem você era?* Uma cicatriz, uma pinta, uma verruga, uma ruga na carne morta, pelos em um braço, isso bastava para levantar um questionamento. Depois de um tempo, não era mais uma coisa tão horrível; se tornou parte da rotina, algo a ser esperado. Curtius me ensinou isso.

"É só um pouquinho de corpo humano, Marie. Não tem por que ficar exaltada. Afinal, os corpos humanos fazem parte do cotidiano de todo mundo."

No fim da semana, o cirurgião Hoffmann apareceu. Ele observou a minha cabeça de cera com uma expressão admirável. "Ora, ora, você andou aprontando de novo. A semelhança é notável, Curtius. Uma semelhança bem notável."

"Obrigado, senhor", ele falou.

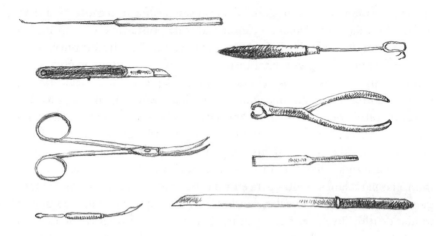

"Claro que não significa grande coisa", ele comentou, mas ainda assim parecia incapaz de desviar o olhar. "Curtius, será que... mas não, claro que não."
"Senhor?"
"Eu ia dizer uma coisa desnecessária, uma tolice."
"Senhor?"
"Pois bem, Curtius, eu ia perguntar, ou sugerir, que talvez você pudesse fazer algo dessa semelhança, com esse nível de exatidão, comigo. Você conseguiria? Acha que sim?"
"Sim, senhor. Eu conseguiria."
"É mesmo?"
"Com certeza, senhor."
"E não acharia uma tolice?"
"De forma nenhuma. Se o senhor quiser, tudo bem."
"Eu *gostaria*. Acredito que mereço ser homenageado, afinal de contas. Tenho feito muita coisa. Não espero uma estátua de bronze, claro, mas isso, algo desse tipo, de cera, ora, por que não? Eu apreciaria muito."
"Isso pode ser feito, senhor."
"Bom. Sim. Muito bom."
Curtius foi pegar as latas de gesso. Eu fui até o homem.
"Pode se sentar, senhor."
Ele se sentou, demonstrando certo nervosismo. Eu o envolvi com um lençol como se estivéssemos em um salão de barbeiro. Curtius se aproximou com o óleo.

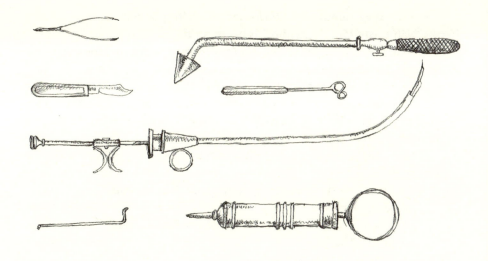

"Preciso abrir um pouco sua camisa para expor o pescoço. Feche os olhos, senhor."

"Sim", ele falou.

"E mantenha-os fechados."

Meu patrão besuntou um pouco de óleo no rosto do cirurgião. Ele fez uma careta.

"Eu devo ficar sob o seu comando, não é mesmo, Curtius?"

"O senhor precisa ficar absolutamente imóvel", ele avisou. "Isso é fundamental para o processo. Vou colocar estes canudos nas suas narinas, e respire por eles até eu avisar que não é mais necessário."

O cirurgião ficou em silêncio, assim como nós ficamos ao seu redor. Ele havia cedido o controle. Seu peito subia e descia, e essa era a única prova de que continuava vivo. Quando Curtius tirou o gesso, o que havia por baixo era um homem em posição de humildade e vulnerabilidade, piscando várias vezes, inseguro em relação a nós. Foi quando aproveitei o momento.

"Posso fazer uma pergunta, senhor?", pedi ao cirurgião.

"O que foi, criança?"

"Eu queria saber para onde a minha mãe foi levada."

"Infelizmente, sua mãe está morta."

"Sim, senhor, eu sei disso. Mas onde ela está? Eu gostaria de visitá-la."

"Visitá-la?", ele pareceu surpreso. "Que ideia."

"Quando o meu pai morreu, havia um túmulo. Por favor, senhor, onde fica o da minha mãe?"

"Não existe túmulo nenhum, criança", ele respondeu.
"Não existe túmulo, senhor? Nada mesmo?"
"Não, não, existe uma vala. Ela foi colocada lá com vários outros infelizes. Mas não ficou para os estudantes, nem para o hospital, por causa de Curtius. Eu não permitiria isso. Mesmo assim, é uma vala comum para os pobres, entende? Um enterro rápido, sem pompa. Algumas palavras são ditas. A cal é despejada. E lá se vão todos os mortos do dia sem um tostão no bolso."
"Mas onde fica essa vala? Onde a minha mãe está?", eu estava ficando desesperada.
"Você não deveria falar comigo nesse tom. Não mesmo."
"Por favor! Por favor."
"Não existem registros desse tipo de enterro. E a cal... bem, ela age rápido."
"Ah, mãe!", gritei.
O cirurgião foi até Curtius.
"Posso ver minha cabeça?"
"Está ali", falou Curtius, mostrando o molde, "em negativo, a fisionomia está ao contrário. Mas a cera vai trazê-la à tona."
"Eu gostaria de ver."
"E vai ver, quando chegar o momento. Em alguns dias. Volte outra hora. Não precisamos mais do senhor. Não agora que temos isso."
"Eu devo deixar minha cabeça com você?"
"Ela está segura conosco."
Nessa noite, sozinha no ateliê, eu chorei no meu cobertor, pois a minha mãe não tinha um túmulo que eu pudesse visitar. Não restava nada dela, nada a não ser sua Bíblia, que parecia conter apenas uma parcela de sua infelicidade. Mas nesse momento, enquanto limpava meu nariz que havia começado a escorrer, elaborei uma ótima teoria. Ali estava o meu nariz — o nariz da minha mãe. Então ela também estava lá. A minha mãe. Assim cheguei à minha ideia grandiosa de nariz: ela me deixou seu nariz, e isso era tudo de que eu precisava para manter sua lembrança. Minhas narinas, com as quais eu poderia respirar amor e inalar amor. Fiquei contente com esses pensamentos, orgulhosa da minha teoria. Aqui estava a minha mãe, aqui estava o meu pai, então eu poderia seguir em frente.

6

Cabeças.

Curtius fez a cabeça do cirurgião. Era uma cabeça enrugada, com a boca levemente curvada para baixo. A testa era marcada pelas sobrancelhas sempre contraídas. Os lábios eram finos.

"Com a sua cabeça", Curtius comentou comigo, "a sensação foi de descoberta e contentamento. Com esta aqui, é de ansiedade. Preciso me comportar diante desta cabeça. Não vou lamentar nem um pouco quando for levada."

O cirurgião Hoffmann voltou e se colocou diante de sua cabeça de cera. Ficou bastante impressionado; seus olhos ficaram úmidos. Ele soltou um suspiro profundo, que alargou suas narinas.

"Sim", ele falou, "esse sou eu, admito. Que estranho me ver de outro ângulo, caminhar ao redor de... mim. É como se não fosse eu, e sim outra pessoa. Eu não me conhecia por completo antes. Sim, muito bom."

Não sei se o último comentário foi dirigido a Curtius ou à cabeça de cera; com certeza ele estava olhando para a cabeça quando falou. Ele a apanhou e voltou para o Hospital de Berna. Nenhum de nós ficou triste com sua partida.

Dois dias depois, recebemos uma visita do capelão do hospital, requisitando uma cabeça sua. Estava ansioso para ter uma, então Curtius aceitou a encomenda, mas quando ficou pronta e ele veio buscá-la, pareceu meio triste, como se esperasse ver um santo diante de si e tivesse se deparado apenas com um homem calvo com uma covinha no queixo.

Na minha opinião, nós trabalhávamos muito bem juntos na Welserstrasse, o dr. Curtius e eu. Mas, às vezes, sou obrigada a admitir que o atrapalhava um pouco.

"Posso perguntar uma coisa para o senhor?"

"O quê?"

"Todos esses pedaços que estão nesta parede, senhor, os saudáveis... eles cabem mesmo dentro de uma pessoa?"

"Sim, toda pessoa tem cada uma dessas partes."

"Não pode ser!"

"É, sim!"

"Impossível!"

"Estou dizendo que é possível, sim."

"Então estamos cheios até a boca, é isso, senhor?"

"Marie, eu estou tentando trabalhar! Antes eu tinha silêncio total por aqui. Vá ler um livro." Então ele se interrompeu, parecendo inspirado. "Melhor ainda, pegue este pedaço de carvão e este papel, vá para aquele canto e desenhe alguma coisa."

"Desenhar o quê, senhor?"

"Desenhe... desenhe aquilo."

"O que é?"

"É a medulla oblongata, o bulbo raquidiano."

"Medulla oblongata. Bulbo raquidiano. Sim, senhor. Parece um rato com o cabelo repartido ao meio."

"Desenhe!"

Portanto, foi assim que comecei a desenhar. Quando não havia necessidade da minha ajuda controlando o fogareiro ou passando os instrumentos, eu me sentava em um canto e desenhava.

A quarta cabeça que Curtius produziu foi a do administrador do hospital. Depois de ver as cabeças do cirurgião e do capelão do hospital, o administrador também quis fazer a sua. Eis uma verdade: as pessoas são fascinadas por si mesmas. Ele veio até a Welserstrasse; Curtius ficou perplexo ao receber esse nível de atenção. O administrador do hospital colocou a cabeça do administrador do hospital no saguão do estabelecimento. Em pouco tempo, pessoas que não tinham nada a fazer no hospital, gente que estava completamente saudável, talvez com vitalidade até demais, pessoas cuja única doença era a curiosidade, entravam pelos portões pretos da instituição só para ver o administrador do hospital posando ao lado da cabeça do administrador do hospital.

Desenhei as ferramentas de modelagem do pai de Curtius, desenhei rins e pulmões, desenhei ossos e tumores, tudo para conhecê-los melhor. Desenhei Marta, desenhei a placa do queixo do meu pai, desenhei a mim mesma. Eu não era boa, longe disso, pelo menos no começo, mas tinha muita força de vontade.

"Isso são só rabiscos, Marie", Curtius falou. "Venha comigo."

Eu o segui até a cozinha. Uma vez lá, ele pegou um pedaço de pão, arrancou um pouco do miolo, fez uma bolinha e voltou para a sala de trabalho. Ele pegou meu desenho — era uma vesícula biliar, ou pelo menos era essa a intenção — e, com a bolinha de miolo de pão, esfregou o papel até que retomasse a maior parte de sua brancura inicial, e então foi a bolinha de miolo de pão que ficou bem preta.

"Quando você errar, e isso vai acontecer, vá até a cozinha. E pegue pão."

Certa tarde, quando eu estava desenhando, ele me perguntou: "O que é isso?".

"É um daqueles ali", falei. "Um fígado, *hepar*."

"É mesmo?", ele questionou. "Observe melhor. E pegue pão."

Mais tarde ele comentou: "Não, ainda não chegou lá. Observe de novo, com mais atenção. E use o pão".

Aprendi os nomes de todos os ossos do corpo desenhando, estudei os órgãos reprodutores e quantas protuberâncias tem uma coluna espinhal, e desenhei tudo. Observei desenhos de anatomia nos livros e os copiei a lápis. Eu dormia à noite com o lápis na mão. Desenhei Curtius.

Graças à cabeça de cera do administrador do hospital, algumas pessoas de Berna começaram a ouvir falar do dr. Curtius e de seu ateliê na Welserstrasse. Começaram a fazer visitas. Faça uma como a minha, elas pediam, e Curtius fazia. A cabeça de um fabricante de velas. A cabeça de um ferreiro. A cabeça de um banqueiro. A cabeça de um funcionário público. As pessoas não paravam de vir, uma ou duas por semana.

Eu abria a porta para o povo de Berna. "Por favor, venha por aqui, senhor", eu dizia, e mostrava aos visitantes onde se sentar. Todos ficavam observando boquiabertos as estantes repletas de trabalhos de Curtius. "Uma maravilha, não?", eu falava. "Uma maravilha", os visitantes repetiam nervosamente. Eu enrolava toalhas em seus pescoços, removia com cuidado suas perucas, lavava seus rostos e penteava seus cabelos para trás. Pedia para que fechassem os olhos e passava um pouco de óleo nos cílios, nas sobrancelhas, em volta do queixo e no alto da testa. Inseria com todo o cuidado os canudos em suas narinas. Era sempre muito atenciosa. Eu preparava as cabeças de Berna para Curtius. "Berna não entra mais por esta porta aos pedaços", Curtius observou alegremente, "e sim por inteiro." Só faltavam as mulheres. Nenhuma mulher jamais procurava Curtius.

Curtius capturava cada ruga e cada poro, cada cicatriz e cada covinha. Para cada cabeça, ele desenhava a região dos olhos, preenchendo páginas e páginas com anotações detalhadas e esboços aquarelados. Quando o molde do rosto era feito, por precaução, os olhos precisavam estar fechados; depois, quando as cabeças eram finalizadas, precisavam estar abertos para parecer vivos. Curtius modelava esses olhos abertos a partir de desenhos e anotações, acrescentando-os às cabeças depois de montadas. A cada nova pessoa, fui reparando, o rosto do próprio Curtius parecia mudar; ele se esforçava para imitar a expressão dos desconhecidos, para espelhar o novo rosto, para se imiscuir nele como a cera fazia.

A Welserstrasse foi sendo descoberta pelo povo de Berna. Carruagens a procuravam. Um homem, porém, não ficou contente com esse novo ramo de negócio. O cirurgião Hoffmann, ao ver todas aquelas cabeças de cera diminuindo o valor da sua, e temendo que o hospital perdesse seu principal modelador de anatomia, foi ficando cada vez mais inquieto e inseguro. O que Curtius vinha fazendo, ele alertou, não poderia ser chamado de ciência. Caso continuasse com aquele trabalho peculiar — que deveria ser considerado uma distração secundária e nada mais —, não poderia mais ser sustentado pelo Hospital de Berna. E, de fato, pouco depois, seu salário foi cortado.

Nessa noite, enquanto estávamos sentados à mesa da cozinha, o dr. Curtius fez um discurso extraordinário. Apesar de estar de cabeça baixa, como se conversasse com a sopa, considerei que a audiência visada era eu, e não as batatas e cebolas mergulhadas no caldo.

"O dr. Hoffmann me pedia para modelar não só para a educação dos futuros cirurgiões", ele começou, "mas para a educação de todo o povo. Pequenos modelos de doenças. Eu era chamado para tirar moldes nas alas do hospital, para observar as feridas de sífilis no rosto de um menino doente, para copiar a língua de uma mulher que ficou rançosa, ou retratar um homem que perdeu o nariz por causa de uma doença. E, todas as vezes, depois que eu criava esses pequenos modelos, me diziam para levá-los às ruas e exibi-los para o povo de Berna. Isto aqui, eu dizia, é varíola: tomem cuidado. Ou isto é um caso de sífilis, isto de intoxicação alcoólica, aqui está o tipo de dano causado por ópio: cuidado."

Ele fez uma pausa. Tomou uma colherada de sopa. E continuou.

"Era esse o meu trabalho, e era o tipo de coisa não muito boa para cultivar relacionamentos. É o tipo de trabalho que distancia a pessoa de todo mundo. A chegada de um homem com esse trabalho à porta das casas destrói a felicidade lá de dentro. As pessoas me evitavam! Eu chorava quando ia reclamar com o cirurgião Hoffmann, e no fim acabei liberado dessas visitas. Então passei a ficar em casa e não via mais ninguém. Mas desejava ter contato humano e, apesar de desaprovar, o cirurgião Hoffmann me deixou ter meus próprios criados. E foi assim que você chegou até mim, e a sua pobre mãe se foi.

"Mas agora não sou mais solitário, agora sou bem-vindo. As pessoas me procuram, olham para mim e, apesar de não apertarem a minha mão, pelo menos me olham. Eu costumava ficar sozinho, dia e noite, com a morte, com coisas mortas, mas agora a vida vem até a minha porta, e eu digo para a vida: entre, entre, há quanto tempo que você não aparece, seja bem-vinda, seja bem-vinda à minha casa! E eu gosto desta nova vida! Mas agora, Marie, o cirurgião Hoffmann anunciou que não tolera isso! Ora, o cirurgião Hoffmann não entende. Eu não posso voltar atrás! Não vou fazer isso! Um rim sempre tem outro rim por perto, mas eu era único e solitário como um apêndice vermiforme. Só que não mais. Por causa de você."

A sopa dele acabou. Eu tirei a tigela vazia da mesa.

"Obrigada, senhor."

"Pois não", ele falou.

Ele não viu o meu sorriso.

Existe uma cidade distante.

Quando o salário que Curtius ganhava do hospital foi cortado, mal estava conseguindo se manter com o dinheiro que conseguia com as cabeças de cera. Curtius abriu os armários e conferiu seu suprimento de cera e outros materiais necessários para a produção. Ele continuou fazendo apenas cabeças. As cobranças não paravam de chegar: o aluguel, as contas das encomendas de material e, por fim, cartas exigindo que Curtius devolvesse vários meses de salário, pois em tempos recentes vinha trabalhando não para o hospital, mas para si.

Um dia, Curtius recebeu dois visitantes estrangeiros. Depois de espiar pelo buraco da fechadura e me certificar de que não eram do hospital, eu os deixei entrar. Falei: "Façam o favor de entrar, cavalheiros". Dois homens vestidos de terno, um cinza e o outro branco, ambos resfolegados. O de branco levava um caderno, uma pena e um pote de tinta com uma tampa de rosca; havia manchas azuis em seu paletó. Seu nariz era bem grande, e o queixo, diminuto.

"Nós ouvimos falar de você", ele disse para Curtius em bom alemão, apesar de ser claramente estrangeiro. "Sua reputação local não é pequena. Então. Nós tínhamos um tempo livre. Então. Estamos aqui para ver com nossos próprios olhos."

Curtius convidou os homens para ver as cabeças de cera que estavam na prateleira à espera de que os donos as buscassem. O homem de branco as examinou rapidamente, depois se sentou sem pedir permissão e começou a folhear o caderno. O homem de cinza passou mais tempo com as cabeças, observando-as de perto com seus olhos escuros.

"Vocês são idênticas aos cidadãos de Berna", ele disse baixinho, se dirigindo às cabeças. "Eu conheço vocês. Escuto vocês pelos corredores estreitos, cochichando. É um sibilado que vocês emitem sem parar. Palavras gasosas. Consigo sentir sua desaprovação."

Ele deu as costas para as cabeças, ficou imóvel por um momento, se agachou e levou a mão ao rosto, como se estivesse com alguma dor, e gemeu baixinho: "Onde posso conseguir um pouco de paz?". O homem pegou uma planta seca do bolso e começou a observá-la enquanto se acalmava, murmurando para si mesmo "*Picris hieracioides*", palavras que pareciam tranquilizá-lo.

O homem de branco, por acreditar que era eu quem estava incomodando o de cinza, fez um sinal para que me afastasse. "Deixe-o em paz, menina feia, venha até aqui. Ele não entende crianças. Já teve filhos, mas os mandou embora de casa. Só que eu entendo vocês. Dá para perceber, por exemplo, que você está querendo saber o que estou escrevendo com tanta pressa, não? Claro que sim. Bom, já que você insiste, vou contar. Estou recordando minhas caminhadas. Uma caminhada acabou de me vir à mente. Eu coleciono as caminhadas da minha vida. Há pessoas que me perguntam se caminhei o suficiente para fazer jus a tal atividade, mas eu respondo que não se trata de quanto caminhamos, mas da intensidade com que o fazemos. E, acredite em mim, minhas caminhadas foram *intensas*. Você deve querer saber por onde foi que caminhei, claro. Não quer, sua pequena abusadinha?" Foi assim que ele me chamou e, bastante satisfeito com a própria observação, continuou falando, sem se preocupar em nenhum momento em se certificar de que eu estava ouvindo: "Pequena feiurinha, pequeno monstrengo em vestido de menina... pequena criatura... pequeno ser lamuriante... pequena gotinha de gente... pequena reprodução de criatura humana... pequena... *pequena?*", ele concluiu, sem saber ao certo o que eu era, só que eu era pequena, uma pequena alguma coisa.

Ele coçou o nariz estreito e olhou para os sapatos, e percebi pela primeira vez que estavam cobertos com sacos de pano amarrados nos tornozelos, escondendo seus calçados das vistas. O homem soltou os sacos e os tirou, revelando os sapatos: eram do tipo mais comum entre os cavalheiros, de couro preto, gasto em algumas partes, com fivelas prateadas.

"Aqui estão", ele falou, arrancando um sapato do pé e passando-o para mim. "Sinta o cheiro. Sinta o cheiro com esse seu narigão."

Eu cheirei o sapato. Um odor horrível.

"Sabe que cheiro é esse?", ele perguntou.

"É de chulé?", especulei, pois aquele homem não estava sendo gentil comigo.

"Paris", ele respondeu. "É Paris."

Foi assim que fui apresentada à cidade.

"Paris", repeti.

"Desenhei o mapa de Paris com esses meus sapatos", ele continuou, "cruzando a Pont Neuf, seguindo pela Rue Saint-Antoine e chegando até as ruazinhas menores. Esses sapatos me guiaram por frases e frases de ruas. Escrevo sobre o que vejo; despejo tudo no papel. Ignoro os monumentos, as grandes igrejas e as construções históricas; falo de gente. Pessoas contentes, pessoas infelizes, as que não são nem uma coisa nem outra: conheço todas. Eu as vejo em minhas caminhadas e as incluo em minhas anotações. Abra qualquer caderno meu, em qualquer lugar, e você vai sentir os cheiros pútridos e ouvir a cacofonia de Paris. Leia qualquer frase e vai ser como se estivesse andando ao meu lado em meio a tudo isso. Foi com esses sapatos que vi: vendedores de enciclopédia exaustos, prodígios da química, delegações da Académie, atores da Comédie-Française e da Opéra, titereiros nos bulevares, sapateiros de extrema habilidade, fabricantes de perucas irascíveis, carregadores arrebentados, dentistas excessivamente caprichosos, médicos de uma incompetência insana, homens em farrapos, parteiras, madames, trombadinhas, os bexiguentos e os empoados, os nascidos em berço de ouro e os rejeitados; cada um dos ingredientes da sopa que é Paris!"

Parecia mesmo um lugar extraordinariamente movimentado.

"Nós somos uma trindade inseparável", prosseguiu o homem, "meu sapato direito, meu sapato esquerdo e eu. Caminhamos por grandes horrores, pisoteamos coisas terríveis. Às vezes escorregamos, admito, mas sempre nos levantamos de novo."

Ele me colocou em seu colo. Não fiquei contente com isso, não era o tipo de coisa que me agradasse, não era agradável sentir as coxas do homem. Curtius, que fingia estar ocupado em sua mesa, quase derrubou uma enorme faca interóssea usada em cirurgia dos membros inferiores.

"Por que esses sacos nos pés, senhor?"

"Porque eu jamais deixo que os meus sapatos toquem ruas insignificantes como as de Berna. Em qualquer lugar fora de Paris, me sinto perdido. Mas em Paris você pode me vendar, pode me fazer dar mil voltas e me deixar em qualquer lugar, e de imediato vou saber em qual dos dezesseis bairros estou, e até os nomes das pessoas que moram naquela rua. Deixei minha cidade — o que é uma coisa terrível para mim — para visitar aquele homem ali que você perturbou. Ele está no exílio. Seus livros foram banidos em Paris e queimados em Genebra."

Eu me virei para o outro homem; ele ainda estava observando sua planta. Esse, pensei, é um homem que escreve livros? Livros que são ofensivos para as pessoas?

"Ela é minha criada", Curtius disse por fim. Eu desci do colo do homem de bom grado e me coloquei ao lado da mesa do meu patrão.

O homem de branco apontou para as cabeças de cera. "No geral, porém, você deve admitir que isso não é grande coisa. Não há nada de errado com o trabalho, que é perfeitamente aceitável. São as pessoas retratadas em seu trabalho que me deixam em dúvida. É como se você tivesse pegado uma pessoa qualquer nas ruas de Berna e proclamado que ela é digna de nota, alguém que os demais deveriam fazer fila para ver e se aglomerar ao redor, quando na verdade são simplesmente figuras comuns."

"Eu nunca faço distinções", respondeu Curtius. "Nem com as partes de corpos, nem com as pessoas."

"Talvez devesse", argumentou o homem. "O que você precisa é de rostos que façam por merecer seu dom, rostos que vão desafiá-lo. Você pode continuar aqui esculpindo figuras medíocres, mas pense só: como vai conseguir progredir com rostos tão sem graça, tão mesquinhos, tão nocivos e obscuros? Você deveria ir a Paris e abrir uma oficina por lá. Se daria muito melhor assim. É uma pequena tragédia vê-lo desperdiçar seus talentos em Berna. Pense nas cabeças que você teria. Todas as melhores cabeças estão em Paris, não aqui. Ah, mas acho que você não vai, não é? Infelizmente, você não parece fazer o tipo. Bem", ele concluiu, "se mudar de ideia, vou lhe deixar meu endereço."

Ele arrancou uma página do caderno e anotou seu nome e endereço, com a palavra "Paris" escrita com um floreio e muitos sublinhados. Seu nome era Louis-Sébastien Mercier.

"E aquele ali, com a planta", falou Mercier, "nós devemos chamá-lo de Monsieur Renou. Apesar de não ser seu nome verdadeiro. Não, nós o chamamos de Renou para não chamar atenção. "Enfim, a *dele*", disse Mercier, apontando para Renou, "a dele é uma cabeça e tanto, com certeza você deve concordar. Para sua informação, como gostei de você, vou dizer quem ele é: em sua sala, de pé bem ali, está o autor de *Emile* e *Du Contrat Social*. O que me diz disso?"

Mas nós não tínhamos conhecimento dessas obras nem de quem seria o celebrado cavalheiro.

"Se algum dia for a Paris", Monsieur Mercier concluiu quando não reagimos como deveríamos ao que nos contou, "caso vá para o lugar onde estão as únicas cabeças que importam, por que não me faz uma visita? Eu gostaria de colocar você em meu caderno — mas, infelizmente, estando em Berna como está no momento, não posso. Mas você é *mesmo* singular, eu admito, com suas cabeças e sua menina criada de rosto grosseiro."

"Todas as boas cabeças estão em Paris?", perguntou Curtius, em choque.

"E em nenhum outro lugar", disse Monsieur Mercier, assentindo e sorrindo. "Venha, caro Renou — pois você hoje é Renou —, precisamos ir." Dando as costas para nós, ele explicou: "Estávamos sendo perseguidos pela cidade e, como nos encontrávamos perto de sua rua, decidimos nos abrigar aqui um pouco. Mas agora já deve estar mais tranquilo para seguir em frente. Agradecemos pelo seu tempo".

Curtius os acompanhou até a porta, apertou a mão enérgica de Mercier (cujos pés já estavam calçados e ensacados) e fez uma mesura para o autor irritadíssimo, que reagiu virando a cabeça para o outro lado.

Não atribuí quase nenhuma importância a essa visita.

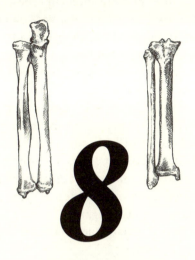

Onde tudo é
muito preocupante.

O cirurgião Hoffmann enfim apareceu com seus avisos finais envoltos em nuvens escuras. Em pouco tempo, na verdade antes do fim da semana, ele avisou Curtius de que os funcionários da justiça viriam. Tudo o que ele possuía seria confiscado em nome do Hospital de Berna, a menos que ele conseguisse ser capaz de realizar o pagamento imediato de suas consideráveis dívidas. Ele estava arruinado, segundo o cirurgião, afogado em dívidas. No entanto, havia uma possibilidade, uma esperança de ser salvo: o cirurgião Hoffmann, descrevendo-se como um homem generoso e o único amigo de Curtius, havia conseguido para ele um quarto no Hospital de Berna, onde ele poderia ser mantido nos limites daquele imenso monólito escuro e receber assistência. Lá haveria quem cuidasse dele e o vigiasse, e ele poderia trabalhar em seus modelos anatômicos sem temer nenhuma distração — em suma, segundo o cirurgião Hoffmann, poderia ser feliz.

"Eu estou encrencado?", perguntou Curtius. "Muito encrencado?"
"Muito mesmo, Philippe. Infelizmente sim."
"Eu não gosto de encrenca. Não gosto nem um pouco. Estou preocupado, cirurgião Hoffmann, preocupado e também assustado."

"Não faz bem para você ter tantas preocupações, Philippe", o cirurgião respondeu, "me deixe aliviá-lo desse fardo. Você não foi feito para as atribulações do mundo; foi feito para ser bem cuidado. Uma pessoa do seu tipo sempre precisa de proteção. Venha para o hospital, temos um quarto reservado para você. Suas refeições vão ser servidas todos os dias, tudo vai ser providenciado, você não vai ter mais preocupação nenhuma. Não vai mais se complicar com suas finanças e, como o hospital vai prover todas as suas necessidades, não vai mais ser necessário ter seu próprio dinheiro. Vou garantir seu conforto e instruí-lo em seu trabalho pessoalmente. Vou mantê-lo totalmente ocupado com coisas do espírito da cirurgia. Portanto, Philippe, seja sensato, enquanto eu ainda posso ajudá-lo. Se recusar minha ajuda, infelizmente vão vir atrás de você para colocá-lo na prisão."

"Na prisão!", repetiu Curtius, ofegante.

"Por ter roubado do hospital. O que você fez é ilegal."

"Eu não sabia! Eu não sabia!"

"Mas você vai estar em segurança dentro dos limites do hospital. Deixe o restante do mundo do lado de fora e, aconteça o que for, você vai estar em segurança lá dentro."

"Eu vou estar em segurança?"

"Vai, sim."

"Fazendo modelos anatômicos?"

"Claro."

"Não cabeças?"

"Talvez, às vezes cabeças. O que há dentro das cabeças."

"Mas eu não quero mais fazer o que há dentro. Elas pesam dentro de mim, as partes de dentro, e me desagradam", disse Curtius. "Sou muito mais feliz fazendo cabeças."

"Philippe, você está feliz agora?"

"Não, não, sou obrigado a admitir que não."

"Isso é porque você vem fazendo cabeças. Essa é a única causa da sua infelicidade no momento."

"E a minha criada? Ela vem comigo? Nós dois temos direito ao quarto?"

"Isso não é permitido pelo regulamento do hospital. Além disso, você não vai precisar de uma criada, já que tudo vai ser providenciado para seu conforto. E no fim você não é capaz de manter uma criada, não é mesmo? Mas eu estou aqui para ajudar. Posso conseguir trabalho para ela na lavanderia."

"Em meio a tantos lençóis de doentes, de tantas enfermidades?", meu patrão murmurou.

"Você vem, Philippe?", perguntou o cirurgião. "Acho que deveria."

"Muito bem. A lavanderia."
"Senhor, senhor?", implorei.
"Paris", murmurou Curtius.
"Você disse alguma coisa?", questionou o cirurgião.
"De forma nenhuma", meu patrão falou. "Cirurgião Hoffmann, será que o senhor poderia me ceder um tempinho para empacotar minhas coisas sozinho? Sou uma pessoa muito metódica; gosto de fazer tudo com precisão, e em paz. Vou levar uma semana, acho."
"Ótimo. Vou mandar os carregadores. Em uma semana. Muito bem, Philippe, você está sendo sensato. Seu pai ficaria muito orgulhoso."
Depois disso, o cirurgião saiu. Eu nunca mais o vi.
"Sou muito corajoso agora", Curtius murmurou assim que a porta foi fechada. "Não estou com medo nenhum. Você não tem como me deixar com medo, cirurgião Hoffmann — bem, na verdade tem, e inclusive conseguiu", ele falou para a porta. "Estou assustadíssimo, mas também virando as costas para você e para Berna. Um lugar tedioso e mesquinho. Tão nocivo e obscuro. Não existem boas cabeças aqui, nenhuma mesmo. Nem a sua, cirurgião Hoffmann."
Curtius entrou no ateliê; começou a embalar as ferramentas.
"Posso ajudar, senhor?", perguntei.
Ele não respondeu.
"Senhor, o que está acontecendo?", eu quis saber.
"Paris, Marie", ele disse. "Paris."
Ele não falou nada sobre eu ir junto.
"Eu vou também?", questionei. "Posso acender o fogareiro. Sei o nome da maior parte das coisas. Posso preparar os rostos das pessoas, posso colocar os canudos nas narinas. Sei fazer tudo isso. E, com o tempo, ainda mais coisas. Por favor, senhor, por favor, me leva."
Curtius interrompeu o que estava fazendo. Ele me colocou sobre a mesa e se agachou, para que nossos rostos ficassem na mesma altura. "Aconteceu uma coisa", ele falou, com os olhos se enchendo de lágrimas. "Você não percebeu? Uma coisa extraordinária. Assim como o osso rádio, que é menor, se funde com a ulna, que é maior, e a fíbula com a tíbia, nós estamos conectados. Você e eu."
"Como é, senhor?"
"Eu não vou conseguir sem você."
"Obrigada, senhor! Obrigada!"
"Não. Não. *Eu* é que agradeço."
Então, Paris. Juntos em Paris. Mas como isso seria feito?

Para ir a Paris, é preciso coragem. Ter coragem significa vender algumas coisas para ganhar dinheiro. Algumas das ferramentas do pai, por uma soma considerável, e dois de seus livros. Ter muita coragem significa ter disposição para dizer o tempo todo: Paris, Paris, Paris. Ter muita, muita coragem significa reunir seus papéis e dobrá-los direitinho, separados daqueles que pertenciam à sua mãe morta. Para ajudar a criar coragem, é possível se apegar a alguns ossos humanos ou peças esculpidas em cera.

"A cera ajuda as pessoas que estão sofrendo", disse meu patrão, me passando uma epiglote de cera. "Em certos países católicos, existe a crença de que, se uma pessoa ou um parente estiver sofrendo com dores agudas em determinada parte de sua anatomia, essa pessoa, ou o parente, deve adquirir um modelo de cera em miniatura da parte afetada — infelizmente, esculpidas com grande desleixo, mas o princípio é o mesmo, e a substância também —, que então pode ser colocado no local certo da igreja, para que Deus possa ver que a pessoa está com dor e ficar tocado a ponto de curá-la. Portanto: a cera ajuda as pessoas feridas."

Pouco a pouco, Curtius foi incentivando a si mesmo, arrastando-se para longe da Welserstrasse, e foi comprar passagens para a viagem. Depois disso se sentiu enjoado, logo depois de virar a esquina, e sujou o paletó, mas a tarefa estava cumprida. Marta, a placa do queixo do meu pai e as minhas poucas roupas foram colocadas com outros itens de primeira necessidade no baú do meu avô. Não ficou exatamente cheio. Curtius embalou a minha cabeça de cera com muito cuidado. "Vamos precisar disso", ele falou, "para mostrar quem somos." As ferramentas, os instrumentos e os livros que não foram vendidos, ele os guardou na velha bolsa de couro de seu pai.

Deixamos a casinha na Welserstrasse na companhia de dois carregadores do hospital. Curtius lhes deu a chave. Disse aos homens que sairíamos para uma caminhada juntos, e que depois disso ele se apresentaria no hospital. "Uma caminhada com um baú?", eles questionaram. "Ah, sim", Curtius falou, inseguro, "está bem leve. Depois vou para o hospital." "Nós vamos levar isso", eles disseram, "deixe aí." "Não precisam se incomodar", falou Curtius, "não mesmo. Se puderem levar a mobília, minha mesa, minhas prateleiras de livros, isso, sim, seria de grande ajuda." Esses objetos, segundo Curtius me disse, seriam suficientes para pagar suas dívidas depois que fôssemos embora. "Mas as peças de cera", ele instruiu em tom bem sério os carregadores, "por favor, carreguem-nas com muito cuidado. Elas são belíssimas, e fico triste por deixá-las... ainda que momentaneamente!"

Nós saímos da casa. De acordo com as estimativas de Curtius, tínhamos várias horas para fugir sem sermos notados. Fomos diretamente ao hotel onde a carruagem pegava os passageiros. Demorou um tanto para a carruagem chegar; Curtius ficou o tempo todo de cabeça baixa. Mas por fim a buzina soou, e o baú da minha mãe e a bolsa de couro de Curtius foram levados. Nossos assentos ficavam no alto da carruagem. Finalmente os cavalos começaram a andar. Curtius estava às lágrimas de novo.

Meia hora depois passamos pelos portões da cidade. Adeus à minha mãe perdida; assim como o meu pai antes de mim, eu estava caindo no mundo, rumo a lugares cheios de incertezas onde, entre outras possibilidades, era possível ter o queixo arrancado.

Berne foi ficando cada vez mais para trás.

E jamais voltaria.

LIVRO DOIS

A CASA DE UM
ALFAIATE MORTO
Até eu completar
dez anos de idade.

1769-1771

9

Parecem crianças novinhas.

No caminho, o dr. Curtius ficou a maior parte do tempo em completo silêncio. Apertou o casaco ao redor do corpo e tentou ao máximo não olhar ao redor. Em Neuchâtel converteu todo o seu dinheiro, de táleres de Berna para libras francesas. Trocamos de carruagem antes de entrar na França. Em Dijon, paramos para passar a noite. Como só havia uma cama no quartinho alugado por Curtius, eu dormi na porção inferior dela. Curtius encolheu os joelhos até a altura do peito, mas muitas vezes enquanto dormia acabava se esticando de forma involuntária, e eu, acordada e apreensiva, via aqueles pés enormes como galeões vindo na minha direção, provocando ondas nos lençóis. Na noite seguinte, em Auxerre, o meu patrão falou durante o sono, citando partes do corpo.

No dia seguinte finalmente chegamos.

A princípio, Paris era só um cheiro para mim, o odor azedo do sapato esquerdo de um cavalheiro chamado Louis-Sébastien Mercier. Mas, ao nos aproximarmos da verdadeira cidade no alto da carruagem, Paris se revelou uma grande névoa de um amarelo encardido: um cancro no céu em meio ao ar de inverno, uma coisa gigantesca, ainda fora das vistas, mas respirando.

Tudo se tornou mais escuro conforme Paris se aproximava, com sombras de sujeira se acumulando no ar. Por fim, chegamos aos portões da alfândega nos limites da cidade. Diante de nós havia um obstáculo de dez metros de altura, uma arcada gigantesca e proibitiva. Os homens da alfândega, sujeitos mal-humorados usando casacos verdes, apareceram. Recebemos instruções bruscas e secas para descer. Mãos frias percorreram nossos corpos. Todas as bolsas e os baús foram retirados da carruagem, abertos e revistados. Curtius murmurou que poderia morrer a qualquer minuto. Estremeci com medo de que fôssemos separados, pois, se isso acontecesse, como o encontraria de novo? Tudo foi examinado. A minha cabeça de cera feita por Curtius foi passada de mão em mão e sacudida, até que, com relutância, foi proclamada um objeto dentro da legalidade. Nossos papéis foram carimbados e por fim fomos liberados. A carruagem passou sob a arcada, abrindo caminho por um enorme bloco maciço e cinzento de sofrimento que mais tarde eu descobriria ser a prisão-fortaleza conhecida como Bastilha.

Enquanto eu observava as casas tortas de fachadas caiadas, o cheiro da cidade voltou a me atingir. Deveria ser o mesmo cheiro que residia no sapato esquerdo de Monsieur Mercier, só que aqui, diretamente na fonte, era muito mais forte. Pensei que fosse morrer engasgada. Havia gente por toda parte ao redor da carruagem, habitantes locais enlameados como o chão das ruas sob nós, gritando a plenos pulmões. Por fim chegamos a uma grande praça. Uma escada foi apoiada à carruagem para os passageiros do teto, e Curtius desceu com passos incertos e as costas curvadas, com os membros inferiores dormentes. Eu saltei logo em seguida. Os meus pés de oito anos de idade tocaram a cidade de Paris pela primeira vez, e foram emporcalhados por ela logo nos primeiros passos. Eu me mantinha bem perto de Curtius, tentando agarrar alguma parte de sua roupa.

"Pois então", disse ele em um suspiro quando enfim recobrou o fôlego, "olá, Paris. Sou Curtius, Philippe Wilhelm Mathias. Aqui estou. Aqui estou." Olhando para mim em busca de confirmação, acrescentou: "Aqui estamos, Marie".

"Paris", falei.

Paris não se mostrou nem um pouco impressionada. "Este é o endereço", ele falou, sacando o papel entregue por Mercier, àquela altura já bastante maltratado.

As pessoas esbarravam em nós, toda uma galeria de rostos parisienses, e nenhum deles se mostrava gentil. Narizes vermelhos, olhos amarelos, dentes marrons, perucas, cabeças raspadas, homens, mulheres, enrugados, lisos, todos com pressa e todos nos considerando inconvenientes por estarmos no meio do caminho. Curtius por fim conseguiu abordar um carregador e lhe mostrar o endereço de Mercier, e o trabalhador, um jovem mal-humorado com a cara ressecada, pegou as várias moedas que Curtius ofereceu, falando com rispidez o tempo todo, apesar de eu não entender uma palavra, e encheu rapidamente seu carrinho de mão com nossos pertences.

Finalmente, depois de atravessarmos ruas movimentadas e furiosas, encontramos a casa de Mercier. Curtius bateu várias vezes usando a aldrava, mas não houve resposta. O carregador sem demora nos deixou lá sozinhos com nossos pertences. Nós nos sentamos na soleira da porta e aguardamos. Duas ou três horas se passaram, durante as quais Curtius especulou sobre o que estaria acontecendo em Berna naquele momento, e que talvez o hospital não fosse tão ruim no fim das contas, e que talvez a lavanderia não fosse um lugar tão sofrido, pensando bem, e que quem trabalhava lá não estava necessariamente fadado a padecer das doenças que erradicava dos lençóis. Da minha parte, fiquei me perguntando o que aconteceria com quem dormisse naquelas ruas inóspitas.

Então por fim ouvimos passos de sapatos se aproximando, batucando o chão, e então pararam. Uma voz se pronunciou em francês. Levantei os olhos e vi Louis-Sébastien Mercier com os sapatos não mais escondidos em sacos de pano, mas expostos para que todos pudessem ver, bastante sujos de lama. Felizmente, ele não havia se esquecido de como falar alemão.

"De Berna, não é? O que estão fazendo aqui? Esta é minha casa."

"O senhor me falou que eu deveria vir para Paris", disse Curtius. "É uma longa viagem, senhor, bem longa mesmo."

"Eu falei? Que bom que as pessoas me ouvem. Está fazendo uma visita de alguns dias?"

"Eu vim fugido, senhor", explicou Curtius, "não vou voltar."

"Vai ficar por um bom tempo, então? Quer que eu escreva sobre você? O que você faz que pode ser digno do meu tempo?"

"Eu faço — quer dizer, fazia, em Berna — cabeças."

"Sim, fazia mesmo! E veio para cá fazer cabeças. Mas cabeças parisienses: cabeças que valem a pena. Por exemplo, poderia pensar em fazer a minha."

"Eu realmente gosto de cabeças", falou Curtius.

"Já tem onde ficar?", perguntou Mercier. Curtius fez que não com a cabeça. "Confie em mim, é melhor ter onde ficar. E dinheiro?"

"Eu faço cabeças. Sou muito bom nisso."

"Isso você já disse. E trouxe com você essa criança, essa... com essa carinha abusada, com essas pequenas feições escandalosas."

"Marie, esse é o nome dela."

"Ela é uma pequena exclamação. Uma pequena afronta. Uma pequena ofensa. Seja como for, é pequena. Sim, eu prefiro Pequena. Pequena é o nome que vou dar a ela."

"Ela é minha."

"Ah, é?"

"Ah, sim, com certeza!"

"Então é melhor ser bem-sucedido, porque caso contrário vão ser duas pessoas fracassadas morrendo de fome, não uma."

"Eu tinha que trazê-la."

"Ah, tinha? Um ato de caridade, foi?"

"Ela com certeza teria definhado até a morte na lavanderia do hospital." Eu teria mesmo morrido, soterrada por lençóis? E quanto a esse novo futuro diante de mim? Até quando se estenderia?

"Ela seria alimentada por lá, imagino", respondeu Mercier. "E teria trabalho."

"O senhor falou que eu deveria vir para cá. Não tenho nenhum outro lugar para ir."

"Pois é. Com certeza não tem mesmo."

Mercier disse a Curtius que ele era um indivíduo dos mais imprudentes, mas talvez também heroico, e que, apesar de Paris estar transbordando de gente, havia lugares vagos aqui e ali, vários espacinhos que ainda não haviam sido tomados, onde uma pessoa poderia viver com sua criada, e talvez até ser feliz. Esses locais às vezes eram anunciados por papeizinhos colados nas portas externas e nas fachadas. Mercier passou para Curtius uma lista de lugares disponíveis para alugar. Havia a casa de um curtumeiro do outro lado do rio, mas era um lugar um tanto desagradável; um inquilino de lá foi encontrado morto durante o sono uns anos antes, com uma coloração estranha na pele. Curtius não gostou de ouvir isso. Como tinha formação médica, Mercier especulou, talvez devesse pensar em ficar na sobreloja do salão de algum barbeiro-cirurgião. Não, não poderia ser nada que tivesse a mais remota ligação com a medicina, Curtius insistiu, era uma ocupação da qual desistira em caráter definitivo. Pela mesma razão, se recusou a se hospedar com um farmacêutico, um cuteleiro, um atacadista de elixires e um coveiro. Por fim Mercier mencionou uma habitação pertencente a uma mulher, uma viúva cujo marido havia trabalhado no ramo da alfaiataria. Havia um filho também, que estava sendo treinado nesse mesmo ofício.

"Uma mulher?", questionou Curtius.

"Existe uma grande quantidade de criaturas desse tipo em Paris."

"Mas eu não tenho nenhuma familiaridade com mulheres."

"E quanto à Pequena aqui?"

"Acho que ela não conta, não é? Ela é apenas Marie, não tem nada de assustadora. Às vezes até me esqueço de que ela é menina; ela parece ter um gênero indefinido, ou um apenas seu: masculino, feminino, Marie. Ela é minha Marie."

Eu era dele; e sabia disso; nada mais importava.

"E francamente", concluiu Curtius, "no fim das contas, a companhia dela me basta. Não, eu não tenho nada que me envolver com mulheres, não mesmo."

"Você quer a minha ajuda ou não?", retrucou Mercier. "Ou eu posso entrar em casa agora mesmo e fechar a porta?"
"Sim, sim, por favor! Eu preciso de sua ajuda. Uma mulher, então, uma mulher!"
"A viúva de um alfaiate."
"Então é isso. Sim."
"Ótimo. Está decidido. Vou chamar um carrinho."
"Ai, meu Deus."
"Podemos dizer que sua vida começa agora, agora que encontrou Paris", explicou Mercier. "O que aconteceu antes não conta. Veja só vocês, são como crianças novinhas em uma grande loja de brinquedos! Com certeza ainda não entendem os objetos que os cercam, nem seus companheiros de brincadeiras; bem, vai haver tempo de sobra para isso. Venham, vamos lá."

Mais um carrinho de mão foi localizado, e mais dinheiro foi gasto. Mercier nos conduziu por ruas sinuosas até chegarmos ao local.

Em algum lugar no apertado miolo da Rue de Petit Moine, no Faubourg Saint-Marcel, havia uma casa tristonha com uma palavra pintada em tábuas tortas suspensas por arames enferrujados. A palavra daquela casa era TAILLEUR. Nas janelas havia panos pretos e ensebados pendurados; tudo estava encoberto pela escuridão. Um alfaiate morrera ali. Mercier estendeu a mão para a porta. Quando a abriu, um sino preso a ela ressoou duas vezes, um ruído bem alto em meio a tanto silêncio. Era um som triste, dois clangores dolorosos que pareciam dizer: *Isso... dói.* Mais tarde eu conheceria bem aquele sino, com seu badalo manchado e calcificado como um cálculo renal que Curtius havia modelado em Berna.

Por fim alguém apareceu à porta. Era um garoto de feições nada marcantes, com um rosto pálido e sem expressão: devia ser o filho da viúva. Mercier falou com ele e, depois de um momento, seu rosto sem vida fez um levíssimo aceno e ele se virou e voltou para a escuridão. Nós o seguimos pelo corredor. A tristeza sufocava a casa; não havia nenhum som, apenas o farfalhar das roupas de Mercier enquanto abria caminho, com passos silenciosos, pelo piso acarpetado. Tudo ali era escuro e úmido. Não só as janelas estavam cobertas de tecido preto como parecia que todos os objetos estavam envolvidos em mortalhas, e o corredor parecia sem fim. Fomos na direção dos cômodos dos fundos, tateando as paredes escuras, até chegarmos a um local onde uma única vela brilhava em meio à abundância de panos escuros. Quando o filho se aproximou de uma pilha de tecidos, essa pilha se moveu um pouco e uma mão apareceu e tocou com carinho o garoto sem expressão, e me dei conta de que o garoto sem expressão provavelmente chamava aquela pilha de tecidos de mãe, e que aquela pilha específica de panos continha um ser humano do sexo feminino, uma viúva, que naquele momento se virou.

Charlotte, a viúva Picot, usava um enorme gorro preto. Seu rosto estava recoberto por uma máscara pesada de luto, com duas mechas rebeldes de cabelos insistindo em cair para emoldurar as bochechas largas. Sua pele era vermelha; os lábios eram cheios, e os olhos, escuros e profundos. Ainda havia nela alguns leves vestígios da menina que um dia fora, tornando possível imaginar seus dias de juventude, antes que a vida adulta começasse a estampar suas marcas. Não era uma mulher sem atrativos, mas a preocupação parecia sufocar toda a beleza que porventura ainda existisse.

Mercier lhe explicou que estávamos lá para alugar um quarto.

"Cabeças", falou Curtius, inseguro, para que Mercier traduzisse. "Meu trabalho é fazer cabeças."

Fui instruída a desembrulhar a minha cabeça de cera e segurá-la ao lado da minha. Fechei os olhos para aumentar o impacto. Ouvi um som de desagrado. Então a viúva soltou uma exclamação, que Mercier traduziu: "Mas são iguais!".

"Sim, ah, sim", disse Curtius, muito orgulhoso, batendo palmas.

"Como você fez isso?", ela perguntou.

"É meu trabalho."

"E você consegue fazer isso com qualquer um, ou só com ela?", a mulher quis saber.

"Com qualquer um, e qualquer coisa", o meu patrão falou, "desde que tenha uma superfície para isso."

"Você ganha dinheiro fazendo cabeças?", questionou a viúva, através de Mercier.

"Essa é minha esperança."

"Ela insiste em dizer que não seria certo fazer isso no seu quarto", disse Mercier. "São as regras da casa. Você precisaria alugar também uma sala de trabalho com ela."

A viúva apontou para mim. Mercier explicou que eu era a assistente de Curtius. Ao ouvir isso, ela falou: "Nós tínhamos uma criada. Mas precisou voltar para a família dela no interior".

"Eu acendo o fogareiro", expliquei. "Conheço todos os instrumentos, sei moer os pigmentos, e..."

"Seria muito bom voltar a ter uma criada. Paulette dormia no quartinho de despensa perto da cozinha. Isso seria aceitável?"

Curtius achava que sim. Uma taxa adicional seria cobrada.

"Ela sabe cozinhar?", perguntou a viúva.

Curtius falou que eu cozinhava para ele, e era muito boa nisso, o que me fez abrir um sorriso largo que continuou estampado no meu rosto bem depois que outros assuntos passaram a ser tratados.

"Bem-vindos à Casa Picot", disse a viúva. "Somos pessoas muito sensíveis, muito sofridas, com o coração cheio de tristeza. Não sejam duros conosco. Nós nos magoamos com muita facilidade. Choramos por quase qualquer motivo, somos muito frágeis, meu filho Edmond e eu." Eu havia até me esquecido do filho; ele estava lá o tempo todo, pálido e sem expressão. "Nos tratem com gentileza."

"Ah, sim! Certamente!", disse Curtius.

Ela estendeu a mão. Por um breve instante, achei que Curtius estivesse em pânico por precisar beijá-la, mas então Mercier explicou: "O dinheiro". Curtius tinha ido alugar um único quarto com aquela mulher, e em dez minutos já estava pagando por três.

"Uma última coisa", disse a viúva. "Seus papéis, por favor. Eu vou ficar com eles."

"Meus papéis?"

"Como garantia de que não vão fugir sem pagar o aluguel."

Ele entregou os papéis. Para mim, isso não parecia certo. Na minha opinião, ninguém tinha o direito de confiscar os nossos documentos.

A viúva puxou o filho de lado e um instante depois escutei o sino: o garoto silencioso saiu. Ela nos mostrou os vários cômodos do local. Lá estavam as mesas de trabalho, as ferramentas, os carretéis de linha, os gizes de alfaiate com formato de pedrinhas achatadas e lisas. Em meio a todos esses objetos, no chão, nas bancadas de trabalho, havia o mundo de um alfaiate, um mundo organizado e pronto para ser posto em uso. Muitas tesouras. Ferramentas para perfurar e cortar, ferramentas para dar acabamento em tecidos, uma grande variedade de agulhas; havia ferros de passar e sovelas; havia fusos e fitas métricas.

"Acho que entendo", murmurou Curtius, "e me solidarizo."

Havia quatro manequins de alfaiate, que eram objetos feitos em formato de pessoas, mas sem cabeça, pernas ou braços. Havia também mais três pessoas de mentira que, ao contrário dos manequins de alfaiate, tinham cabeça e membros. As pernas terminavam em pés estreitos com meias, e as mãos, examinando mais de perto, eram mais como nadadeiras com formato vago, como luvas térmicas que só têm abertura para os polegares. Duas eram silhuetas femininas, e a outra, masculina, todas com o mesmo rosto sem expressão, com um nariz tosco, olhos que eram meras depressões sob a testa e lábios que eram apenas linhas vermelhas bordadas com linha, que jamais se abriam. Não eram pessoas, portanto, e sim bonecos de tecido costurados e estofados com estopa. Eram manequins de loja, feitos para ficar nas vitrines expondo as roupas à venda. A princípio, poderia ser possível pensar que havia toda uma população de habitantes na casa da viúva, mas depois de um instante ficava claro que sua oficina continha apenas essas companhias nada convincentes.

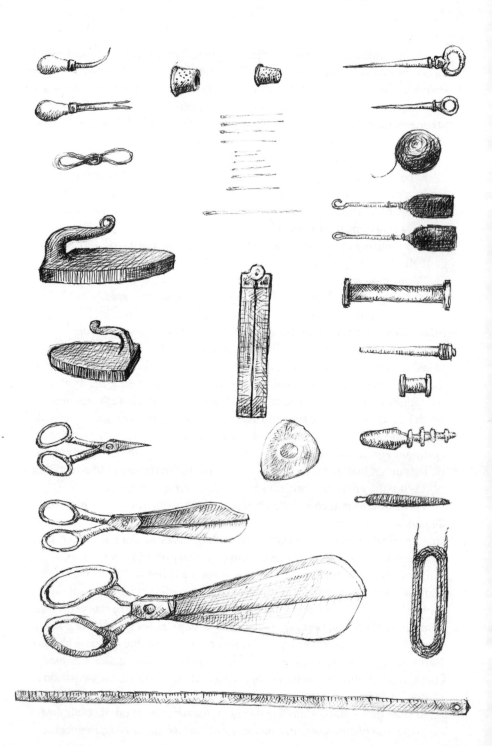

A viúva apontou para um canto, onde havia outro objeto em formato humano coberto de tecido escuro. "Henri Picot", ela murmurou.

"Por baixo dessa capa", Mercier traduziu para a viúva, "está um manequim de alfaiate construído na forma exata do falecido marido dessa senhora. Foi o primeiro que ela e o marido fizeram juntos, e para ela é sagrado. Ela faz questão de dizer que vocês jamais devem tocá-lo. É uma questão de grande importância para ela." Ali, portanto, era onde o luto da viúva se concentrava, como se o objeto sob aquele pano fosse seu coração sofredor.

Fomos levados para a cozinha nos fundos. Fui convidada a entrar, e apresentada ao fogão, ao local onde ficava a lenha e o carvão, às panelas e frigideiras, às tábuas de cortar e aos ganchos onde ficavam pendurados os utensílios.

"Eu vou precisar cozinhar suas refeições aqui, senhor?"

"Acredito que sim, Marie."

A viúva abriu uma portinha na cozinha. Em meio à penumbra havia um quarto, bem pequeno e úmido, com um estrado e um colchão de palha. O cômodo não tinha janela. Curtius lançou um olhar desolado para a viúva, e então se voltou de novo para mim. "Um quarto, Marie. Muito bem. Você vai dormir aqui."

"Sim, senhor. Mas, senhor, eu não posso dormir na sua oficina?"

Curtius repassou a pergunta para a viúva. Ela fez que não com a cabeça.

"Acho que não é esse o costume em Paris", disse Curtius. "Precisamos viver como os parisienses agora."

O quarto de Curtius era no andar de cima, com duas janelas, uma cama escura e um colchão afundado que com certeza já servira para o repouso de muitos Picots já falecidos antes que Curtius adicionasse a ele o formato de seu corpo esguio.

"Vou ser muito feliz aqui", disse Curtius, embora algo em seu rosto sugerisse que estava tomado pelo terror.

O sino tocou. O filho apareceu de novo; tinha ido buscar mantimentos; nós faríamos uma refeição juntos. Mercier concordou em ficar. A Casa Picot tinha uma sala de jantar muito escura, e a viúva e seu filho, Mercier e Curtius se sentaram para comer um prato composto de carne fria e queijo. Enquanto eu me preparava para me juntar a eles, a viúva me interrompeu de forma ruidosa.

Ao que parecia, as criadas em Paris não jantavam com os patrões.

"Em Paris não é assim", explicou Mercier. "Pequena, acho melhor você comer na cozinha."

Eu olhei para Curtius.

"Ainda tenho muito a aprender", ele falou.

"O estrangeiro é alguém sem amigos, considerado um ignorante, com quem ninguém se importa, sob o risco constante de ser massacrado", acrescentou Mercier. "Preso em seu quarto de aluguel, ele olha para o mundo que Paris representa e não entende nada. Todos os estrangeiros precisam aprender francês, caso contrário vão ser excluídos para sempre."

"Então eu gostaria de aprender francês", anunciou Curtius.

Mercier se comprometeu a encontrar alguém para ensiná-lo. A viúva voltou a se manifestar e, apesar de eu entender pouquíssimo de francês, dessa vez compreendi o que ela disse: "Por que essa pessoa ainda está aqui?". Então me recolhi para a cozinha e comi como sempre deveria fazer: sozinha à mesa da cozinha. Mais tarde, o filho sem expressão me mostrou onde a água era armazenada e onde ficava o balde de cinzas para a limpeza, e então me deixou para que eu lavasse os pratos — não só o de Curtius, mas o da mesa inteira. Um pouco depois, Curtius veio me ver. "Vou começar as aulas de francês amanhã. A viúva concordou em me ajudar nisso — uma mulher muito capaz, essa — em troca de uma pequena remuneração. Mercier vai voltar amanhã para posar. Marie, está tudo bem com você?" Mas ele não me deu tempo para responder. "Aqui estamos. Paris, Marie, Paris."

Meu quarto, com a porta fechada, era escuro e abafado. Eu peguei as minhas coisas: a placa do queixo do meu pai, a Bíblia da minha mãe, Marta. Quando eu ficava deitada em silêncio, parecia possível ouvir as paredes úmidas gemerem.

10

Segundas cabeças.

A primeira cabeça que fizemos em Paris foi a de Louis-Sébastien Mercier. Ele explicou que na verdade não precisava pagar Curtius, pois considerava que estava lhe fazendo um favor, pois exibir sua cabeça para futuros clientes era a melhor maneira possível de explicar aos demais o grande dom do antigo médico. "Tudo bem mostrar a cabeça da Pequena", ele falou, "mas, você há de admitir, por mais realista que seja o retrato, por mais afetuoso que seja, ainda é o retrato de uma criança com um rosto esquisito. O que você precisa é de um rosto com alguma gordura, e o meu", ele continuou, beliscando as próprias bochechas, "é justamente isso." De fato, era um rosto com depósitos de gordura, isso era verdade. Mercier insistiu para que Curtius não moldasse só sua cabeça e seu pescoço, mas um pedaço do peito também: um busto de verdade, ele disse, sugerindo que um homem comum pode se comparar aos filósofos da Antiguidade, que um homem pode ser contemplado apenas por ser um homem, e que assim podemos aprender a cuidar melhor da aparência. Essa mudança em nosso trabalho realmente deu à escultura um aspecto de obra mais finalizada, amenizando a impressão de que o restante do corpo estava faltando. Passando a mão por seu rosto de cera, Mercier falou: "Que mapa! Que terreno! Todos os dezesseis bairros da minha cabeça, e aqui", ele falou, batendo no nariz, "a minha Notre-Dame".

Mercier mostrou a Curtius onde conseguir suprimentos na cidade. Eu não os acompanhei. A viúva me pediu ajuda na casa, e Curtius falou que eu deveria fazer isso. Ela apontou para o chão da cozinha e para o esfregão, balançou a cabeça, sorriu e se retirou.

"Gosto muito mais de ser sua assistente, senhor", eu disse mais tarde.

"Ah, sim", ele concordou.

"Eu fui treinada para ser sua assistente, senhor."

"Sim, claro. Mas precisamos ajudar a pobre viúva. Ela está sofrendo tanto. Posso lhe contar uma história, Marie? Acho que é assim: era uma vez um osso solitário, que passava todos os dias sozinho. Então de repente outro osso apareceu, e depois mais outro..."

"Que ossos são esses de que o senhor está falando?"

"Quais ossos em particular?"

"Sim, senhor."

"Bem. Vejamos. A coluna vertebral, talvez. As costelas. Não importa."

"Não importa quais são os ossos, senhor? É isso que está me dizendo?"

"Eu não sei exatamente. Tudo isso é muito novo para mim. Nunca conheci uma mulher antes, sabe, nunca houve uma na minha vida. E agora pode ser que tenhamos ossos novos, e é possível que pouco a pouco uma nova criatura esteja sendo construída. O que é essa criatura, eu não sei. Mas esses novos ossos, eles se encaixam, se encaixam, sim, só que é preciso tempo para nos acostumarmos. As dores do crescimento, certamente. É preciso permitir isso, que as articulações se encaixem. É inevitável que machuque um pouco no começo, inevitável."

Meu dia era dividido entre Curtius e a viúva, entre o ateliê e a cozinha. Ela queria que eu varresse e encerasse os outros cômodos também. Pelo maior tempo possível fingi que não entendia nada. Me escondia atrás do idioma alemão, obrigando-a a comunicar com gestos o que queria que eu fizesse. Ela apontava para as janelas engorduradas, com um pano na mão; eu baixava a cabeça, esperava que ela saísse e voltava para Curtius e suas ferramentas.

No início, tínhamos pouquíssimos clientes: amigos de Mercier, pequenos comerciantes. O primeiro foi o sapateiro de Mercier, a quem ele mostrara seu busto. A princípio Monsieur Orsand não viu sentido na ideia de ter um busto de cera — nutria uma relação mais próxima com as extremidades inferiores do corpo, e não tinha interesse no que havia do pescoço para cima

—, mas concordou em fazer um desde que não lhe custasse muito dinheiro. Com a cabeça na vitrine, ele logo descobriu que atraía mais atenção que os demais sapateiros; ele se destacava, era diferente. As pessoas sentiam que podiam confiar seus pés àquela cabeça.

Depois disso, nosso sino começou a tocar. Mercier trouxe mais comerciantes para a oficina. Eu posicionava as ferramentas sobre a mesa, acendia o fogareiro, moía os pigmentos. Por último, a cera era retirada de onde ficava guardada — sempre uma tarefa executada por Curtius —, e com a cera nas mãos ele se sentia feliz e em casa. Com a cera ele poderia começar a encontrar sentido em Paris.

Em pouco tempo o sino era tocado muito mais para Curtius do que para a viúva, como se ela tivesse sido preterida pelo objeto. Com os meus deveres de cuidar da limpeza veio a necessária liberdade de me deslocar pela casa, então eu vagava de cômodo em cômodo no andar de baixo, me familiarizando com tudo. Quando tinha certeza de que estava sozinha, abria gavetas e armários, encontrando na maior parte das vezes espaços vazios ou fezes de ratos. Mas eu precisava tomar cuidado ao entrar em um cômodo, porque às vezes, depois de vasculhar o lugar, eu descobria que Edmond, o filho da viúva, estava lá o tempo todo, parado em um canto ou sentado sem se mover, com o rosto inexpressivo voltado para mim. Na maior parte das vezes ele surgia ao lado do manequim do falecido pai, o que me impedia de espiar por baixo do pano.

Quando os meus olhos se acostumaram com a semipenumbra da casa, podia me movimentar no escuro e saber onde tudo estava, e também comecei a enxergar com mais clareza. Por trás do luto, pude ver que se escondia algo mais. O luto disfarçava a outra coisa para aqueles que viessem apenas fazer uma visita rápida, ou para quem tivesse uma visão limitada, ou só entrasse em determinados cômodos, como a sala de jantar ou a sala principal, onde os manequins usavam as roupas feitas sob medida da viúva. Mas essa outra coisa com certeza estava lá: agarrada nas cortinas, nas porcelanas lascadas, nas janelas trincadas, nos lençóis puídos; fazia as velas ficarem apagadas mesmo na escuridão e deixava os armários sempre vazios. Essa outra coisa era a pobreza. Os negócios da viúva iam mal das pernas. Edmond foi buscar mantimentos no dia em que chegamos porque não havia comida na casa; apenas depois que Curtius pagou o aluguel eles tiveram o dinheiro.

Em um certo início de noite, eu me vi diante do pano preto que cobria o manequim do falecido Henri Picot. Não havia mais ninguém na sala, eu me certifiquei disso. O objeto proibido estava bem diante de mim.

Lá estava a silhueta de um homem robusto; madeira velha e lona enrugada eram as substâncias das quais era feito o falecido marido da viúva. O tecido no peito do manequim não estava mais tão bem ajustado à armação, mas um pouco afundado para dentro, e a estrutura de madeira estava lascada e gasta. Imaginei que Henri Picot, quando era de carne e osso, devia ter sido um cavalheiro discreto de modos impecáveis, um alfaiate de meia-idade que se casou com uma jovem roliça e costurava seus vestidos, e devia ter familiaridade com os recônditos das roupas femininas, pois logo depois, antes que sua vida fosse interrompida de forma abrupta, fez um filho nela. Eu compreendia que o homem que se chamava Henri Picot havia existido de fato, mas conseguia imaginá-lo apenas como o manequim envelhecido que estava diante de mim naquela noite, somente como uma versão um pouco mais completa daquele boneco, com uma cabeça de tecido e um corpo de pano desbotado com pontos soltos, talvez com botões claros no lugar de olhos, um homenzinho corroído pelas traças.

Estava prestes a recolocar o pano preto quando de repente ouvi um ruído. A viúva estava lá. Havia entrado na sala sem fazer barulho, com seus movimentos abafados pelas roupas pesadas de luto.

Foi um momento de fúria, de descabelamento e de gritos, meus e dela. Como se eu tivesse exumado seu pobre marido. Como se eu estivesse diante de um cadáver de verdade, que não poderia ser violado.

Curtius apareceu correndo. "Marie, a culpa é minha", ele falou quando compreendeu o desastre. "Marie, eu sou o culpado. Deveria ter batido em você, ao que parece. Deveria ter lhe dado uma surra por semana. Eu sempre apanhava. Meu pai era metódico, sabe. Eu disse a mim mesmo, quando o cirurgião deixou você comigo em Berna, disse que as crianças precisam ser disciplinadas — me lembro disso —, mas não fiz nada a respeito."

A viúva, com o rosto vermelho de raiva, gesticulava energicamente, mas quando Curtius terminou de proferir suas palavras assustadoras deve ter pensado que isso não bastava, pois veio até mim de novo e me deu um tapa na cara.

Que estalo esse impacto produziu; que barulho brotou da violência da pele dela quando encontrou a minha por um breve instante, mas com um considerável impacto. Fiquei chocada e magoada, machucada e furiosa, e esperei que Curtius revidasse por mim. Que gritasse com a viúva, que esbravejasse e se enfurecesse com ela.

Mas ele não fez nada.

"Senhor", gritei. "Senhor!"

Ele pareceu surpreso e infeliz, mas não fez nada além de murmurar: "Ah, Marie. Por favor, cara viúva, assim não...".

Porém isso não significou nada, e o que se seguiu foi apenas meu patrão roendo os dedos. O que também não queria dizer nada. Era um nada terrível, um nada abominável, pois com esse nada a viúva entendeu que detinha poder absoluto sobre mim.

O pano foi devolvido ao manequim privativo; Henri Picot poderia voltar a descansar com os mortos. Fui mandada sem demora de volta ao meu quarto; a porta foi fechada atrás de mim sem que me entregassem nenhuma vela; ouvi a porta da oficina se abrindo e Curtius e a viúva entrando. Fui deixada sozinha com o meu rosto inchado.

11
Um progresso terrível.

Nunca houvera uma mulher na vida de Curtius antes. Sua mãe morreu no parto; a chegada do filho coincidiu com a partida dela. Porém agora havia uma mulher, e sua presença o afetou bastante. Logo ele passou a permitir que ela tomasse decisões em seu lugar. Ficava imóvel enquanto ela catava farelos em seu paletó.

Mas Curtius estava em ascensão. Sua oficina logo se tornou o principal cômodo da casa. Os visitantes que apareciam eram recebidos com sociabilidade, conversas e risos por parte de Mercier. A sala continha Curtius e sua cera; exalava cores. Uma felicidade que existia apenas naquele pequeno distrito da casa. Quem resistiria a um lugar desses? A viúva com certeza não: ela mesma ia à oficina com frequência, observando Curtius, estudando seus métodos, às vezes levando vinho — apesar de ele não ter pedido — e se sentando ao seu lado enquanto as cabeças eram confeccionadas. Quando ela saía, percebi que muitas vezes deixava um ou dois fios de cabelo para trás no ateliê. Eu considerava esses cabelos como espiões; quando os encontrava, pegava e jogava no fogo. A viúva e eu estávamos brigando por Curtius; ela desejava a atenção total dele, e eu estava no caminho, portanto sua intenção de me tirar de cena era clara.

Às vezes, quando eu ia da cozinha para o ateliê, descobria que a viúva havia entrado lá durante a minha ausência. Em pouco tempo, ela começou a servir taças de vinho para os clientes de Curtius. Depois do vinho, passou a levar coisinhas para os clientes comerem. Curtius não fazia nada para impedi-la; se sentia honrado com aquilo tudo — e pior, até agradecia —, apesar dos farelos que caíam no piso, que eram esmagados pelos sapatos dos presentes e mais tarde precisavam ser removidos das frestas à unha ou com uma faca. Mas, acima de tudo, o incômodo era ela: uma mulher com suas roupas de luto, com seus cheiros, seus cabelos e seus jeitos de fazer as coisas, estalando os lábios, alisando o vestido sobre os joelhos com as mãos quando se sentava, entrando sem ser convidada. Uma mulher.

Ela ficava lá, vendo Curtius trabalhar; observava os bustos de cera. E então, por fim, deu o bote. Em uma determinada tarde, a viúva de repente se levantou e saiu apressada do ateliê. Pouco depois, voltou com um paletó de sua loja. Ela estendeu a peça, sacudiu-a na cara de Curtius e apontou para um busto, que era de um fabricante de velas. Horrorizado, Curtius não disse nada. Então ela foi até o busto e começou a vesti-lo. Como a peça era oca, dentro da cavidade ela enfiou a parte inferior do paletó, que não precisava ficar à mostra. Em seguida colocou o busto de pé, fazendo com que os ombros do paletó formassem os ombros de um homem. O fabricante de velas estava vestido.

Silêncio.

O peito de Curtius se inflou; pensei que ele fosse tombar para a frente. Então ele encolheu os braços compridos e juntou as mãos em um gesto discreto e silencioso. Para alguém que não estivesse acostumado com seus modos, poderia parecer que ele estava esmagando algum bichinho — uma mosca, talvez, uma rã, um caracol, um gatinho —, quando na verdade estava aplaudindo.

Pense em uma pessoa sem roupas, e pode ser alguém de qualquer época, famosa ou insignificante. O corpo humano mudou pouquíssimo ao longo dos séculos; não importa o que se coloque em cima, o que está por baixo ainda vai parecer o mesmo. Vestindo essa pessoa, porém, é possível distingui-la. Curtius sorriu para o busto vestido. Quando ele sorria, em geral as pessoas olhavam para o outro lado, pois era um sorriso dos mais perturbadores, largo e revelador da totalidade de seus dentes estragados e da ausência de vários deles; era um sorriso diferente de qualquer outro. A maioria das pessoas tem vários exemplos diferentes de sorrisos nos quais basear o seu próprio, mas o de Curtius era o de alguém que cresceu em isolamento, e só o exibia na Welserstrasse a uma plateia composta de

partes de corpos esculpidas em cera. Como a viúva reagiria a essa demonstração? Ela o observou sem desviar o olhar e, depois de chegar a uma conclusão, assentiu com a cabeça. Em seguida, estendeu a mão.
Ela queria dinheiro.
Ele a pagou.
Isso foi só o começo. Como se não bastasse a presença da mulher conosco no ateliê, o filho também posicionou uma cadeira em um canto e fez dali seu lugar. Curtius não disse nada. Em seu canto, Edmond pegava botões e os examinava com todo o cuidado, de ambos os lados, e então os alinhava sobre as coxas, quase sempre com a mesma expressão no rosto.
"Não encoste em nada aqui dentro", avisei para o garoto, apesar de ele não entender a minha língua. "Ele não pode tocar em nada, senhor. É melhor deixar avisado."
"Ele está sentado aí quietinho, Marie."
"Ele não tem mais o que fazer?"
"Você poderia acender o fogo?"
"Como se diz 'não encoste' em francês?"
Curtius me falou, e eu repeti várias vezes. Sempre que desviava a atenção do meu trabalho, o garoto pálido estava sentado em seu canto com seus botões, olhando para mim, e não para Curtius, e eu repetia para ele não encostar em nada. Só quando a mãe dele aparecia eu deixava de passar essa instrução.
Naquela noite, quando fui para a cama, descobri uma coisa terrível. Eu tinha deixado a minha boneca Marta na cadeira do quarto, sentadinha, mas quando voltei ela estava deitada. Marta é capaz de muitas proezas, é fiel e sempre muito acolhedora, mas se está sentada permanece sentada. Ela não se deita; espera que eu a deite. Alguém havia entrado no meu quarto. Não encontrei cabelos na cama nem no chão, então concluí que tinha sido o filho. Abracei Marta com todas as forças. Eu a desmontei e limpei cada uma das peças antes de voltar a montá-la.
Foi o primeiro de uma série de desastres.
Quando cheguei ao ateliê na manhã seguinte, encontrei Curtius parado na porta. Contei o que havia acontecido, e ele disse que lamentava muito, mas me lembrou que eu sofrera uma reprimenda pouco tempo antes por um motivo muito parecido, e também que morávamos na casa da viúva Picot e que, portanto, o quarto em si pertencia a ela.
"Nossas posses estão vulneráveis", falei. "Essas pessoas cobiçam tudo."
Curtius murmurou algo sobre as coisas em Paris serem muito diferentes de Berna, o que deveria ter me feito abrir os olhos, me deixado preparada para o que viria. E então aconteceu: o meu patrão me pediu para cozinhar

não apenas para ele, mas também para a viúva e o filho. A porta da oficina se abriu por inteiro; a viúva estava lá dentro o tempo todo.

"Não é certo uma senhora tão distinta passar o tempo todo na cozinha", Curtius me falou. "Você já viu as mãos dela? São delicadas, mas estão bem maltratadas."

"Eu sei muito bem como elas são", respondi. "Uma delas me bateu."

"Ela as mostrou para mim. São mãos muito doloridas."

"Isso com certeza, senhor."

"Na verdade, eu gostaria de reproduzi-las. Ela vem se mostrando tão generosa, eu gostaria de oferecer algo em troca. Tudo é tão estranho em Paris, e ela está me colocando no caminho certo. Às vezes preciso de orientação. Eu me perco com muita facilidade."

"Eu cozinho para o senhor. Porque é para o senhor que eu trabalho."

"Sim, Marie, e você é fundamental para mim, e uma bênção em todos os sentidos. Mas agora, quando cozinhar para mim, para nós, apenas prepare um pouco mais de comida."

"Mas eu sou sua assistente."

"Isso mesmo."

"Não dela."

"Mas eu estou pedindo. E você precisa fazer o que peço."

"Sim, senhor."

"Não fique assim chateada, não chore, não faça isso, porque eu fico com uma dor aqui." Ele levou a mão ao peito e pressionou seu músculo vital.

"Sim, senhor."

Então eu teria menos tempo no ateliê, menos tempo com o dr. Curtius — que nem sequer pareceu notar, pois, quanto menos tempo eu passava no ateliê, maior era a presença dos Picot ali dentro. A viúva começou a levar seus trabalhos de costura para lá, e Edmond fez o mesmo.

Um dia, na cozinha, escolhi um prato, um bem bonito e lustroso, com um padrão azul no estilo das louças de Delft — escolhi esse de forma deliberada —, levantei-o acima da cabeça e deixei cair. Um acidente, falei.

"Tome mais cuidado", Curtius avisou. Ele nunca tolerou que objetos fossem tratados com negligência.

"Eu não preciso desenhar para o senhor? O que quer que eu desenhe?"

"Não precisa desenhar nada agora; junte os cacos com uma vassoura. Marie, a viúva avisou que, se quebrar mais alguma coisa, você vai ser castigada fisicamente."

Fui sendo cada vez mais rebaixada ao papel da criadagem doméstica. A viúva veio até mim, contorcendo a boca enquanto me olhava, e com seus dedos gordos e uma régua de madeira tirou as minhas medidas. A razão

para isso logo se revelou: ela pegara o uniforme da antiga criada, Paulette, cortara com suas tesouras grandes e, como um açougueiro, picotara vários pedaços do tecido até deixá-lo do meu tamanho. Eu precisaria usar um vestido preto que me pinicava e uma touca branca de segunda mão, com os cabelos sebosos de outra pessoa ainda grudados nela. A viúva mandou que eu me trocasse. Fui para o meu quarto e fechei a porta.

Todos os residentes da casa se juntaram para ver a transformação quando saí, vestida de criada. A viúva balançou positivamente a cabeça, um gesto equivalente ao aplauso de Curtius. Edmond só olhou, sem dizer nada.

"A viúva falou que você tem muita sorte por ganhar essas roupas", Curtius me falou. "Ela fez com todo o capricho para você. Agradeça."

"Eu tenho muita sorte, senhor? Essas roupas me pinicam... posso tirar?"

Não podia. Elas irritavam minha pele, deixando manchas vermelhas e doloridas no meu pescoço e nos meus ombros. Eram feitas de luto; a amargura da viúva as havia tingido. Eu não conseguia respirar direito vestida daquela maneira, e me sentia inclinada a pensamentos melancólicos. Fiquei me perguntando se ela não havia usado os próprios cabelos para costurá-la, se não era a viúva que eu estava usando no corpo a partir de então. Tentei fazer o meu patrão entender como aquilo era errado, mas quando olhava para mim ele só conseguia ver a viúva. A cidade inteira parecia se resumir à viúva para ele.

O dr. Curtius, um mau entendedor dos sentimentos de perda e gratidão, não foi capaz de compreender a relevância da minha metamorfose. Não viu que o que estava acontecendo era uma troca, que eu estava sendo passada para outras mãos. Fui reduzida à criadagem doméstica, aprendendo as palavras que eram úteis às criadas, um vocabulário limitadíssimo, e Curtius não fez nada para reverter esse processo. Os adultos têm muitos defeitos, eu entendo que não são perfeitos — apesar de terem vivido por mais tempo, apesar de se oferecerem como exemplos para as crianças. Eles são maiores, é verdade, e o tamanho confere uma autoridade imerecida. Mas também são facilmente influenciados, podem ser manipulados sem dificuldades. Ele já estava perdido para a viúva a essa altura. Um cabelo da viúva, pensei, algum pedaço dela, devia ter chegado até os pulmões de Curtius.

Ela o convenceu a tomar banho, aquele homem de aspecto sujo, fez para ele roupas novas e queimou as velhas. Como ele gostou daquelas novas vestes. Ela fez com que se barbeasse, cortasse os cabelos, e lhe providenciou uma peruca. Estava tornando-o aceitável aos olhos dela. E como o meu pobre patrão reagia a essas investidas? Eu o espiava em seu quarto, com os cabelos cortados bem rentes, estremecendo em suas novas roupas de baixo, mas segurando a peruca entre os dedos, comentando com orgulho: "Eu a reconheceria em qualquer lugar. Você é a peruca com rabicho do dr. Curtius".

Com essa peruca nova ele parecia um parisiense qualquer. Para mim, parecia que toda a essência de Curtius estava sendo arrancada dele.

Curtius estava sendo tutelado pela viúva, assim como era antes pelo cirurgião Hoffmann. Só que o cirurgião lhe permitia muito mais liberdade, nunca o despiu nem o barbeou. Ainda assim, ele sorria o tempo todo para a viúva, o pobre homem.

Meus períodos de estudo com Curtius se tornaram limitados, cada vez mais escassos. Antes, quando eu lhe pedia para me explicar alguma coisa sobre o corpo, ele me fazia sentar e falava tudo em detalhes. Agora, respondia apenas: "Mais tarde, Marie, mais tarde". "Posso desenhar?", eu pedia. "Não estou com tempo", ele dizia. Se eu desenhasse, perguntei uma vez, ele examinaria meus desenhos? "Marie", ele falou, "você está fazendo barulho demais. Como você pode ver, a viúva está cochilando ali na cadeira, por favor não vá acordá-la."

Então passei a recolher papéis nos outros cômodos da casa — folhas velhas e amareladas que a viúva não usava — e a treinar sozinha os meus desenhos. Encontrei os lápis dela também, e os peguei para mim. Desenhava todos os dias, sem exceção. Eu me lembrava do que tinha visto no dia, armazenava na cabeça e revivia à noite no papel. Não parava nunca; eu desenhava tudo. Cada desenho que eu fazia, cada traço, era uma pequena prova da minha existência.

O dr. Curtius costumava sair bastante com a viúva, que ficava ansiosa para exibi-lo por toda Paris, mas para mim a cidade se resumia à casa do alfaiate morto; se limitava à feira ali perto, e ao poço, e às lavadeiras que iam trabalhar lá uma vez por mês. Um dia, quando estava voltando da feira, vi um vulto em uma sarjeta, uma pilha de lixo, mas ao chegar mais perto notei que havia cabelos em uma das pontas. Uma cabeça, uma cabeça de mulher, grisalha e afundada, um cadáver estendido em plena rua, e os passantes nem sequer olhavam. Uma pessoa em colapso total, imóvel e ignorada, uma pessoa de idade indeterminada que costumava se vestir e se arrumar para andar entre nós. Isto é Paris, pensei: gente morta espalhada pelas ruas, sem que ninguém dê atenção. Esse pensamento me perseguiu até chegar em casa.

Quando voltei a passar naquela rua, o corpo não estava mais lá, em seu lugar havia apenas uma mancha terrível e estranha no chão. Quais eram as regras de Paris? Por acaso havia alguma?

Nas breves ocasiões em que Monsieur Mercier veio falar comigo, recebi alguns ensinamentos a esse respeito.

"Eu amo muito Paris", Mercier me falou, "mas na verdade, Pequena, também morro de medo daqui. Está ficando grande demais. Não há como detê-la."

A cada vez que Mercier aparecia, eu perguntava por onde tinha andado, e ele me dizia. Eu escutava com atenção e me imaginava naquelas ruas movimentadas. Ao notar meu interesse tão intenso, ele passou a ficar mais tempo comigo, a me conduzir por caminhadas mais longas enquanto conversávamos sentados na cozinha. Eu segurava sua mão, fechava os olhos, e juntos nós viajávamos.

{*Substituí a mulher morta por um rato morto.*}

Paris: um passeio guiado por Louis-Sébastien Mercier.

"Estamos no rio agora, Pequena. Você está aqui? Está, sim, bem ao meu lado. Essa ponte movimentada é o órgão vital de Paris, o coração da cidade. Não bombeia sangue, mas gente. Bombeia pessoas para toda a cidade. Quando saem da ponte, estão mais energizadas do que quando entraram. Essa é a Pont Neuf, a maior de Paris. Nesta ponte você encontra de tudo: coisas belas, coisas feias, jovens, velhos, decrépitos, assassinos, santos, doadores, apropriadores, gênios, charlatães, bebês e esqueletos, todos misturados. Aqui as criaturas nascem e morrem, aqui são realizadas manobras de salvamento e também de extinção de vidas. Por esta ponte, ao longo do dia, passa o fluxo constante e sempre em transformação dos mercadores de canções. Muitos desses cantores têm algo faltando: a visão, algum membro, ou juízo, por exemplo. Eles assumem seu lugar e se põem a cantar, músicas lascivas, músicas lentas, músicas que fazem chorar, músicas que obrigam você a dançar, músicas que transmitem paz, músicas que estimulam a guerra. Esses vendedores de canções estão por toda Paris, é uma cidade cantante, mas a Pont Neuf é sua capital. Eles controlam o volume sonoro da ponte, e a ponte controla o volume sonoro da cidade.

"Seguimos para a Place Dauphine. Atenção agora, Pequena, aos tristes edifícios do Palais de la Cité; lá está o alto da Sainte-Chapelle em meio a eles, o grande porta-joias de vidro. Agora, olhando para a frente, a Notre--Dame está logo ali, mas venha comigo por aqui. Vamos nos embrenhar por estas construções infelizes, cruzando um portal de sofrimento. Esta é nossa próxima parada. Entre. Por favor.

"Bem-vinda à vergonha de Paris. Nome oficial: Hôtel-Dieu, a Casa de Deus. Também conhecida como: Buraco da Morte. Por aqui circulam padres e freiras, espalhando doenças de um leito a outro, enfrentando enfermidades do jeito errado, disseminando infecções enquanto tentam disseminar a palavra de Deus. É isto o que os pobres de Paris mais temem: essas paredes úmidas. É isto o que os pobres da cidade dizem uns aos outros: vou acabar no hospital, assim como meu pai. O Hôtel-Dieu não vai rejeitá-los. É onde os pobres vêm morrer. Desespero, desespero, desespero, e venha comigo. Em geral há seis mil pacientes aqui, embora o número varie de acordo com a estação, claro, existem as temporadas de mortes em Paris. Seis mil pacientes, mas apenas mil e duzentos leitos. Não importa seu problema, você vai acabar em uma cama ao lado de alguém com uma doença bem diferente e possivelmente muito contagiosa; o mais provável é que seu colega de leito seja responsável pela sua morte. Eles levam os mortos em carroças na primeira hora da manhã ou na calada da noite, para que ninguém veja a colheita do dia. Construções do Espírito Decaído! Não respire fundo demais, pois o ar nessas construções é de uma natureza maligna e furiosa, agravada pelo rio, que torna tudo pesado e úmido. Não existe sequer um recanto seco em todo o hospital. Perdão, pois este edifício precisa de um pontapé. Dou um chute nele toda vez que passo por aqui com estes amados sapatos, eles até já estão acostumados. O couro fica um pouco arranhado, e meus dedões doem, mas mesmo assim este edifício precisa de um pontapé. Existem muitas construções em Paris que exigem pontapés.

"Venha, existem mais coisas para você ver. Aqui neste pequeno pátio, onde o ar que você respira já foi esquecido há tempos por todos os demais, você vê, espremida junto a uma parede coberta de musgo e com água escorrendo, uma pequena cabana. Um chiqueiro, mais apropriado para um porco. Ou um canil para um cachorro indesejado. Foi isso o que encontrei em uma das minhas caminhadas. Por favor, faça silêncio. Observe. Agora preciso sussurrar. Dentro dessa pequena gaiola de madeira está um dos pacientes deste lugar. Um menino envolto em trapos imundos, estremecendo, balbuciando sozinho. Uma criança com uma cabeça gigantesca. A criança é magérrima, veja, mas a cabeça grande faz os olhos ficarem afastados, as duas bochechas são como globos, e o todo transmite a impressão de um enorme domo de inchaço. Uma criança com hidrocefalia, apodrecendo na escuridão, roendo avidamente um osso cujo potencial nutritivo já não existe há tempos. Veja o cartaz pendurado em seu pescoço: NÃO ALIMENTE. Você vai me perdoar agora por me tornar excessivamente alegórico. Eu chamo essa criança de *França*. Seu verdadeiro nome, creio eu, já não se sabe. A França, veja você, é uma criança defeituosa cuja nutrição se concentra apenas na cabeça, deixando o corpo fraco e emaciado. A cada vez que se alimenta, apenas a cabeça cresce, nunca o corpo. E ela não para de comer. Está sempre faminta. A cabeça da França cresce, enquanto o corpo morre de fome. Por quanto tempo você acha que ela vai continuar viva? Por quanto tempo você acha que a nossa nação vai ser capaz de sobreviver? Agora, shhh. Vamos embora. É hora de ir em frente. Não fique muito tempo aqui. Não há nada que você possa fazer pela criança. Ela só está agitada porque acha que vai ser alimentada. Não tem nenhum interesse por pessoas, apenas por comida. Venha, vamos sair deste barraco escuro e apertado e tomar um ar, subir tanto quanto for possível. Vou levar você a sessenta e quatro metros de altura, e então, quando não houver mais para onde subir, vamos olhar para baixo.

"Certo. Notre-Dame. Aqui está o tempo, Pequena, entalhado em pedra. O maior monumento de nossa cidade, a mais famosa de suas construções. O mais sábio e mais complicado de seus edifícios. Você não acha que, com todos esses botaréus suspensos a partir das laterais e da parte posterior, ela parece uma imensa aranha de pernas arqueadas tecendo a teia intrincada e complexa de Paris, alimentada pelos visitantes que deixam moedinhas destinadas à caridade? Afinal de contas, ela é o primeiro objeto digno de nota nesta bagunça monstruosa. Vamos subir as escadas em espiral deste monólito. Eu vou na frente, para ser o primeiro a contornar cada curva.

"Está ouvindo o eco da minha voz, Pequena? Às vezes mais perto, às vezes mais distante? As escadas ficam mais estreitas, girando sem parar, subindo e subindo, até uma altura imensa. É possível captar vislumbres da cidade pelas janelas estreitas, cada vez menor, cada vez mais distante, à medida que subimos. Está ouvindo minha respiração, meus amados sapatos contra os degraus de pedra? E os degraus parecem mais relutantes agora, se acostumaram com o ritmo e querem continuar subindo para sempre, mas depois de uma última curva chegamos ao topo da Torre Norte.

"Então. Aqui está. Paris vista do alto da torre. O que posso dizer? O seguinte: Paris está situada no meio da Île-de-France, às margens do Sena. Sua latitude é quarenta e oito graus e meio e mais três minutos, a leste de Londres. Três quilômetros e duzentos metros de extensão, nove quilômetros e meio de circunferência. Você há de observar que a cidade é quase perfeitamente redonda. Dê uma olhada, por favor, aqui está. Paris, cujo antigo nome era Lutetia — que significa, o que não deve ser surpresa, a Cidade da Lama. Ou, como podemos chamá-la: Cidade Subterrânea. Ou talvez: Labirinto de Sombras. Ou até: Universo Concentrado. Está tudo aí, veja só, vivo e em movimento. É possível ver os palácios — lá está o Palácio das Tulherias. É possível ver os hospitais — lá está o Dôme des Invalides. É possível ver os teatros — lá está a Comédie-Française. É possível ver as prisões — atrás de nós está a monstruosa forma oblonga da Bastilha.

"Mas o que isso tudo significa? Como você pode compreender, como pode fazer uma leitura dessa grande massa de telhados, essa grande confusão de construções e pessoas, esse caldeirão, essa pia gigantesca em que tudo é despejado, oitocentas e dez ruas, vinte e três mil casas onde moram setecentas mil pessoas? Todas mantidas dentro de uma cidade trancada a chave — não é possível sair sem permissão —, e todas elas, ou a maioria, tentando sobreviver, querendo o melhor para si neste lar, neste mundo que é Paris!

"E mesmo assim! Ora! Escute com atenção, Pequena. Eu entendi a terrível verdade: Paris está sufocando. Não tem como continuar, não tem como respirar, nenhum ar chega aos seus pulmões repletos de sangue. Você quer fazer uma pergunta, Pequena, já percebi. Todo mundo quer. Você quer saber como alguém é capaz de suportar este lugar, este lar deplorável, esta capital da miséria. Quer saber como as pessoas conseguem respirar este ar envenenado todos os dias. Por que as pessoas se misturam com essas poças de urina, por que escolhem viver nos excrementos, por que criaturas cujos olhos ainda são capazes de registrar a luz se trancam voluntariamente no mais escuro dos abismos. Bem, vou dizer para você, porque é bem simples: hábito. O parisiense sente uma ligação com todos esses males, porque este lugar podre e corrupto é o inferno que chamamos de lar. E nunca vamos deixá-lo, pois, apesar de tudo, nós o amamos. Nós o amamos. Eu o amo.

"Aqui termina o passeio. Agora vou tirar o sapato e passá-lo por aí. Todas as doações são aceitas com a maior gratidão. Você não tem dinheiro, Pequena? Então me dê um beijo, como a estranha criança de Paris que você é."

E eu o beijava no rosto, e ele ia embora, me deixando na cozinha, de olhos fechados, imaginando a mim mesma flanando pela cidade.

13

Eu sou excluída.

À noite, desenhei as cabeças dos peixes que comprei naquele dia. Tudo era desenhado, e minha pilha de papéis amarelados estava minguando. Os desenhos, eu os enrolava e escondia atrás de uma gaveta da cozinha. À noite, entrava no ateliê às escondidas e desenhava as cabeças de Paris feitas por Curtius. Nessa época a minha cabeça, modelada em Berna, havia sido retirada da prateleira, enrolada em tecido e guardada em um armário. Eu me sentava com essas novas figuras de cera e sentia que ficavam felizes em me ter por lá. Estavam ansiosas para falar, acho, mas não eram capazes. Existe uma certa melancolia nas cabeças de cera: elas nunca nasceram e, apesar de capturarem a vida, para elas não existe vida. Nos momentos de maior silêncio, eu murmurava para aquelas personalidades incompletas: "Vou me sentar com vocês. Estão com medo do escuro? Não precisam ter".

Naqueles dias, na casa do alfaiate morto, era possível ouvir, a princípio de forma quase inaudível: o som de um tilintar distante, de mecanismos rangendo, os ruídos de um grande maquinário ganhando vida. E para escutar esses ruídos era necessário ter muita fé, pois só o que havia então eram uma viúva e seu filho observador, um médico estrangeiro bem magro e sua menina criada, e uma casa de luto. Era um negócio muito pequeno na época, nada que pudesse atrair atenção, tudo muito modesto. As pessoas são capazes de encontrar inúmeras formas de garantir seu sustento. Havia milhares de estabelecimentos em operação pela cidade. Na Rue des Chiens, conforme Mercier me contou, um pai e um filho esculpiam olhos de vidro; Curtius começou a comprá-los para colocar nas cabeças de cera. No Quai des Morfondus, um homem comercializava perucas de segunda mão. Na Rue Censier, uma pequena escola, fundada por uma matrona de Toulouse, produzia flores artificiais; a viúva as usava para decorar o ateliê de Curtius, que já vinha servindo inclusive de sala de estar. E na Rue du Petit Moine, havia um pequeno negócio dedicado a produzir bustos de cera de comerciantes parisienses. As pessoas são capazes de encontrar inúmeras formas de garantir seu sustento.

Os meses se passavam. A viúva trabalhava nas roupas para os bustos. Uma vez, enquanto eu polia as ferramentas, vi a viúva pegar um busto enquanto falava. Depois de um instante, colocou-o de volta no lugar, mas não de forma muito precisa, fazendo com que se sacudisse para a frente e para trás. Curtius viu a cabeça balançando e — *ó que palavras maravilhosas!* — gritou: "Que manejo é esse! Como se fosse um pedaço de carne de açougue!"

Eis o dr. Curtius, pensei, ele voltou! Mas, imediatamente, ele pareceu horrorizado consigo mesmo. A viúva ficou em silêncio; ela não o compreendeu, mas ouviu sua raiva, e então, de repente, se pôs a chorar. Ao percebê-lo, Curtius caiu em prantos, e a sala toda virou uma choradeira generalizada. Não fazia muitas semanas que o alfaiate morrera, lembrei; era um luto muito recente, e ainda afetava a mulher com toda a força. Ela jamais se mostrou dessa maneira de novo, mas por um momento lá estava: um ser humano buscando a sobrevivência.

Então, enquanto limpava o rosto com o lenço, a viúva olhou ao redor e percebeu que eu a observava, e imediatamente entendeu o que vi. Sua boca se curvou um pouco para baixo, em uma expressão de reconhecimento total, e eu sabia que havia me tornado uma inimiga ainda maior. Tinha descoberto sua vulnerabilidade.

Depois disso, a viúva nunca mais manipulou uma cabeça com indiferença. A princípio só começou a tomar mais cuidado, porém, com o passar do tempo, admito que ela passou a mostrar certo carinho pelo trabalho. Pareceu ter captado como aquilo era importante para Curtius, a grande preocupação que ele demonstrava com queixos e orelhas, a empatia que sentia em relação a cada parte do corpo. Curtius adorava pálpebras e lábios; se exaltava por causa de uma sobrancelha, se empolgava com uma verruga ou covinha. Se alguém que posava tivesse um ou outro cabelinho na venta que o barbeiro deixou passar, Curtius fazia questão de que isso fizesse parte da cabeça finalizada. Não importava se a cabeça que ele estava moldando tinha vasos estourados ao redor do nariz, ou poros tão abertos que poderiam ser vistos a metros de distância; não fazia diferença se a cabeça tinha olhos estrábicos, ou se a pele fosse tão oleosa que a cera precisava ser envernizada para simular as manchas brilhantes: quem quer que surgisse em sua frente, Curtius adorava. E, de todos os rostos do mundo, o da viúva era o que ele mais via, e a familiaridade fez crescer seu interesse.

Tudo isso, a viúva foi observando e aprendendo.

E, conforme ela aprendia, para a minha infelicidade, as coisas iam se misturando. Quando voltava à oficina sempre que possível, eu acabava descobrindo novos e terríveis progressos. As ferramentas dela, por exemplo, estavam perto das dele na mesa. No começo eram mantidas em lados opostos, porém mais tarde vi aquelas ferramentas diferentes, as dela e as dele, se aproximando e se acostumando com a presença umas das outras. Uma vez eu vi a viúva estender a mão para pegar o trocarte do dr. Curtius, o trocarte com haste reta, projetado para penetrar a pele e drenar abscessos profundos, mas que era usado com muito sucesso por Curtius para esculpir vias em orelhas de cera. A viúva pegou o instrumento e o usou para furar um pedaço de calicô. Mas isso não foi tudo: inacreditavelmente, às vezes Curtius pegava emprestados os ganchos estreitos de prender botões da viúva e os usava para moldar narinas. Portanto, como é possível compreender, eu precisava agir antes que fosse tarde demais.

Apenas eu poderia colocar ordem na casa. Apenas eu poderia ajudá-los. Minha função era manter as coisas em seu devido lugar; era uma das minhas obrigações. E foi isso que fiz. Peguei as coisas de costura e arrumei-as direitinho na oficina do alfaiate, onde sempre estiveram. E recebi algum agradecimento pelo trabalho caprichado? Nada disso. Como reclamaram, aqueles dois. Como resmungaram, como protestaram, falando que não conseguiam encontrar mais nada. Eu era péssima, eles disseram. A viúva sugeriu que eu fosse enxotada de lá, mandada de volta para Berna, que era o meu lugar, por mexer nas coisas dos outros; segundo ela, eu deveria ser expulsa da França, onde não era desejada nem bem-vinda. Para quem eu poderia ser devolvida era uma boa pergunta. Mas o meu patrão não me dispensou, apesar de concordar que o que fiz não poderia ser ignorado.

Eu precisava ser punida pela minha conduta, conforme foi anunciado. Me preparei para uma surra, me perguntando quem me bateria, Curtius ou a viúva. Mas não houve castigo físico: o meu acesso à oficina foi proibido. Eu nunca mais deveria entrar lá. Estava banida de forma vitalícia. Tentei argumentar com o meu patrão, mas ele simplesmente me deu um tapinha carinhoso no topo da cabeça, no meu gorro de criada, e repetiu que a decisão já estava tomada. E isso foi uma espécie de despedida. Depois dessa ocasião, eu só o via alguns minutos por dia, e quase sempre sob a vigilância da viúva.

Curtius havia me ensinado muitas coisas. E mostrou afeto por mim também. Talvez fosse melhor que nunca tivesse feito isso, pensei. Talvez assim eu tivesse ficado quieta; eu poderia ser uma excelente criada; não teria tantas ideias na cabeça. Mas ele me fez pegar esse gostinho — pelo trabalho, pelo pensamento, pela cera —, e eu não conseguia tirá-lo da boca. Apeguei-me a tudo isso. Todas as noites, enquanto eles dormiam no andar de cima, eu ia à oficina e as cabeças de cera me contavam tudo o que acontecera durante o dia. E eu desenhava. Pegava os livros de anatomia, estudava e desenhava. Queria muito vê-lo, mas ele nunca mais foi até a cozinha me ver; só Mercier me visitava de tempos em tempos, beliscava o meu rosto com os dedos sujos de tinta e então saía apressado para suas andanças pela cidade.

Portanto, em um determinado dia, fiquei empolgadíssima quando bateram na porta da cozinha e o meu patrão entrou.

"Marie", ele falou, e em seguida foi logo dizendo: "A viúva notou a falta de várias folhas de papel de alfaiataria. Você sabe onde estão?".

"Papel de alfaiataria? Juro que nem sei do que o senhor está falando."

A viúva estava ensandecida. Aqueles papéis amarelados que peguei eram materiais de trabalho de seu falecido marido. E ela estava me acusando de ter colocado fogo em tudo. Fui chamada de criança estrangeira maligna, alguém que jamais saberia qual era seu lugar.

"Marie", Curtius disse com os olhos marejados, "você não vai escapar daquela surra agora."

"Não, senhor, por favor!"

Mas o filho sem expressão se manifestou. Apenas duas palavras em francês, que Curtius me ensinara: *eu* e *peguei*. E então ficou em silêncio de novo.

Só que aquilo não estava certo. Ele não havia pegado nada. Fui eu. Por que ele mentiria? Por que dizer aquelas palavras, que deixou todos em silêncio absoluto na cozinha? A viúva então saiu junto do filho.

"Ela deveria se desculpar comigo, senhor", falei, mal acreditando no que estava dizendo, mas fazendo de tudo para me aproveitar da situação da melhor forma possível. "Ela deveria se desculpar."

"Marie", ele respondeu, "sou eu que preciso me desculpar com você. Tinha certeza de que você havia pegado as folhas. E lamento muito por isso." Não me senti nem um pouco melhor ao ouvir essas palavras.

Mas por que o garoto tinha mentido? Por quê? Isso ninguém me explicou.

Certa noite, enquanto subia a escada com as roupas de cama de Curtius, vi uma coisa terrível. Quando espiei por uma porta entreaberta, percebi que a viúva estava sem o gorro, revelando uma enorme cabeleira. Com um pente na mão, Edmond se movia ao redor daquela imensa massa capilar. Fiquei lá no escuro, observando Edmond enfiando até os braços, ao

que me parecia, nos cabelos da mãe para desembaraçá-los. O lado suave da viúva, mantido escondido durante o dia, era solto e cuidado com carinho pelo filho à noite. Ele penteou a mãe com gentileza antes de juntar todo o seu afeto em tranças que pareciam grandes intestinos de cabelos, as quais ele enrolou e prendeu com grampos na cabeça da viúva antes de escondê-las das vistas sob uma grande touca de pano preto. A viúva amarrou o laço sob o queixo carnudo, e, com os cabelos escondidos, a dureza de sua expressão voltou à tona. Os olhos dela se abriram, se viraram de repente e me encontraram na porta. Eu me afastei às pressas. Aquela cabeleira toda me fez lembrar de uma das pessoas da Bíblia da minha mãe, Maria Madalena, no deserto.

    O que recebi em retribuição por espiar a viúva no quarto — *espiar* foi a palavra usada por ela — foi ser proibida de subir ao andar de cima à noite. "Por favor, Marie, não a incomode", Curtius pediu. Inclusive, eu não poderia nem continuar limpando o quarto do meu patrão; a viúva se encarregaria disso. Eu havia virado pouco mais que uma cozinheira. Sentada na cozinha, fiquei remoendo a minha raiva. Remoí até não aguentar mais e entrei na oficina sem bater na porta.

    "Se eu sou uma criada, então preciso ser paga. Aprendizes não recebem salário, mas criados com certeza sim."

    "Marie, o que você está fazendo aqui?"

No entanto, Curtius conversou com a viúva. E compreendi pelo gestual dos dois que estavam falando de dinheiro. Eu estendi a mão. A viúva deu risada.

"Nada de dinheiro?"

"Então, veja bem", disse o meu patrão. "Eu quero lhe pagar. E vou pagar um dia. Só que no momento estou um pouco sem dinheiro. Mais tarde, com certeza vou ter dinheiro e vou pagar. Mas, por enquanto, não. Por enquanto, Pequena, você está sendo paga com comida e moradia."

"Eu preciso ser paga", falei. "Tenho quase certeza disso."

"Bem, sim, é provável que você tenha razão. Eu não conheço os costumes de Paris. Mas vai ficar tudo bem."

"Vai mesmo?"

"Ah, sim."

A viúva falou alguma coisa. Curtius abriu um sorriso tristonho.

"Hã, Marie... Acho melhor você se retirar agora."

"É isso o que o senhor acha?"

"Hã... Sim, Marie. É, sim."

"Então eu vou fazer isso."

E eu não tinha para onde ir. A não ser para a cozinha. Se fosse embora daquela casa, o que seria de mim? Não parecia haver uma opção que não fosse ficar; era a minha única escolha na vida. Caso contrário eu poderia tombar, como a mulher morta no meio da rua. Além disso, eu não poderia fugir do meu patrão. Como ele conseguiria se virar sem mim? Seria engolido vivo pela viúva. E digerido sem a menor dificuldade.

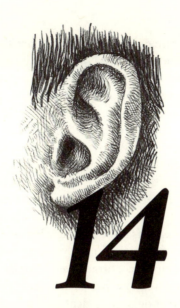

Os Edmonds, na cozinha.

Eu estava em um banquinho na cozinha limpando um coelho para assar, e devia estar muito concentrada na tarefa, porque escutei um leve farfalhar de repente... Percebi que não estava sozinha. O filho da viúva estava ao meu lado. Ficou me encarando por um tempão, e eu retribuí o olhar. "Não encoste", avisei no idioma dele. E, depois de um tempinho, complementei: "Obrigada". Suas orelhas ficaram vermelhas imediatamente. Uma coisa que posso dizer é que ele tinha as orelhas mais eloquentes que já vi. O rosto permanecia pálido, ele não estremecia nem um pouco, mas as orelhas coravam. Por fim o garoto assentiu de leve, como se tivesse refletido a respeito por um bom tempo e finalmente chegado a uma conclusão. Ele remexeu o bolso e sacou um boneco de pano bastante gasto.

"Edmond", ele falou, mostrando o boneco.

"Edmond?", perguntei, apontando para o boneco.

"Edmond", ele respondeu.

"Edmond? Edmond e Edmond?"

Ele fez que sim com a cabeça. O garoto tinha dado seu nome ao boneco. Logo percebi que aquele boneco guardava uma relação com o manequim que tinha a silhueta do alfaiate morto. Ali, naquela casa desolada, as formas dos residentes eram duplicadas. Havia a família em carne e osso, e uma segunda família, a de tecido. Essa população de tecido a princípio era invisível; o povo de pano se mantinha recolhido, formava uma tribo silenciosa e discreta; depois de algum tempo, porém, seu material desgastado dava as caras em suas formas vagamente humanas, com seus suspiros quase imperceptíveis. Eles ocupavam espaço. Sentimentos humanos feitos de trapos, saltando para a meia-luz. Ali estava a representação de Edmond, um filho do manequim do alfaiate. Dei uma boa olhada na coisa.

Depois de um instante de silêncio e reflexão, lavei as mãos e a peguei com cuidado. "Marta", falei. Edmond já a conhecera antes, mas não sabia seu nome.

Coloquei Marta sobre a mesa. Ele baixou Edmond com toda a cautela. Edmond, o boneco, fora feito usando dez ou doze pedaços diferentes de tecido, a maioria de cor cinza, costurados ao redor do corpo para manter sua integridade estrutural. Havia várias partes rasgadas e furadas; não consegui identificar ao certo onde deveria ficar cada membro. Ao que parecia, o boneco já havia sido remendado e costurado inúmeras vezes, com novos pedaços de pano sendo incorporados a Edmond em cada reparo. Um menino de pano em miniatura, um guardador de segredos, uma pessoinha com quem se preocupar e cochichar as coisas.

Estávamos sentados à mesa da cozinha, eu olhando para o seu Edmond, ele olhando para a minha Marta, até que Edmond guardou Edmond no bolso, levantou, fez uma mesura e se retirou sem dizer palavra. Eu entendi a importância daquele encontro. Ele havia se revelado por inteiro, da maneira como podia: através daquele tecido ligeiramente úmido. Era a primeira vez que Edmond me fazia uma visita na cozinha.

Desse momento em diante, sempre que sua mãe saía, o menino pálido entrava. Edmond trazia botões consigo, para ter alguma coisa para fazer, e os ordenava em fileiras sobre os joelhos. No início, ficava bem quietinho. Tentei desenhá-lo, mas, quando punha o lápis no papel, como sempre começava pelo nariz da pessoa, ficava confusa, pois seu nariz não se parecia muito com um nariz, nem os olhos, nem a boca; apenas as orelhas eram úteis, quando ficavam vermelhas. No começo cheguei a temer que a representação em tecido pudesse ter mais personalidade que o menino. Quanto mais me concentrava nele, porém, mais ele começava a se revelar, como um besouro noturno que aparece apenas quando todos os demais já se recolheram e você precisa ficar a noite toda acordada velando um cadáver. Quando o descobri de fato, quando tinha sua imagem a lápis terminada diante de mim, passei a vê-lo claramente — como se ele fosse um quebra-cabeças que eu havia resolvido.

Ele tinha lábios cheios; olhos verdes; as narinas não eram simétricas; tinha algumas sardas ao redor do nariz; tinha uma pequena verruga na nuca. Eu o desenhei várias vezes, até que se habituasse a posar. Depois de um tempo, quando não o desenhava, ele parecia ficar um tanto incomodado.

Nesses dias, a minha existência se dava em meio à névoa do estrangeiro, de acordo com as palavras de Monsieur Mercier, o que significava que a minha existência era incompleta. Eu não era capaz de entender muita coisa além das poucas palavras que a viúva me dirigia. Mais tarde, porém, quando ela saía com o meu patrão, eu também passei a dispor de um professor. Quando Edmond apareceu na cozinha, decidi que ele deveria fazer mais além de brincar com seu boneco e seus botões. Peguei um pano — uma palavra que aprendi com a viúva — e mostrei a ele.

"Pano", falei. "Pano. Pano."

Edmond não disse nada.

Apontei para a janela. "Janela", falei. Apontei para um frango pendurado na cozinha. "Frango", falei. "Frango."

Edmond não disse nada.

Apontei para o botão em sua mão. Apontei para o botão. Continuei apontando para o botão.

"Botão?", ele perguntou por fim, em seu idioma.

"Bo-tão", repeti. "Bo-tão."

Somente depois de fazermos a mesma coisa com *camisa* e *colarinho* e *cabelo* ele entendeu que eu estava lhe pedindo para me ensinar francês. Passamos pelas oficinas de alfaiataria, que, negligenciadas pela mãe, tornaram-se território dele. Eu apontava para um objeto e ele me dizia o nome, e eu deveria memorizar aquele nome, porque Edmond me cobrava na vez seguinte. Ele era muito sério. Quando eu errava, seu rosto sem expressão se abalava um pouco, mas seu tom de voz nunca se elevava. Era sempre tranquilo e gentil.

Aprendi francês pela linguagem dos alfaiates. Assim como o meu patrão me ensinou seus conhecimentos bastante específicos, Edmond me transmitiu o que conhecia do mundo. Minhas primeiras palavras não foram *gato* e *rato*, mas *linha* e *tesoura* e *carretel*. Sabia falar *remendo* antes de dizer *boa noite*, *aniagem* antes de *como vai*, *calicô* antes de *olá*, *dedal* antes de *hinário*. Aprendi o que era *craquette* e *poinçon*, *marquoir* e *poussoir*, *mesure de colette* e *mesure de la veste*. Eu mergulhei em seu mundo de palavras.

O objeto mais importante para Edmond, além de seu Edmond de pano, era sua fita métrica, uma longa tira de couro fino com marcas maiores e menores na lateral. Havia muitos outros instrumentos de medição, varetas compridas de madeira com números nas laterais, mas a fita métrica era

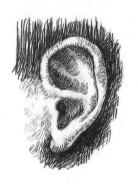

de Edmond, e ficava amarrada em torno de sua cintura quando não estava em uso. Edmond me mediu. Depois de meses de aulas clandestinas, já não bastava dizer apenas "Meu nome é Marie", era necessário falar "Meu nome é Marie, meus ombros medem seis centímetros e meio; meu pescoço, dezoito centímetros; meus braços, da axila ao punho, trinta e nove centímetros; minhas pernas, quarenta e um centímetros; minha cintura, quarenta e quatro centímetros". Quando enfim aprendi as minhas medidas com Edmond, eu já era capaz de compreender a maior parte do que ele tinha a dizer.

Depois de um tempo, comecei a exigir mais de Edmond. Queria livros, cartilhas para me ajudar a aprender. Queria saber mais do que as palavras usadas pelos alfaiates. Com Edmond como professor, o meu domínio do idioma progrediu. Comecei a alcançar o nível do meu então distante patrão e, depois de um tempo, inclusive a superá-lo, pois a viúva às vezes me abordava e perguntava: "Como você sabe essa palavra? Eu nunca lhe ensinei isso".

Diante dos manequins de alfaiate da sala da frente, Edmond me perguntou à sua maneira precisa e tranquila: "Posso lhe mostrar melhor nossos manequins de loja? Nós os vendemos para alguns estabelecimentos da Rue Saint-Honoré, talvez uns cinco por ano hoje em dia. Alguns são masculinos, outros são femininos, aqui estão. Têm o mesmo rosto e as mesmas expressões, sabe, todos eles, seja qual for o sexo. Eles só variam no sentido de que alguns estão sentados e outros de pé, e alguns têm seios e quadris um pouco mais largos. Há mais deles de pé do que sentados. Eles são baseados em mim, percebeu? Masculinos e femininos, minhas medidas são o padrão para os manequins de loja. Foi ideia de mamãe, ela gosta de me ver pela Rue Saint-Honoré usando aquelas roupas. Eles são meus irmãos e irmãs, acho".

Quantos Edmonds havia no mundo?
"Obrigada, Edmond, obrigada por me mostrar."
"De nada."
"Você está bem falante hoje."
Eu pensava em Edmond quando ele não estava por perto; ele era a minha companhia. À medida que as nossas tardes foram avançando, aprendi mais coisas. Aprendi palavras para partes do corpo — braços, pernas, cabeça, orelhas, olhos; isso foi fácil. Mas não bastava.
"Preciso aprender mais", falei. "Preciso ver as coisas. Tenho uma fome muito grande, Edmond."
"É mesmo? Estamos na cozinha. Aqui tem comida. Eu também estou com fome."
"Não é esse tipo de fome que eu tenho."
"Ah, não é, Marie?"
"Não, eu quero saber as coisas, quero saber tudo. Mesmo aqui nesta casa existe muito o que aprender. Acho que já vi tudo, abri cada armário, levantei cada cortina, explorei as prateleiras de cima a baixo. Mas então, quando tenho certeza de que não existe mais nada, quando acho que já vi tudo o que existe para ver, encontro outra coisa."
"Marie, você anda xeretando nas coisas de novo?"
"Tem você."
"Tem eu?"
"Você é alguém."
"Sim, acho que sou mesmo."
"Eu não sei como você é por baixo das roupas", expliquei. "Essa é uma gaveta que ainda não abri. Tire a camisa, quero desenhar você."
"Não faça isso!"
"Ora essa, não complique as coisas. Eu já vi muitos corpos. Em Berna, eu via. Já vi *dentro* de corpos. Vamos, Edmond, me deixe dar uma olhada."
"O que você está fazendo?"
"Estou despindo você."
"Ah, não!"
"Eu vou tirar a sua camisa."
"Ai! Por favor!"
"Eu conheço tudo sobre corpos. O dr. Curtius me ensinou."
"Ai, minha nossa!"
"Sim! Veja só como eu desabotoo as suas roupas!"
"Estou vendo. Estou sentindo."
"Vou aprender sobre você, Edmond Picot. Cada parte de você."
"Mamãe! Mamãe pode aparecer."

"Ela saiu."
"Ela pode voltar."
"Nós temos tempo, você sabe."
"Estou com frio."
"Então chegue mais perto do fogão."
"Não me olhe assim!"
"Eu quero ver você."
"Não me encare desse jeito!"
"Posso pôr a mão?"
"Preciso ir."
"Estou vendo sua estrutura corporal, suas costelas, a vida se mexendo dentro de você. Um Edmond de pele humana! É uma beleza!"
"Marie! Marie! Pare!"
"Eu quero olhar. Pare com essas mãos, Edmond, eu quero olhar!"
"Eu não consigo! Não dá! Não consigo aguentar você me olhando assim."
O sino soou. A viúva e Curtius estavam em casa. Edmond vestiu a camisa às pressas, em pânico.
"Edmond!", chamou a viúva. "Edmond, onde você está?"
Quando correu até ela, as mãos dele tremiam. Ele só voltou depois de vários dias. E quando apareceu, fingindo ser um encontro causal, ainda estava claramente constrangido.
"Ah, você está aqui! Não sabia que estaria..."
"É onde eu geralmente fico, na cozinha."
"Sim, sim, por enquanto. E talvez continue até o fim do mês. Talvez."
"Por que um mês?"
"Eu não acho que você consiga ficar muito mais que um mês. Mamãe não gosta de você, e mamãe sempre consegue o que quer."
"Ah, Edmond, por favor, Edmond, você me ajuda com a sua mãe? Eu não quero ir embora. Não tenho para onde ir."
"Você precisa fazer tudo o que ela pedir."
"Sim, eu faço. Vou fazer o meu melhor."
"Você não pode quebrar nada nem mudar as coisas de lugar."
"Vou fazer o meu melhor."
"Ela diz que você está sempre espreitando pelos cantos."
"Não é a minha intenção. Eles deveriam me pagar, Edmond. Eu não estou sendo paga."
"Não peça isso, Marie. É melhor não irritar os dois de jeito nenhum."
"Vou tentar. Nem sempre é fácil."
"Você não pode tirar minha camisa daquele jeito."
"Não vou fazer isso, Edmond, nunca mais."

"Você é uma criada."
Eu fiquei em silêncio.
"Você é uma criada, e eu sou um dos patrões desta casa."
Continuei em silêncio.
"Um dia vou ser alfaiate!"
Silêncio.
"Um ótimo alfaiate, um dia. E você é uma criada."
"Você vai me ajudar?", perguntei.
"Sim, vou tentar."
"Eu quero mesmo ficar."
"Então precisa se comportar."
Eu trabalhei. Fui uma criada, a melhor criada que era capaz de ser.
Anulei a mim mesma. Criei um ótimo sistema de invisibilidade, me retraindo de forma tão profunda que, apesar de ainda parecer a mesma criatura, na verdade estava bem diferente. Soterrava os meus pensamentos e sentimentos nas profundezas do meu ser, onde estariam em segurança, mas na aparência me tornei algo como um autômato. Tinha a obrigação de cumprir ordens e fazia isso de forma mecânica, mas impecável. Calei a minha voz e me coloquei no papel de criada para ter uma chance de sobreviver. Mas, quando estava sozinha, quando eles não estavam em casa, eu me lembrava de quem era, e podia voltar a ser Marie. Eu ainda estava lá.

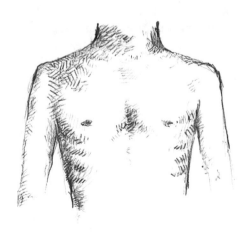

15

O cidadão do ano 2440.

Preciso mencionar por um instante coisas maiores, coisas importantes para a França. Pois de repente aconteceu de eu ganhar um conhecido muito famoso.

Enquanto os bustos de cera eram moldados e vestidos, em um mundo tão distante para mim que parecia outro, o delfim da França se casou com Maria Antonieta da Áustria. Em Paris, durante as grandes celebrações do casamento, alguns fogos de artifício acesos antes da hora causaram uma onda de pânico em que cento e trinta e três parisienses morreram pisoteados, entre eles muitas mulheres e crianças. Depois dessa explosão fatal, Louis-Sébastien Mercier estava em tal estado de nervos que parecia impossível para ele se acalmar. Reunindo tudo em seus cadernos, ele notou um tema terrível percorrendo sua obra, e esse tema era o sofrimento. Por alguns dias, ele se viu incapaz de caminhar por suas ruas tão conhecidas.

"Eu odeio este lugar agora, Pequena, este abatedouro, esta fossa. Que monstros irresponsáveis nós somos. De que calamidades somos capazes."

Depois de conversar com o meu patrão e a viúva até que ela resolvesse enxotá-lo, ele veio até mim. Eu o fiz se sentar e lhe servi uma taça de vinho do decantador da viúva.

"Me conte", pedi. "Me conte tudo. E depressa, antes que eles me chamem de novo."

Então ele me falou sobre os corpos esmagados e os gritos e o sangue. E que o rei não fizera nada a respeito. Ele tirou os sapatos e os colocou sobre a mesa da cozinha.

"Os meus sapatos estão ultrajados", ele disse.

"Acabei de limpar a mesa", retruquei.

"Talvez você tenha razão em ficar trancada aqui dentro."

"Não, não diga isso."

"Em que mundo estamos! Quero mais é distância disso tudo."

"É só isso? Não vai me contar?"

"Se eu pudesse caminhar sobre o terreno dessa superfície de madeira, limpo e renovado, uma terra nova e ainda não descoberta. Sim, se eu pudesse... mas... ora, por que não? Sim, isso mesmo! Um novo lar! Sim, e limpo! Sim, Pequena, com seu escovão, dá para deixar tudo brilhante!"

Ele tirou os sapatos de cima da mesa e foi embora às pressas.

Desejando caminhar por lugares mais felizes, Mercier se pôs a escrever um guia de uma Paris do futuro, uma metrópole harmoniosa, menos problemática, uma utopia. Ele daria ao novo livro o título *Paris no Ano 2440*. Ele trouxe algumas páginas quando veio fazer uma visita, e leu para mim na cozinha.

"Nenhuma criança é atropelada por carruagens na cidade de Paris no ano 2440. O próprio rei muitas vezes passeia a pé, obedecendo às regras de tráfego aonde quer que vá. Não há lama nas ruas. Os pobres recebem atendimento médico gratuito. No ano 2440, no local antes ocupado por aquele castelo horrendo, a Bastilha de Saint-Antoine, um Templo à Clemência foi erigido."

E por fim o livro foi finalizado e publicado.

No ano de 1770, muitos parisienses começaram a ler o livro de Mercier, para descobrir exatamente como a cidade deles seria dali a seiscentos e setenta anos. Escrito em um acesso de fúria, deixou seus leitores furiosos. De repente, eles se viram vivendo em Paris no ano errado: não gostavam de 1770, preferiam 2440. E assim Mercier ficou famoso.

A viúva colocou o busto de Mercier na vitrine, junto a uma plaquinha com os dizeres CIDADÃO DO ANO 2440, para ser admirado pelos passantes. E, vendo as pessoas reunidas diante da vitrine dia após dia, a viúva teve uma grandíssima ideia.

Certa tarde, a viúva levou Curtius e a bolsa preta dele em uma visita a Mercier. Mais tarde naquele dia eles voltaram com Mercier, e também com um novo molde de gesso. A cabeça naquele molde logo seria rotulada com o nome *Jean-Jacques Rousseau*. Eu reconhecia aquela cabeça: era Renou, o homem de cinza que nos visitou com Mercier em Berna. Estava escondido na época, mas havia voltado a Paris, e parecia muito doente.

Na semana seguinte, os três saíram de novo e voltaram com outra cabeça, dessa vez uma bastante amigável e cheia de vida; foi rotulada com o nome *Denis Diderot*. E depois veio uma cabeça bastante contrariada, com o nome *Jean Le Rond d'Alembert*. Essas pessoas sem dúvida eram bem conhecidas no mundo; eu não sabia o que haviam feito, apenas que suas cabeças deveriam ser celebradas.

Na vitrine foi colocado um enorme letreiro anunciando a presença dos bustos na casa, e muito mais gente veio vê-los. A viúva balançava a cabeça, satisfeita. O meu patrão aplaudia. A viúva saiu de novo, dessa vez sozinha. Estava muito ocupada.

Então um dia, tarde da noite, Edmond veio à cozinha e avisou que eu deveria subir até o quarto de sua mãe levando vinho e duas taças. Ele me ajudou com a bandeja.

O meu patrão estava no quarto da viúva. Eu servi o vinho. A viúva desamarrou o gorro, e seus fartos cabelos castanho-avermelhados caíram livremente. Curtius engoliu em seco várias vezes.

"Edmond, pode começar a me pentear agora", disse a viúva. "Henri costumava me pentear todas as noites; quando ele morreu essa tarefa foi passada a Edmond. Agora, dr. Curtius, preste muita atenção. Quero que o senhor me entenda. Quero lhe contar uma história. Pequena, fora." Ela me chamava de "Pequena", às vezes; era uma coisa que a agradava.

Eu saí, mas, pressentindo a importância daquela noite, fiquei atrás da porta e escutei tudo.

"Ouça, por favor. Eu, Charlotte, como viúva e mulher que sou, pretendo educá-lo, dr. Curtius. Nós já nos conhecemos bem agora, temos negócios em comum, e por isso vou baixar um pouco a guarda."

"Sim, nós nos conhecemos! Conhecemos um ao outro!"

"Edmond, penteie, penteie bem. Vou me revelar ao senhor, através da biografia de um negócio. Vou falar sobre meu marido."

"Ah, é?", foi a resposta lúgubre dele.

"Os pais do meu Henri Picot eram vendedores de roupas de segunda mão. Isso foi o início de tudo. Eles tinham uma lojinha no Faubourg Saint-Marcel. Está aí a base de tudo.

"Penteie, Edmond, com mais força.

"A primeira coisa que é preciso saber sobre uma loja de roupas de segunda mão é que o interior deve ser bem escuro. É fundamental que os clientes não possam ver muito bem o que há lá dentro. É impressionante o que uma iluminação fraca é capaz de fazer com uma roupa velha. Não é possível ver as manchas ou os fios soltos, não é possível ver os remendos. Os pais dele a princípio não gostavam de mim, mas eu ficava em frente à loja

e trazia gente para dentro, e às segundas, na grande feira de roupas de segunda mão na Place de Grève, eu gritava bem alto, e os pais dele me viram trabalhar e me deram sua aprovação.
"Mas continue penteando, Edmond, penteie!
"Vendíamos camisas usadas em leitos de morte, armações de saias de prostitutas, gorros sebosos de viúvas moribundas que enfim viraram fantasmas. Meias mais do que remendadas. Roupas velhas que tinham sido usadas, que cobriram outros corpos. Uma camisa que tínhamos na loja foi revendida para nós sete vezes por sete donos parisienses diferentes. Nossas vestes continuam existindo sem nós.
"Em nossa loja, víamos pessoas tentando subir os degraus escorregadios da escadaria da ascensão social de Paris. Uma feirante comprava a touca de renda da falecida esposa de um advogado. As jovens ficavam quase nuas na loja e saíam no tapa por uma anágua. Algumas vezes, à noite, enquanto os pais dele roncavam, Henri e eu íamos à loja e experimentávamos algumas coisas. Ele me vestia como uma dama.
"A trança, Edmond, bem firme! Faça bem firme!
"Depois de um tempo, Henri passou a querer somente as coisas mais finas. Ficava incomodado ao ver um gorro velho de linho. Ficava sonhando com roupas de dormir para ricos, feitas de sedas e cetins. Os pais dele não entendiam; eles o sacudiam e o estapeavam e o mandavam acordar. Mas não muito depois eles morreram — um deles levou um tombo em um piso escorregadio de pedra numa manhã de fevereiro, e a outra morte foi em maio, depois que um corte na pele provocado por um fecho velho infeccionou —, e o falecimento dos dois abriu novas possibilidades, e ele se tornou alfaiate. Mas esse ramo de negócio, assim como o de roupas de segunda mão, nunca foi lucrativo.
"Agora escute, doutor, preste muita atenção. Alguns negócios não têm futuro e nunca deveriam ter sido empreendidos. Outros precisam aparecer na hora certa, ou vão estagnar. Nós trabalhamos fazendo bustos. O senhor é muito habilidoso, dr. Curtius, qualquer um pode ver isso, e a demanda de trabalho está crescendo, e podemos trabalhar em um lugar melhor, principalmente agora que temos cabeças famosas — não em uma ruazinha tranquila de passagem, mas, digamos, num bulevar. Podemos encontrar mais cabeças, novas cabeças de grande valor. Estamos em uma encruzilhada, eu e o senhor. Picot fez essa transição, e isso o matou. E agora é nossa vez de tentar. Vamos subir dois degraus na grande escadaria da sociedade. E minha pergunta é: você vem comigo?"
"Sim, sim, eu vou!" Não houve nem uma pausa para pensar.
"O senhor vai aguentar firme e não desistir?"

"Vou, sim, com todas as minhas forças. Mas me diga, como vamos fazer isso?"

"Em resumo, caro doutor, eu encontrei um lugar. É uma propriedade talvez até maior do que precisamos, mas consegui uma boa barganha. Aluguel pago adiantado. Não é uma construção muito nova, mas é bem robusta. Um negócio faliu e abriu lugar para nós. Mas não vamos seguir pelo mesmo caminho. Portanto, doutor, agora é remar ou afundar."

"Remar! Remar!"

"Edmond, pode colocar o meu gorro de volta."

Enquanto o brinde era feito com as taças, voltei para o andar de baixo. Para onde iríamos, o que aconteceria nesse território inexplorado? Então, de repente, me peguei pensando: eu também iria? O que seria de mim? Ninguém havia dito que eu iria, mas também não foi dito que não, e eu tinha medo de perguntar. Por isso o que fiz foi ajudar a empacotar tudo e tratar de ser útil.

No dia em que as carroças chegaram, fui atrás deles, tremendo de medo de ser dispensada.

A viúva e o meu patrão foram na frente.

Depois Edmond.

E eu fui atrás dele. Eu *também* iria. Curtius se virou para me olhar, assentindo de leve com a cabeça, e em seguida se voltou de novo para a viúva. Mas ela estava concentrada em outra coisa.

"Esta rua não foi boa conosco, Henri", ela disse para a silhueta do marido na carroça. "Vamos seguir em frente, e nunca olhar para trás."

MADAME TUSSAUD

LIVRO TRÊS

A CASA DOS MACACOS
Dos dez aos dezessete
anos de idade.

1771-1778

16

O homem peludo.

O número 20 do Boulevard du Temple era uma construção de madeira que ficava ao lado de uma vala profunda e da muralha da cidade. Com letras desgastadas, anunciava seu propósito: CASA DO MUNDIALMENTE FAMOSO PASCAL, O FILÓSOFO PRIMATA — VIVO!, E DE SEUS MUITOS IRMÃOS; e acima disso: HÔTEL SINGE, que significava "Morada dos Macacos".

Parecia uma espécie de templo quadrado, com três colunas na frente e entrada de porta dupla. Olhando por trás, porém, era possível ver que toda a estrutura era escorada por dois enormes suportes de madeira — o equivalente a muletas para uma construção. Essa seria a nossa nova casa.

Do lado de fora do Hôtel Singe, a mobília estava empilhada em várias carroças: tudo, de jaulas a panelas, de cadeiras a esqueletos de aspecto peculiar e desconhecido. E, por cima de tudo, em gaiolas, havia três criaturas vivas, com olhos pretos e fixos, espremidas em suas casinhas, com feridas na pele e várias falhas na pelagem. Eram macacos. Quando nos aproximamos da casa escorada, eles começaram a berrar.

Curtius ficou maravilhado. "Tão compridos! Tão magros! Tão peludos!"

Um macaco soltou um grito assustador de lamento, um uivo bastante humano. Todos ficamos abalados ao ouvi-lo, até a viúva.

"Bom dia para vocês", disse Curtius para os macacos, levantando o chapéu.

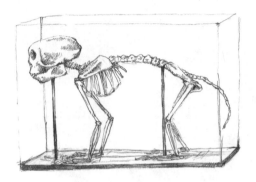

Nós entramos na casa de madeira.

O pavimento térreo era dominado por um saguão amplo, tão vazio que produzia eco — quase vazio, devo dizer, pois, sentado em um banquinho, havia um homem gordo vestido com uma espécie de fantasia de urso que cobria seu corpo inteiro, a não ser a cabeça e as mãos, feita com toda uma variedade de peles de animais costuradas. Era o falido cuidador dos macacos, Bertrand le Velu, cujo nome significava "Bertrand, o Peludo". Um policial estava logo atrás dele; Le Velu, ao que parecia, estava sendo preso por não saldar suas dívidas. Em seu colo havia uma bolinha de pelagem mais escura, que na verdade era Pascal, o filósofo primata, morto. Orbitando ao redor de Le Velu e Pascal, havia outros homens uniformizados que circulavam pelo lugar, recolhendo coisas e empilhando-as perto da entrada.

"Esses outros animais", comentou a viúva, "são meirinhos. Eles mordem."

Enquanto a viúva assinava papéis com os meirinhos e um tabelião, o cuidador dos macacos ficou acenando para mim de forma insistente até eu me aproximar. Parecia ansioso para se expressar, e se coçava enquanto falava, na cabeça, debaixo dos braços, ao redor do traseiro, tudo de uma forma bem estranha que desconfiei ter sido um hábito adquirido com os macacos.

"Participo de negócios envolvendo macacos desde os doze anos, com alguns breves intervalos, e não me envergonho de dizer isso. Meu pai era um homem rico, um comerciante que comprava e vendia canela e cominho, e noz-moscada e baunilha. Ele trazia animais, além de especiarias, ao regressar de suas longas ausências. O primeiro foi um *Pan troglodytes*, uma chimpanzé, a quem dei o nome de Florence. Florence mordeu meu dedo bem aqui", ele falou, brandindo um coto amputado.

"Mas eu a amava, e nunca deixei de me maravilhar com os tipos de criaturas que existem neste mundo. E então comecei a pegá-las para mim, e gastei toda a fortuna do meu pai com elas. Eram trazidas por muitos negociantes diferentes. Para mim, nunca eram o bastante. Trabalhei com muitos símios;

havia um babuíno que considerava meu amigo. Prefiro macacos a humanos. Eles são mais honestos. Com eles, podemos saber o que esperar. Esse ramo de negócios me marcou. Tive um macaco de nariz arrebitado uma vez, mas não durou muito. Veio dos trópicos, e era deste tamanhozinho", ele falou, indicando um comprimento de pouco mais de dez centímetros. "Uma coisinha de nada. Uma gracinha. Esse eu chamava de Emmanuel. Aquele ali é o esqueleto de Emmanuel. Eu mesmo preparei. Isto aqui é dele."

Ele tocou um pedaço da pelagem de sua fantasia, no ombro.

"Custou duzentas libras francesas. As pessoas adoravam seu tamanho minúsculo — ele estava doente, acho, quando o comprei. Mas nenhum era como Pascal, não é, meu amor? Nenhum chegou nem perto de você. Estão dizendo que eu o matei. Por que eu o mataria, se eu amo você? Se foi você que me fez famoso? Você acredita em mim. Não acredita?"

"Estou tentando, senhor", respondi.

"Você inclusive me lembra um macaco, garotinha. Com um nariz assim, esses braços magrinhos. Uma probóscide dessas. Considerando a sua aparência, talvez você entenda como isso era: esta casa inteira era dos macacos. Houve um tempo em que éramos mais de vinte aqui, e apenas três eram humanos. Cada um tinha sua própria jaula. As pessoas iam de jaula em jaula, para ver o hotel em funcionamento, para ver seus habitantes dormindo em suas camas ou alisando a pelagem ou colocando perucas ou pintas postiças. Eu tive um chimpanzé de uniforme que servia comida em bandejas. Que hotel era este aqui! As pessoas vinham aos montes, e aprendiam muito sobre si mesmas observando os macacos. Um macaco-aranha com um charuto na boca — elas se lembravam disso pelo resto da vida. Um capuchinho penteando o cabelo com um pente cravejado de brilhantes! Um babuíno bebericando vinho de um decantador! Que hotel! Mas não durou. Alguns dos residentes, apesar de serem bem alimentados e bem cuidados, morreram estrangulados em seus lençóis de seda."

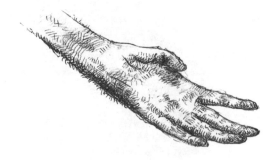

Ele apontou para um pedaço de pelagem no cotovelo esquerdo.

"Um filhote de macaco-rhesus foi encontrado afogado em um penico de porcelana."

Ele esfregou uma parte do peito.

"Um macaco-berbere se enforcou com a corda de um sino. Não consegui sustentar o lugar; tive que despedir os funcionários. Um dia o lustre caiu, queimando os pelos do chimpanzé de uniforme e fazendo cortes em sua pele."

Ele tocou a pelagem do braço direito.

"Os macacos começaram a se rebelar. Não se acalmavam de jeito nenhum. Mas eu ainda tinha Pascal. O melhor dos primatas. Você precisava vê-lo de fraque, usando um chapeuzinho com borla dourada. Nem sempre eu conseguia controlá-los; às vezes eles me derrubavam mesmo. Que hotel era o meu! Não era um hotel movimentado, é verdade. Admito que o andar de cima já estava vazio na época."

Ele alisou a pelagem em várias partes do corpo.

"As pessoas ainda vinham ver Pascal bebericando conhaque. Mas as coisas estavam ficando feias. Cada vez mais feias. Disseram que me ouviam gritar com você todas as noites, Pascal — que todas as noites eu perturbava a todos com os meus gritos e os seus berros. E agora você não faz barulho nenhum. Levaram todo mundo embora. Disseram que eu batia em você! Eu nunca bati em você. Por que faria isso, se eu o amo? E na quarta-feira fui até a jaula e lá estava você no cantinho, todo solitário e imóvel."

Ele ficou em silêncio, acariciando o cadáver do macaco.

Depois de um tempo, falei: "Muito obrigada, senhor, por me contar tudo isso".

Ele continuou com as carícias.

"Com licença, senhor", pedi. "Posso tocar nele?"

"Você quer?"

"Sim, por favor."

"Então pode, criança, e sem pagar nada."
Peguei a mão direita de Pascal. Era preta e comprida, com garras afiadas, maior que a minha, só que mais fina e gelada e muito rígida.
"Lamento muito por ele ter morrido", eu disse.
"Pois é", ele falou. "Que tristeza."
"Senhor!" Eu chamei Curtius no meu próprio idioma, abandonando o meu papel. "Senhor, vamos desenhá-lo juntos?"
"Que ideia", respondeu o meu patrão. Ele estava sorrindo; deu para ver seus dentes.
"Em francês", repreendeu a viúva, "em francês, por favor. Dr. Curtius, nós precisamos entender um ao outro, o senhor não acha?"
"Sim, com certeza, viúva Picot."
"Então vamos, de agora em diante, falar sempre em francês, e somente em francês."
O meu patrão respondeu apenas: "Francês".
"Pascal era um gênio", Bertrand murmurou para mim. "Nunca vou encontrar outro como ele. O que vou fazer agora?", ele perguntou, pegando a minha mão livre, enquanto a outra ainda segurava a de Pascal. "O que vai acontecer comigo? O que vamos fazer agora, meu amor, meu homenzinho? Estou sem saída."
Ele olhou para a viúva, e então me perguntou: "É ela quem dá as ordens aqui?".
"Ela acha que é", sussurrei.
"Com licença, madame", ele chamou num tom de urgência. "A senhora tem animais? Eu sou muito bom com animais."
A viúva se virou para os meirinhos. "Agora a casa é nossa. Vocês precisam esvaziá-la. Pequena, venha cá antes que pegue alguma coisa que a deixe ainda mais inútil. É bem típico de você se envolver com companhias assim."
"Posso ajudar com os animais que a senhora tem?", Bertrand gritou. "Eu cuido bem deles. Muito, muito bem. Eu..." Nesse momento, Bertrand le Velu não conseguiu mais se conter. Soltou a minha mão, e eu soltei a de Pascal, e ele encostou o macaco morto no rosto e começou a soluçar junto à pelagem. Enquanto era retirado dali, ele gritou: "Uso todas as minhas lembranças no corpo, por isso nunca me esqueço de nada. Estou vestido de memórias. Estou vestido com meus amigos. Eles estão sempre por perto. Eles me mantêm aquecido. Que belo chapéu você vai ser, Pascal, um belíssimo chapéu, e eu vou amar você para sempre".
A gritaria recomeçou do lado de fora e logo foi se tornando mais distante, e fomos deixados sozinhos.

17

A Casa dos Macacos.

Que lugar mais vazio era aquele. Eu não o achava nem um pouco apropriado para nós; considerava que a viúva havia cometido um erro. Tinha dado um passo maior que a perna. Éramos apenas quatro para preencher todo o espaço, nós quatro e os vestígios de quem vivia lá antes. O local já fora uma atração celebrada, um lugar visitadíssimo, porém a doença e a morte fizeram decair aquela casa de milagres naturais. As pessoas aparentemente perderam o gosto pelos macacos, como se tivessem tomado a decisão coletiva de não mais se interessar por eles. Mas os macacos, apesar de ausentes, jamais seriam esquecidos por nós.

E não só por causa dos folhetos espalhados pelo chão anunciando *Les Singes à Paris*. Em ambos os andares interligados pela escada estreita, e nos corredores irregulares, as paredes estavam marcadas por pancadas e arranhões. Os degraus em si tinham marcas de garras. Em resumo, era um lugar parcialmente devorado, uma casa consumida, uma residência mastigada e cuspida.

"Esta é a nossa nova casa?", Edmond perguntou, apreensivo.

"É a casa dos macacos, isso, sim", o meu patrão falou. E a Casa dos Macacos — por mais que já tivesse sido um pequeno hotel e, antes disso, um café com mesas de jogo, por mais que a intenção fosse transformá-la na morada de figuras de cera — seria sempre chamada assim: Casa dos Macacos.

"Pequena", disse a viúva, "faça alguma coisa de útil, desembale as coisas. Ao trabalho."

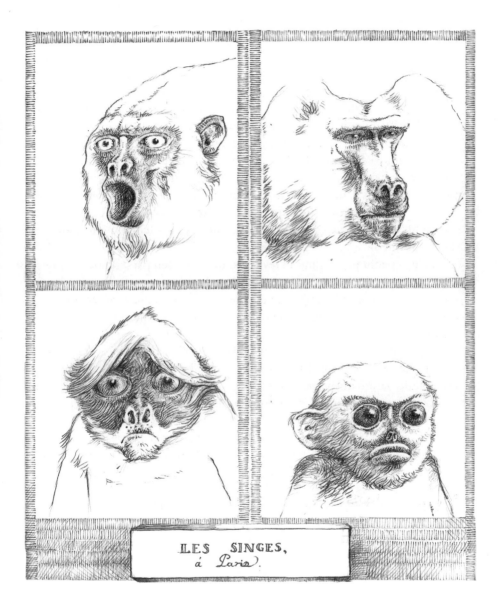

Carreguei as nossas caixas e sacolas para o andar de cima. Nas portas dos quartos-jaulas do primeiro andar — alguns ainda com grades de metal remanescentes — estavam pintados os nomes dos antigos ocupantes: MARIE-CLAUDE, FRÉDÉRIQUE, CATHERINE ET SIMON, DOMINIQUE, LAZARE, AUGUSTINE, AUGUSTIN, NICOLAS ET MARIE-ANGE, CLAUDIA ET ARNAUD, GRAND JEAN, PAULINE, ELOISE ET ABELARD. Junto a cada nome havia um pequeno desenho do animal ou dos animais que costumavam ficar por lá, para que as pessoas que subiam para espiar dentro dos cômodos soubessem o que procurar debaixo dos cobertores, atrás das cortinas, em cima dos lintéis.

A viúva ficou com o quarto que trazia os nomes CATHERINE ET SIMON escritos na porta, que antes abrigava os bugios. Para Edmond, ela escolheu um quartinho à esquerda do seu, a antiga moradia de uma macaca-aranha chamada PAULINE. O de Curtius ficava à direita do dormitório da viúva, antigo lar de um babuíno de quase cinquenta quilos da África Oriental chamado LAZARE, capturado quando já era adulto. Seu obituário, escrito por Bertrand, estava colado à porta: Lazare morrera aos trinta e cinco anos, depois de engolir um chocalho de prata.

A viúva pediu para Edmond levar a silhueta de seu pai para o andar de cima e colocá-la no patamar da escada, ao lado da porta de seu quarto, voltada para a balaustrada, como se pudesse simplesmente se inclinar adiante caso quisesse espiar o saguão. O lençol escuro foi retirado; na casa nova, ele estava lá para ser exibido.

"Aqui está você, Henri", ela falou. "Daqui dá para ver quase tudo. Estamos muito orgulhosos. Estamos indo muito bem. Não precisamos mais escondê-lo; quero que você veja como estamos. Inclusive, vou expor você!"

"Com licença, senhor, onde eu vou dormir?", perguntei para o meu patrão.

A viúva respondeu enquanto me conduzia para o andar de baixo.

"Na cozinha", decretou ela. "Na cozinha. Longe dos olhares de todos."

Era um cômodo escuro e em péssimo estado, com tábuas lascadas no assoalho e paredes marcadas pelo fogo, como se o próprio quarto tivesse sido assado.

"Seu estrado vai ficar aqui, e assim vai ficar mais confortável. É nos fundos da casa, mais perto da vala do bulevar. Vai servir muito bem para você."

"É um lugar bem infeliz, na minha opinião."

"Sem dúvida por causa dos seus olhos, que o enxergam assim."

"Sim, madame."

"Você vai ficar a maior parte do tempo aqui, e não lá na frente. Vamos receber um novo público, e quando o público estiver presente no saguão, você vai ficar fechada aqui."

"Sim, madame."

"Mas agora você precisa limpar este lugar, a nossa mansão."

"Sim, madame."
"Então ande logo!"
Portanto, à vassoura.
"O estabelecimento vai se chamar o Gabinete do Doutor Curtius", anunciou a viúva no saguão. "As palavras *viúva* e *Picot* não atraem público; são muito corriqueiras. *Doutor* e *Curtius* soam mais atraentes."
"Ah, são?", perguntou o meu patrão. "Atraentes!"
"Além disso, se nosso empreendimento malograr, vou precisar arrumar outro trabalho, e não posso deixar que nosso fracasso condene a ambos. Eu sou uma viúva, você é um homem."
"Entendo. Sim. Uma viúva, um homem. Sim, é isso mesmo."
"Mas a principal razão", ela acrescentou, não sem alguma tristeza, "é que um nome de mulher não é visto como um sinal encorajador. As pessoas não consideram que seja papel das mulheres conduzir um negócio. Mas é claro, doutor, que não vamos fracassar."
A casa precisava de uma limpeza tão pesada que, a princípio, nós quatro nos dedicamos à tarefa de esfregar e varrer. Depois de várias horas, não parecia muito melhor, mas Curtius teve uma crise incontrolável de tosse e teve que se retirar. A viúva e o filho foram junto; eu fiquei sozinha para dar conta de todo o trabalho.
"Olá", falei depois que todos saíram. Recebi como resposta rangidos e estalos. Fechei os olhos e senti a movimentação — todos os espíritos infelizes de macacos mortos, correndo até mim, avançando contra mim, franzindo os lábios, escancarando os dentes.
"Eu não estou com medo."
A casa rangeu. Alguma coisa desmoronou dentro das paredes.
"Você é um lugar grandioso, eu sei."
Alguma coisa grunhiu no andar de cima.
"Eu vou morar aqui. Vim morar aqui."
A poeira pareceu se juntar e rodopiar ao meu redor.
"Por que não me ataca com todas as forças logo de uma vez? Eu não tenho para onde ir. Vou trabalhar aqui com você até chegarmos a um bom termo, casa."
Houve então um rangido, que começou tímido, mas foi crescendo em ruído até se tornar um longo guincho. Eram as muletas, pensei, as muletas do lado de fora se ajustando ao novo peso de me ter lá dentro.
"Por favor", falei, "vamos chegar a um bom entendimento."
Ouvi o som de passos apressados lá em cima, como se alguém estivesse correndo na direção do patamar da escada, mas quando me virei ninguém estava lá. Não era certo, pensei, me deixarem sozinha em um lugar assim, com todos esses espíritos vespertinos prontos para atacar.

"Muito bem, então!", gritei para a casa. "Vá em frente, destrua uma criança. Aqui estou eu. Vá em frente, eu não vou resistir!"
Uma porta se abriu. Ninguém apareceu. Não havia ninguém lá.
"Sei que você não está feliz, mas vamos conversar para a gente ficar à vontade uma com a outra. Então é verdade, você me engoliu! E me comprometo, ó grande casa, a nutri-la, a ceder meu corpo a suas grandiosas entranhas. A preenchê-la por dentro! Sou a sua ceia! Por mais que seja só uma linguiça fina, uma cerveja pequena. Comprometo-me a contar tudo para você. Estou me entregando a você."
Não sei se foi apenas a minha imaginação fértil ou não, mas a casa pareceu respirar um pouco nesse instante, e me permitiu um contato livre de infelicidade para conhecer cada um de seus recantos. Era ali que eu viveria, dentro do monstro, e faria dele a melhor monstruosidade possível.
Enquanto varria, eu falava com a construção e lhe dizia o que tinha aprendido e o quanto gostaria de voltar a trabalhar com o meu patrão, e como o trabalho dele era bom, e que Edmond havia me mostrado seu boneco, e que, apesar de parecer um sujeito calado, era uma boa companhia e a casa deveria tratá-lo bem, que apesar de pretensioso ele não era desagradável, com suas sardas ao redor do nariz e seu peito branco. Quanto à mãe dele, porém, comentei com a casa, fique à vontade para fazê-la tropeçar, para atormentar seu sono, para infernizá-la tanto quanto uma bela e gloriosa moradia seria capaz de fazer.
Enquanto contava tudo para aquele lugar imenso, fui me sentindo menos assustada e mais à vontade, e então ouvi um murmúrio baixo, uma tempestade se aproximando à distância. A princípio pensei que fosse uma grande colônia de macacos mortos vindo me visitar, só que percebi que eram ruídos novos, não da casa irritadiça, e sim de fora. Do bulevar.
Era o barulho de janelas se abrindo. De trancas sendo desarmadas. De tábuas de madeira sendo jogadas sobre a lama. Uma chama ganhando vida. Em seguida, o som de cem gargantas pigarreando, e o murmúrio de cem vozes aos poucos ganhando volume, como se o Boulevard du Temple estivesse sendo cortado por aquelas vozes, tomando vida, até que não houvesse mais nenhum silêncio, mais nenhuma pausa para interromper a grande balbúrdia que se espalhava por todas as partes e era amplificada de forma alarmante pelo recipiente vazio que era a Casa dos Macacos. O Boulevard du Temple, o distrito de entretenimento de Paris, uma criatura viva em uma pintura, estava despertando.
Corri para o andar de cima. De uma janela vi o bulevar se encher de gente; do reparador de louças quebradas ao exterminador de ratos, do carregador de água ao carregador de liteira, do vendedor de plumas ao oleiro,

o povo de Paris estava vindo. Ali, os opostos se misturavam: os assistentes dos fabricantes de perucas, cobertos de pó de arroz, iam lado a lado com os carregadores de carvão encardidos de fuligem preta. E entre eles havia o povo do bulevar e seus gritos: músicos itinerantes, homens com marionetes, vendedores de brinquedos, atores em figurinos chamativos, um homem caminhando com um urso enorme, cegos tocando rabeca, crianças cantando, velhos dançando, engolidores de fogo, engolidores de espadas, um imenso circo composto de gente extraordinária. Uau! Aquilo, sim, era vida!

O barulho do bulevar ecoava de tal forma dentro da Casa dos Macacos que não ouvi as portas se abrindo lá embaixo; só percebi que a viúva havia entrado quando ela já estava ao meu lado. Recebi instruções ríspidas para voltar ao saguão e continuar esfregando tudo até que aquele cheiro horrendo de bichos desaparecesse. Mas aquele odor jamais nos abandonaria por completo.

Quando chegou a hora de dormir, a viúva, projetando sombras de macaco por toda parte ao seu redor, levou a luz lá para cima, bem como Edmond e o meu patrão. Na escuridão eu ouvia os gritos e os choros e os risos vindos do bulevar. Vários ruídos pareciam se originar da casa em frente, que se chamava O LEITO CELESTIAL e tinha um letreiro menor com os dizeres *Dr. James Graham (Recém-chegado de Londres)*. Espiando por uma veneziana fechada, vi mais pessoas chegando bem tarde com lamparinas: às vezes casais, às vezes homens sozinhos.

Duas vezes durante a noite, as portas da Casa dos Macacos foram ruidosamente sacudidas do lado de fora por mãos invisíveis. Fiz de tudo para não dormir, pois meu medo voltara e eu não tinha certeza de estar segura o bastante para me entregar ao sono em um lugar como aquele, mas no fim, exausta, acabei pregando os olhos. Sonhei com um macaco sentado em uma cadeira da cozinha, se balançando para a frente e para trás, me encarando com olhos imensos. Eu me sentei na cama, aterrorizada, e vi que de fato havia alguém lá.

Era Edmond.

Vozes no meio da noite.

"Mamãe está dormindo", ele falou.
"Pois é."
"O doutor está dormindo."
"Sim, é bem tarde, Edmond, ou bem cedo."
"Ele fala durante o sono, o Curtius."
"Sim, eu sei muito bem disso."
"Não consigo dormir."
"Estou vendo."
"Você consegue?"
"Consigo."
"Pensei em ver como você estava."
"Bom, aqui estou eu."
"Na verdade, estava com medo. Mamãe não me deixa entrar no quarto dela quando me sinto assim. Diz que eu sou muito infantil. E eu não queria entrar no quarto do doutor. Estava com medo da casa, sabe, e do que tem do lado de fora também. Mas principalmente da casa. Estou com saudade da minha casa de verdade. Acho que nunca vou me sentir em um lar aqui; não vejo como. Acho que esta casa pode acabar me matando. Tem fantasmas aqui, não?"
"Muitos e muitos deles", respondi.
"Eu achei mesmo que tinha. Dava para ouvir os arranhões deles nas coisas."
"Eu os conheço muito bem — eles vieram até mim, sabe. Vi quando eles estavam se movendo pela escuridão; e escutei quando estavam murmurando. Hoje à tarde mesmo, quando vocês saíram e me deixaram sozinha, eles vieram para cima de mim — avançaram em mim!"
"Não!"

"Ah, sim! E me morderam e me bateram e estavam prestes a me devorar inteira, e então..."
"E então?"
"... E então falei com eles, fui dura com eles, e agora somos amigos."
"Posso ser amigo deles também?"
"Eles podem não aceitar você."
"Por que não?"
"Eles são muito temperamentais."
"Eu também sou temperamental."
"Não como eles."
"Eles são ferozes?"
"Você vai ter que ser corajoso."
"Sim. Eu vou ser."
"Muito corajoso!"
"Eu vou ser."
"Então talvez, com o tempo, eu consiga apresentar você para eles."
"Acho que eu prefiro que eles me deixem em paz."
"Não diga isso — nunca diga isso. Assim eles vão ficar *irritados*."
"Desculpa, eu não quis..."
"Você viu?"
"O quê?"
"Tinha um aqui agora mesmo! Estava bem atrás de você, com presas e garras compridas, mas quando me viu fugiu de novo."
"Sério? Eu não vi."
"Mas ele estava aí."
"Você só está tentando me assustar."
"Não estou, não."
"Vou voltar para a cama", ele falou, emburrado.
"Espera, Edmond, não precisa ir embora."
"Acho melhor. Mamãe pode ouvir a gente. Ela não iria gostar."
"Você vai ficar sozinho."
"Sim, mas se mamãe ouvir a gente..."
"Claro, você precisa sempre fazer as vontades da sua mãe."
"Não, isso não é verdade. Mas estou com menos medo agora. Depois de ver você, apesar de ter tentado me assustar. Mesmo assim. Posso vir, Pequena..."
"Marie!"
"Sim, me desculpe, posso vir de novo, Marie? Se eu estiver morrendo de medo, posso vir falar com você?"
"Sempre."
E ele subiu, com o fantasma gritando com ele na escada a cada degrau. E, no meu estrado, eu mal conseguia dormir de felicidade.

19

Terceiras cabeças.

As abelhas secretam cera através de glândulas em seus corpos; com essa cera secretada, constroem casas repletas de células, cidades feitas de cera; dentro dessas pequenas paredes de cera as jovens abelhas são criadas, o mel é armazenado, e são construídos grandes corredores e salões, que são lar de milhares. A cera é essencial para a vida delas. Sem cera, elas não teriam casa; suas crias não teriam um teto sobre suas cabeças.

As pessoas pegam a cera das abelhas e a derretem para remover as impurezas. Depois, a cera é transformada em velas. A cera nos fornece luz; sem cera nós viveríamos no escuro. Quanto das nossas vidas nós só vimos por causa da cera? Como faríamos para iluminar teatros e salões de baile sem ela? Como o garotinho com monstros debaixo da cama iria espantá-los sem cera? Como a velha conseguiria continuar vivendo em meio ao terror que a acomete sem uma luz de vela de que se valer? Nós riscamos um fósforo e acendemos uma vela, e um pouco da luz do dia nos é restituída graças à cera.

Na Casa dos Macacos, o futuro era feito de cera. O meu patrão a fatiava e esquentava em sua tigela grande de cobre, a uma temperatura entre sessenta e dois e sessenta e quatro graus. Com a cera ele criava cabeças parisienses. A viúva afixou o sino de Henri Picot à porta. Expôs as cabeças famosas no saguão; elas não ocuparam quase nada do espaço vazio.

Dois dias após a nossa chegada à Casa dos Macacos, ouvi os dois sozinhos no saguão. Estavam falando de mim.

"Por que ser tão dura com ela?"

"Porque ela me ofende."

"É só uma criança, viúva. E já melhorou muito, a senhora há de admitir."

"Tão comum. Tão estrangeira. Aquele rosto. Não consigo evitar, ela me irrita. Como se já estivesse morta, apesar de ainda estar viva. Um rosto de pesadelo que se infiltrou no dia a dia."

"É só isso? A senhora não gosta da aparência dela?"

"Isso não basta? Aquele rosto agourento!"

"Imagina, viúva Picot!"

"É assim que eu me sinto. Uma mulher tem direito a ter sentimentos."

Sim, sim, uma mulher tem direito mesmo.

Perdi uma parte da conversa, porém ouvi um pouco mais alguns instantes depois.

"Sou muito grato à senhora", disse o meu patrão.

"Sim."

"Gostaria que a senhora entendesse minha gratidão, meu afeto."

"Somos parceiros de negócios, doutor."

"Eu posso ousar querer mais? Seria possível uma parceria mais próxima?"

"Estou em luto profundo e não estou disponível."

"Mas um dia, quem sabe?"

"Aí não sei dizer. Não me pressione. Os negócios devem vir em primeiro lugar, não temos tempo para tolices. A tolice matou meu marido."

"Sim, eu entendo, negócios! Primeiro os negócios. E quando os negócios estiverem encaminhados, viúva Picot, a senhora e eu. Um lar, um lar!"

"Este é nosso lar, se conseguirmos administrá-lo direito."

Um lar, um lar. Se eu conseguisse administrar a *viúva* direito. Os negócios eram o que importava, e mais nada; eu rezava para que tudo continuasse assim.

O meu patrão e a viúva visitaram os empresários de entretenimento mais famosos do bulevar e logo os reproduziram em cera. Havia Jean-Baptiste Nicolet, alto e sempre de cara fechada, que abrigava em seu teatro uma trupe de acrobatas que andavam na corda bamba; havia Nicolas-Médard Audinot, baixo e gordo, que apresentava crianças artistas em sua casa de espetáculos; e havia também o dr. James Graham, do Leito Celestial, com suas sardas, seus cabelos vermelhos e seu sorriso sempre aberto, que fornecia diversões para adultos em seu estabelecimento.

Nicolet e Audinot eram donos das únicas construções de tijolos do bulevar; todas as demais eram de madeira. O vento soprava forte ali, e as estruturas de madeira grunhiam e guinchavam. A Casa dos Macacos estalava de um jeito todo particular. O sótão, a parte mais vulnerável da construção, passava a noite toda reclamando; tinha ruidosas conversas consigo mesmo, cheias de sofrimento e recriminações. Certo dia, enquanto explorava o lugar, a viúva escorregou e caiu, e uma perna inteira dela foi parar em um buraco no teto do primeiro andar. Daquele momento em diante, ela proclamou que ali era um lugar perigoso demais, e a porta do sótão foi mantida fechada. Mas o sótão não permitia que o esquecessem. Ficava nos chamando, murmurando e tagarelando e implorando para que nos lembrássemos dele.

O ateliê na Casa dos Macacos ficava no andar de cima, em um recinto espaçoso antes ocupado por uma dupla de chimpanzés, então eu, restrita à cozinha no pavimento inferior, era sempre mantida à distância. Uma exploração noturna exigiria subir a escada — o que provocaria toda espécie de guinchos e rangidos dos degraus de madeira —, então, na maioria das vezes, eu esperava que todos saíssem de casa para subir e dar uma olhada.

Sempre que possível, eu observava todo o bulevar e suas muitas atividades. Nosso vizinho da direita era um pequeno café com tabuleiros de xadrez; à esquerda ficava o PEQUENO MUNDO TEATRAL DE MARCEL MONTON. Os residentes desses dois estabelecimentos, na minha opinião, não gostavam de nos ter como vizinhos. Quando o dr. Curtius os cumprimentava com acenos de cabeça, eles viravam o rosto para o outro lado. Quando podia, eu ficava olhando as pessoas do bulevar em seus momentos de lazer. Vi um homem sem pernas circulando de um lado para o outro com seu carrinho, mais depressa do que muitos outros. E um sujeito passeando com uma matilha de buldogues com focinheiras. Vi o dr. Graham de novo, com seus cabelos ruivos, trajes extravagantes e um charuto na boca, sempre acompanhado de uma moça bonita diferente. Que estilos de vida mais estranhos e variados havia ali! Eu jamais teria visto essas coisas, jamais as teria imaginado, se tivesse permanecido no vilarejo onde nasci.

Entre as figuras marcantes do bulevar, logo reparei em um certo moleque mal-encarado, um desocupado cujos principais amigos pareciam ser um bando de cachorros bravos. Eu o via brincando com eles, esbravejando com eles, uivando com eles, procurando alimento ao lado deles. Quando mostrei o garoto ao meu patrão, este ficou atordoado; observou com perplexidade a pele cheia de cicatrizes, os cabelos emaranhados e as roupas imundas.

"Isso, inclusive isso, Marie, por mais baixo que possa ser, também é um parisiense."

Eu sabia que ele consideraria o garoto interessante. Sabia que era o tipo de cabeça que mobilizaria a curiosidade do meu patrão. A viúva sempre dizia para ele que precisávamos nos concentrar nas cabeças mais nobres, mais distintas, mas o meu patrão via nobreza na sarjeta. Caso desenvolvesse um sentimento por uma determinada cabeça, era difícil para ele esquecê-la. Eu o peguei várias vezes observando o garoto selvagem, movendo as mãos no ar como se modelasse seu rosto. Eu, por minha vez, durante a noite, por um brevíssimo momento, estendi a mão e toquei o rosto de Edmond.

"Ai! Não faça isso."

Ele tinha descido para me ver de novo. De quando em quando aparecia duas vezes por semana, e havia aprendido a passar pela escada a passos leves. Estava tão infeliz na casa nova que precisava de alguém com quem conversar. Era nesses momentos que Edmond, de forma cautelosa e insegura, se expressava sonoramente. Ele vivia a vida ao redor de sua ruidosa mãe, silenciado por seus altos brados. Nós conversávamos aos sussurros e, com aqueles sons abafados, com aqueles ruídos delicados, Edmond foi se abrindo.

"Eu sou tão calado, não sou, Marie? Acho que nem sempre fui assim. Eu costumava correr na escola e fazer bastante barulho, tinha muitos amigos, mas quando papai ficou doente parei de ir à aula para ajudá-lo no trabalho. Acho que comecei a ficar mais silencioso aí, quando os barulhos da doença de papai foram ficando mais altos; não eram sons de felicidade. Mamãe me mandava fazer silêncio, para eu não incomodar o doente. Então aprendi a ficar quieto, até começar a falar apenas em sussurros. Eu não ligo de sussurrar, na verdade prefiro, já que todo mundo é tão barulhento."

"O que mais, Edmond? O que mais você pode me contar?"

"Nada. Nada mesmo."

"Quais são as suas esperanças?"

"Que um dia eu seja um ótimo alfaiate."

"Isso é coisa da sua mãe."

"Não, não, é o meu desejo mais profundo."

"E eu, Edmond, o que será que posso ser?"

"Uma criada, eu acho. O que mais seria?"

"Eu sei desenhar. Sei misturar as cores, preparar os rostos, aprontar a cera."

"Isso de novo não, Marie. Mamãe nunca vai permitir. Você precisa aprender qual é seu lugar."

"Mas e se eu não gostar do meu lugar?"

"Mamãe põe você na rua sem pensar duas vezes."

"Ela vai ter que me pagar primeiro."

"Colabore, Marie."

"Apesar de detestar isso."

"Você tem comida. Tem abrigo."

"Fico feliz que você venha me ver. Eu ia acabar esquecendo quem sou se você não viesse."

"Eu não ligo de vir aqui às vezes."

"Eu fico ansiosa para isso."

"Mas não deveria esperar nada, Marie. Não está em condições de fazer isso."

"Você vai voltar?"

"Pode ser. Mas você não deveria esperar."

20

Sons do lado de fora invadem o lado de dentro.

Certa tarde, quando o garoto selvagem do bulevar estava dormindo ali perto, encostado em uma árvore, o meu patrão saiu para dar uma olhada nele mais de perto.

Não havia mal nenhum nisso, talvez, mas então o garoto abriu os olhos e aqueles olhos abertos se fixaram no meu patrão. Curtius começou a voltar às pressas para a Casa dos Macacos. Alguns passos depois, quando se virou, o garoto não estava mais na árvore. Quando entrou na Casa dos Macacos, ele viu que o garoto o estava seguindo, e que foi se sentar diante do estabelecimento do dr. Graham. O garoto sacou uma linguiça do bolso, limpou-a com as mãos sebosas, deu uma boa mordida e começou a mastigar agressivamente. Quando olhei de novo, a pedido do meu patrão, o garoto ainda estava lá. Ficava rodeando a Casa dos Macacos todas as noites. Depois que viu Curtius e notou como ele era magro e frágil, acho que passou a considerar a Casa dos Macacos um lugar vulnerável. Amedrontado pela proximidade do garoto selvagem, Edmond passou a ficar em seu quarto à noite, com medo de chamar a atenção dele, que havia criado o hábito de dormir nos degraus da frente da Casa dos Macacos. Eu não ousava subir para vê--lo, porque, na única vez que tentei, fiz barulho no quinto degrau e a viúva

gritou: "Quem está aí? Estou ouvindo você!". O meu patrão e a viúva também ficaram incomodados. O garoto selvagem seguia Curtius sempre que ele saía, permanecendo a poucos passos de distância. Era como se a nossa casa e as nossas vidas estivessem sob cerco.
"Ele está sempre lá", resmungou Curtius.
"Ignore", disse a viúva. "Se fizer isso, ele vai embora."
"Estou começando a desconfiar que a senhora não sabe tudo, não, viúva Picot."
Edmond foi vestido com roupas elegantes e mandado para as ruas para distribuir os folhetos encomendados pela viúva. Ele os entregou nos parques, nas ruas de melhor reputação e em eventos apropriados.

FAMOSO ESCULTOR ESTRANGEIRO, DR. CURTIUS,
GÊNIO DA CERA, MAIOR RETRATISTA DE PARIS,
SEMELHANÇA NOTÁVEL. CLIENTELA IMPRESSIONADA!
ESCULTOR DE ROUSSEAU, DIDEROT, D'ALEMBERT & CIA.
VENHA VER SEU ROSTO, O DE SEUS ENTES QUERIDOS,
SUAS ESPOSAS, SUAS FILHAS, SEUS FILHOS,
SEUS NETOS, COMO SE FOSSE A PRIMEIRA VEZ.
(Por um preço honesto.)

Em resposta ao convite apareceram não só os figurões do bulevar e os filósofos celebrados, mas também uma novidade: mulheres. Mulheres para conversar, mulheres para serem moldadas. Elas entravam no salão e eram colocadas em cadeiras. E que mulheres! Mulheres de Paris. Com peles femininas, macias, enrugadas, marcadas, grossas, empipocadas, oleosas, limpas, cheirosas, rançosas, com cheiro de cebola e de farinha e de chocolate e de morango. Curtius tocava todas elas. E, quando seus dedos encontravam a carne feminina, ele hesitava e seus olhos ficavam marejados, mas às vezes, bem perto do rosto de uma cliente, ele juntava as mãos em um aplauso silencioso. Cercado como estava de tanta feminilidade, na minha opinião, talvez o afeto do meu patrão pela viúva pudesse arrefecer. Em uma raríssima ocasião, ele veio falar comigo.
"Ah, o nariz! Esses narizes! Ah, as sardas nas testas. Ah, as pregas nos lábios, tão perfeitos, tão vincados, tão vermelhos. Ah, e as curvas dos cílios! Ah, e as covinhas! Ah, e as bochechas! E as pintas, e a brancura, e as peles coradas. Ah, os rosas, ah, os azuis, ah, os amarelos! Estou abalado! Os pescoços! Como eu teria chorado na curvatura daqueles pescoços! Os lábios! Os lábios de novo!", ele falou, admirado. "Felicidade! Que felicidade! Isso é vida!"

Curtius fazia a pele. A viúva as vestia. Edmond pregava os botões. Eu esfregava os assoalhos.

O garoto abrutalhado dormia nos degraus.

Na semana seguinte à aproximação do garoto selvagem, Edmond enfim voltou a descer. Eu o ouvi na escada, vindo bem devagar. Apurei os ouvidos: com certeza era ele, pois conseguia ouvir o ressonar pesado da viúva e o meu patrão falando durante o sono. Os passos leves de Edmond se aproximavam com grande cuidado, cada vez mais perto. Eu me levantei da cama e fiquei ao lado da porta, esperando. Houve um ruído nos degraus do lado de fora: o garoto selvagem se mexendo, com certeza. Continuei a escutar, à espera do ruído da aproximação de Edmond; ele havia parado, não havia barulho nenhum, nadinha — mas então houve o mais leve dos rangidos, e depois de novo. Estendi a mão para a maçaneta; abri a porta, que pronunciou sua abertura, bem de leve. Edmond deteve seu avanço. Havia sons de passos do lado de fora. Edmond continuou em frente. Rangido. Abri um pouco mais a porta. Rangido. Alguém do lado de fora ficou de pé nos degraus da frente. Estalo.

Eu já conseguia ver Edmond, e ele conseguia me ver, através da fina luz da manhã que entrava pelas venezianas. Devíamos estar a uns vinte passos um do outro. Mas ficamos cada um em seu lugar. Estalo. Mais barulho nos degraus do lado de fora. Então, silêncio de novo.

"Marie", murmurou Edmond, de forma quase inaudível.

"Edmond", foi minha resposta baixíssima.

Silêncio.

"Finalmente você veio", falei.

"QUEM ESTÁ AÍ?" De repente uma voz altíssima! E grossa! Gritando de lá de fora.

Ficamos imóveis.

"EU PERGUNTEI QUEM ESTÁ AÍ? O QUE TEM AÍ DENTRO? O QUE ESTÁ FAZENDO AÍ? APAREÇA!"

E então a porta da frente começou a ser esmurrada e sacudida. Alguém estava tentando entrar. Em seguida, um rugido de fúria do lado de fora, como se o fato de termos levantado da cama em uma hora indevida tivesse despertado um monstro. Era cada pancada na porta!

"Socorro!", murmurou Edmond. "A casa inteira vai cair na nossa cabeça."

Ele correu até mim, e eu o abracei, envolvendo-o com força nos meus braços.

"ME DEIXE! ME LARGUE!", a voz do lado de fora gritava, furiosa.

"Quem está aí?" Era outro grito, outro chamado, do andar de cima... a viúva!

"Mamãe?", chamou Edmond.

"Edmond!", ela respondeu de forma ríspida. "O que está acontecendo? Por que você está de pé? Quem está aí com você?"

"Os barulhos, mamãe. Foram os barulhos."

"Pequena? Pequena!", ela gritou. "O que você está fazendo?"

Eu o soltei na mesma hora.

"A senhora não ouviu, madame?", murmurei. "Tem alguma coisa do lado de fora."

Mais um barulho intenso, a porta sendo esmurrada, e então um grito tremendo. E esse grito, o berro de um monstro, provocou um choque tão intenso que ecoou do lado de dentro, porque a viúva deu um berro, que foi se elevando cada vez mais como o de um bovino submetido a grande estresse. Em seguida foi a vez de Edmond — muito mais alto, como o de um coelho preso em uma armadilha —, e em seguida mais outro, dessa vez do meu patrão no alto da escada, um relincho equino, e a casa inteira estava gritando e berrando e guinchando e rugindo como em um grande zoológico em que todos os bichos ficam agitados ao mesmo tempo. Em meio a essa algaravia, foi inevitável que eu também acrescentasse o meu ruído aos outros, um pequeno guincho de camundongo.

Mas, de repente, os murros e as sacudidas cessaram, dando lugar a apenas um gemido e passos apressados como os de alguém que está fugindo. Ficamos todos imóveis, como quatro ilhas isoladas, até que dos degraus da entrada viesse um ronco profundo, como o de um grande cão mastim. Então, abalados e pálidos, voltamos em um pavor silencioso para nossas camas, incapazes de dormir, na esperança de que o sol da manhã removesse as manchas da nossa agonia.

21

No qual o Gabinete ganha seu cão de guarda.

Com a chegada da luz do dia veio uma explicação. Ao que parecia, alguém — algum bêbado — estava rondando a Casa dos Macacos, querendo nos assustar sacudindo a porta, quando sem querer pisou no garoto selvagem. Não ganhou nada em troca com sua travessura além de dor, e os dentes que perdeu jamais cresceriam de volta.

O meu patrão ficou parado diante da janela, observando o agressor que dormia no terceiro degrau. "Acho que nós precisamos agradecê-lo", ele falou. Fiquei olhando da porta da cozinha quando ele abriu as portas da frente e pigarreou.

"Imagino que você não tenha dormido muito bem", ele começou. "Nenhum de nós dormiu."

Todos nós nos aproximamos um pouco mais, para ver o que aconteceria a seguir.

O garoto selvagem foi se levantando aos poucos, franziu os lábios, mas Curtius não voltou lá para dentro. O garoto subiu um degrau, mas Curtius permaneceu onde estava. O garoto chegou ao degrau mais alto, então Curtius fez a única coisa que lhe restava: enfiou a mão no bolso do casaco e sacou uma moeda. O garoto selvagem aceitou. E, depois disso, parou de rosnar imediatamente. O meu patrão pareceu um homem bastante corajoso nessa ocasião, e na frente da viúva. Desacostumada com esse tipo de demonstração, ela resmungou e bufou, mas não sabia o que fazer.

"Essa criatura é a escória da escória", a viúva comentou. "E não pode entrar aqui."

"Você é um bom sujeito", disse esse novo Curtius. "Gosto de você, mas é bem bruto. E aqui dentro há algumas coisas delicadas. Então fique do lado de fora, onde pode gritar e bater à vontade, porque você é feito para viver nas ruas, não? Não pode ser limitado pela arquitetura. Então não, não entre."

"Isso mesmo", disse a viúva, "fique aí fora."

Procurando um alvo para sua irritação, e me encontrando perto demais para seu gosto, ela se lembrou de algo ocorrido nas sombras na noite anterior.

"Ontem à noite, Edmond, eu vi você!"

"Sim, mamãe, e eu, a senhora. Que susto nós levamos."

"Você estava bem perto da criada."

"Eu... eu..."

"Vai querer negar?"

"Não, mamãe, eu não posso."

"Você não pode mentir para sua mãe!"

"Não, mamãe. Eu jamais faria isso."

"Então por que esse contato tão próximo?"

"Eu estava assustado, mamãe. E ela estava... por perto."

"Edmond! Você precisa aprender seu lugar; e não é, e nunca foi, com essa rata de cozinha."

"Sim, mamãe."

"Quer conforto, um alívio para sua angústia? Pois venha até mim, que eu o consolo."

"E você, Pequena, sua escória, seu restolho, se encostar um dedo no meu filho vai parar na sarjeta!"

"Sim, madame. Claro, madame."

Espero que você tenha uma morte bem sofrida, pensei, e conseguia quase imaginar isso. Por que ela precisava ser sempre tão cruel, me perguntei, mesmo depois de eu trabalhar tanto em seu benefício? Talvez ela precisasse ter alguém abaixo de si para sentir que não estava no degrau mais baixo. Talvez a crueldade fosse uma forma de ela provar a si mesma seu sucesso.

Eu estava certa de que depois desse último discurso não haveria mais rangidos na escada. Que eu permaneceria isolada na cozinha, e que seria engolida por aquele lugar.

"Que horror!", ela concluiu. "Só porque esse desocupado comprou uma briguinha na nossa porta, isso não é motivo para virar a sociedade inteira de cabeça para baixo. Precisamos torcer para que esse lixo humano se canse de nós o quanto antes, para que as coisas voltem a ser como eram."

Mas não foi isso o que aconteceu.

Quando o garoto selvagem conquistou seu lugar nos degraus da entrada da Casa dos Macacos, nem ele nem o meu patrão voltaram atrás. Além de passar as noites diante da porta, ele ficava lá também durante o dia, e em pouco tempo começou a fazer pequenos serviços para o Gabinete do meu patrão.

O garoto abrutalhado não se tornou próximo apenas de Curtius. Ele impôs sua personalidade dentro da casa também, na forma de pulgas. Havia pequenas manchas vermelhas nos antebraços de Edmond; eu o vi da porta da cozinha, coçando-as. A viúva descobriu um carrapato na nuca. Como Curtius não ignorava o perigo representado pelo carrapato, fez de sua remoção um grande drama. Eu fui solicitada — o trauma chegou a esse ponto — a levar uma bacia de água quente.

"Por que quer ver os meus ombros?", grasnou a viúva. "A criatura está no meu pescoço. Não, eu não vou tirar o casaco!"

Esses cuidados médicos da parte de Curtius também devem ser colocados na conta do garoto abrutalhado, pois o meu patrão jamais ousaria tocar o pescoço da viúva sem a ajuda do carrapato, e lá estava ele, pegando o parasita entre os dedos e espremendo-o. Curtius guardou o carrapato morto em uma caixinha com interior de veludo vermelho, sobre o aparador da lareira de seu quarto. Eu a via quando entrava lá para esvaziar os penicos.

Algumas pessoas deixam seus cães do lado de fora, no frio; outras os trazem para dentro e os acolhem no colo ou na cama. É possível determinar o caráter de uma pessoa pela maneira como trata seu cachorro. Eis uma indicação do caráter do meu patrão: Curtius não só insistiu para que o garoto dormisse nos degraus da frente — como se fosse possível impedi-lo —, mas também lhe deu uma coberta tirada de sua própria cama.

Por fim, Curtius decidiu perguntar ao garoto qual era seu nome. Em resposta, ele emitiu um som gutural, mais um latido do que um nome.

"O que foi isso?", Curtius perguntou. "Tente de novo. Uma vez mais."

Dessa vez, tive a impressão de ouvir palavras: *Jacques*, isso com certeza ouvi. Da segunda palavra, não entendi nada.

"Visage? Ah... Beauvisage!", exclamou a viúva.

Beauvisage? *Rosto bonito?*

"Jacques Beauvisage", ele grunhiu e balançou a cabeça.

E Curtius, que teve aquelas sílabas cuspidas na cara, ficou encantado. Um nome assim para uma criatura como aquela! Em vez de rir do bruto, Curtius apenas sorriu. "De fato é a sua cara, Beauvisage."

Com a chegada do tempo frio, o caráter de Curtius se revelou mais uma vez. Depois de muitas negociações a portas fechadas com a incrédula viúva, ele convidou Jacques para dormir do lado de dentro, encolhido junto à porta. Então passei a ter certeza de que Edmond jamais desceria de novo. Desesperada, entreguei um bilhete para ele, que dizia apenas:

OLÁ, EDMOND!
De Marie.

Ele pareceu chocado ao recebê-lo, e o amassou bem depressa, mas suas orelhas, conforme percebi, ficaram mais vermelhas do que nunca.

Jacques Beauvisage foi instruído a permanecer sempre junto à porta e a jamais tocar as cabeças de cera. No entanto, já era tarde demais: quando se deixa um cachorro dormir do lado de dentro, não dá mais para colocá-lo para fora. Jamais se deve trazer uma criatura selvagem para dentro de casa. Seus velhos amigos, os cachorros de rua do bulevar, apareceram nos degraus da frente, ganindo para chamá-lo, mas no fim foram embora sem entender nada. E o garoto selvagem ficou abandonado sem nenhum amigo na Casa dos Macacos.

Coube a mim acolhê-lo.

22
Eu me torno uma professora.

Eu, a coisa largada na cozinha, a criatura coberta de gordura e fuligem, um espectro de chamas e vapor; eu, a sujismunda com os dedos manchados e tingidos de preto: eu fui a escolhida. Coube a mim acolher essa nova pessoa. Havia regras a serem aprendidas. Ele não deveria aparecer no saguão durante o horário de visitação. Como eu, ele pertencia aos cômodos dos fundos. E assim os meus dias foram ocupados com uma responsabilidade surpreendente. A criança aos meus cuidados, minha difícil criatura, exigia muita paciência e atenção e amor. Talvez eu o tenha mimado, empanturrando-o de doces, mas também sabia ser rígida. Elevava o tom de voz, punha o dedo em riste. Ele revidava, mas eu respirava fundo e encarava a briga. Como Edmond ficava preocupado com os meus arranhões! Eu o vi uma vez no saguão, observando a cozinha à distância, com a mão na boca, horrorizado.

Eu estava domesticando um selvagem, e isso me mantinha ocupada. Jacques precisava urinar e defecar no penico; demorou meses para que aprendesse isso. Eu sentia um cheiro, e então encontrava uma poça ou um montinho, e Jacques fugia urrando porta afora.

Talvez eu tenha exagerado um pouco. Talvez, tomada por um espírito maternal, posso não ter enxergado as coisas direito; talvez eu o considerasse mais primitivo do que de fato era. Ele sabia falar, claro; eu não precisava ensinar-lhe palavras, apesar de às vezes me esquecer disso, e em meio ao sofrimento, enquanto era domado e domesticado por mim, ele falava nomes de pessoas. Às vezes uivava *Yves Sicre*, por exemplo; ou aliviava seu desconforto rosnando *Jean-Paul Clémonçon*; ou batia o pé repetindo o nome *Anne-Jerome de Marciac-Lanville*. E só de citar aleatoriamente esses nomes — que tinha ouvido no bulevar, creio eu — ele se acalmava um pouco. Ele aprendeu a não resmungar e ficar tão agitado quando uma mulher entrava na Casa dos Macacos. Mas, de acordo com a viúva, era sua responsabilidade proteger tudo o que pertencesse à casa.

A expressão de Jacques refletia com perfeição seus pensamentos: triste, irado, assustado, tudo isso aparecia abertamente em seu rosto. Ao contrário da cera, ele era o pior dos atores; não poderia ser ninguém além de si mesmo, estava preso naquele papel, e isso às vezes era uma coisa desesperadora e perturbadora de testemunhar.

Depois que Jacques começou a dormir do lado de dentro, acho que começou a ficar com medo do lado de fora. Não aconteceu de forma imediata; a coisa foi acontecendo gradualmente. Ele ficou um pouco mais gordo e acostumado ao calor do ambiente interno. Quando estávamos juntos na cozinha, eu falava sobre o meu pai e a minha mãe, sobre a minha vida antes de Paris; se eu não falasse a respeito, passei a me perguntar, como poderia ter certeza de que tudo aquilo havia acontecido mesmo? Se eu não contasse a história, ela poderia começar a definhar, assim como eu naquela cozinha. Pouco a pouco, ele foi absorvendo tudo. E, certa tarde, sua boca se abriu e as palavras saíram.

Jacques Beauvisage tinha suas próprias histórias.

"Bernard Balliac passou a faca na mulher. Cortou em pedaços. E deu para o cachorro!"

Eu ouvi essas palavras, esses sinais claros de inteligência. Inclinei-me para a frente e escutei com atenção. Depois de um bom tempo, ele voltou a falar.

"O açougueiro Olivier meteu o machado na família. Na mulher. Nos filhos, dois. Vendeu como comida de porco. Era uma comida forte demais para os porcos, os porcos ficaram doentes. Chamaram os homens da lei."

Fiquei em silêncio absoluto. Palavras emitidas aos trancos e barrancos, suas mensagens de agradecimento a mim.

"Isabelle Torisset e Pascal Fissot foram para a cama juntos. Mas tinha alguém lá. O marido dela, Maurice! Maurice era aleijado. Três é demais, dizem por aí. Eles levaram o marido para o terraço em cima da casa, onde tinha pássaros numa gaiola enorme, ficava na beira do rio, perto dos depósitos de grãos. E o marido foi todo bicado pelos pássaros, mas foi encontrado meses depois. Vivo! Pele e osso! Ao contrário dos amantes! Eles logo morreram! Enforcados na Place de Grève! Em público! Eu vi!"

Foi um avanço e tanto! Meus ensinamentos e meus instintos se consolidaram nessa noite! Pois nesse momento, como se todas as vitórias tivessem vindo à tona de uma só vez, ele começou a compartilhar comigo sua paixão, que antes guardava só para si. Descobri que Jacques era uma memória viva dos crimes e assassinatos de Paris. Sentado comigo na cozinha, Jacques revelava com seus grunhidos pequenas histórias sangrentas e desoladoras sobre pessoas infelizes que repentinamente deixaram de viver. Uma após a outra eu as escutava, noite adentro, sendo contadas com cada vez mais confiança. Conte outra história, Jacques, conte outra história. Eu não conseguia dormir sem ouvir uma. Sob sua tutela, eu me tornei uma especialista em fatos assombrosos.

Ele me contou sobre sua vida também. Eu implorei que o fizesse: "Jacques, me conte. Faça isso!".

23

Jacques Beauvisage,
um relato pessoal.

"Eu vi enforcamentos, mas não assassinatos. Quero crescer para um dia poder ver um bom assassinato. Um bem sangrento. Perdi uma garganta sendo cortada no bulevar por poucos minutos. Vi o sangue, e o sangramento até, mas não a faca sendo passada."

"Quantos anos você tem, Jacques?", perguntei.
"Não sei. Quantos você acha?"
"Acho que talvez uns vinte? Não sei. Mais de quinze? Não sei dizer."
"Nem eu. E então?"
"Onde você nasceu?"
"Aqui. Paris."
"Quem era o seu pai?"
"Não sei."
"Sua mãe?"
"Não sei, não."
"O que você sabe, então, meu bichinho?", insisti com gentileza.
"Você parece uma vovó falando."
"Me conte, o que aconteceu com você?"

"Fui deixado no lar dos rejeitados, na Rue Saint-Honoré. Isso é certeza. Lá me deram um nome, as freiras. Nunca fui bonito, me disseram. Tenho a cara grande, e só foi crescendo mais durante a vida. Me chamavam de Jacques, que é meu nome, e Beauvisage por causa da minha cara."

"Como eram as coisas? Nesse lar."

"Eu vivia. Eu comia. Não tinha muita comida, então eu tirava dos outros que não tinham muita força para brigar. Então pode ser que eles tenham morrido de fome; é assim que eram as coisas. Eu era barulhento, batia, nem sempre obedecia. Bati numa freira, e machuquei uma outra com os meus gritos; disseram que ela ficou surda. As crianças morriam, principalmente no inverno. Eu, não. Ninguém conseguia me matar. Ainda não, pelo menos. Fiquei doente num inverno, pensaram que eu estava morto, me jogaram na vala, fiquei lá uma porção de dias, enterrado na sujeira. Mas voltei, sentei, comi um pouco, caguei um pouco, levantei de novo. Cada vez melhor."

"E depois do orfanato?"

"Fui levado embora. Audinot, o gerente do teatro, ele sempre vinha e levava alguns, quatro ou cinco por ano, para subir no palco do Ambigu-Comique dele."

"Sim, eu conheço. Nós temos a cabeça dele aqui!"

Jacques fez uma careta. "Lá só se apresentam crianças que são tiradas dos orfanatos porque custam barato, ele não precisa pagar ninguém — recebe dinheiro para levá-las embora. Eu me apresentava lá, principalmente com animais selvagens. Era conhecido, vinha gente só para me ver, mas eles não sentavam nas fileiras da frente quando eu estava lá, com medo de que eu fosse pular do palco e bater neles. Eu era revoltado, agora estou um pouco melhor, mas naquela época batia nos outros só porque tinha a chance, e Audinot gritava comigo, e morria de medo que sobrasse para ele também. Tive uma garota no Ambigu, era Henriette Peret, e a gente se conhecia bem e ela foi a minha primeira. Mas ela cansou de mim, e ela me largou, e eu fiquei tão irado que saí batendo em todo mundo e ameacei matar Audinot e ele mandou seus grandalhões para cima de mim e eles me arrebentaram todo e me puseram para fora. Aí eu fui jogado na vala e pensei que não ia mais sair de lá. Mas no fim levantei de novo. E aí comecei a andar mais com os cachorros e eles ficavam comigo e eram uma boa companhia, mas a gente brigava muito. E eles metem medo. Fiquei com eles por não sei quanto tempo, meses e mais meses. Quase virei um cachorro, acho. Mas então apareceu Curtius e depois você, que é uma velhinha e uma criança ao mesmo tempo, e que me fez falar de novo. E então aqui estou eu de novo. Entre as pessoas, ou uma pessoa só, pequena e ocupada. Estou todo dia no bulevar, a não ser quando tem enforcamento; aí vou para a Place de Grève. Esses dias são os melhores. Eu gosto de um bom enforcamento, isso para mim é muito bom."

Depois que ele começou a me revelar sua história, passei a limpar Jacques com mais gentileza. Eu o convenci a se sentar na banheira de lata, onde eu o fazia se parecer mais e mais com uma pessoa a cada dia. Havia um homem sob aquela sujeira, mal-encarado e com dentes em péssimo estado, que ria das coisas mais inapropriadas; um jovem desajeitado e violento, mas alguém que, em meio a suas histórias sofridas, também revelava uma certa beleza. Havia muitas cicatrizes em sua pele, de queimaduras, ralados, cortes e arranhões de tanto se coçar. Eu perguntava sobre aquelas marcas, uma a uma, e, sentado na banheira, ele me falava sobre todas elas sem se alterar. "Essa é do teatro, o meu patrão Audinot me espetou. Eu era pequeno — ele não faria isso mais tarde. Essa é do Cão Preto. Essa eu fiz quando testei uma faca que roubei, uma faca muito boa. Muito mesmo." Por ordem da viúva, Edmond fez para ele um terno de lã com tecido duplo, para durar mais, reforçando cada costura quatro vezes, mas Jacques o rasgou rapidinho, e seu novo traje, mais resistente, foi feito de couro.

As histórias de Jacques eram tão boas que não poderiam ficar restritas à cozinha; elas logo se espalharam pela casa. Como pequenos fantasmas de macacos, começaram a marcar presença nos quartos do andar de cima. Embora a viúva e o meu patrão não as ouvissem diretamente, elas começaram a entrar em suas cabeças, se enfiando em suas narinas enquanto dormiam. Por que outro motivo eu ouvia o meu patrão andando de um lado para o outro no quarto durante a noite? Por que mais a viúva estaria sempre naquele mau humor?

Jacques era uma criatura muito diferente de mim, que era ingênua e estava começando a aprender sobre o mundo. O aluno se tornou professor e, a seu modo, me ensinou o que significava estar vivo e as diversas maneiras possíveis de morrer. Era como se eu nunca houvesse tido um contato real com a vida antes de ele se juntar a mim, era como se eu só tivesse ouvido rumores, pequenos cochichos a respeito do que os humanos eram capazes de fazer. Eu era só uma boneca de uma creche, sendo instruída por um rato. Mais tarde, quando Jacques dormia depois de contar uma história, eu visitava a população de cera do saguão, ainda uma criança, não importava do que ele me chamasse, mas deixando a infância para trás enquanto passeava em meio àqueles humanos fabricados.

Num início de noite, eu estava tirando os pratos na sala de jantar antes que os visitantes começassem a entrar quando vi Edmond sentado ali, evitando o meu olhar. Ele tinha se tornado bem distante desde a chegada de Jacques.

"Jacques conhece cada história", falei para ele.

"Quê?", perguntou a viúva. "Você falou alguma coisa?"

"Jacques Beauvisage conhece umas histórias maravilhosas. A senhora precisava ouvir."

"Saia daqui", retrucou a viúva.

"Histórias?", perguntou o meu patrão. "Que histórias?"

"São histórias de Paris, senhor, todas elas." Eu limpei a garganta antes de continuar. "De assassinatos, de matança. Ele conhece todas. São extraordinárias, senhor. Devem pertencer a cabeças que não conhecemos. Eu com certeza nunca vi os rostos dos homens e das mulheres que fizeram essas coisas."

Para meu deleite, Curtius me pediu para chamá-lo. O meu patrão e a viúva escutariam aquelas histórias. Eu esperava ouvir o meu patrão aplaudir a qualquer momento, mas o que ouvi foi a gritaria da viúva. Ela tapou os ouvidos; Jacques foi para a cozinha desolado.

Quando voltei, a viúva me repreendeu. "Você traz cada imundície para minha casa. Aqui é um lugar para rostos distintos, para beleza e realizações, e não para essa sujeira que você conhece. Você nos jogaria na sarjeta. Trate de não ficar muito confortável aqui." Ela olhou para o chão e viu uma sujeirinha. "Veja só... lama!"

Mais tarde, o meu patrão tentou repreender Jacques. "Menino malandro, um menino muito malcomportado." Seu rosto, porém, não combinava com suas palavras. Para mim, ele disse apenas: "Que trabalho maravilhoso, Marie, ele está desabrochando! Você está cuidando muito bem dele. Muito obrigado".

24

Quando algo de grande importância acontece.

"Que notícia, que notícia eu tenho para dar, Curtius, cara viúva", disse Mercier para o meu patrão e para a viúva quando entrou exultante na Casa dos Macacos.

"Sem dúvida", disse a viúva, "essa notícia pede uma taça de vinho para ser mais bem contada."

"Eu não recuso!", respondeu Mercier alegremente.

"O senhor nunca recusa", comentou a viúva, acenando para mim.

Levei o vinho o mais depressa que pude.

"Muito bem, então", falou a viúva, "o senhor já molhou a garganta."

"O ano de 1774 começou com muitas dores de cabeça", começou Mercier.

"Pelo amor de Deus", resmungou a mulher, "sobre a data nós sabemos."

"À medida que janeiro foi avançando", continuou Mercier, sem se deixar abater, "vieram as dores no corpo e a febre. Fevereiro chegou com manchas na pele. Em março os pontinhos vermelhos se instalaram e não foram mais embora; começaram a se espalhar por toda parte. Em abril o cheiro era indisfarçável; em meados do mês os pontinhos vermelhos se tornaram lesões cheias de pus aguado; no fim do mês as lesões tinham cascas duras. Em 8 de maio as lesões começaram a verter sangue, no dia seguinte os homens da igreja foram chamados, e no dia 10 de maio de 1774, Luís xv, rei da França pela graça de Deus, morreu de varíola. Tempos melhores chegaram, dr. Curtius, viúva Picot! Pequena também! Até mesmo seu novo cão! A França voltou a ser grande. Vida longa ao novo rei, vida longa à nova rainha! Em Versalhes, o parlamento foi reconvocado! Agora Paris tem como ser salva!"

"O rei está morto", falou a viúva, claramente em choque.

"Morto e apodrecendo", respondeu Mercier. "É com os corpos mais jovens que devemos nos preocupar agora."

Mas, no fim, toda a conversa sobre novidade se transformou em inquietação. Logo Mercier apareceu de novo, entrando na Casa dos Macacos cheio de angústia, sacudindo negativamente a cabeça. O governante da cidade havia mudado, mas sua presença era imperceptível. Quando nada de novo aconteceu, quando tudo continuou como sempre, os ânimos azedaram; houve tumultos nas ruas; pessoas morreram. Multidões aos gritos passavam do lado de fora, fazendo a Casa dos Macacos estremecer. Jacques queria sair, mas a viúva não permitia, então ele passava o dia choramingando na porta. A desordem foi contida, prisões foram realizadas, e as punições foram decididas. Jacques começou a gritar, desesperado, que precisava testemunhar as punições, e continuou berrando até Curtius prometer levá-lo na manhã seguinte. A viúva se recusou a deixar meu patrão sair sozinho, então iria acompanhá-lo, e Edmond recebeu ordens para ir com a mãe. A um enforcamento. Eu ficaria para cuidar da casa.

Foram pessoas bem diferentes, as que saíram da Casa dos Macacos e as que voltaram. Jacques me trouxe um suvenir. Era um boneco, não muito bem-feito, cuja forma parecia a de um homem, mas sem braços, apenas pernas dependuradas. Não usava roupas e não tinha um rosto desenhado na cabeça, nem cabelos. Era feito de tecido simples de uma única cor, com enchimento de milho seco. Vinha com um barbante amarrado em torno do pescoço. Jacques contou que bonecos como esse eram vendidos em todos os enforcamentos, para as pessoas erguerem e sacudirem na direção do cadafalso. Quando o corpo caía e começava a se contorcer, seus movimentos imitavam os dos bonecos presos com barbantes nas mãos do público, e as pernas do moribundo, assim como as dos bonecos enforcados, se balançavam desesperadamente em busca do chão.

"Charles Lesquillier!", contou Jacques. "Roubou pão!"

Curtius estava chorando enquanto eu tirava seu casaco. "Uma vida interrompida! Bem diante de mim. Enquanto eu assistia."

A viúva estava envolta em uma névoa de recordações. "Eu não via um enforcamento desde a vez que fui a um com Henri. Nós costumávamos ir juntos. Em dias mais felizes."

Edmond estava trêmulo, e ainda mais pálido que o habitual. Ele caminhou com passos trêmulos pelo saguão, e então caiu. A viúva gritou. Jacques o carregou lá para cima; um médico foi chamado. Quando, descalça, me arrisquei a subir a escada naquela noite, a viúva estava dormindo em uma cadeira junto à cama dele, mas Edmond estava acordado e olhando para mim. Vi que ele estava chorando. Mas eu não podia falar nada, pude apenas voltar amedrontada para a cozinha.

25

Nosso primeiro assassino.

Em Paris, os desvalidos estavam por todas as partes. Eram mais numerosos a cada dia, segundo Mercier, e não havia ninguém para ajudá-los. Nosso vizinho, Monsieur Pillet, do café com tabuleiros para enxadristas, perdeu seu trabalho e sua casa e suas peças de xadrez. O mesmo aconteceu com muitos outros. A viúva anotava os nomes das vítimas, uma lista daqueles que fracassavam, que deixava pendurada na oficina.

PESSOA	NEGÓCIO	DESTINO
Marchand, Pierre	café para falantes de latim	meirinhos, prisão
Roland, Michel	tortas	queimaduras, hospital, morte
Arlin, Georgette	retratos em silhueta	mendicância, hospício
Dixmier, Alain, Hortense	videntes	suicídio, primeiro ele e depois ela
Pillet, Alain	café com tabuleiros de xadrez	engasgado com bispo

Enquanto se recuperava do enforcamento, Edmond não podia descer, ficava restrito ao quarto sem nenhum objeto perigoso por perto. Acho que, depois do que testemunhou, ele sentiu que um pouco da morte o invadiu, como se tivesse inalado um fragmento de algo que precisava eliminar a qualquer custo. Fiquei com a terrível impressão de que ele morreria também.

Os assassinatos aconteciam um após o outro. Era como se tivéssemos aprendido uma nova linguagem para a qual antes éramos surdos. Quando começamos a falar de assassinatos, passamos a ouvir a respeito deles por toda parte. E, como se tivesse sido conjurado pelas nossas conversas, aconteceu um novo e terrível, uma nova história sinistra com muitos detalhes a serem relatados. Em nossa casa, claro, foi Jacques quem abriu a porta para que a história entrasse: o desagradável relato sobre Antoine-François Desrues.

"Ele envenenava com arsênico!", contou Jacques. "Arsênico no chocolate de beber! Primeiro uma mãe bebeu e tombou! Foi direto para o chão! Ele enfiou o corpo num baú e enterrou num porão alugado. Que sujeito! Que época para se viver! E isso não é tudo. Porque o filho dessa mãe apareceu, e tome mais chocolate, e mais um tombou. Foi direto para o chão! E dessa vez ele enfiou o corpo naquele tipo de baú que chamam de caixão e enterrou num túmulo falso. E depois? O pai aparece, e então, e então?"

"Chocolate? Foi direto para o chão?"

"Não, não, Marie, não. Sinto muito, mas não. Quando o pai apareceu, estava com a polícia, e Desrues não devia ter chocolate para todo mundo e, desconfiados, eles espalharam cartazes por todos os muros de Paris, e a proprietária do porão alugado reconheceu Desrues, e ela gritou e gritou sem parar. E então foram escavar o porão, e o que você acha que encontraram, Marie?"

Um corpo em decomposição.

Ao ouvir a comoção, o dr. Curtius apareceu, e Jacques contou a história de novo, e o meu patrão chamou a viúva, e ela, enojada, escutou também. Mais tarde, eu os ouvi conversando alto na oficina.

"Você não tem discernimento", a viúva estava dizendo. "Não podemos colocar qualquer cabeça aqui."

"Mas eu estou muito interessado nessa cabeça. Gostaria de ver. Pode ter alguma coisa nova... alguma coisa que nunca vi antes."

"Por favor, doutor, me deixe decidir quais cabeças nós moldamos."

"Eu quero essa! Só desta vez, viúva Picot. Eu preciso dessa cabeça."

"Nós reproduzimos pessoas distintas, os mais belos e mais brilhantes."

"Só desta vez."

No dia seguinte, Curtius e a viúva saíram juntos. Contei até cem e corri escada acima. Edmond estava em seu quarto, embaixo das cobertas, com a cabeça apoiada no travesseiro. A princípio pensei que estivesse dormindo, mas então vi que seus olhos estavam abertos, e a boca também. Ele estava imóvel.

"Edmond", sussurrei.

Ele continuou parado, todo pálido.

"Edmond!", chamei.

Edmond piscou algumas vezes.

"Ele morreu", Edmond murmurou. "Eu vi quando ele morreu. Fiquei em choque. Aquele pobre homem pendurado. Não consigo tirar isso da cabeça. Quando fecho os olhos, lá está ele."

"É melhor você não pensar nisso."

"Não consigo pensar em mais nada."

Dei um beijo em sua bochecha. Achei que deveria fazer isso. Não foi nada planejado, simplesmente aconteceu, e voltei correndo aos meus afazeres. Ele estava melhor, achei, ficou com o rosto um pouco mais corado depois do beijo, não estava mais com aquela palidez de calicô de antes.

O meu patrão e a viúva foram até a Conciergerie, onde o assassino Desrues estava preso, e receberam permissão, mediante um pagamento, para voltar e visitá-lo em sua cela, para tirar um molde dele.

"Mas isso é certo?", questionou a viúva.

"Estamos vendo muitos negócios fechando", o meu patrão argumentou. "Imagine quanta gente virá."

"Mas seria como se estivéssemos homenageando o que ele fez."

"Não, não, nós estamos chocados. Mais do que qualquer outra coisa. Estamos ultrajados como ninguém! É por isso que devemos encarar esse fato, cara viúva. Sinto que precisamos."

"Mas o lugar de um assassino é junto das nossas outras cabeças? Se for, estamos dizendo que não existem diferenças entre elas."

"Essa vai ser diferente."

"Como?"

Curtius fez uma pausa. Depois se mexeu, inquieto. Desviou o olhar e voltou a encará-la.

"Os grandes homens em nosso saguão — políticos, escritores, filósofos — são pensadores. E nós mostramos suas cabeças. Desrues é um assassino. Sua mente saiu do controle, permitiu que seu corpo cometesse assassinatos. Então o que proponho é o seguinte: vamos fazê-lo por *inteiro*! Exibir cada pedaço dele, em tamanho real, não um busto, mas o homem hediondo por inteiro. Desta vez vamos dizer: era exatamente assim que ele era, que andava entre nós!"

A viúva não respondeu. Eu voltei a varrer o chão. Mas, no início daquela noite, todos saíram de novo. Fui deixada para cuidar da casa. Mesmo Edmond deveria ir, para tomar coragem, ganhar força. A viúva fazia questão de dizer que ele não era verdadeiramente como o pai, que não era tão vulnerável. Foi só daquela vez, garantiu ela. Edmond estava magérrimo, mal se equilibrava sobre as pernas.

"Não levem Edmond", pedi. "Ele parece estar doente."

"E desde quando as criadas dão as ordens por aqui?", perguntou a viúva.

"Eu só estava pensando."

"Não pense. Os seus pensamentos não são necessários."

Quando eles voltaram, Jacques estava quase dançando de alegria. O meu patrão foi direto para a oficina; a viúva, trêmula e suada, foi para a cama; e Edmond, pálido e infeliz, veio até a cozinha para me contar o que tinha acontecido.

"Ele estava às lágrimas quando chegamos. Chorou o tempo todo, o que causou problemas com o molde de gesso. Ele ficava dizendo: 'Eles vão me matar, eles vão me matar'. Jacques o segurou para que o dr. Curtius pudesse aplicar o gesso no rosto. Quando Curtius tirou o gesso já seco, ele perguntou: 'Vai ser assim? Tudo vai ficar escuro de repente?'. Quando saímos, ele disse: 'Pai Nosso que estais no Céu. Ai, meu Deus! Ai, meu Deus, Ai, meu Deus!'. Pelo amor de Deus, Marie, eu tirei as medidas dele! Pelo amor de Deus, Marie, a morte está por toda parte!"

Eu o beijei de novo na bochecha. Ele ficou imóvel. Não fugiu. Eu segurei sua mão. Suas orelhas ficaram vermelhas por um instante e depois empalideceram de novo. Ele não conseguia tirar Desrues da cabeça. Sua mãe o chamou — como sempre fazia quando sabia que o filho estava perto de mim —, e ele foi embora. Mas não foi só isso. Antes de se retirar, ele se inclinou para a frente, e eu senti alguma coisa roçar bem de leve o meu rosto e se afastar de novo. Edmond tinha me beijado. Fiquei com a mão no rosto por um tempão depois, até Jacques rir de mim; à noite, fiquei pensando naquilo sem parar. Ninguém nunca tinha me beijado antes.

Só vi Desrues depois que tinha sido moldado, quando Curtius terminou o trabalho e nos chamou para ver. Antoine-François Desrues era um homenzinho miúdo, com um rosto pálido e assimétrico. Não era um rosto excepcional de forma nenhuma. Era do tipo que se via no cotidiano, que não chamaria atenção nas ruas de Paris. Mas, depois de um tempo de observação, aquela acabava parecendo a cabeça de um assassino no fim das contas, uma fisionomia terrível.

"Isso pode levar a um melhor entendimento das pessoas!", argumentou o meu patrão. "No mínimo, vai ser a prova definitiva de que um homem assim pode existir. Vamos capturar a barbárie em cera!"

O Antoine-François Desrues real foi vestido com uma túnica branca, com um chapéu como o de um bispo e um crucifixo no pescoço. Seus membros foram esmigalhados a marretadas, e o que restou do coitado foi queimado vivo. Jacques foi presenciar tudo isso, e quando voltou me contou tudo a respeito.

O Desrues de cera foi a primeira figura em tamanho real produzida. Foi apresentado de pé, ligeiramente curvado para a frente, com um pires e uma xícara de porcelana nas mãos. A notícia de sua chegada trouxe muita gente. As pessoas que não tinham interesse em Rousseau e Diderot vieram ver Desrues; para elas, ele parecia maravilhosamente horrendo.

Dessa maneira, o Gabinete de Curtius entrou no ramo dos assassinos. A viúva pregou um pedaço de corda no piso do saguão, dividindo-o em dois. Os melhores rostos eram mantidos de um lado, e o intruso Desrues do outro. Uma vez que a movimentação em torno dos assassinos começou, era muito difícil fazer com que parasse. Jacques falava sem parar sobre corpos encontrados com partes faltando em becos e ruas secundárias. Edmond acordava gritando à noite, e a viúva aparecia para confortá-lo.

Certa manhã, enquanto eu servia o desjejum, a viúva se perguntou em voz alta: "Se convidamos assassinos para nossa casa, isso nos torna o quê?".

"Corajosos?", sugeriu o meu patrão.

"É um apetite terrível, esse seu, dr. Curtius."

"Eu agradeço à senhora por permitir a presença de Desrues. Percebeu como nosso negócio está progredindo? A senhora é uma mulher admirável", falou Curtius, e, em um gesto raríssimo de aproximação, pôs a mão no braço dela.

Desrues aumentou a lucratividade do Gabinete, isso era inegável. A viúva, coçando a cabeça por cima da touca, assentia de forma relutante, mas virou o manequim do falecido marido de costas para o pavimento térreo, onde ficavam os assassinos. Porque, depois que o potencial de faturamento de Desrues foi comprovado, outros vilões se juntaram a ele. Curtius era fascinado pelos assassinos: já havia moldado partes de corpos de homens enforcados em Berna, mas jamais tivera tamanha compreensão de suas personalidades antes. Eles o afetavam enormemente; Curtius coçava o pescoço até a pele ficar em carne viva. Estudava a maneira como essas pessoas matavam; às vezes, segundo me contou, sentia não só como se houvesse morrido em todos aqueles crimes, mas também como se os tivesse cometido. Eram fortes demais, talvez, essas cabeças de assassinos — acabavam se entranhando nas pessoas. Ele era como uma criança na beira de um poço, espiando por cima do pescoço de um imenso corpo decapitado, olhando para as profundezas, apavorado mas ansioso para ver mais, se inclinando cada vez mais na direção das profundidades sangrentas, correndo o risco de perder o equilíbrio e despencar lá para dentro. Caso caísse, talvez jamais conseguiria sair.

No início das manhãs eu me misturava aos falecidos assassinos no saguão, varrendo o chão ao redor, preparando-os para sua próxima exibição. Os mais novos recém-chegados.

26

Sobre comichões.

Quando o terceiro assassino ficou pronto, foram modeladas outras pessoas além deles, pessoas que agradavam à viúva: dois irmãos aeronautas de grande valor, de sobrenome Montgolfier, capazes de, segundo diziam — apesar de eu nunca ter visto —, subir aos céus em grandes balões de seda. Um compositor com o rosto cheio de marcas, chamado Gluck. E um outro, seu rival, o esguio e belo Piccinni. E eu estava em companhia dessa gente!

 Jacques ajudava com algumas tarefas bem básicas na oficina, como carregar os sacos de gesso em pó, serrar madeira para as armações, mas com ordens para nunca se aproximar dos modelos. Ele era desajeitado, era bruto, estragava as coisas. Os objetos morriam de medo de Jacques. Mesmo quando não queria, ele estilhaçava vidro e porcelana; não era nada proposital, e não havia como evitar. Ele fazia as pessoas chorarem. Mas Jacques queria chegar mais perto dos assassinos. Certa noite acordei com gritos e gemidos terríveis — não exatamente de macacos, mas um ruído similar e horroroso, como se estivessem ecoando anos mais tarde. Encontramos Jacques na oficina com os pés enfiados em um enorme recipiente de gesso. Na esperança de provar sua engenhosidade para Curtius moldando os próprios pés, ele fez a mistura sozinho, mas, quando enfiou os pés em um balde de metal cheio de gesso, acabou ficando preso. O gesso deve ser usado em pequenas camadas sobre a pele; se enfiar um pé em um recipiente profundo, o gesso vai prendê-lo e queimá-lo a ponto de cozinhar. Jacques não conseguia tirar os pés de lá, nem eu, nem meu patrão, nem mesmo a viúva, e só o que Edmond foi capaz de fazer era gritar: "Façam alguma coisa! Façam alguma coisa!". A dor era terrível, e a viúva lhe deu conhaque, eu segurei suas mãos, e ele gritava sem parar. Quando Curtius conseguiu quebrar o material em volta e liberou os pés dele, o gesso estava esfriando. Jacques jamais permitiria que as feridas cicatrizassem direito, porque ficava cutucando e coçando o tempo todo. Ele mancaria pelo resto da vida.

"O gesso não sabe nada sobre a vida", disse Curtius para Jacques em meio à sua dor (ouvir suas lições de novo era música para os meus ouvidos!). "É uma substância morta. Quando a luz bate no gesso, sua esterilidade fica clara para todos. Ele revela fatos sem personalidade. É capaz de mostrar poros, de mostrar rugas, de copiar — mas nunca com personalidade. Quando misturado com água, o pó de gesso se torna gipsita, e por um momento a combinação de água e gesso produz calor, mas não existe sentimento nesse calor. É quente, verdade, mas é um *nada* quente. Não há nenhuma compreensão da pele ali. A cera, por outro lado, é como carne viva. A cera *é* uma pele."

Todos na Casa dos Macacos sofriam de coceiras. Os pés de Jacques coçavam, mas isso era só o começo. Uma coceira atingiu o corpo todo de Curtius, e, ao tentar aliviá-la, ele arranhava a pele, provocando marcas e cortes, e colocando a culpa daquela agonia exótica nos assassinos. Quando Jacques estava com coceira, todo mundo percebia; ele não se controlava. Sentava no chão e começava a se esfregar, ou se coçava distraidamente enquanto observava o bulevar pela janela. Até mesmo a viúva era vista de tempos em tempos cutucando a cabeça, às vezes esfregando-a com força com uma faca de manteiga.

Às vezes, no meio da noite, eu ouvia o meu patrão no patamar da escada, fazendo uma visita ao manequim de Henri Picot. Talvez uma vez por mês, nesses horários furtivos, ele pegava uma tesourinha da caixa de costura da viúva e abria um ponto do manequim, mas só de vez em quando, para que ela não percebesse. Depois de um tempo as costas da peça foram cedendo, o pescoço caiu, e sob o objeto era possível ver uma pilha cada vez maior de serragem e lascas de madeira, além dos fiapos soltos pelos pequenos cortes, esperando para ser varrida. Certo dia a viúva Picot, que não olhava para o marido desde quando o havia virado, de repente se lembrou dele, e com um suspiro apaixonado e uma tristeza renovada tomou a réplica sob seus cuidados. Ela fez reparos no marido, remendou as partes abertas, tornou-o firme de novo com seu amor, enquanto se recordava em detalhes de seu amado falecido. Depois de vários dias ele estava de volta em seu posto, mais Henri do que nunca. E o meu patrão, infelicíssimo.

E ainda havia outras comichões à flor da pele. Eu sofria com isso. E Edmond também, eu sabia que sim.

"Você já está na idade, Edmond", a viúva comentou certo dia à mesa do café da manhã. "Dezessete anos. Já passou e muito da infância. Coisas novas vão acontecer com você. Novos começos. Pessoas diferentes, novas medições."

"Que pessoas novas, mamãe?"

"Quero que você cresça, Edmond. E existe outra coisa em que você precisa pensar, que alguém da sua idade e da sua condição deveria levar em conta."

"O quê, mamãe?"

"Conseguir uma esposa", ela falou, fazendo uma pausa em admiração. "Meu Edmond com mulheres!"

Mas àquela altura Edmond estava sem mulheres, pois quando se via próximo de alguém do sexo oposto, com exceção de mim, ele se transformava em um manequim de loja. Como eu, tinha seu próprio truque de invisibilidade. Nessas circunstâncias, ele transformava magicamente suas entranhas em serragem e estopa, até o sangue deixar seu corpo e se concentrar todo nas orelhas; ele virava um completo ninguém. Só recuperava o movimento depois que a mulher se afastava; após vários minutos esperando para retornar à vida, o sangue ia fluindo aos poucos das orelhas de volta ao corpo, encharcando toda aquela estopa até se tornar pulmões e fígado, bexiga e tripas de novo.

A primeira das potenciais esposas de Edmond foi a filha de um atacadista de algodão. Uma criaturinha de rosto vermelho, com olhos miúdos como os de um porco, cílios quase brancos e cheiro de urina. Seu pai era como um javali, sempre roncando e bufando, e a mãe, uma leitoa. Seu chiqueiro estava em ordem, e a mãe estava em busca de bons negócios. A garota se sentou ao lado de Edmond e lançou olhares para ele, mas Edmond não se moveu. Os pais puxaram conversa com ele, que não disse palavra, então eles começaram a bufar um pouco, e a garota passou a demonstrar insatisfação, com seus cabelos quase brancos ficando cada vez mais ensebados bem diante dos meus olhos. Por fim, ela resolveu segurar a mão de Edmond. Quando fez isso, porém, o rosto branco dela ficou um pouco mais branco, ela soltou um choramingo e puxou a mão de volta. Eles nunca mais voltaram.

Nessa noite houve uma batida fraquinha na porta.

"Olá, Marie."

"Quem está aí?"

"Sou eu. Edmond. Posso ficar um pouco com você?"
"Pode entrar, e feche a porta."
"Obrigado."
"Edmond, você foi ótimo hoje com as visitas."
"Fui?"
"Com certeza."
"Marie, eu não quero me casar."
"Não, você não pode mesmo. Tem que ficar aqui comigo."
 Ele ficou por meia hora. Mostrou seu boneco Edmond, estressado que estava com o trauma. Eu queria que ele o guardasse; era como se houvesse outra pessoa entre nós, atrapalhando nossa privacidade. Quando finalmente guardou seu amado objeto, porém, foi apenas para se levantar e sair.
 A visita do atacadista de algodão foi apenas o primeiro dos horrores a que Edmond foi submetido. Houve a filha de uma costureira que achou Edmond "ridículo", e a de um barbeiro-cirurgião que perguntou se "ele estava lá mesmo". Ninguém o considerava desejável, mas estranhamente ausente e sem nenhum apelo. Eram pessoas cegas e tolas, que não mereciam o que tinham, e me senti muito grata e aliviada por isso. Elas o deixaram lá, esquecido. Mas sua mãe ainda não dera a caçada por encerrada.
 Edmond e eu éramos uma parte essencial daquela grande casa afetada por comichões — seu motor, talvez. Nós nos aproximamos naquele último verão como se soubéssemos que nosso tempo estava se esgotando, que precisávamos fazer uma descoberta enquanto ainda era possível. Noite após noite havia rangidos na escada. A noite era nossa, e era nela que nos encontrávamos.
 Ele chegava tarde, enquanto Jacques dormia.
"Veja só você", comentei. "Que visão!"
"Aqui estou eu."
 Nós nos olhávamos, e conversávamos.
"Tenho um metro e sessenta e oito centímetros de altura", ele falou.
"Minha cabeça bate no seu coração, né. Vamos ouvir! Pronto! Aí está o som de Edmond. Que barulhão você faz." Nós conversávamos, dávamos as mãos e ele ia embora de novo.
 A própria casa tinha comichões. Com o progresso nos negócios, a viúva e o meu patrão conseguiram comprar a Casa dos Macacos. E depois da aquisição se puseram a redecorá-la. As paredes do pavimento térreo foram revestidas de papel vermelho.
"Cada vez que entro em casa", disse Curtius, "sinto como se estivesse adentrando o corpo de algum titã, e que as paredes vermelhas são as paredes de um tronco humano de proporções colossais."

Curtius e a viúva compraram objetos de decoração para o saguão, adquiridos de um cenógrafo teatral. Havia um grande relógio que na verdade era só um pedaço de madeira entalhado como um relógio, com um mostrador pintado, por isso exibia sempre o mesmo horário. Para combinar, havia também cômodas com gavetas feitas de tábuas pintadas; nenhuma dessas gavetas era de verdade, mas *pareciam* reais. Havia pedestais de madeira pintados para parecerem de mármore. À noite, enquanto Jacques roncava, Edmond e eu íamos ao saguão e passeávamos entre os novos objetos, fingindo que éramos parisienses ricos, que tínhamos nosso próprio reino. Naquele ambiente era possível se sentir como em um palácio magnífico, embora as janelas não dessem vista para jardins elegantes, e sim para a lama do bulevar e para o estabelecimento do dr. Graham, do outro lado da rua.

"Thomas-Charles Ticre, o dono da gráfica, tem uma filha", a viúva disse para Edmond durante o café da manhã. "Cornélie. Podemos pensar a respeito. Que futuro seria. Que futuro estável."

27

Grandes cabeças.

Adquirimos dois novos médicos. A Place Louis-le-Grand, um local a que eu nunca tinha ido, foi onde o dr. Franz Anton Mesmer, recém-fugido de Viena, montou sua clínica em fevereiro de 1778. Em pouco tempo conseguiu muitos pacientes. Ele curava tudo, segundo explicava um folheto entregue a mim por Edmond, de paralisia a constipação, de impotência a distúrbios nervosos, de joanetes a herpes, de terçol a catarata, de pedra na vesícula a gangrena, de epilepsia a edema, de histeria a soluço, de esterilidade a incontinência. Era um homem milagroso; quando tocava as pessoas, elas sentiam que um estranho poder as invadia. Eu conheci o dr. Mesmer, não pessoalmente, mas em cera. Seu rosto era achatado, quase sem relevo de perfil, como se ele tivesse crescido com a cara enfiada em uma frigideira.

O segundo médico era o Comissário pela América Livre, dr. Benjamin Franklin. Eu também nunca vi esse homem, não em pessoa — embora o meu patrão e a viúva tenham estado em sua companhia —, mas mesmo assim guardo uma lembrança especial dele. Sou muito grata ao dr. Franklin por seus cabelos grisalhos e longos, pois foi isso o que me fez ganhar permissão para voltar à oficina — como uma assistente. Havia uma grande escassez de tempo nessa época, e tantas cabeças para concluir, que o meu patrão precisava de mais ajuda, e eu fui lembrada. O trabalho mais tedioso e que demandava mais tempo era colocar cabelos nas cabeças de cera; em geral era possível apenas colocar uma peruca, pois todas as pessoas com alguma importância, fossem homens ou mulheres, usavam os cabelos de outras pessoas, ou de um cavalo, na cabeça. Mas aquele médico americano usava seus próprios cabelos.

"Esse instrumento", falei, "é uma agulha com cabo anelado, corpo comprido e ponta de pólipo, senhor."

"Isso mesmo, Pequena. Como você sabia disso?"

"O senhor me ensinou, lá em Berna."

"Ensinei? É mesmo, acho que sim. Tinha me esquecido. Não vou me esquecer mais. Você sabe para que serve?"

"Serve para levantar tecidos durante operações, mas o senhor usa para prender os cabelos, fio por fio, nos couros cabeludos de cera."

"Ora, sim, sim, exatamente."

"Ela vai mesmo fazer isso?", questionou a viúva.

"Para que as coisas saiam, viúva Picot. Estamos muito sobrecarregados."

"Mas nada de conversa, Pequena. Fique sentada em silêncio."

"Sim, madame."

"Como se nem estivesse aqui."

"Sim, madame."

E assim fiz o meu retorno triunfal. Estudei Benjamin Franklin bem de perto. Sua cabeça era como um tubérculo imenso, uma espécie de homem-batata. Na parte inferior do rosto havia um queixo duplo enrugado, e as bochechas eram gordas e avantajadas, uma cabeça de tamanho considerável. No centro de tudo crescia um nariz bulboso, flanqueado por olhos cinzentos e de pálpebras caídas; a boca era cercada de rugas consideráveis.

"Essa figura veio lá da América", comentei.

"Sim, Pequena." O meu patrão assentiu com a cabeça.

"É como se estivéssemos conhecendo o mundo, não?"

"Acho que é possível dizer isso, sim."

"Nada de barulho!", esbravejou a viúva.

Cabelo por cabelo, eu fiz Franklin parecer Franklin. Fui prendendo os longos fios grisalhos, comprados pela viúva de um velho vendedor de castanhas na Pont Neuf que precisava de dinheiro. Com a ponta arredondada da agulha eu empurrava uma das extremidades do cabelo; quando eu tirava a agulha, o cabelo ficava. Fiz isso milhares de vezes, com retratos do novo médico diante de mim. Era possível comprar imagens baratas de seu rosto por toda Paris: em gravuras, em caixas de rapé, em caixas de fósforos, em leques e até em penicos, com a inscrição *Ele arrebatou o relâmpago dos deuses e o cetro dos tiranos*.

"Talvez agora, finalmente", arrisquei, ficando de pé, admirando os cabelos, "eu receba algum pagamento pelo meu trabalho."

"Você precisa fazer silêncio quando estiver aqui", disse a viúva. "Não quero ouvir a sua voz."

"Nós vamos pensar nisso, Marie", prometeu o meu patrão. "Pode ter certeza. Só tenha paciência."

Eu sorri enquanto trabalhava no restante dos cabelos do médico. Talvez eu enfim estivesse me tornando parte da família. Talvez, se o meu trabalho fosse bom, eu recebesse permissão até mesmo para me casar com um dos seus membros.

Muitas pessoas vieram para ver as versões em cera de Mesmer e Franklin. Algumas inclusive apareciam durante o dia para visitar Curtius e a viúva na oficina do andar de cima. E eu, como passei a fazer parte da oficina, via pessoas novas todos os dias. Uma delas foi um homem chamado Jean-Antoine Houdon, um escultor muito famoso. Se eu não tivesse ouvido isso, teria me referido a ele como só mais um Homenzinho Careca.

"Seu nome, claro, não me é desconhecido", disse Houdon. "Você faz ladrões e assassinos. É capaz de esvaziar qualquer um de sua graça. Não existe dignidade nenhuma, nem elevação da forma humana, apenas degradação. Você é um cínico, não tem amor pelo seu semelhante, é incapaz de produzir música."

"Eu amo essas cabeças", disse o meu patrão com toda a gentileza. "Amo de verdade essas cabeças."

"Seu negócio é bom para portas de lojas, talvez. Seu material é barato e fácil de conseguir, é ordinário. Não tem nada de sutil. Nenhuma sagacidade. Nenhum brilhantismo."

"A cera é... carne!", Curtius falou.

"Então o mármore é alma."

"Eu construí a minha vida a partir da cera."

"Limite-se aos assassinos", disse Houdon. "Eles merecem você. Mas essa cabeça", ele apontou para Franklin, "está sendo diminuída por você. Desonrada."

Em fevereiro de 1778, quando me tornei membro oficial da oficina, um homem doente e desdentado de oitenta e três anos de idade, François-Marie Arouet, conhecido pelo mundo como Voltaire, retornou a Paris do exílio na Suíça depois de quase trinta anos. Paris enlouqueceu com ele. Seu corpo frágil foi coberto de honrarias. Voltaire, em resposta, teve uma hemorragia.

Em convalescência, ficou na casa do marquês de Villette, às margens do Sena. Uma multidão preocupada ficava de plantão em frente à casa, à espera de uma visão dele, mas somente os visitantes mais estimados podiam entrar, entre eles o dr. Franklin. Em duas ocasiões, o pequenino e careca escultor Jean-Antoine Houdon foi recebido em sessão. Em seguida voltou correndo para seu ateliê, onde trancou a porta e só saiu uma semana e meia depois. Houdon estava determinado: aquele seria o grande trabalho de sua vida. Dia e noite, ele martelava o mármore. Pouco a pouco, foram surgindo o queixo protuberante, os lábios finos e sorridentes. Seus pensamentos tomavam forma em bochechas côncavas, cabeças velhas e sem cabelos e pescoços finos e enrugados.

Na casa do marquês, perto do rio, havia um velho que a cada dia se parecia menos com Voltaire. Nesses tempos, para ver o verdadeiro Voltaire, a pessoa precisava ir com sua família ao ateliê de Houdon. Era lá que ele estava, sempre a postos, sem nunca decepcionar ninguém. Das onze da manhã às sete da noite, todos os dias, sorrindo sem parar.

O meu patrão o visitou. "Não tem cor! Não tem vida", ele comentou, mas roendo os dedos.

"Se pudéssemos ter Voltaire, imagine quantos viriam", falou a viúva.

"Eu quero a cabeça de Voltaire", disse Curtius. "Quero tanto que até me dói."

O meu patrão e a viúva se juntaram ao grupo cada vez menor diante da casa à beira do rio todos os dias. E todos os dias sua entrada era recusada. E todos os dias Edmond e eu ficávamos juntos na oficina. Nós conversávamos durante o trabalho, e comecei a imaginar como seria se fôssemos casados. Todos os dias eles saíam, e a viúva batia em vão na porta, com o meu patrão segurando a grande bolsa de couro do pai com garrafas d'água, pomada e gesso em pó. Apenas no dia 30 de maio, depois que o velho foi realojado em um chalé para empregados atrás da casa, e depois que pagaram a um criado — uma quantia a que o meu patrão e a viúva se referiram como "a cifra certa" —, eles puderam entrar. Porque, a essa altura, já estava tudo acabado. Voltaire estava morto. O meu patrão registrou sua máscara mortuária.

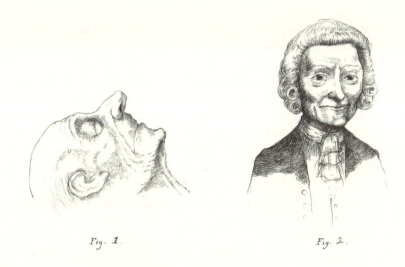

Fig. 1. *Fig. 2.*

O modelo de Voltaire precisava ficar pronto o quanto antes, mas o rosto que o meu patrão registrou em gesso estava em colapso, desmoronado, sem vida.

"Eu sei que ele está morto", disse Edmond. "Esse é o rosto de um morto. Você foi ao túmulo dele, mamãe!"

"Ao túmulo, não", respondeu ela. "O dr. Curtius me explicou, Edmond, que é perfeitamente razoável registrar a máscara mortuária de um grande homem. Era um costume entre os reis. É uma coisa bastante aceitável."

"Os assassinos estavam vivos quando vocês os visitaram! Esse homem estava morto. É uma coisa sem vida!"

"Edmond, Edmond", ela falou, limpando uma lágrima do olho dele, "você é sensível demais. Por favor, encontre uma forma de acalmar os nervos."

O meu patrão ajustou a cabeça do filósofo, mexendo e remexendo em suas feições, e a partir da máscara mortuária de cera produziu em argila um rosto saudável, com olhos abertos e um sorriso estampado. O meu patrão estudou a cabeça feita por Houdon, além de muitas gravuras com a imagem do filósofo. Eu o observei enquanto ele contorcia o rosto para imitar as expressões de Voltaire. Era uma maravilha ver aquilo. Em apenas quatro exaustivos dias depois de sua morte, Voltaire foi ressuscitado no Boulevard du Temple.

Esse Voltaire, de aparência tão vívida que parecia prestes a falar, atraiu muita gente. "No estabelecimento de Curtius", as pessoas diziam, "Voltaire ainda está vivo."

"Uma cabeça famosa, uma cabeça reluzente", começou a viúva.

Os visitantes começaram a aparecer em tamanha quantidade que a Casa dos Macacos cresceu a ponto de ser capaz de empregar mais uma pessoa. Florence Biblot era uma mulher grandalhona e de rosto oleoso que fornecia refeições a vários outros empreendimentos do bulevar. Às vezes vinha cozinhar na casa; com mais frequência, trazia a comida pronta para nós. Florence não era muito de falar. Quando era elogiada não dizia nada, apenas dava uma risadinha que revelava sua língua passeando de um lado a outro pelos dentes pequenos e gastos. Ela fazia isso todas as vezes, sem falta.

"Obrigado, Florence, o guisado estava delicioso", disse o meu patrão.

"Dddddd, ddddd."

"Finalmente nos lembramos do gosto de uma comida de verdade", comentou a viúva.

"Dddddd, ddddd."

Eu a ensinei a fazer os pratos suíços de que o meu patrão tanto gostava. *Rösti*, batatas raladas cozidas na banha, e *Fleischkäse*, uma combinação de várias carnes com cebolas, assadas em uma forma de pão.

"Dddddd." Ela ria, enquanto moía um fígado.

Mais pessoas vieram, tantas que a viúva levou Edmond para fazer uma visita à gráfica de Monsieur Ticre.

28

Roupas novas.

Com a prosperidade vieram os tijolos. Com os tijolos vieram os pedreiros, que cercaram nossas paredes tijolo por tijolo, sempre subindo, até que a velha estrutura de madeira da Casa dos Macacos foi envolvida por completo por uma bela camada de alvenaria. Quatro botaréus de tijolos foram acrescentados para auxiliar as muletas de madeira em sua tarefa. "Não é o espírito correto", comentou Mercier na oficina. "Isso não vai trazer nada de bom. Não deveria haver construções de tijolos no bulevar. Vocês vão ser odiados por isso. Um dia esses tijolos vão ser vingados."

"E quem é o senhor para dizer essas coisas?", questionou a viúva.

"Sou Mercier em pessoa."

"E o que isso significa?"

"Sou um velho amigo. Já esqueceu que fui eu quem apresentou a senhora a Curtius? Veja seu saguão: lá estou eu, feito pelas mãos habilidosas dele."

"É verdade, obrigada por me lembrar. Estou tão acostumada com as nossas obras que às vezes esqueço o que tenho diante de mim. Jacques, retire aquela cabeça. Não precisa nem tomar muito cuidado, nós vamos derretê-la."

"Mas eu sou Mercier!"

"Pois é, eu sei, uma pena. O senhor não poderia ser outra pessoa, não?"

"Eu escrevi o livro *Paris no Ano*..."

"Sim, sim, mas isso não significa mais nada. O senhor precisa fazer algo novo, não? E então nos avise quando tiver feito. E, desta vez, que seja alguma coisa que dure."

"Por favor, cara dama. Não remova meu rosto da exposição."

"Já está feito. Nós não somos uma instituição de caridade."

"Eu gosto tanto de vê-lo ali", ele falou, com o rabo entre as pernas.

"Nós aceitamos somente as melhores e as piores cabeças. E a sua, como a da maioria, está no meio-termo. O senhor entende, não?"

Mercier foi embora em um silêncio total.

Ele estava certo, a princípio, sobre os tijolos. Os vizinhos sacudiam a cabeça e brandiam os punhos quando passavam na rua; alguns cuspiam no chão; às vezes, na calada da noite, enquanto Jacques dormia, alguém esvaziava seus baldes de água suja nos degraus da frente. De todas as construções do bulevar, apenas três eram feitas de um material mais sólido que a madeira: o Grandes Danseurs de Corde do Nicolet, o Ambigu-Comique do Audinot, e, por último, o Gabinete do Dr. Curtius.

Depois de assentada, a Casa dos Macacos começou a fazer novos e estranhos ruídos, como uma boca gigante rangendo os dentes. O sótão gemia de desgosto, mais alto do que nunca. Alguns cômodos do andar de cima afundaram uns cinco centímetros. Uma vez, enquanto a viúva andava no patamar da escada, uma tábua do assoalho se soltou e quase a acertou no rosto quando foi pisada.

Com sua nova roupagem, a Casa dos Macacos provocou uma revolução no modo como todos se vestiam. Como era de se esperar, tudo começou com a viúva. Ao preto costumeiro foram acrescentados novos tons, alguns toques de roxo, um pouco de azul-escuro nos punhos; a touca ganhou um contorno de seda roxa. Também comprou uma bengala masculina de madeira malaca com um cabo de prata ornamentado em guilloché, e nunca mais foi vista sem ela. Parecia ter surgido também uma nova leva de verrugas em sua pele, pequenas ondulações e manchas que não estavam lá antes, e poderiam nunca estar se não fossem os tijolos. Esses novos atributos eram como medalhas no peito de um soldado, decorações elegantes, cada uma representando uma prova de seu enorme progresso.

Para o meu patrão, os tijolos trouxeram apenas uma rigidez, como se a construção estivesse tentando transformá-lo em uma cariátide. A viúva expressou seu desagrado pelo terno de algodão que ele usava: aquele terno, segundo ela, tinha a ver com uma personalidade que não entendia nada de tijolos. Edmond tirou as medidas dele, e uma nova personalidade foi criada em veludo preto, um traje que provocou dores nas costas e estranhos latejares nas coxas do meu patrão, mas também o levou a fazer mais proclamações sobre o quanto gostava da viúva Picot e quanto ela fizera por todos nós.

Algumas pessoas não podem ser contidas dentro de roupas, algumas pessoas são cheias de vida demais, algumas pessoas são puro movimento e rebelião; esses bípedes e quadrúpedes cheios de energia são inimigos naturais da costura. Jacques Beauvisage não foi feito para ostentar roupas. Ele tentou de tudo, mas não havia como. Mesmo com os trajes mais finos, ele ainda causava desarranjo em tudo ao seu redor. Certa noite, desajeitado como era, Jacques derrubou um assassino, e a cabeça se espatifou. Enquanto Curtius, amargurado, recolhia os cacos, a viúva não demorou a entrar em ação. Ela deu o alerta com sua voz: *Tesoura! Água quente! Navalha!* A viúva iria arrancar o animal de dentro dele. Naqueles tempos de seda ela decretou o fim da pelagem. A mulher, que mantinha uma cabeleira vasta escondida sob o gorro, proibiu o pobre coitado de manter sua juba. Ela passou a tesoura nos cabelos dele e depois raspou os que sobraram. Seus cabelos foram descartados como o antigo terno de Curtius; caíram sobre um lençol velho estendido para amparar a queda da selvageria de Jacques e sua grande nação de piolhos, e tudo foi entregue por mim ao fogo. Se a intenção da viúva era criar uma pessoa com aparência de limpeza, falhou miseravelmente, porque sem os cabelos ele pareceu ainda mais terrível do que antes. Fiquei sentada ao seu lado enquanto ele passava a mão com tristeza na cabeça raspada, uma bala de canhão lascada.

Nem mesmo eu fui capaz de escapar da revolução do guarda-roupa, da guerra dos tecidos, da vitória do novo sobre o velho. Da viúva recebi vestidos escuros — três modelos modestos, bastante simples, de trabalhadora — e uma nova touca. O tecido era bom, mas nada de excepcional. Então lá estava eu, como parte da família. Eu agradeci muito. Ela fez uma careta.

Até mesmo o manequim de Henri Picot estava todo garboso no patamar da escada, com uma camisa nova de renda e botões de madrepérola.

De Edmond foi retirado o calicô, seu tecido de preferência, para que pudesse ser revestido de seda. Foram muitos os resmungos da parte dele, em um volume incomum. De seu quarto, e do quarto da viúva, vinham os ruídos altos de uma disputa em família. "Por favor, mamãe, não, eu não quero." "Eu não vou admitir isso, Edmond, não vou admitir!" "Isso não pode acontecer, mamãe, estou avisando, é um erro terrível!" "Você está me avisando? Que absurdo! Que audácia é essa? De onde vem? Vista isso agora! Se não quiser que eu mesma arranque a sua roupa, vista isso agora!"

Edmond em um terno branquíssimo era quase um albino; apenas suas orelhas tinham uma cor diferente do resto do corpo. Aí está Edmond, eu me lembro de ter pensado, veja só esse terno novo. A maior parte das pessoas não dava nada para ele, a maioria sequer pensava em Edmond, que acabava esquecido; eu costumava achar que isso combinava com ele, e me sentia grata por tudo ser assim. Mas então o vi em seu terno branco, exposto como nunca estivera; as veias azuis ficaram visíveis em suas têmporas. Delicados rios de água-marinha fluíam pelo Território de Edmond. Como mapear esse território? Onde encontrar exploradores apropriados para isso? Eu o vi com aquele terno branco, isso é certo, de manhã bem cedo, quando normalmente estaria em roupas de dormir. Ele veio até mim usando aquele terno branco horrível. Não disse nada. Em vez disso, o rosto sem expressão de Edmond foi se aproximando cada vez mais do meu, chegando tão perto que os meus lábios tocaram algo que parecia algodão, mas que na verdade eram os lábios de Edmond Picot. E em seguida veio um beijo mais profundo do que nunca, de boca aberta, e lá estava Edmond sob aquele tecido, quem ele era por baixo do terno. Mas ele parou depressa demais.

"Desculpe", ele disse. "Me desculpe."

"Está se desculpando por quê, Edmond?"

Ele falou: "Eu acho você bonita".

"Edmond? Edmond? Você por acaso? Sim, é isso mesmo!"

"Eu não quero ir. Me desculpe."

"Edmond?"

"Eu lamento muito mesmo."

Mas ele não falou por que estava se desculpando. Quando levei os dedos aos lábios, o terno branco não estava mais à vista. A viúva havia proclamado a disponibilidade do filho. Como se tivesse pregado um cartaz na parede externa da Casa dos Macacos, e o cartaz envelheceu, enfrentou todos os tipos de clima, foi encharcado pela chuva, transformado em gelo, ressecado, enrugado e amarelado pelo sol, perdeu a brancura e se tornou quase impossível de ler — e ainda assim, inacreditável e repentinamente, alguém o tinha visto ali. Alguém leu a mensagem com atenção e entendeu tudo, e decifrou até as letras miúdas: CANDIDATE-SE AQUI. E se candidatou mesmo.

29
Comunicado ao público: as núpcias de Cornélie Ticre.

Talvez eu tenha sido um pouco desonesta. Posso ter misturado tijolos com roupas. Esqueci de mencionar que as roupas eram destinadas a um evento, e era o casamento de Edmond Henri Picot com Cornélie Adrienne Françoise Ticre, da gráfica da Rue Saint-Louis.

A gráfica Ticre se encarregou de fazer os anúncios por toda Paris. Eles imprimiam não só os folhetos do Gabinete do Dr. Curtius, TODAS AS MELHORES E AS PIORES PESSOAS DE PARIS — LÁ DENTRO!, mas também os programas para a Comédie-Française, para a *Andrômaca* de Racine, e não paravam por aí. As máquinas funcionavam dia e noite, todos os dias, inclusive aos domingos; elas nunca paravam; eram ocupadas como as principais cabeças de Paris. As prensas deslizavam sem parar, cuspindo milhares e milhares de palavras, até fazerem sua cabeça começar a doer: letras em pequenos blocos de metal ou madeira, posicionadas de trás para a frente, mergulhadas na tinta e então pressionadas contra o papel, espremendo-o até a agonia. Ah, aquele pessoal, eles imprimiam qualquer coisa. Alertavam os parisienses sobre o mais novo livro, o mais novo remédio, as mais chocantes notícias de falência, a grande importância das meias elásticas, os vernizes mais avançados para os dentes. Todos os muros de Paris, eu me perguntava, estariam

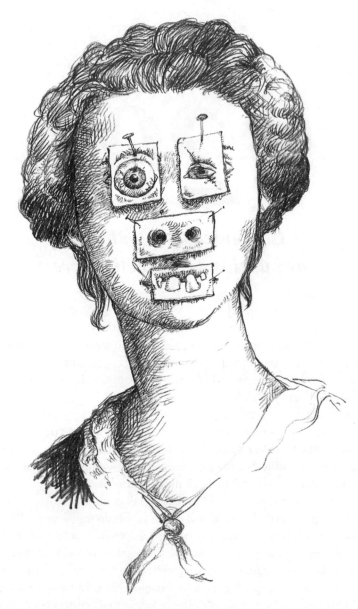

{*A nova Madame Picot, retrato não realista.*}

cobertos com a produção da gráfica Ticre? Todas aquelas palavras revelando todas aquelas vidas, todos aqueles negócios, todas aquelas esperanças, todos aqueles futuros, todos aqueles pequenos pedaços da grande massa humana. Era a gráfica Ticre que imprimia a programação dos enforcamentos, das missas nas igrejas e dos espetáculos de marionetes, além dos avisos de coisas perdidas: um poodle, uma tartaruga, uma bengala, uma caixa de rapé. PERDEU-SE: UM REGALO. PERDEU-SE: PINÇA PARA ASPARGOS EM PRATA. PERDEU-SE: UM ELABORADO APAGADOR DE VELAS. PERDEU-SE: UM GUARDA--CHUVA DE SEDA. PERDEU-SE: UM RELÓGIO DE MOSTRADOR DUPLO. PERDEU-SE: UM TUCANO. PERDEU-SE: UM CÃO MUITO QUERIDO. PERDEU-SE: UMA CRIANÇA.

Perdeu-se, perdeu-se. Perdeu-se para Cornélie Adrienne Françoise Ticre. Perdeu-se: Edmond Henri Picot, modelo para manequins de loja. A minha chance. Perdida para sempre. Fiquei sentada, perdida, na cozinha. Ninguém sequer cogitou me perguntar. Ninguém veio pedir a minha opinião sobre o casamento de Edmond. Ninguém achou que eu me importava; ninguém pensou que eu tivesse alguma ligação com ele. Portanto, não viram a minha tristeza, nem ouviram o meu choro à noite. Até mesmo Jacques se afastou. Uma criada infeliz é um grande fardo.

A viúva enfim tinha arrumado um comprador. Quando o pobre Edmond se perdeu, vestindo um terno branco de seda, dois negócios lucrativos se combinaram. Milhares de libras francesas entraram na Casa dos Macacos com aquele casamento. O garoto pálido foi viver na gráfica Ticre, onde se esperava que aprendesse uma nova e rentável profissão e um dia fosse dono do próprio nariz. A viúva não confiava apenas no Gabinete; estava garantindo uma segurança extra com um negócio mais estável.

A impressão dava mais dinheiro que a alfaiataria, e inclusive mais do que a cera. A viúva o visitava com frequência, mas eu nunca o via. Nos meus momentos mais tranquilos, quando estava sozinha, eu fechava os olhos e abria a viúva ao meio — e cortava Cornélie da boca até o ânus —, tudo isso enquanto estava sentada na cozinha, sabendo que ninguém viria.

Eu não conseguia dormir nessas noites de solidão — então, em vez disso, eu roubava de Curtius e da viúva. Inclinada sobre a luz de velas roubadas, eu roubava Edmond de Cornélie, ou pelo menos tentava. Roubava cera e argila, roubava papel e lápis e arame para armações. Fiz uma cabeça de cera de Edmond, mais ou menos do tamanho de um coração ou de um punho; olhava para os manequins das lojas da Rue Saint-Honoré para me orientar e sempre começava pelas orelhas. Isso se tornou um hábito, roubar coisas, me esgueirar pela noite e fazer minhas pequenas cabeças. Sempre de Edmond; nenhuma outra cabeça importava. Mesmo se eu nunca mais o encontrasse. Apesar de achar que ainda poderia um dia, se continuasse tentando.

Talvez fossem os meus olhos, sempre muito vermelhos, que por fim alertaram o meu patrão. Estou preocupado, ele me falou, segurando as minhas pálpebras e examinando os meus olhos. Como se os meus olhos fossem o problema! Mas ele achava que eu pudesse ter alguma doença ali. A maioria das pessoas não saberia o que fazer diante de uma fraqueza como a minha, mas o meu patrão resolveu meu pequeno problema de imediato. Ele me levou a um homem que colocou discos de vidro diante dos meus olhos e proclamou que eu tinha "a vista fraca". Eu precisava de ajuda para ver as coisas de perto. O que estava longe não fazia tanta diferença. O tratamento a que eu me submeteria, um remédio exterior, se chamava óculos duplos com hastes dobráveis. O homem mediu a minha cabeça e falou que faria hastes de no máximo quinze centímetros. Aço, ele perguntou, ou prata? Curtius olhou para mim. "Gostaria que fosse de prata, mas por ora receio que precise ser de aço mesmo." O meu implemento visual custou vinte libras francesas.

"Cega?", falou a viúva quando voltamos. "Cega. Cega!"

"Cega, não! Cega, não!", respondi.

"Se ela está cega, Curtius, então que serventia tem? Precisamos providenciar outra pessoa."

"Eu não estou cega, senhor!"

"E que barulheira ela faz!", disse a viúva. "E não só na nossa frente, fica chorando na cozinha também. Outro dia eu a vi batendo na própria cabeça. E quanta negligência. O senhor pode não dizer nada, dr. Curtius, mas eu percebi como o trabalho dela decaiu. E que agora vive de cara amarrada!"

"E, Pequena, você está se alimentando?", perguntou o meu patrão.

Jacques Beauvisage ficou incomodado com os meus óculos. Achava que significavam que havia alguma coisa errada comigo, como se eu fosse inteira feita de vidro. Ele temia que eu fosse me espatifar.

"Eu sou a mesma pessoa, Jacques, a mesma que sempre fui. Só estou vendo tudo muito melhor, com mais clareza, e mais de perto. É como se eu estivesse enxergando você direito pela primeira vez!"

"O jeito que você me olha!", ele gritou. "O que você vê agora? O que tem de diferente?"

"Veja você mesmo. Pegue aqui."

"Não! Não quero! Não vou! Não posso!"

Eu enxergava melhor, via bem todos eles agora. Via todos os buracos na pele humana, via a opacidade nos olhos, via os pelos na ponta dos narizes. Via todas as verdades maravilhosas do rosto humano que jamais conheci. Era bom enxergar tão bem assim? Deixava-me feliz? Não se eu não pudesse vê-lo. Só queria olhar para ele, e tinha perto de mim todo mundo menos ele. A princípio, não consegui encontrar utilidade para os meus olhos tão afiados. Mas não podia parar de procurar. Até mesmo as crianças tinham linhas de expressão; disso eu nunca soube. Tudo continuava a ser como antes, só que com mais intensidade.

"Florence Biblot tem marquinhas de dentes nos lábios", observei.

"Tem mesmo, Marie, boa observação!", falou o meu patrão.

"A cicatriz na testa de Jacques fica mais azulada ou esverdeada ou avermelhada dependendo do estado de humor dele."

"É mesmo? Ha, ha!"

"A viúva Picot tem uma pintinha na narina esquerda."

"Não, não tem, não."

"Tem, sim."

"Ninguém a conhece melhor do que eu."

Mesmo assim, o meu patrão foi conferir.

"Tem mesmo! Eu nunca tinha visto antes. Uma verruguinha minúscula."

E esse fato o levou às lágrimas.

Nessa época, quando tirava os óculos do rosto, ficava com uma marca profunda no alto do nariz. Lá estava eu, nas sombras, espreitando o saguão, lavando louça, uma mulherzinha perdida com seus cabelos. Mas, antes que a mancha vermelha se transformasse em um calo, uma visitante muito diferente apareceu e deixou tudo de pernas para o ar.

Eu sou descoberta.

Muitas pessoas de todos os extratos da vida parisiense vinham à Casa dos Macacos. Aristocratas e peixeiras, homens que trabalhavam nos telhados e que trabalhavam nos esgotos, homens que compunham óperas e homens que compunham tijolos nas olarias. E então, no fim das contas, talvez não seja tão extraordinário que alguém da realeza tenha feito uma visita.

    A representante da realeza que apareceu, pois era apenas uma, tinha catorze anos de idade. Uma garotinha. Paris e até mesmo Versalhes ainda estavam arrebatados por Voltaire naquela época, e aquela pequena majestade decidiu que queria saber mais a respeito do famoso filósofo. Aquele cisquinho de realeza obviamente ficou sabendo que o Boulevard du Temple abrigava um salão cheio de pessoas famosas e infames, todas feitas de cera, e, segundo diziam, eram muito realistas — e entre elas estava Monsieur Voltaire, em seu tamanho e formato exatos. Se Sua Majestade em miniatura estivesse interessada em obter uma impressão visual do recém-falecido, então aquele era o lugar a visitar. E assim um pequeno milagre aconteceu na minha vida, um maravilhoso golpe de sorte.

    Ela veio cercada por uma comitiva. Não marcou uma visita, simplesmente apareceu com seus acompanhantes de manhã, quando estávamos fechados. Ainda bem que foi assim, pois se tivesse alertado sobre sua presença eu não estaria no saguão espanando cabeças quando o sino do alfaiate morto soou, não teria aberto a tranca, nem teria sido informada de quem estava ali.

Madame Elisabeth Philippine Marie Hélène Bourbon, neta de Luís xv, filha menos importante do falecido delfim Luís, irmã do rei Luís xvi, se elevava a no máximo um metro e meio do chão. Era um pouco gorducha, com delicados olhos cinzentos e uma pele muito branca, mas esses detalhes são secundários. O mais importante era que seu nariz era bem grande e curvado, como era tradição entre os Bourbon. E seu queixo era — como esconder meu deleite? —, seu queixo era bastante comprido e proeminente! Preciso dizer com todas as letras? Ela não era uma menina bonita. Será que preciso dizer com todas as letras?

Eu tirei os meus óculos.

A miudeza real olhou para mim.

E eu olhei para a miudeza real.

Sim, eu tinha dezessete anos. Sim, descalça eu tinha um metro e quarenta e dois centímetros de altura. Admito sem problemas que o meu queixo, uma boa característica que acredito ter herdado do meu pai, era mais largo e mais saltado para a frente. Reconheço que os meus olhos eram marrons, e não tão belos e cinzentos, sim, sim. Mas observe os dois narizes: o meu, dos Waltner, e o dela, dos Bourbon!

Eram quase idênticos.

Como se o mundo de repente tivesse se duplicado.

Nós nos reconhecemos de imediato. O que se poderia fazer diante daquela intimidade perturbadora? Senti, ao mesmo tempo, vontade de beijá-la e de empurrá-la para longe. De gritar e de cochichar. De dançar e de fugir. Que pessoa! Era como eu — uma versão mais clara, mais luxuosa, com certeza, mas a minha cara, sem dúvida. Será que ela tinha percebido? Sim, eu sabia que sim. Desconfiei que ela já soubesse tudo sobre mim. Senti vontade de me cobrir toda e, ao mesmo tempo, de tirar toda a minha roupa. Era como se eu a conhecesse desde sempre.

Como meu coração bateu forte dentro de mim, de alegria e de temor.

A semelhança às vezes quebra barreiras, às vezes as ergue.

Parada diante dela, fiz uma mesura. Mas não consegui ficar quieta. Queria lhe contar tudo. "O meu pai morreu", contei. "Ele estava atrás de um canhão que falhou. A minha mãe morreu de um jeito muito repentino."

"Sua alteza, Madame Elisabeth da França", anunciou um homem da comitiva quando a viúva apareceu no saguão. A viúva empalideceu e fez uma mesura.

Mas a princesa tinha me ouvido. "Meu pai morreu", ela respondeu com sua voz baixa. "E minha mãe. Foi a tuberculose que levou os dois. Você pode me mostrar as pessoas de cera?"

"Pequena", falou a viúva, "para a cozinha."

Mas eu não dei ouvidos. Em vez disso, mostrei para ela. Primeiro Voltaire, depois o dr. Franklin e o dr. Mesmer. Foi diante de Mesmer que Madame Elisabeth se virou e me surpreendeu — também queria esculpir, ela me disse. Eu poderia ensiná-la a modelar cera?

"Eu?", questionei.

"Ela só faz os cabelos, Vossa Majestade", falou a viúva.

"Sim", eu disse, "mas sei fazer muito mais."

"Pequena, já chega", repreendeu a viúva, "vá para a cozinha. Vossa Majestade, ela é só uma criada."

"Quer ver o meu trabalho?", perguntei.

"Você não tem trabalho para mostrar, Pequena", disse a viúva.

"Por favor, Vossa Majestade, por aqui. Posso mostrar?"

"Jacques", chamou a viúva, "leve-a para fora."

"Jacques", eu falei, toda ousada diante de alguém que tinha a minha aparência, toda ousada com os meus óculos novos, "não faça isso."

E a princesa disse: "Eu gostaria muito de ver seu trabalho".

Eu a levei para a cozinha; com o coração trovejando nos ouvidos, fechei a porta para todos, menos para a princesa. Arrastei o meu baú para fora. Abri a tampa. Lá estavam todas as minhas cabeças de Edmond.

"Essas fui eu que fiz", falei. "Todas elas."

"Quem são?"

"Um garoto. Fiz de memória."

"Quem é ele?"

"Isso não faz mais diferença. Ele foi embora."

"Você fez tudo isso?", a princesa perguntou.

"Eu sozinha."

"Elas são maravilhosas!"

"São mesmo", eu disse.

"Talvez você possa me ensinar, sim."

Guardei as peças de volta. Quando abri a porta, estavam todos à espera. Então mostrei nossos maravilhosos assassinos, e nesse momento Jacques tomou a frente e não se calou por nada.

"Victor Joly esfaqueava suas noivas!"

"Minha nossa!", murmurou Madame Elisabeth.

"Audrée Veron", disse Jacques com seu entusiasmo todo especial, "que catava tralhas nos lixões, matou sua irmã Jacqueline por causa de alguma coisa que estava na lama, um relógio quebrado. Cortou a garganta da irmã com uma lasca de ferro enferrujada."

"Pobrezinha", murmurou a princesa para mim, "vivendo com essas criaturas!"

"Este aqui", continuou Jacques, que quando começava era impossível de deter, apesar dos olhares da viúva, "é Antoine-François Desrues. Num baú ele..."

"Pare! Pare, por favor, pare!", gritou um membro da comitiva.

"Viver todos os dias com esses monstros", comentou a princesa, sem olhar para os nossos queridos assassinos, e sim para o meu patrão, para a viúva e Jacques.

Ela disse que lamentava muito por mim, que devia ser terrível para uma garota como eu crescer em um lugar assim, com assassinos como companhia. A princesa foi embora logo em seguida. Que visita foi aquela, que quebra de rotina.

Abri um sorriso enorme, e segui sorrindo até a porta ser fechada e as trancas posicionadas. Mas então o sorriso desapareceu do meu rosto, porque era hora da desforra. A porta da cozinha foi aberta de novo, assim como o meu baú.

"O que significa isso?", questionou a viúva.

"São cabeças, madame."

"Estão embrulhadas com a minha musselina."

"Eu admito que peguei um pouco de musselina, admito sem problemas, e mais ainda. Por que não? Afinal de contas, nunca fui paga pelo meu trabalho."

De início, ela não notou de quem eram todas aquelas cabeças. Como poderia? Ela nunca tinha visto Edmond como eu. A seus olhos, ele era outra pessoa. O meu patrão, porém, grande conhecedor de pessoas, percebeu.

"É isso mesmo? São dele? De Edmond? Acho que sim. Por que tantos Edmonds, Marie?"

"Quem? Quem?", gritou a viúva.

Ela bateu com força na minha cabeça com um pequeno busto de cera de Edmond.

Da cera fui para o carvão — no depósito de carvão, onde fui trancada. Fiquei lá por muitas e muitas horas. Jacques foi me ver.

"O que eles estão fazendo?", perguntei. "O que está acontecendo?"

"A viúva está quebrando tudo, destruindo as cabeças."

"Ela está destruindo o próprio filho. Acho que vou levar uma surra, não?"

"Você não vai poder comer nada, por ordem da viúva."

"Bem típico dela. Por quanto tempo?"

"Não disseram. A viúva quer você fora daqui."

O meu patrão veio até a porta do depósito.

"Estou tentando manter você aqui."

"Obrigada, senhor."

"Ou encontrar outro lugar para você ir."

"Não! Eu preciso ficar aqui com o senhor."

"Tenho medo do que a viúva possa fazer se você ficar. Ela é muito enérgica. De verdade, tenho medo de que ela possa machucar você. Principalmente porque não gostou da ideia de você pensando no filho dela. Estou assustado com o castigo que pode vir."

"Por favor, senhor, eu não posso parar de fazer isso."

"Ah, Marie, estou tentando dar um jeito em tudo. Tive uma ideia, escrevi uma carta."

"Eu preciso ficar. Aqui é a minha casa."

"Não está nada decidido ainda, Marie. Pode terminar de um jeito, pode terminar de outro."

Mas tudo foi decidido bem depressa. Um homem apareceu, para tratar de negócios. Só fiquei sabendo porque Jacques apareceu dizendo que eu precisava me arrumar e correr para a oficina. Curtius e a viúva estavam sentados lado a lado em uma ponta da mesa de trabalho, e um estranho estava na outra.

"Você é Anne Marie Grosholtz, em condição de tutelada nesta casa?", o desconhecido perguntou.

"Tutelada, senhor?"

"Sim, Marie", disse a viúva, "a resposta é sim."

"Marie?", retruquei. Nunca a tinha ouvido me chamar assim. Para o homem, falei: "Eu sou uma criada aqui. Faço os cabelos".

"Vim lhe oferecer um cargo, em caráter experimental. Professora de escultura de Sua Majestade Madame Elisabeth da França. Isso seria aceitável para você?"

Eu não disse nada, nem uma palavra, nenhuma palavra me ocorreu.

"Não seria aceitável para você?", insistiu o homem.

Eu não conseguia respirar. Só fui capaz de assentir com a cabeça, depois de um tempo.

"Foi o que pensei", continuou o homem. "Seus tutores vão ser pagos pelos seus serviços mês a mês."

"Sim, senhor. Mas o dinheiro não é meu?"

"Isso você precisa acertar com os seus tutores aqui."

"Acho que o dinheiro deveria ser meu. Eu nunca fui paga aqui, sabe, senhor."

"Isso não é problema meu, *mademoiselle*. Por favor, vamos concluir nosso acordo: marquei a data de sua chegada para daqui a uma semana. Acredito que isso também seja aceitável."

"Sim, senhor."

"A acomodação e todas as refeições serão fornecidas também, claro."

"Com licença, senhor", interrompi, começando a entender. "Eu teria que morar lá, então?"

"Teria, sim. Isso é necessário para o cargo. Saibam que é em caráter experimental", o homem falou para o meu patrão e para a viúva. "Sua tutelada pode ficar somente uma semana fora, talvez só um dia. Mas, se ela se mostrar apropriada, pode ficar com Madame Elisabeth pelo tempo que esta quiser, tudo em conformidade com vocês, os tutores."

"Sim, senhor. Obrigada, senhor."

"Seus papéis vão continuar aqui", ele me disse, "a pedido de seus tutores."

"Ela é nossa", a viúva falou, toda afável.

"Desde Berna", acrescentou o meu patrão.

"Então estamos de acordo", concluiu o homem. "Tudo entendido?"

"Sim, senhor."

A viúva ficou em silêncio depois, com o azedume estampado no rosto. Uma vez ou outra eu a peguei me olhando. Jacques se manteve à distância, mas eu o ouvi choramingando na cozinha, arranhando o assoalho.

"Eu não quero ir", falei para o meu patrão.

"É melhor assim. Até as coisas se acalmarem de novo."

"Foi o senhor que escreveu para o palácio?"

"A princesinha estava claramente ansiosa por isso. O homem apareceu quase de imediato." Mas ele assentiu de leve; eu não teria visto sem os meus óculos. Ele tentou me ajudar, isso era certo, mas o efeito de uma eventual carta do meu patrão para Versalhes era impossível de estimar. Eu preferi pensar que foi essencial.

"Senhor! Como eu posso ir embora?"

"Marie, seja boazinha."

No início da noite, na cozinha, estava a viúva.

"Existem pessoas da realeza no palácio", ela disse. "A rainha, por exemplo, mora lá, e é muito adorada por todos."

"Imagino que seja mesmo, madame."

"Você pode cruzar o caminho delas, dessas pessoas, de tempos em tempos."

"Sim, madame."

"Você precisa se comportar bem em todas as situações. Não deve ser motivo de vergonha para nós em hipótese nenhuma. Deve dar apenas as melhores referências sobre o nosso trabalho."

"Sim, madame."

"E tem mais: você precisa conseguir uma audiência para o dr. Curtius fazer um molde do rosto da rainha. Nós gostaríamos de ter a rainha. E todas as outras pessoas importantes. Mas a rainha acima de tudo, ela é quem dita as modas."

"Sim, madame, vou tentar. Madame, posso fazer uma pergunta?"

"Faça."

"Como está Edmond?"

Uma vermelhidão se espalhou por aquele rosto imenso, o trovejar de uma montanha, o queixo tremeu, mas as chamas logo se extinguiram quando ela falou.

"Meu filho está com a esposa dele."

"Madame", falei, com a voz repentinamente embargada. "Eu queria me casar com ele. A senhora não percebeu?"

"Você! *Você!*"

"Como era grande o meu desejo!"

"O *seu* desejo... o que isso vale? Não vale nada. Edmond não desejava ficar com você. Como poderia? Quem poderia, aliás? Como meu filho poderia querer uma criada estrangeira? Você não tem ideia de como o mundo funciona?"

"Eu vou para o palácio", falei. "Como convidada."

"Você sempre vai ser a nossa rata de cozinha, Marie."

Eu a desprezava profundamente, nesse momento e sempre, um desprezo sem fim. Como descrever o meu ódio por ela? Acabaria envenenando estas páginas. Melhor deixar essa parte de fora.

Na noite anterior à minha partida, Jacques, assim como os velhos símios, começou a atacar a Casa dos Macacos. Ele esmurrava as paredes, os falsos móveis de madeira, golpeava de um lado, mudava de direção, esperneava e gemia de dor. Enquanto isso, gritava o tempo todo; sua dança de fúria era incontrolável. Ele gania como um animal torturado. Com a minha saída de cena, seu mundinho frágil estava sendo virado do avesso. Nada era capaz de convencê-lo de que não estava sendo abandonado.

Apreensivo, o meu patrão deixou a tempestade se acalmar sozinha; a viúva foi para o andar de cima calcular os prejuízos. Quando a raiva se esgotou, colocamos a casa em ordem de novo. Eu varri os cacos quebrados.

"Jacques", falei, acariciando sua cabeçorra, "é só por um tempo. Mas eu agradeço a você, muito obrigada pelas suas lágrimas."

Na manhã seguinte saí com Mercier, que naqueles tempos andava um pouco esfarrapado, com Curtius e com Jacques mancando logo atrás, carregando o baú contendo as minhas roupas e Marta e a placa do queixo do meu pai e os meus desenhos, que sobreviveram à tempestuosa viúva escondidos em uma gaveta da cozinha. As pessoas paravam ao cruzar com o meu patrão no bulevar, tirando o chapéu e fazendo mesuras, além dos costumeiros "Bom dia, dr. Curtius", "O tempo está ótimo, não, dr. Curtius?". Chegamos à Place Louis-le-Grand, onde o dr. Mesmer um dia trabalhara

— que lugar imenso, me deixou morrendo de medo, com vontade de me agarrar a alguma coisa —, e Mercier me empurrou adiante com gentileza. Foi providenciada para mim uma passagem para a carrabás, a carruagem de oito cavalos de Versalhes, que as pessoas chamavam de penico.

Quando me colocou na carruagem, Jacques murmurou com os dentes cerrados: "Não deixe ninguém machucar você. Se isso acontecer, conte para Jacques".

"Aquilo não passa de um salão colossal habitado por criados", Mercier falou. "Não fique muito tempo por lá; ficar por lá nunca fez bem a ninguém. Mas, Pequena, até eu sou obrigado a admitir: que grande aventura."

"Querida Pequena", falou o meu patrão, "minha menina, vamos sentir sua falta. Vou chamá-la de Marie hoje. Marie, quem vai fazer os cabelos agora? Quem vai sentar ao meu lado? Para quem vou falar sobre os meus progressos?"

"Adeus, senhor", falei, "obrigada."

E então o penico partiu.

Segurando Marta no colo, observei enquanto Paris prosseguia com sua vida na maior indiferença. A carruagem se afastou do Boulevard du Temple, e da Casa dos Macacos, e da gráfica de Ticre, rumo ao Portão de Versalhes, passando pelos campos, e tudo o que vi era novidade para mim, e eu estava sozinha. Iria me tornar professora da princesa Elisabeth. Versalhes me chamava.

Eu virei as costas para Paris.

MADAME TUSSAUD

LIVRO QUATRO

UM ARMÁRIO EM VERSALHES
Começa quando tenho dezessete anos,
termina quando tenho vinte e oito.

1778-1789

31

Quando faço uma breve entrevista e conheço os meus aposentos.

Eu vi algum tempo antes de chegar lá, e conforme a carruagem avançava foi ficando cada vez maior, e então ainda maior, fazendo desaparecer o sol. Foi muito estranho, quando enfim paramos, ver seres humanos comuns por lá, do tamanho a que eu estava acostumada. Era uma cidade inteira composta de uma única construção. Como se orientar em um local como esse? É o tipo de lugar que redimensiona todas as noções anteriores de tamanho. Eu me senti como o pobre Jonas, uma das pessoas citadas pela minha mãe, só que a baleia diante de mim era feita de ouro. Como um lugar assim era possível? E como eu tinha sido escolhida para morar nele? *Mãe*, eu queria gritar. *Veja, veja onde estou! Estou no palácio. Fui convidada a entrar.*

Um criado de libré veio até mim envergando seu uniforme azul. O meu baú, ele avisou, seria entregue mais tarde. Eu deveria segui-lo. Ele me guiou pelo chão de pedras (do tamanho de enormes lápides, onde as pessoas poderiam se deitar no espaço entre elas e nunca mais serem vistas), pelos portões (mais altos que qualquer edificação de Paris), pela entrada dos criados (uma abertura como a de um imenso esfíncter), pelos corredores (entranhas), pelas salas e pelas pessoas (comida sendo digerida). O homem caminhava bem depressa. Eu estremeci diante daquela vastidão; tudo se avolumava acima de mim, desde as pessoas até o espaço em si. Por um instante, distraída por um grupo barulhento, perdi totalmente o criado de vista, mas ele me achou e me disse, com uma voz séria e seca, que eu deveria parar de atrasá-lo.

Mais acima: tetos pintados. Mais abaixo: pisos de madeira com padrões desenhados. Mais adiante: as costas do criado vestido de azul, se afastando de mim. Ao redor: pessoas, gente por toda parte. Por fim, em um corredor mais afastado, vi uma rachadura em uma janela. Fiquei muito contente com isso; nesse momento senti que teria alguma chance ali. O criado de libré abriu uma porta. "Você espera aqui", ele avisou. "Não toque em nada." Em seguida, fechou a porta e saiu.

Eu olhei ao redor. Estava em algum lugar no pavimento térreo, em uma sala cheia de objetos caros, distintos e furiosos. Nunca imaginei que um relógio de carruagem poderia ser capaz de uma expressão de desaprovação, ou que um candelabro pudesse se recusar a me iluminar. Nunca tinha pisado em um tapete que não me queria em cima dele, nem sentido animosidade por parte de um aparador de mármore. Nem havia visto um banquinho folheado a ouro cujos pezinhos gordos pareciam mirar na minha canela. Eu nunca tinha visto nada daquilo, até entrar naquela sala.

Na Casa dos Macacos, eu morava em um palco de teatro. Agora, diante de mim, havia um relógio de carruagem de verdade, não um pedaço de madeira no formato de um, mas um relógio que fazia seu tique-taque para marcar segundos que realmente se passavam. Havia mármore de verdade em volta da lareira, não madeira pintada para parecer mármore. Aqui viviam pessoas de verdade, não imitações capturadas em cera. Mas nesse momento senti, e ainda sinto, que ficava muito mais à vontade entre objetos de cena feitos às pressas do que com objetos funcionais fabricados por mestres de seus ofícios. Fiquei de pé no centro da sala, sob o escrutínio desses objetos, por meia hora, até que por fim uma outra criada entrou: uma jovem pálida que começou a arrumar o lugar com rapidez. Ela sequer olhou para mim, era como se eu não estivesse lá.

"Eu preciso esperar aqui?", perguntei.

Mas a criada não respondeu.

"Ela já está vindo?"

Ainda nada.

"Qual é o seu nome?"

Só então ela sacudiu negativamente a cabeça.

"Posso me sentar?"

"Por favor", ela disse, com um olhar de grande preocupação. "Eu não posso falar nada. Não tenho permissão para conversar."

"Com quem eu posso conversar?"

"Eu sou só uma lacaia. Você não deveria me perguntar nada."

A porta se abriu; a criada ficou paralisada. A voz de uma mulher mais velha, com tom de autoridade, se fez ouvir da porta.

"Você está jogando conversa fora, Pallier? Não vai querer que eu a ouça fazendo isso." E a criada se foi em um instante.

Com passos lentos, a velha dama andou pela sala e se acomodou em um dos sofás. "Por que você está aqui", ela disse — e demorei um instante para confirmar que não estava falando com o sofá —, "eu não faço ideia. Com um pouco de sorte deve durar só um dia, e depois disso jamais precisaremos respirar o mesmo ar de novo. Madame tem seus caprichos de tempos em tempos; o único consolo é que ela há de encontrar algo que a interesse mais que você, pois você não parece nem um pouco interessante. Ela estará aqui em breve. Você precisa se curvar e só se referir a ela como 'Vossa Majestade' ou 'Madame Elisabeth'. Precisa seguir suas instruções à risca, seja lá o que ela peça. Mas não a *toque*, você jamais deve tocá-la, isso não é permitido."

Ouvi o barulho de alguém correndo. Um instante depois, apareceu Elisabeth, uma menina de catorze anos com o rosto vermelho.

"Ah! Aqui está você, finalmente!", exclamou Elisabeth. "Que ótimo!"

"Vossa Majestade", disse a velha dama, ficando de pé.

"Vossa Majestade", falei com uma mesura.

"Estou muito feliz por você estar aqui. Não consigo pensar em outra coisa desde que a vi! Pense em todas as coisas que vamos fazer juntas. Minha própria pessoa, meu próprio corpo, é isso o que você é! Minha irmã Clotilde — que é casada agora, com Carlos Emanuel da Sardenha; ah, e eu vou me casar em breve também —, ela nunca teve sua própria pessoa, não como você, pelo menos. Mas aqui está você! Vou escrever para Clotilde e contar para ela. Me disseram que ela ficou muito gorda. Que saudades tenho dela! E então, o que vamos fazer? Vamos desenhar? Brincar de esconde-esconde? Sair para uma visita? Preciso lhe contar sobre minhas visitas."

"Vossa Majestade", murmurei, "pensei que nós fôssemos..."

O cruel relógio de carruagem apitou, e a princesinha ficou bem pálida. Seu rosto se contorceu. Seus olhos cinzentos começaram a se encher de lágrimas.

"Veja as horas, Madame Elisabeth", disse a velha dama em um tom bem sério.

"Ah, não, não, não", sussurrou Elisabeth.

"Suas tias, Madame Elisabeth", insistiu a velha dama.

"Preciso ir agora. Preciso ir, minha pessoa *querida*", Elisabeth me disse. "Minhas tias não podem ficar esperando, isso elas detestam mais do que tudo. Vovô sempre as deixava esperando, e isso as aborrecia demais. Estou tão contente por você estar aqui. Você é muito preciosa para mim. Nós nos vemos mais tarde. Que maravilha você estar aqui! Mostre o quarto onde ela vai ficar, sim, cara Mackau?"

Depois disso, a princesinha se foi e fiquei sozinha com Madame Mackau. "Sem dúvida ela vai se atrasar de novo", a velha dama resmungou quando a porta se fechou. "Não vou mostrar nada para você", ela disse sem olhar para mim. "Não pense nem por um instante que vou lhe mostrar alguma coisa. Espere aqui."

A velha dama saiu, e instantes depois uma outra criada apareceu.

"Venha comigo, por favor."

Saímos da sala e, em seguida, paramos diante de um armário de duas portas fixado na parede. O meu baú estava logo ao lado.

"Pode abrir uma das portas."

Eu abri.

"É um armário", falei.

"Sim", ela disse, "fique à vontade. É o seu armário."

"Eu vou deixar as minhas coisas aí?"

"Você vai morar aí."

"Em um armário?"

"Você vai dormir aí. Vai passar o tempo todo aí. Quando ela quiser sua presença, você vai estar por perto. Você vai dormir nessa prateleira e deixar as suas coisas na de cima. O tamanho é suficiente, você vai ver."

"Um armário?"

"Isso mesmo. Um armário."

Um armário é uma morada para objetos; uma cama é onde os humanos se deitam. Pensei que isso estivesse claro para todos. Mas em Versalhes os modos eram diferentes, e eu precisava aprendê-los; o meu patrão tinha me ensinado isso quando chegamos em Paris. É necessário aprender as regras dos novos lugares. Talvez não fosse muito diferente do cômodo sem janelas que eu habitava na casa do alfaiate morto. Fiquei me perguntando se haveria outras pessoas guardadas em armários no palácio, e se suas gavetas eram abertas apenas quando fossem requisitadas. O que aconteceria, me perguntei, se sua gaveta nunca fosse aberta e você ficasse lá passando fome, rezando para ser requisitada de novo? A pessoa seria obrigada a sobreviver comendo moscas ou aranhas? Mais tarde eu ficaria sabendo que havia criadas em várias grandes casas da Europa que, por conveniência, eram mantidas em armários, para ficar sempre perto dos patrões. Jorge III da Inglaterra guardava seus criados em uma cômoda do lado de fora de seu quarto; o duque de Urbino mantinha um criado em uma escrivaninha; os barões da Baviera penduravam os criados em ganchos de pendurar casacos feitos sob medida; dizem que a duquesa de Blois tinha uma arrumadeira muito querida que viveu durante quarenta anos em um banheiro sem uso.

Senti uma tremenda empatia pelos objetos no dia em que me deitei no piso daquele armário. Como era escuro lá dentro.

32

Meu pedacinho de palácio.

As portas do meu armário podiam ser abertas por dentro; tinham puxadores de ambos os lados. Mesmo assim, fechada na minha cama-prateleira, eu me sentia como se estivesse em um caixão. Ao despertar depois de um rápido cochilo, comecei a esmurrar a porta, com medo de ter sido enterrada viva. Sonhei que estava morta no fundo da vala do bulevar. Mesmo depois de lembrar onde estava, ficava testando os puxadores da porta de tempos em tempos para me certificar de que conseguia sair. Que noite mais infeliz.

Na minha segunda manhã no palácio, fui mandada para a mesma sala desaprovadora. A velha dama logo apareceu de novo, e por fim Elisabeth, dessa vez acompanhada por um homem com túnica de religioso.

"Muito bem, minha pessoa, vamos rezar agora."

Rezamos de acordo com as instruções do confessor dela, o abade Madier. Eu o considerei um representante bem seboso da espécie humana; por acaso teria sido feito por Deus assim mesmo? "Ó divino coração de Jesus! Eu vos amo, eu vos adoro, eu vos invoco por todos os dias da minha vida, mas especialmente na hora da minha morte. *O vere adorator et unice amator Dei, misere nobis. Amen.*"

Depois ela me disse: "Você reza maravilhosamente bem".

"Obrigada, Vossa Majestade."

"Quero que você conheça uma pessoa, alguém muito querido para mim."

A pessoa que ela foi buscar também vivia em um armário, mas um armário com forro de veludo, e portátil, que na verdade provavelmente poderia ser chamado de caixa. Era uma pessoa feita de gesso pintado. Não era muito grande — tinha só uns trinta centímetros, na verdade — nem muito bem feita, era um humano idealizado, simplificado e sentimentalizado. Foi feito para representar o Salvador da humanidade. Eu já o vira antes, claro, esse homem, ou centenas como ele; era muito popular e muito comum, e um velho favorito da minha mãe.

"Você não pode segurar, mas pode olhar", Elisabeth disse.

"Eu tenho uma boneca", falei. "O nome dela é Marta. Você..."

"Às vezes passo horas com ele. Para mim ele está vivo e me ouve."

"Não", respondi. "Ele é de gesso. É só gesso pintado. Não consegue ouvir nada."

"Vou guardá-lo agora." Jesus foi devolvido à sua caixa, mas só depois de ser devidamente beijado. Fiquei pensando que também gostaria de ser beijada por ela daquela maneira.

"Que maravilhoso você ter me chamado para cá", eu disse. "Agradeço muitíssimo."

"Isso não é necessário."

"Acho que vamos nos dar bem. Somos como irmãs gêmeas, nós duas."

"Não acho que somos tão parecidas assim", ela respondeu. "Pode existir alguma semelhança, talvez, ouvi alguns comentários sobre isso. Mas, me perdoe, você tem um nariz e tanto, não? E um queixo que minha nossa! Eles se destacam demais e, no geral, são um pouco assustadores. Mas não precisa se preocupar; eu não me importo com sua aparência. Não, apesar de existir alguma similaridade, acho que não temos como ser muito parecidas, não é? Eu sou a irmã do rei. Ah, não precisa ficar tão triste. Que criatura tolinha você é. Como alguém poderia não se entristecer diante de uma carinha assim? Gosto muito mais de você quando não está assim tão melancólica. Agora venha, tenho mais uma coisa para mostrar."

Ela me levou até um quarto decorado com desenhos bastante amadores, em especial de crucifixos e santos. "Ah, mas veja só esses desenhos!", ela falou com entusiasmo.

Eu olhei e me virei para Elisabeth.

"São meus!", ela disse. "Fui *eu* que desenhei."

Fiquei em silêncio.

"O que você achou?", ela perguntou.

"Perdão, Vossa Majestade, acho que precisamos começar nossos estudos agora mesmo", respondi.

"Como, minha pessoa?"

Fiz uma pausa, mas senti que não havia alternativa. "Vossa Majestade não... *olha*, de verdade, sabe? Ainda não. Mas tenho certeza de que vai conseguir. O meu patrão me ensinou a olhar, e precisei de uma grande quantidade de miolo de pão para começar a ver alguma coisa." O rosto dela estava vermelhíssimo. "Não vou mentir para Vossa Majestade", falei. "Se quisermos progredir juntas, se eu quiser ser útil, não pode haver mentiras."

"Eu sou a princesa Elisabeth da França."

"Sim, Vossa Majestade."

"Ora!" Ela bateu o pé no chão.

Eu não sabia o que ela faria em seguida. Houve um longo silêncio. Por fim ela disse: "Por hoje já chega". Fui mandada de volta para o meu armário.

Quando não era requisitada, fui instruída a passar o maior tempo possível dentro do meu armário. Era compreensível que de tempos em tempos eu precisasse sair, mas jamais deveria ir além do balde na salinha anexa. Era um armário grande, e a prateleira não era muito menor que a minha cama na Casa dos Macacos. Uma pessoa pode se acostumar com praticamente tudo.

Eu ficava confortável lá, e tinha muito tempo para pensar, bem mais do que antes, e parte desses pensamentos inevitavelmente se voltava para Edmond, e para o fato de que não haveria espaço para nos deitarmos juntos naquele armário-caixão, e que talvez fosse melhor assim mesmo, já que ele havia sido roubado de mim. Eu desejava ter pelo menos uma das cabeças dele que esculpi, achava que isso me ajudaria bastante, mas a viúva destruiu todas. Eu não podia mais pensar em Edmond. Precisava tirá-lo da cabeça. Ele não me dizia respeito.

Tentei muito não pensar em Edmond, mas me deixavam muito tempo sozinha e Edmond era quem eu mais gostava de visitar em pensamento, apesar de estar casado. Ficava me perguntando se ele pensava em mim. Que estranho seria se ele descobrisse que eu estava em Versalhes, empregada pela realeza. Eu diria a ele que trabalhar para a realeza não era nem de longe tão esplendoroso quanto poderia parecer.

Se eu ficasse muito tempo ali, porém, começava a ansiar demais por Edmond, até sentir o fantasma dele me rondando, devorando o meu cérebro e fazendo o meu coração parar. Se eu ficasse muito tempo ali sozinha, poderia ser assombrada até a morte por aquele manequim de loja cuja silhueta eu tanto desejava. Então me forcei a olhar para a frente, para tentar superar o fantasma, me manter ocupada para afastá-lo.

Em Versalhes, eu podia ter velas quando quisesse; havia sempre um suprimento abundante. Deitada ali, eu conseguia ouvir os sons do palácio, os soldados marchando lá fora, os ratos correndo pelos corredores à noite, e, no exterior, os gritos dos gatos ferozes que viviam da imensa quantidade de lixo produzida pela construção.

E eu podia aprender. Ganhei um livreto de capa cartão, o *Almanach de Versailles*, contendo uma vasta lista das pessoas que trabalhavam no palácio, desde a Casa Real até o Departamento de Couriers do Palácio. Eu relia essa tediosa publicação sem parar, em uma tentativa de evitar que o espírito de Edmond viesse. Tentava associar uma pessoa a cada nome. Tentava imaginar os dois cirurgiões-dentistas do rei, Bourdet e Dubois-Foucou, supondo que Bourdet fosse um cavalheiro robusto, e Dubois-Foucou um tantinho cheio de si. Repassava a lista dos cinquenta cavalariços do rei. Revia uma seção intitulada *Bouche du Roi*, "boca do rei", que dizia respeito ao que o rei comia, e fiquei intrigada com a lista de quatro homens cuja responsabilidade se limitava a lavar as louças do rei. (Lembro-me de seus nomes ainda hoje: Cheval, Colonne, Mulochor e De Rollepot. Eu achava que poderia gostar de Monsieur de Rollepot.) O meu dedo percorria as longas linhas de dignatários da Casa do Rei, páginas e páginas de gente, até chegar à Casa da Rainha. (Entre esses milhares, ainda me recordo de quatro: Collas, Mora, Carré e Le Kin, que formavam um pequeno pelotão de dezesseis pessoas responsável pela *Fruiterie* da rainha.)

Por fim, eu chegava à *Maison de Madame Elisabeth de France*, que ocupava duzentas e vinte e seis páginas do *Almanach* de letras miúdas. Ali estavam as pessoas da casa de Madame Elisabeth, a sétima da lista, e de longe a menor. Setenta e três pessoas para uma menina de catorze anos. Havia desde seu capelão e seu confessor até Madame Mackau, nomeada como Dama de Honra. Além disso, havia uma trupe de damas de companhia (quinze), um único Chevalier d'Honneur e quatro cavalariços principais. Sob o título *Chambre* estavam as principais responsáveis pelos aposentos (duas), as demais criadas dos aposentos (dezesseis), os criados de libré dos aposentos (quatro), o pajem encarregado dos móveis estofados (um), os meninos dos aposentos (quatro) e os pajens do quarto de vestir (quatro). Fora da lista dos aposentos, estavam o médico de Madame Elisabeth (Le Monnier), seu cirurgião (Loustoneau) e seu cirurgião-dentista (Bourdet, que também cuidava dos dentes do rei — portanto tinha um entendimento um pouco maior da coisa toda). Também estavam listados o bibliotecário de Madame Elisabeth, seu declamador, seu secretário, seu professor de espineta, seu professor de harpa, seu professor de pintura e mais uma gama de outros criados: seus tapeceiros (dois), pajens de guarda-roupa (dois), carregadores (quatro), *porte-chaise d'affaires*[1] (dois), limpador de prataria (um) e, por fim, sua lacaia (uma), a mais baixa na hierarquia da casa, usada para tarefas variadas e inomináveis, cujo nome era Lucie Pallier. Eu fechava o livro, soprava a vela e ficava sentada na escuridão, atordoada. E acabava invocando o fantasma de Edmond de novo, porque a solidão era muito grande.

[1] A função do *porte-chaise d'affaires*, assim como a do *porte-coton*, consistia em cuidar da *chaise percée* (cadeira acoplada a um penico) do rei e mantê-la em boas condições para o uso, trazê-la sempre que o rei solicitasse, assim como lhe assegurar os objetos indispensáveis no momento de utilizá-la. O rei Luís XIV havia criado todo tipo de função para a nobreza, pois, segundo ele, quando os nobres usavam seus esforços para estar o mais perto possível do rei, eles não pensavam em outras coisas. Assim, o posto de *porte-chaise d'affaires* era ocupado por dois homens privilegiados, bem-vestidos e com espada na bainha. Os *porte-chaise d'affaires* compravam esse posto (que passava de pai para filho), pelo qual depois recebiam um salário. Já na época de Luís XVI, o posto de *porte-chaise d'affaires* passou a ser ocupado por plebeus. [Nota do Tradutor, daqui em diante NT.]

33

Sobre o meu emprego como Pessoa de Sua Majestade, a Princesa Elisabeth.

No meu terceiro dia, Elisabeth mandou me chamar de novo — não para desenhar, mas para brincar de esconde-esconde, uma paixão pessoal da princesa. Eu deveria fechar os olhos e contar até cem, e depois tentar encontrar Elisabeth e suas damas de companhia. Quando abria os olhos não havia ninguém à vista, apenas a mobília, mas demorei não mais que um instante para encontrá-las escondidas em um cômodo próximo, um grupinho de damas com atribuições oficiais se divertindo em uma grande brincadeira. Algumas das *demoiselles* mais altas estavam reunidas na porta; abri caminho entre elas aos empurrões — de forma indecorosa, me repreenderam mais tarde — e encontrei Elisabeth comendo junto a uma bandeja de bolinhos. Estavam com uma aparência ótima. Ninguém me ofereceu um.

"U-uh", falei. "Aí está você."

Eu peguei em seu braço.

"Não!", gritou Mackau. "Não! Nunca! Nada de encostar."

A velha dama me arrastou pelo corredor até um salão mais simples, que eu nunca tinha visto antes.

"Estenda as mãos", ela mandou.

Eu obedeci.
Ouvi um zunido, e uma bengala me atingiu. Foi erguida e baixada de novo. Na terceira vez, eu retirei as mãos.
"Não! Não!", esbravejou a velha dama. "Precisam ser três!"
Em meio às lágrimas, estendi as mãos outra vez, e a bengala tratou de passar de forma imediata sua mensagem. Eu não tinha mais idade para apanhar. Talvez tenha sido a minha altura que transmitiu essa impressão.
"Na próxima vez vão ser dez. Nada de encostar. Repita depois de mim: nada de encostar."
"Nada de encostar."
Eu me virei. Elisabeth estava atrás de mim. Estava lá o tempo todo.
"Sou eu quem diz 'u-uh', não você", ela disse. "E a brincadeira de esconde-esconde precisa durar no mínimo meia hora. Você fez tudo errado."
"Bom, nós precisamos crescer", falou Mackau. "Todo mundo precisa crescer."
No dia seguinte, começamos a trabalhar. Coloquei um papel diante de Elisabeth. Ela empunhou um lápis; deu para perceber que ela não tinha intimidade com o objeto. A primeira coisa que percebi foi que Madame Elisabeth não tinha conhecimentos sobre anatomia. O coração, por exemplo, o mais ruidoso dos órgãos, e portanto o mais fácil de detectar, para ela — sem dúvida por influência de diversas pinturas religiosas sem o mínimo de precisão — se encontrava exatamente no centro do peito. Ela perguntou por que dois rins, por que dois pulmões, e achava que a duplicidade de órgãos tivesse de alguma forma relacionada à gestação de gêmeos. Ficou impressionada ao descobrir que as entranhas de uma pessoa ficavam em geral localizadas na mesma posição em todos os seres humanos. Fez questão de insistir que o interior de um homem era muito diferente do corpo de uma mulher por dentro, e não aceitava ser contrariada nesse ponto. Desenhei um contorno da forma humana e tentei mostrar seu conteúdo, mas era muito difícil fazê-la acreditar. Ela era capaz de compreender que existiam o intestino grosso e o delgado, mas considerou ridícula a ideia de que todos, não importava o tamanho, deviam ter ambos. Decidi que o melhor a fazer seria encontrar um modelo humano vivo para auxiliar na transmissão das instruções. Disse a Elisabeth que precisava de ajuda, e logo em seguida a lacaia Pallier apareceu.
"Olá, Pallier", eu disse.
Pallier ficou em silêncio. A pobrezinha não tinha permissão para falar.
"Quem é essa?", questionou Elisabeth.
"Essa é Pallier, uma das suas criadas", expliquei.
"Eu nunca a vi aqui antes."

"Mesmo assim, aqui está Pallier."

Pallier estava a serviço de Elisabeth havia seis anos, mas fazia seu trabalho de forma tão silenciosa e anônima que era imperceptível como um fantasma. O palácio estava cheio de pessoas assim, acho, talvez centenas delas, que levavam vidas silenciosas e úteis ao lado da família real sem nunca serem notadas.

"Pallier", eu pedi, "você poderia ficar de pé no meio da sala com os braços estendidos assim?", pedi.

Ela obedeceu.

"Essa é Pallier", falei para Elisabeth. "Sabemos como ela é por fora, mas e por dentro? O que existe dentro do armário de Pallier? Vamos fingir que as costelas são as portas do armário, e que se abrem do esterno, do centro para fora. O que nós vemos? O que ela guarda em suas prateleiras?"

"Roupas de cama, eu diria", arriscou Elisabeth.

Eu fingi que não ouvi.

Enquanto eu apontava para diferentes lugares com a minha vareta, Pallier foi aprendendo sobre as muitas coisas que levava dentro de si, das quais nunca fizera ideia. Elisabeth aprendeu também. Determinada a permanecer longe do meu armário o máximo de tempo possível, fui alongando nosso tempo juntas cada vez mais, argumentando que a aula não estaria completa enquanto eu não terminasse de explicar os rins, e depois o fígado, e depois o coração.

"É tão difícil", comentou Elisabeth.

"Mas estamos fazendo progressos", argumentei.

"Por que precisamos nos preocupar com o que existe dentro de uma criada?"

"Isso vale para todas as pessoas. Todo mundo tem as mesmas entranhas."

"Eu é que não acredito nisso."

"Mas é verdade mesmo assim."

"Tem certeza?"

"Sim, madame."

"Que horror."

Ela pareceu encarar Pallier com grande ressentimento. Nós andávamos ao redor da criada, que ficava vermelha e até sofria leves sobressaltos quando eu a tocava. "É só seu corpo", eu disse a ela, "um corpo humano como outro qualquer. Não existe nenhum motivo para preocupação. Fique paradinha aí, estamos tentando aprender."

E isso ajudou de fato, ver um corpo de verdade; isso sempre ajuda. Quando Elisabeth começou a entender como um corpo funcionava, seu desenho melhorou. Eu a ensinei a deixar de pensar nos regulamentos e leis e nos corredores do palácio e se concentrar no que existe dentro do corpo. Ora, ali havia *todo* um palácio para explorar. Em nossa imaginação, nos enfiamos sob a pele de Lucie Pallier, nos embrenhando em órgãos e ossos. Quando terminamos a turnê por Pallier, pedi para Elisabeth apontar para a parte certa quando eu dizia: "Rim! Bexiga! Esôfago! Intestino delgado! Pulmões! Reto! Coração! Medula espinhal! Diafragma! Pâncreas! Baço! Fáscia palmar! Anastomótica magna! Túber omental!". E assim o progresso era feito. Mais tarde, no corredor, Pallier tocou o próprio abdome e murmurou para mim, admirada: "Aqui, dentro de mim, está o duodeno, que é a forma abreviada de dizer *intestinum duodenum digitorum*".

"Que significa?"

"Intestino da largura de doze dedos!"

"Sim, Pallier, muito bem lembrado!"

"Obrigada, madame."

"Obrigada, *Marie*", corrigi.

"Obrigada, madame."

No fim da nossa aula de desenho, Elisabeth era recebida por suas damas de companhia favoritas, garotas a quem chamava de Bombe, Rage e Démon, e eu era levada de volta ao meu armário. Ficava lá deitada no escuro pensando em Elisabeth, murmurando seu nome para a prateleira de cima, até o fantasma de Edmond vir se deitar ao meu lado.

Nessas primeiras semanas, vi pouca coisa daquele lugar enorme além do meu armário, do salão da princesa e da nossa sala de trabalho, e queria conhecer mais. Tinha visto pouquíssimas coisas na vida, mas ouvi falar de muitas e pude ter vislumbres de outras, e o palácio representava uma tentação grande demais. Eu me perguntava o que haveria além daquelas pequenas salas. Fui instruída a nunca sair do apartamento ocupado por Elisabeth dentro do palácio, mas queria — nem que fosse só para me ajudar a manter o perturbador fantasma de Edmond à distância.

Certa tarde surgiu uma grande oportunidade na forma de uma reprise da brincadeira de esconde-esconde. Com Mackau ocupada em outra parte, reunida com as tias, Elisabeth anunciou que ela e suas damas de companhia se espalhariam, e que eu teria a honra de encontrá-las pelo apartamento. Elas se afastaram às risadinhas. Fechei os olhos e contei até cem, até ouvi-las se aglomerando em um quarto em particular — então respirei fundo e parti na direção oposta. Me aventurei pelo palácio adentro; descobri uma nova geografia que os meus pés percorreram ruidosamente.

Eu corri de um lado para o outro pelo labirinto da realeza, por corredores desconhecidos, passando por cômodos grandes e adornados. Diante de quase todas as portas do palácio havia gente esperando, pessoas sentadas ou de pé, todas elas, sem exceção, com papéis nas mãos. Quando perguntei a um homem por quanto tempo estava esperando, ele disse: "Contando tudo, vai fazer três anos em novembro". Um outro homem tinha a pele cinzenta, como se pela longa exposição tivesse absorvido a cor das paredes de pedra ao seu redor. Eu subi escadas e passei por portas abertas, e muitas das pessoas à espera me disseram que eu não deveria estar por ali. Quando o trovejar do tráfego humano mais intenso de Versalhes se aproximou, eu fiquei tensa. Comecei a me perguntar se a brincadeira de esconde-esconde já não teria acabado, ou tomado um rumo inesperado quando as pessoas escondidas precisaram sair em busca daquela que deveria procurá-las. Eu ficaria contente se encontrasse Elisabeth, porque estava absolutamente perdida.

Quando um grupo de homens com uniformes azuis passou às pressas, eu me escondi atrás de um painel em uma lareira apagada para recuperar o fôlego e me recompor. Depois que o meu coração se acalmou, ouvi umas batidas fracas, e me perguntei se alguém mais além de mim estava tentando descobrir o que havia além das portas de Versalhes. Reunindo toda a coragem que havia dentro de mim, decidi que duas pessoas perdidas eram mais reconfortantes que uma, e abri a porta. As batidas cessaram.

"Quem está aí?", perguntou uma voz masculina do outro lado.

"Por favor", foi tudo o que consegui dizer.

"Você não podia entrar, não podia entrar de jeito nenhum. Não é permitido."

"Por favor, senhor", consegui repetir.

"É um lugar privado. Privado. E não deve haver incômodos."

"Eu não sei exatamente..."

"Quem está aí? Quem é?"

Comecei a gaguejar — e não só por causa do calor alarmante e sobrenatural que vinha do quarto. Fiquei me perguntando se não teria perturbado algum residente maligno do palácio.

"Quem é você? Explique-se."

Tentei explicar que era a professora de escultura de Sua Majestade, Madame Elisabeth. Não sei até que ponto os meus resmungos foram compreensíveis, mas por fim a voz que vinha do calor respondeu.

"Ah, muito bem, então, entre, entre."

E eu entrei.

34

O chaveiro de Versalhes.

Do lado de dentro havia um homem bem robusto de vinte e poucos anos, usando um avental de couro, com as mangas das camisas dobradas, inclinado sobre uma forja, com um pequeno martelo na mão.

"Ora, feche a porta, ou então isto aqui vai se encher de gente."

Fiz conforme me mandaram. Ele imediatamente voltou ao trabalho, martelando uma pecinha de metal. Foi isso, e não batidas na porta, que escutei através das paredes. Envolvido em sua atividade, ele só ergueu os olhos para mim vários minutos depois. O Palácio de Versalhes era um lugar tão vasto, pensei, que havia uma grande variedade de trabalhadores especializados alocados ali. Eu havia topado com o chaveiro; se tivesse aberto outra porta poderia ter encontrado o exterminador de ratos com suas armadilhas, o relojoeiro ocupado com seu tique-taque, ou até o fabricante de velas moldando a cera.

Fiquei parada em um canto junto à porta, observando o trabalhador diante de mim, na esperança de que quando terminasse aquele trabalho pudesse me ensinar como voltar ao apartamento ocupado por Madame Elisabeth no palácio. O homem tinha uma testa quase comicamente alta, um nariz de tamanho considerável e ao estilo romano, lábios cheios e olhos azuis grandes e notáveis, que ele costumava espremer e aproximar um bocado dos objetos em brasa nos quais estava trabalhando — gesto que me fez deduzir que ele também poderia se beneficiar do uso de óculos. Tinha uma papada sob o queixo e um peito largo e arredondado como seios de mulher, que ele coçava de tempos em tempos com as mãos atarracadas. Parecia não respirar pelo nariz, e sim usar a boca para capturar oxigênio. Com pinças metálicas, o homem pegou o objeto que estava manipulando e o enfiou em um recipiente fundo com água, até o metal sibilar em sinal de rendição, um som que o chaveiro recebeu com um sorriso. Ele se virou para mim, espremeu os olhos, assentiu com a cabeça, enfiou a mão em um dos bolsos do avental, sacou um lenço e o estendeu cuidadosamente sobre uma mesa ali perto. Em seguida remexeu em outro bolso, pegou um pedaço amassado de bolo com creme, colocou-o sobre o lenço e se inclinou para trás a fim de admirá-lo. Finalmente, de um terceiro bolso, tirou um canivete, abriu a lâmina e cortou o doce de uma forma nada simétrica. Pegando o pedaço maior com a mão gorducha, ele por fim falou:

"Não diga para ninguém, e aqui está sua recompensa."

Dei um passo à frente para pegar.

"Você precisa mesmo disso tudo?", ele questionou, com farelos nos lábios e sua parte já segura dentro da boca. "Tem um pedação aí, e você é bem miudinha. Que tal se eu cortar ao meio de novo?"

Mais uma vez o bolo foi fracionado, e de novo de forma não exatamente simétrica. Eu me inclinei para pegar o pedaço menor.

"Ora, como você está hesitante", disse o chaveiro, me interrompendo antes que eu pegasse o doce. "Não quero forçar você a nada. Se preferir, posso guardar para você vir comer mais tarde", ele disse, segurando o último pedaço de bolo, "ou será que eu mesmo posso comer?" Ele colocou a minha parte bem perto da boca. "Posso?" Então, sem esperar pela minha permissão, ele enfiou o bolo entre os lábios carnudos, mastigou, engoliu e estalou a boca de satisfação.

"Pode ser que agora você fique doente", comentei.

"Mas eu gosto! Eu gosto", ele disse, esfregando a barriga com vontade. "E sou proibido de comer. 'Um pedaço por dia', é o que ela diz. 'Um pedaço e nada mais'." Em seguida, com um sussurro: "Então eu trapaceio. Claro que sim. Sou ardiloso". Por um tempo ele ficou em um contentamento silencioso, trancando e destrancando o fruto de seu trabalho, admirando-o, se certificando de que a fechadura estava bem seca e, em seguida, aplicando um pouco de óleo e dando um polimento. Por fim ele se inclinou para perto de mim, e eu vi aqueles olhos azuis me observando atentamente.

"Pois bem, criaturinha, vamos instalar juntos?"

"Sim, senhor", respondi. "Eu iria gostar."

Ele segurou a minha mão, pegou a nova fechadura com a outra, e saímos da pequena oficina para um longo corredor. Contornamos uma parede e paramos diante de uma porta sem fechadura. Pela porta era possível ver uma fração do que havia do outro lado: um grande salão, bem iluminado, com uma imensa pintura no teto e espelhos gigantescos de um dos lados que reproduziam as janelas do outro, e povoado por elegantes damas e cavalheiros, bastante distraídos uns com os outros. Eu nunca tinha visto um lugar reluzente como aquele; brilhava tanto que quase cegava os olhos.

"A rainha está aí?", perguntei ao chaveiro. "Qual delas é a rainha?"

Eu precisava conseguir um molde da rainha — não tinha me esquecido das minhas instruções, de levar uma parte daquele brilho inacreditável para a sujeira do bulevar. O chaveiro teve um leve sobressalto com a minha pergunta, observou o salão, espremeu os olhos e sacudiu a cabeça. "Não", ele disse, "nada da rainha. Só peças de decoração."

As peças de decoração — como ele chamara as damas — não nos deram atenção. O chaveiro estendeu seu lenço no chão e ficou de joelhos. Eu me ajoelhei ao seu lado e fiquei segurando os vários pregos e as pecinhas que ele tirava do bolso do avental até que fossem requisitados. Ele colocou a fechadura na porta. Encaixou bem, e estava bem bonita, eu lhe disse.

"Você acha? Fui eu que desenhei. É, eu gosto mesmo."

Ouvi uma movimentação atrás de nós, e quando me virei dei de cara com vários criados de libré e, entre eles, a velha dama Mackau. Ela fez sinal para que eu me aproximasse e, pela força do gesto, percebi que estava muito, muito insatisfeita. Me despedi do chaveiro, que estava lá ajoelhado com o lenço na mão, verificando o buraco da fechadura.

"Você precisa ir, então?", ele falou. "Fique à vontade."

"Algum dia eu volto, prometo", murmurei.

Depois de me ver refletida tantas vezes naqueles espelhos, tão deslocada e tão longe de casa, pensei que fosse cair naquela imensidão de vidro e me afogar. Fui caminhando lentamente até Madame Mackau, que me puxou para fora e me conduziu pelo corredor. Ela garantiu que a minha imprudência a deixara sem palavras — mas, apesar disso, foi me admoestando ao longo de todo o caminho de volta aos aposentos de Madame Elisabeth, dizendo que eu precisava aprender qual era o meu lugar. Diversos guardas haviam sido mandados à minha procura, ela contou, sob o aviso de que uma desconhecida pequenina estava abrindo portas que não tinha o direito de abrir. "Este lugar não foi construído para o seu divertimento", ela sibilou, segurando minha nuca com a mão ossuda. E então vi a sala intimidadora — apesar de não conseguir mais me intimidar, pois eu havia visto outra muito maior —, e lá estava Elisabeth. "U-uh", ela falou, mas sem nenhum entusiasmo. E então, virando-se para a velha dama: "Essa é *minha* pessoa, Madame Mackau, e não sua".

"Ela foi encontrada..."

"Trate de soltá-la imediatamente", ordenou Elisabeth, com extrema confiança.

A minha nuca foi libertada.

"Devo mandar bater em você de novo?", Elisabeth provocou.

Eu estendi a mão.

"Vamos mandá-la embora", disse Mackau. "Depois de bater nela."

"Você só vai voltar para a sua casa depois de ter me ensinado tudo", avisou Elisabeth.

"Ela desrespeitou as regras!", gritou Mackau.

"Eu gostaria muito...", falou Elisabeth, com uma firmeza renovada. "Eu gostaria muito de retomar a brincadeira de esconde-esconde."

"Todo mundo precisa crescer", comentou a velha dama.

"E desta vez, cara Mackau", disse Elisabeth, "decidi que *você* vai ter o prazer de se esconder. Nós vamos contar até cem."

"Mas eu nunca me escondo."

"Então está mais do que na hora de começar. Um... dois... *três*. Você precisa correr, Mackau, e se esconder. Já conhece as regras, então participe. Vamos procurar você. Vá se esconder, e nada de escolher um lugar fácil ou perto, senão vou ficar muito irritada."

Demonstrando insegurança, Mackau saiu da sala.

"Sente-se", falou Elisabeth. "Quero falar uma coisa para você."

"Você agiu muito bem", eu disse.

"Obrigada, fiquei até surpresa comigo mesma. Foi você quem me inspirou. Fugindo daquele jeito! Só não faça isso de novo, minha pessoa, meu corpo."

"Não, eu prometo que não."

Então ficamos lá sentadas, duas jovens igualmente miudinhas, conversando em um sofá projetado para pessoas bem maiores.

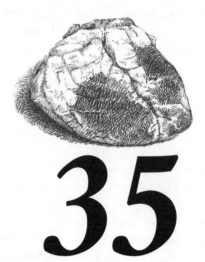

35

Os pobres e sofredores corpos de Madame Elisabeth, por ela mesma.

"Vou contar para você sobre o meu pessoal", Elisabeth me disse. "As pessoas que coleciono e guardo aqui." Ela estava com um belíssimo álbum encadernado em couro no colo.

Foi seu irmão, o rei, que a inspirou a reunir pessoas em um livro. Ele sempre anotava tudo, segundo ela; adorava listas; conhecia o *Almanach* quase de cor. Tinha anotado quantos degraus tinha a Escadaria da Rainha, quantas janelas havia no palácio todo, o número de vezes que seu avô o mandara chamar. (Não muitas, conforme ela se lembrava.) Ele sabia o número exato de segundos, horas, dias e anos que seu outro irmão, o duque da Borgonha, vivera antes de sucumbir à tuberculose nos ossos, e o número preciso de anos, dias, horas e minutos após os quais sua mãe morrera depois de seu nascimento. O rei contabilizava tudo, ao que parecia, e anotava. Tinha livros e mais livros de listas.

"Eu pensei que, à minha maneira modesta, poderia fazer como o rei", ela me disse. "Então coleciono as minhas pessoas. Existem tantas construções além do palácio, lugares cruéis e horríveis, e eu vejo cada tipo de pessoa. Ah, como isso me deixa triste. E eu faço anotações, e lhes dou um dinheirinho, e então digo que eu, Elisabeth da França, vou rezar por elas. É para isso que guardo as anotações que você está vendo aqui. Leia."

Ela me entregou uma longa lista de pessoas e seus sofrimentos. Barse, Renaud: perna quebrada. Grulier, Madeleine: dores no estômago. Gibier, Agnes: dores de cabeça. Billinger, Jean: dedo mindinho dele, nariz da filha. Enderlin, Odile: rim. Roger, Roland: os gritos de sua mãe. Pynson, Rose: descoloração da pele nas costas. Parlant, Alphonse: fome. Moulin, Dominique: grávida de novo. Levesque, Pierre: filho morto. Salvia, Huguette: calos, dor de dente, problema de vista. Vincent, François, e sua esposa, Olivia: não conseguem conceber. Cutard, Adeline: manchas.

"Eu rezo por todos eles", ela contou.

Foi quando tive a ideia.

"Você pode fazer ainda melhor", falei.

"Cuidado, meu corpo, com o que vai dizer."

"Você pode *esculpir* as doenças."

"Esculpir?

"Sim! Imagine só... os problemas mais graves das pessoas, capturados em cera!"

"Modelos em miniatura? De cera?" Ela remexeu um pouco os dedos, como se imaginasse um desses modelos em suas mãos. "Ah... e nós poderíamos levar para a igreja? Céus! Poderíamos? Podemos transformá-los em ex-votos, não? Ex-votos que seriam diferentes? Que seriam bem exatos? Assim Deus com certeza ouviria. Assim Ele veria todo o bem que estamos fazendo. Ah, meu corpo, apesar do rosto infeliz você é mesmo muito esperta. Sim! Ah, sim!"

Sem saber o que fazer, estendi o braço para segurar sua mão.

"Não! Fique longe de mim! Não chegue perto! Mas que ótima ideia!"

Nós sequer pensamos em procurar Madame Mackau naquela tarde. Ela foi encontrada algumas horas depois atrás de uma tapeçaria por uma das damas de companhia da rainha. Quando explicou que estava se escondendo da pequena Elisabeth, a dama perguntou o motivo — ela estava com medo da princesa? A história se espalhou tanto que, sempre que a imperiosa senhora aparecia, as pessoas riam dela. Sua autoridade foi se perdendo, e pouco a pouco ela começou a se proteger atrás de cobertores grossos e doenças imaginárias.

Na manhã seguinte, fui despertada por pancadas nas portas do meu armário antes de o sol se levantar. Vesti-me no escuro e fui levada à sala onde estavam todos os desenhos de Madame Elisabeth, mas eles haviam sido retirados. Uma mesa estava posta no centro do cômodo, repleta de ferramentas e cera e argila. Passei os dedos pelas ferramentas, toquei a argila. E, por fim, levei a cera até o nariz.

"Mandei chamar você", Elisabeth me falou enquanto suas mãos moldavam a argila macia. "Vou chamá-la de meu coração." E depois de uma semana ela me presenteou com esse objeto feito em cera, uma modelagem bem tosca, mas gostei mesmo assim. E, quando perguntei se poderia abraçá-la, ela me respondeu que eu não deveria sequer pensar nisso. Mas fiquei tão contente que não consegui me segurar e pedi de novo. E mais uma vez ela negou, porém com um tom mais suave. Então achei que deveria tentar de novo. E dessa vez não pedi permissão. Eu a envolvi com as mãos e senti sua cabeça repousar sobre o meu ombro. E seu cheiro, profundo e caloroso, era como o de um minúsculo repolho cultivado à perfeição. Apenas quando ouviu a voz de Madame Mackau do lado de fora, Elisabeth interrompeu apressadamente o abraço e voltou ao trabalho. Coloquei o coração no bolso do meu avental e o mantive entre os meus objetos mais queridos desde então.

Por sugestão minha, vários órgãos de animais foram trazidos das cozinhas para que pudéssemos examiná-los, abri-los e desenhá-los, assim teríamos uma compreensão melhor de seu lugar no corpo e de sua função. Um coração de vaca, pulmões de ovelha, uma bexiga de porco. Inicialmente relutante, Elisabeth logo passou a mexer naquilo de bom grado. Livros grandes e pesados foram trazidos das bibliotecas, volumes gigantescos e maravilhosos com gravuras que se dobravam para fora da encadernação e mostravam o corpo humano como ele é. Eram bons materiais de instrução; nós os estudamos com afinco, e então pusemo-nos a trabalhar.

Enquanto modelávamos, nós nos abrimos uma com a outra. Eu mostrei Marta, e Elisabeth me contou seus segredos. A maior esperança de Elisabeth era se casar; seu medo mais profundo era acabar como uma solteirona, como as tias. Ela me contou que havia sido prometida ao infante de Portugal, mas por algum motivo o trato fora desfeito. O infante de Portugal foi declarado "inapropriado". O rei falou que certamente encontrariam outra pessoa, que Elisabeth deveria ser paciente, então ela continuava exercitando a paciência e, embora visse o irmão com certa frequência, seu casamento nunca mais voltara a ser discutido.

"Eu não posso acabar como minhas tias Adélaïde e Victoire", Elisabeth falou. "Só o que elas fazem é reclamar o dia inteiro, e comer e beber e conversar sobre coisas sem a menor importância. Elas estão só vendo os dias passarem, na minha opinião, um após o outro, sempre iguais, o tempo inteiro a mesma coisa, até que um dia vão simplesmente se deitar e não levantar mais. Isso é tudo o que elas têm a esperar. Ah, meu coração, eu me sinto tão mais forte desde que você chegou aqui. Não quero o mesmo futuro das minhas tias. Deus do céu, faça qualquer coisa comigo, mas me poupe disso!"

Madame Elisabeth havia estabelecido um cronograma de visitas fora da propriedade, em busca de necessitados, e a cada vez que voltava fazíamos novos ex-votos anatômicos. Um dia, perguntei se poderia ir junto. Ela franziu a testa por um instante, mas depois aceitou de bom grado. Seus pobres e sofredores moravam perto do palácio, ela me contou, porém longe das vistas de todos. Escondidos em meio às árvores, em cabanas miseráveis em estado adiantado de dilapidação. Fazíamos esses deslocamentos de carruagem, acompanhadas por dois guardas. Eu perguntei por quê.

"Para nossa proteção", Elisabeth explicou. "Às vezes, as pessoas que estão infelizes mostram seu descontentamento de uma forma bem aberta."

Ao ouvir o som da nossa carruagem, as pessoas começaram a sair de casa. O primeiro pensamento que me passou pela cabeça foi que seus rostos e corpos pareciam fazer parte daquela arquitetura desgastada. Elas se aproximaram do veículo. Elisabeth me pediu para abrir a janela.

"Olá, bom dia para vocês", ela disse.

Eles fizeram mesuras, tirando os chapéus das cabeças.

"Como estão? Como vão vocês?"

E então, uma a uma, as pessoas foram até ela e relataram seus infortúnios em detalhes, em alguns casos mostrando as doenças que carregavam consigo. Apenas depois que falavam, revelando suas agonias, Elisabeth lhes entregava uma moeda.

"Eles não são fascinantes, meu coração?", ela me perguntou.

"Estão passando fome?"

"Não sei ao certo. O que você acha?"

"Por que eles vivem desse jeito aqui, tão perto do palácio?"

"Eles recebem comida."

"Mas não o suficiente."

"E eu faço minhas visitas."

"Como será o interior dessas casas?"

Ela fez uma longa pausa. "O interior das casas? Nunca pensei nisso."

"Você não fica curiosa?"

"É, acho que sim."

"Então vamos lá."

Eu abri a porta da carruagem; as pessoas se afastaram às pressas para me deixar passar. Elisabeth veio atrás. Caminhamos até uma construção em péssimo estado de conservação, e perguntei para uma daquelas mulheres desamparadas se poderíamos entrar. Ela disse alguma coisa que não consegui entender direito. Empurrei a porta. Estava tão escuro lá dentro que foi necessário um tempinho para compreender o lugar, apesar do tamanho diminuto. Chão sujo. Uma cama armada sobre tijolos, com cobertores manchados estendidos em um estado de rigor mortis. Paredes escurecidas de mofo. Algumas panelas amassadas. Um banquinho consertado muitas vezes. O local cheirava como o interior de um animal apodrecido, entregue ao desespero havia tempos. Ali não existia nada além de um cachorro amarrado com uma corda, a única companhia da mulher, e que claramente seguia sua mesma dieta. Olhando para a criatura, era possível ver de forma precisa como seu esqueleto era articulado. Com um olhar de ultraje profundo, ele mostrou os dentes podres, e quando começou a latir não parou mais. Elisabeth se agarrou a mim. Se o cão escapasse das amarras, com certeza nos tornaríamos a primeira refeição decente de sua vida.

"Que horror", suspirou Elisabeth.

A mulher começou a falar conosco, mas em um idioma que eu desconhecia. Ruídos guturais estranhos, grunhidos e estalos — mas, enquanto isso, o mais impressionante era que sua boca, uma abertura acidentada em seu rosto, permanecia quase imóvel. Não era exatamente ela que emitia aqueles barulhos: era seu corpo falando. Seu corpo negligenciado e em processo de falência nos repreendia involuntariamente. Era a voz abafada de um espírito desamparado que vinha de dentro da carcaça esquecida daquela criatura. Então ela cambaleou, tombando de súbito para a frente e se dobrando ao meio, e saímos às pressas.

Tínhamos ficado lá dentro por talvez meio minuto, antes de sairmos de novo para respirar um ar mais puro. Eu jamais me esqueceria daquele lugar, daquele cômodo miserável e daquele cão e daquela mulher.

Era preciso desviar os olhos daquele barraco; olhar para qualquer outra coisa. Atrás das casas do vilarejo havia uma pequena capela e um grande cemitério com muitas covas recém-cavadas.

Nós voltamos para a carruagem.

"Como uma mulher pode ter decaído a esse ponto?", perguntou Elisabeth, com a respiração pesada.

"Não foi do dia para a noite, com certeza."

"Você acha que ela tem salvação?"

"Não sei. Em alguns casos, a morte é a única ajuda possível."

"Eu preciso tentar ajudar. Céus, meu coração, que tipo de alma era aquela?"

"Era apenas uma mulher."

"Oh! Que horror! O que eu posso fazer por ela? O que posso fazer? Ex-votos, mais e mais deles! Marie, preciso de sua ajuda."

Enquanto voltávamos ao palácio, parecia que a cor foi sendo restaurada no mundo à nossa volta. Nunca soube que o mundo era capaz de mudar tão depressa.

A cada excursão, as paredes laterais da capela da Igreja de São Ciro, não muito longe dali, foram sendo pouco a pouco decoradas com partes de corpos humanos feitas de cera. A princípio ninguém deu atenção a esses novos objetos, pois jamais se imaginava que seu número cresceria tanto. Levávamos rins e bexigas e pulmões, braços e olhos e corações, fígados e estômagos.

Quando passávamos as peças de argila ou cera uma à outra, nossas mãos às vezes se tocavam, e sentíamos, na minha opinião, que havia uma camaradagem ali, uma grande proximidade evocada pelas partes de corpos.

    Três meses já haviam se passado. Eu precisava voltar à Casa dos Macacos. No entanto, estava muito apreensiva com a minha volta; preferiria mil vezes ficar com Elisabeth. Quando eu lhe disse isso, ela respondeu que a solução não poderia ser mais simples: alguém escreveria para lá avisando que eu não seria devolvida. O meu patrão — ou provavelmente a viúva no lugar dele — respondeu dizendo que, nesse caso, eles precisariam de uma reparação extra para compensar a minha ausência. Isso foi feito. Eu nunca vi essa carta. Fiquei aliviada por não precisar ir. Não queria voltar, não naquele momento. Seria triste demais. Quanto mais tempo passava naquele armário, mais fácil era me esquecer de que estivera em qualquer outro lugar.

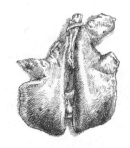

36

`No telhado.

Comecei a passar uma parte cada vez maior dos meus dias com Elisabeth, moldando órgãos. Eu ia até seu quarto assim que ela acordava; depois de me dizer as atividades do dia, me perguntava diversas vezes se eu estava feliz. Muito feliz, eu respondia, muito feliz. E estava mesmo.

Depois de um tempo, notaram que a minha presença oferecia um certo conforto àquela filha da realeza, e comecei a ser chamada em diferentes horários do dia. Logo recebi ordens estritas para nunca me afastar do meu armário, pois poderia ser requisitada a qualquer momento. Se eu quisesse alguma coisa, era só pedir que uma das outras criadas trazia. Às vezes, eu ficava sentada em um canto daquela sala intimidadora enquanto ela e suas damas de companhia faziam sua refeição da tarde. Bombe, como descobri, era a marquesa de Bombelles; Rage, a marquesa de Raigecourt; e Démon era a marquesa de Monstiers-Mérinville. Percebi que eram três jovens damas até que agradáveis, as acompanhantes da princesa; elas sorriam para mim e me davam discretamente um pedaço de chocolate ou um biscoito ou um torrão de açúcar, e faziam carinhos na minha cabeça.

Antes de Elisabeth sair para algum compromisso oficial, eu ficava nas proximidades, imóvel, de pé com uma postura bem ereta; saber que eu estava por perto, e que poderia olhar para mim quando quisesse, diminuía o pavor que ela sentia nessas ocasiões. Às vezes eu era posicionada por um criado de libré nos mais estranhos dos lugares, atrás de biombos nos grandes salões, para que Elisabeth pudesse ir lá me espiar de vez em quando, beliscar o meu nariz ou segurar o meu queixo, para então poder ficar mais à vontade.

Certa vez, em um fim de tarde, fui levada às pressas para o telhado do palácio por um dos criados de libré azul de Elisabeth, que me falou para esperar lá, em um determinado ponto, até ser chamada de volta. Do meu ponto de observação — colada à balaustrada, entre dois enormes vasos de pedra, bem acima dos aposentos de Madame Elisabeth —, eu estava em uma posição perfeita para ver o caminho até a Igreja de São Ciro, isso sem mencionar o Grand Canal dos jardins do palácio, estendendo-se até tão longe da vista que pareciam ter sido projetados para aulas de perspectiva. Apesar de morar em um armário, tamanha vastidão não era mais uma coisa estranha para mim. Fui instruída a manter minha posição, pois quando saísse em sua carruagem para um compromisso oficial, Elisabeth poderia abrir a janela e me ver lá em cima, e se alegrar por isso.

Continuei firme no meu posto, conforme ordenado, e vi pessoas se afastando pelos vastos jardins. Começou a garoar, mas não saí de lá, pois essas foram as instruções que recebi. Depois de um tempo começou a escurecer, até que eu não conseguia mais ver o canal e os jardins tão bem, e logo não ouvia mais nada além de algumas risadas e brindes em algum lugar no palácio e os gritos de alguns gatos lá embaixo. Estava começando a ter certeza de que havia sido esquecida quando escutei outra pessoa caminhando pelo telhado, aproximando-se cada vez mais. A pessoa parou ali perto e se inclinou sobre a balaustrada, olhando lá para baixo. A figura começou a manusear uma espécie de vareta comprida. O que ouvi em seguida quase me fez cair por cima da balaustrada e despencar sobre o cascalho: meu companheiro de telhado empunhava uma arma apontada para os gatos lá embaixo. Ouvi um grande estouro, vi um facho de luz e ouvi um guincho, que imaginei ser de um gato. Então, logo em seguida, veio um segundo tiro, mas sem gritos dessa vez. Com medo de eu mesma levar um tiro caso fosse confundida com um gato, gritei: "Por favor, senhor, por favor, eu também estou aqui em cima do telhado. Não atire em mim! Não atire".

"Quem é você? Quem está aí?"

O atirador se virou para mim, com seu rosto largo e branco se tornando cada vez mais discernível à medida que se aproximava. Era o meu velho amigo chaveiro, vestindo um sobretudo largo.

"É o senhor!", falei. "Que bom. Me desculpa por não ter levado seus bolos ainda... ando tão ocupada."

"Ah!", ele falou quando chegou perto o bastante para ver de quem se tratava. "Ah, não tem problema."

"O que o senhor está fazendo?"

"Não seja sentimental. Existem muitos deles", o chaveiro respondeu. "Gatos por todas as partes. Pelos e odores por todos os cantos do palácio. E cabe a mim, de tempos em tempos, amenizar o problema. Venha se sentar", disse o chaveiro, dando um tapinha na superfície inclinada do telhado.

"Está começando a chover", falei. "Talvez seja melhor eu descer."

"Ora, é só um pouco de água. Eu mesmo enxugo para você. Pronto. Agora venha, sente aqui. Eu insisto!" E então eu me sentei ao seu lado, sentindo seu calor junto a mim. Ele jogou o sobretudo por cima dos nossos ombros, e ficamos sentados lado a lado na escuridão.

"Você gosta daqui de cima?", ele perguntou, logo acrescentando: "Ora, vou dizer uma coisa para você, eu adoro. Venho direto. Na verdade, a não ser minha forja, acho que aqui é o único lugar onde dá para ter um pouco de paz nesta confusão toda. Como eu adoro momentos como este. Ah!"

"Ah!", eu falei, imitando seu suspiro.

"Aqui estamos nós. Em cima do telhado."

"Em cima do telhado", repeti, "e sem ninguém por perto. Podemos fingir que estamos só nós dois aqui, e que não tem ninguém lá embaixo. Só nós dois e a noite."

"Que ideia! Acho que seria bom mesmo se não tivesse mais ninguém. Eu sou um sujeito muito prático. Sei como usar as mãos. Acho que, levando tudo em consideração, se estivesse sozinho em uma ilha deserta eu saberia me virar muito bem. Até ficaria feliz sem outras pessoas. Eu saberia o que fazer. Mas sempre existem pessoas. Isso nunca tem fim. Existe um livro maravilhoso sobre a vida em uma ilha deserta, já li nem sei quantas vezes. Você conhece?"

"Acho que não."

"*A Vida e as Estranhas e Surpreendentes Aventuras de Robinson Crusoé, de York, Mariner; que viveu vinte e oito anos sozinho em uma ilha desabitada na costa da América, perto da desembocadura do Grande Rio Orinoco; depois de ficar à deriva em um naufrágio em que todos os homens pereceram, menos ele. Com um relato de como foi, enfim, estranhamente resgatado por piratas. Escrito por ele mesmo.*"

"É um título bem longo."

"É um livro maravilhoso."

"Vamos fingir que somos só nós dois aqui em cima", arrisquei dizer, "e que o resto do mundo está inundado."

"Que maravilha."

"Não é mesmo?"
"É mesmo."
"Sem leis, sem disputas, sem audiências, sem etiqueta."
"Noé não poderia ter feito melhor."
"E um bolo ajudaria, não?"

Então nós ficamos lá sentados, em cima do telhado, absolutamente sozinhos, falando sobre ilhas sem ninguém, e sobre farinha e manteiga e ovos combinados e aquecidos, e ainda sobre fechaduras e molas, até que um criado de libré arruinou um pouco a nossa paz aparecendo com um guarda-chuva. De início, pensei que ele tinha ido me buscar para me levar lá para baixo, mas era um outro criado, que não falou conosco nem fez contato visual, apenas ficou segurando o guarda-chuva sobre nós dois. Achei estranho, mas em pouco tempo me esqueci de sua presença ali, e o chaveiro e eu continuamos conversando. Ficamos juntos no telhado talvez por duas horas inteiras antes que o criado de Elisabeth aparecesse. Eu havia perdido a chegada de sua carruagem. Falei boa-noite para o chaveiro e o deixei lá sentado no telhado, com o criado de libré e o guarda-chuva. E então pensei em como aquela noite havia sido agradável, com exceção do fato de eu ter perdido o retorno da carruagem.

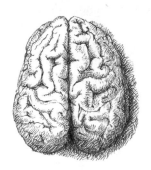

37

A respeito de mulheres, na horizontal e na perpendicular.

Cada vez mais gente percebeu que Madame Elisabeth vinha exibindo progressos em suas interações sociais. Por outro lado, a velha Mackau passava cada vez mais tempo na cama, onde fingia ruidosamente suas enfermidades e comia seus biscoitos de amêndoa favoritos. Um dia, Elisabeth e eu a visitamos em seu apartamento mofado no terceiro andar. Ela se referiu a Elisabeth como sua "criança maravilhosa e leal", agradeceu-lhe por ir ver sua "velha amiga", mas não dirigiu uma palavra a mim. Quando Elisabeth questionou quais eram exatamente suas dores, ela ficou confusa e não soube explicar ao certo. "Dói tudo", foi só o que ela conseguiu dizer, com uma voz furiosa. Elisabeth anotou aquelas palavras em seu livro e fizemos uma mulher inteira de cera em miniatura e a colocamos junto dos demais ex-votos na capela. Fizemos uma nova visita para que Elisabeth contasse a respeito, mas a mulher apenas grunhiu e se virou na cama, nos dando as costas.

"A doença desconhece os bons modos", ela falou.

Aquele foi um verão de grande liberdade para Elisabeth. O reinado de Mackau estava chegando ao fim; ela fungou e transpirou durante todas as suas últimas semanas no cargo, sempre prometendo voltar em breve, mas no fim o apelo da cama acabou se tornando irresistível. O colchão pesado abraçou a velha dama e se transformou em seu esqueleto e seu suporte, até que a mulher não se sentisse mais sólida sem ele. Ela foi sugada por inteiro — inclusive, acredito eu, toda a gordura de sua antiga silhueta. À medida que a mulher foi adoecendo de verdade, o colchão começou a parecer cada vez mais saudável, ficando mais grosso e mais macio. Que colchão bestial era aquele, se expandindo e inflando, arrancando a vida do corpo da velha dama.

    Na ausência de Mackau, enquanto a mulher pouco a pouco se rendia ao colchão, continuamos nossas visitas para além do palácio, e depois fazíamos muitos outros órgãos para a igreja. Certa vez, quando perguntamos se poderíamos entrar em uma casa paupérrima, o jovem maltrapilho que morava lá se recusou.

    "Ele está com vergonha", falou Elisabeth. "Deve ser isso."

    "Ou talvez não queira nenhuma de nós duas lá dentro", respondi.

    "Talvez ele não queira? Por que não? O que há de errado conosco?"

    "É a casa dele. Seu domínio."

    "Mas pertence ao meu irmão."

    "É mesmo?"

    "Claro."

    "Então seu irmão deveria reformá-la."

    "Meu irmão tem um país inteiro com que se preocupar. Quem frequenta o vilarejo sou eu. Você não sabe nada sobre essas coisas. Isso não lhe diz respeito."

    Ela ficou bastante incomodada. Ficava sempre insegura quanto à melhor maneira de reagir às coisas. Havia tantas contradições entre o que lhe diziam e aquilo que ela via que a hesitação em suas atitudes era inevitável, já que não era uma pessoa dotada de conhecimento nem de poder. Era só uma garota buscando seu lugar no mundo. Nós duas éramos.

    Em nosso intuito de ir até os doentes, descobrimos outra paciente no interior do palácio, além de Madame Mackau. Certa tarde, foi Elisabeth em pessoa quem abriu o meu armário. "Lamballe! Venha depressa, meu coração! Lamballe desmaiou de novo!"

    "Sim, estou indo! Mas quem é Lamballe?"

    "Ora, você não conhece ninguém mesmo, não é? É uma dama adorável, mas muito delicada. Seu marido morreu jovem, e ela desmaia sem parar desde então. Uma vez desmaiou porque sentiu o cheiro de violetas. E uma vez pela simples razão de ter visto uma lagosta em uma pintura. E quando Antonieta reclamou que estava com dor de cabeça ela desmaiou também — de compaixão, imagino, por Antonieta. Qualquer coisa a faz desmaiar. Não é terrível?"

    "Você acha que a rainha vai estar lá com ela?"

    "Com certeza. Lamballe é sua favorita. Pobrezinha."

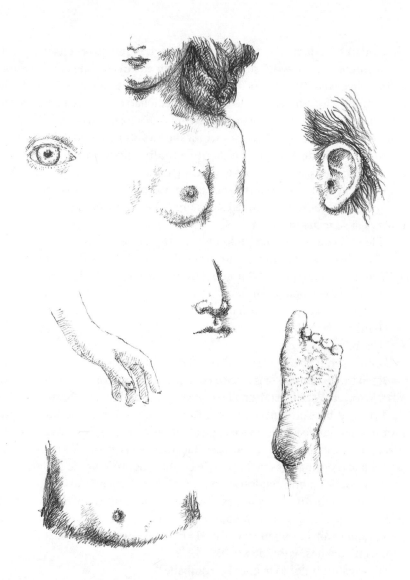

A dama que perdeu os sentidos foi descoberta caída em algum salão de Versalhes, ainda desmaiada. Suas colegas cortesãs estavam ao redor do corpo pálido e imóvel, cochichando entre si, abaladas. Eu olhei ao redor.
"Onde está a rainha, Madame Elisabeth? Qual delas é a rainha?"
"A rainha, meu coração? Ah, não estou vendo a rainha em lugar nenhum."
Uma equipe de médicos se reuniu ao redor do corpo caído e fez uma sangria. Elisabeth e eu avançamos e, quando um dos médicos se moveu para o lado, conseguimos ver melhor. Certamente a mulher ainda estava viva, com o busto plano subindo e descendo. Inclinei-me para a frente para

olhar melhor. Ali estava uma pessoa da rainha. Eu vi o sangue de Marie Thérèse, princesa de Lamballe, em uma pequena tigela de porcelana que estava sendo observada por um médico.

"Onde é o problema dela?", Elisabeth quis saber.

"Nos nervos, madame. Os nervos dela entram em estado de alerta muito facilmente."

"Obrigada." Elisabeth começou a se retirar. "Isso é tudo o que precisamos saber por enquanto."

"Com licença, a rainha deve vir em breve?", murmurei para os médicos.

"A rainha? Por que você quer saber disso?"

"Estou com Madame Elisabeth", respondeu. "É sua jovem majestade quem quer saber."

"A rainha queria ficar", respondeu o médico, "mas eu não permiti. Esta pobre dama foi vista convulsionando, e convulsões provocam perdas de gestação, então a rainha, por causa de sua situação delicada, foi retirada de imediato."

"Há quanto tempo?"

"Uns cinco minutos."

"Ora, cinco minutos!"

"Venha, meu coração!", chamou Elisabeth.

Fizemos um cérebro de cera para a princesa de Lamballe, que se recuperou logo em seguida.

Em nossos momentos a sós, Elisabeth me perguntava sobre os homens e seus corpos. Contei tudo o que sabia, fiz modelos para que ela pudesse entender melhor, e livros foram trazidos para consultas mais detalhadas. Pensei em Edmond de novo, embora seu corpo parecesse tão distante e sem vida quanto um pedaço de tecido. Preciso ser sensata, eu dizia a mim mesma; fui criada para ser sensata; preciso tentar me livrar dessa dor. Certa vez fomos ver um cão e uma cadela que foram colocados juntos em um cercado, mas Elisabeth não gostou nada daquilo, e, quanto a mim, só me deixou enojada e irritadiça. Mesmo assim, ela se dizia pronta para o casamento, que sempre garantia que viria muito em breve.

"Você vai se casar, meu coração?", ela perguntou.

"Não, madame. Eu duvido muito."

"Não, acho que não mesmo. Mas perguntei ainda assim por educação. Quando eu me casar, vou mandar buscá-la. Vamos estar sempre próximas."

Ela me fez desenhar lábios masculinos para praticar seus beijos.

"Não", eu falei, "não, isso não está certo. Essa força está exagerada, madame. Você nunca beijou ninguém antes?"

"Claro! Com certeza! Bom, não assim. Você já?"

"Sim, eu posso dizer que sim."

"Ah, meu coração, beijou mesmo? Mesmo alguém como você?"
"Sim", respondi. "Eu posso ensiná-la."
Eu a beijei.
"Você me beijou!"
"Para fins educativos."
"Então tudo bem."
Eu a beijei de novo, com mais intensidade.
"Sim, é assim que se faz", falei.
"Tem certeza?"
"Absoluta."
"Que horror."
"Não, na verdade não é."
"Ora, então vamos tentar mais uma vez."
E foi isso o que fizemos. E de vez em quando tentávamos de novo, mas mantínhamos o nosso treinamento a portas fechadas. E às vezes mostrávamos e tocávamos os lugares onde ficavam nossos órgãos.
"Mostre para mim, madame, onde fica o meu coração. Pode tocar bem aqui."
"Mostre para mim, meu coração, onde ficam meus pulmões, meu ventre."
Era um corpo da realeza, e eu, sua quase gêmea, me regozijava com ele. Nossos corações, coraçõezinhos de mulher, tocavam a mesma música um para o outro.
Certa manhã, por fim, Madame Mackau foi encontrada sufocada em cima de seu colchão inchado.
Mesmo depois de Mackau ter sido levada, parecia haver um pulsar no colchão que permaneceu por um tempo, até que sua obesidade se esvaiu de volta à forma modesta dos dias de outrora, e ele foi queimado em um pátio. E assim, após o verão da doença de Mackau, chegou o outono sinistro de Madame de Guéméné.
Guéméné, o cabo de vassoura; Guéméné, a mão que empunha a vara; Guéméné, a matrona da miséria, com um queixo quase indetectável — a falta de queixo devia deixá-la furiosa o tempo todo, pois sua cara fechada era perpétua, sua atenção, contínua, e seu olhar, indelével. Os prazeres foram deixados para trás; Elisabeth deveria se tornar mulher, e esse processo, como logo ficou claro, seria doloroso. Brinquedos: descartados. Cordas de pular, bolas, cachorrinhos, cavalos em miniatura: banidos. "Sente-se direito! Sente-se direito!", foram os gritos mais ouvidos naqueles dias de outono. O acesso da tolinha Bombe foi proibido; quando Elisabeth foi pega cochichando com ela atrás de uma porta, que sermão esse pequeno deslize provocou. A risonha Rage só podia ser vista uma vez por semana. A insípida Démon podia ficar, se permanecesse em silêncio, e era isso que ela fazia; esse era seu papel, sempre fora a mais quieta. Quando Elisabeth se irritava,

o que a princípio acontecia bastante, Guéméné permitia que ela batesse os pés no chão e chutasse os móveis, mas a dama sem queixo jamais aceitava sofrer agressões. Uma bengala na forma de gente, ela escancarava as janelas e desafiava a minha princesa a berrar e chorar, mas nunca ninguém vinha acudir. Elisabeth, arrasada e com o rosto inchado, não tinha opção a não ser se acalmar. Certa vez, ela mordeu a mão de Guéméné, e foi esbofeteada.

"Eu sou uma princesa!", ela gritou.

"Então trate de se comportar como uma."

Guéméné arrancou toda a alegria que havia dentro daquela garota e a substituiu por uma postura ereta e por silêncio; depois de um tempo, Elisabeth se sentia incapaz de participar de uma conversa, por medo de ser repreendida. Fechada no meu armário, sendo chamada com cada vez menos frequência, me adaptei a esse novo outono de rigidez, mantendo o meu vestido limpo e fazendo mesuras a Guéméné sempre que possível — e assim ganhei permissão para ficar, embora a princesa e eu temêssemos que eu pudesse ser mandada embora. Nesses dias de outono de suas últimas rebeldias, e no inverno de sua aquiescência, Elisabeth nunca ficava sozinha. Sempre havia alguém sentada ao seu lado, encontrando defeitos em seu modo de segurar uma xícara, ou no quanto comia, ou na maneira como se conduzia. Mas às vezes, com o devido cuidado, eu ainda dava um jeito de segurar sua mão, ou roubar um beijo na sala de modelagem. Eu dizia com frequência que era sua pessoa, seu corpo, e que não iria embora. E, como uma prova disso, encontrei o meu nome impresso no novo *Almanach*, o membro mais baixo na hierarquia de sua equipe de professores:

M. le Roux, *Bibliothécaire de Mad. Elisabeth*

Mlle. Payan, *Lectrice*

M. Simon, *Maître de Clavecin*

M. Boilly, *Maître de la Harpe*

Mlle. Grosholtz, *Maîtresse de Cire*

Eu lia e relia essa página muitas vezes. Em momentos de solidão, recitava-a em voz alta para mim mesma. E em pouco tempo, não muito depois de aquelas palavras serem impressas, eu enfim me vi na presença da rainha.

{Lábios para praticar}

{Lábios de Madame Elisabeth}

38

Pequenos incidentes relacionados a um acontecimento nacional.

Começou nas primeiras horas da manhã, com o ressoar dos sinos da Chapel Royal, de São Ciro e de todas as igrejas de Versalhes, seguido pela chegada da princesa de Lamballe a nosso corredor. Abri um pouco a porta do meu armário e espiei por entre as cobertas. Era dezembro, estávamos sob o clima de Guéméné, e eu sentia um frio intenso. Enrolada nas minhas roupas de cama, vi a atarantada dama chegar com grande alarde, seguida por criadas e mulheres, todas muito alarmadas.

"Madame Elisabeth", ela gritou, batendo na porta dos aposentos. "A rainha! A rainha está em trabalho de parto!"

À nossa maneira, Elisabeth e eu já estávamos nos preparando para a iminente expansão da família real. Fizemos cerca de uma dúzia de bebezinhos de cera, que enfileiramos bem alinhadinhos — um berçário inteiro — na Igreja de São Ciro. Deixamos todos os demais pedidos de lado por um tempo; não conseguíamos pensar em mais nada que não fosse o nascimento do bebê da realeza. "Todo mundo no palácio está morrendo de ansiedade", Elisabeth falou. E por fim o momento havia chegado, e os sinos estavam em volume máximo, assim como a princesa de Lamballe.

Depois que Lamballe se retirou em um estado de extrema agitação (como uma galinha magra cacarejando em um terreiro), nosso corredor foi tomado pela balbúrdia. Sentada no meu armário, ainda com as minhas roupas e a minha touca de dormir, pus as pernas para fora da prateleira, me desvencilhei dos cobertores e olhei para a esquerda e para a direita. As frestas das janelas do corredor tinham sido vedadas por causa do frio do inverno, mas o trabalho foi bem-sucedido apenas em parte; quando eu respirava, o resultado se fazia visível.

Por fim Elisabeth apareceu, totalmente vestida e seguida por três de suas damas. Enquanto corria para o local dos nascimentos da realeza, as criadas de ambos os lados do corredor faziam mesuras. Eu fiz o mesmo, mas Elisabeth deteve o passo.

"Ah, meu corpo, meu coração, o que você está fazendo? Preciso de você hoje mais do que nunca. Você precisa se vestir, e depressa também. Se a rainha precisar de nossas preces, você tem de correr para a oficina e montar o quanto antes um bebezinho de cera para ser levado para a Igreja de São Ciro. Mexa-se, meu coração, minha pessoa!"

E então, no dia do nascimento do primeiro bebê de Maria Antonieta da Áustria e Luís XVI da França, eu me vesti em público, naquele corredor gelado, com muita gente me olhando e me instigando a ir mais depressa. Quando eu estava pronta — nem um segundo antes disso —, a pequena Elisabeth foi em frente, determinada a se tornar tia. Eu ia na retaguarda da procissão, logo atrás da marquesa de Monstiers-Mérinville. Quanto mais avançávamos, mais precisávamos abrir espaço, pois o palácio inteiro estava desesperado para se aproximar o máximo possível do local de nascimento do novo Bourbon. Elisabeth, por ser irmã do rei, conseguiu fazer com que o mar de gente se abrisse, e, como se seguíssemos Moisés, continuamos nosso caminho, com as ondas de pessoas arrebentando às nossas costas assim que passávamos. A princípio com certa satisfação, senti que o palácio se tornava mais quente à medida que nos dirigíamos para seu centro. A população local estava em movimento desde que os sinos começaram a tocar, as pessoas foram produzindo uma aglomeração cada vez mais compacta e ruidosa e calorenta conforme nos aproximávamos da sala de parto.

O lugar mais quente de todos — o forno do palácio — eram os aposentos da rainha naquele início de manhã, e o ponto mais cálido daquele espaço fervilhante, o carvão em brasa do Palácio de Versalhes, era a barriga de grávida da rainha Maria Antonieta. A lei francesa exigia que várias pessoas selecionadas estivessem presentes quando a rainha estivesse dando à luz para haver certeza de que a criança de fato nascera de seu ventre.

Nós chegamos a tempo. A criança ainda não nascera. Elisabeth se sentou em um lugar mais à frente, ao lado de outras figuras importantes em cadeiras com apoio de braço; para os espectadores de hierarquia inferior, havia apenas bancos. Fui deixada sozinha. Não consegui ver o irmão mais velho de Elisabeth, o futuro papai, o rei em pessoa, mas ele devia estar em algum lugar no quarto. Fui me esgueirando por ali, me enfiando no meio dos nobres espectadores, até obter uma vista razoável. Lá estava eu — finalmente — diante de Maria Antonia Josepha Johanna, ou Maria Antonieta, a rainha da França.

Sua cabeça majestática transpirava sob a tensão do momento. Era uma cabeça comprida com olhos azuis bem claros, bastante afastados: eu a perdi de vista, porém, com uma pequena manobra, consegui reencontrá-la. O nariz aquilino era uma presença marcante, o lábio inferior era mais proeminente que o superior, e o queixo era bem arredondado: mais uma vez a perdi de vista, e a encontrei de novo. Acima de tudo, se destacava a testa larga, nesse momento coberta de gotas de suor. Naquele quarto quente, eu até me esqueci do frio da manhã, ou que era dezembro.

A rainha se sentou, causando uma comoção no recinto, e todos nos esforçamos para vê-la melhor. Que criatura! Que pescoço comprido e alvo. Que ombros bem formados. Mas então respirei fundo e acabei sendo empurrada para trás — por mais uma agitação entre os presentes —, e a perdi inteiramente de vista.

Olhei ao redor em busca de um lugar de onde pudesse garantir uma boa visão. Não havia parapeitos nas janelas, e os poucos bancos diante delas já haviam sido tomados. Em um quarto lotado de tantas coisas — a maioria pessoas, nessa ocasião —, parecia haver apenas um lugar de onde eu poderia ter uma vista verdadeiramente desobstruída. Em um canto havia uma cômoda de mogno que se elevava a um metro e meio do chão, um objeto com um tampo, que eu poderia até chamar de teto, e considerei que poderia me sentar lá com toda a tranquilidade e observar tudo sem medo de interrupções visuais. Tentei escalar suas laterais entalhadas, mas a superfície era lisa e envernizada, e eu não conseguia subir muito antes de escorregar de volta. Tentei abrir as gavetas, pensando em usá-las como degraus, mas estavam trancadas — o objeto mantinha suas cinco bocas muito bem fechadas. Mesmo assim, eu estava certa de que aquele era o melhor lugar para mim. Fiquei aguardando por uma chance, ansiosa, e enquanto isso mais e mais pessoas entravam, e eu conseguia ver cada vez menos a rainha, podendo constatar apenas que não havia perdido muita coisa; ela não falara mais do que algumas poucas frases abafadas, a que as pessoas da realeza mais próximas respondiam com mais palavras abafadas, mas não havia nenhuma gritaria ou choradeira de bebê, então era certo que ainda havia tempo.

Enfim a minha oportunidade surgiu. Houve uma grande comoção — não o nascimento em si, mas uma movimentação para manter a tapeçaria decorativa do quarto no lugar, para que a multidão reunida não acabasse derrubando a peça da parede em cima da rainha. Uma balbúrdia se iniciou, e quase todo mundo ficou de pé, então aproveitei o momento para puxar uma cadeira e subir na cômoda, elevando a minha estatura. Finalmente consegui erguer meu corpo para o tampo do móvel. E lá estava.

Uma vista perfeita e desobstruída.

A essa altura devia haver mais de cinquenta pessoas no quarto, e eu conseguia vê-las. A rainha deitada na cama, cercada de médicos e familiares, falando pouco e tentando fingir, acho, que não havia uma multidão ao redor à espera de entretenimento. E assim esperamos, de olho na região de sua barriga, que estava coberta por lençóis, mas nada acontecia. Depois de um tempo o meu olhar se dispersou pelo quarto luxuoso, e comecei a observar melhor a plateia de nobres abaixo de mim. Plastrões tinham sido afrouxados; todas as testas estavam molhadas de suor; as damas agitavam seus leques; maquiagens começaram a escorrer. A princesa de Lamballe, na segunda fileira, parecia particularmente incomodada com o calor. Então, bem perto da frente, vi alguém que reconheci: era o meu amigo, o chaveiro do palácio! Era maravilhoso, pensei, que aquele homem fosse tão adorado pelo pessoal de Versalhes que pudesse comparecer a um acontecimento como aquele.

A rainha Antonieta soltou um grunhido alto, e o verdadeiro espetáculo começou.

Houve muita agitação e barulho por parte de Antonieta, e muitos conselhos foram dados pelos médicos, e a princesa de Lamballe começou a ficar extremamente pálida. As pessoas cochichavam entre si, remexendo-se para tentar ver melhor cada suspiro e gemido, cada empurrão e careta, cada esforço e bufada da rainha. A pobre mulher estava ofegante, e ficou muito vermelha, e respirava fundo e gritava, e mesmo assim criança nenhuma apareceu. O bebê não saía, permaneceu dentro dela por mais um bom tempo, e durante os momentos seguintes de calmaria, enquanto a pobre rainha arquejava, a plateia voltou a se sentar e a conversar entre si, mas depois todos se levantaram às pressas ao som de novos grunhidos emitidos pela rainha. Assim a coisa continuou, com os presentes se levantando e se sentando de acordo com as ondas do trabalho de parto da rainha, até que por fim, pouco depois das onze horas, um bebê começou a aparecer.

Logo surgiu uma cabeça vermelha inteira, e depois um corpo rosado e avermelhado, e dois braços e duas pernas. E depois disso, para a grande alegria de todos, vieram os primeiros ruídos do bebê. Em cima do tampo de uma cômoda, pensei comigo que sabia o que estava vendo: lá estava o cordão umbilical, conforme o dr. Curtius dissera que estaria, e a membrana mucosa da qual falara — e, depois de um tempo, como o meu patrão descrevera, lá estava a placenta! Que maravilha era aquilo! Que belas novas lições eu estava aprendendo! Que milagres uma mulher é capaz de realizar: vejam, vejam uma nova forma de vida saindo de dentro dela!

O quarto estava assustadoramente abafado e com um cheiro forte de vinagre e essências, graças à intervenção dos médicos. Eu havia desamarrado a minha touca e afrouxado o meu vestido, assim como diversas outras pessoas. Durante esses últimos momentos, com a chegada do bebê ao mundo, a plateia começou a se aglomerar cada vez mais. Em pouco tempo, porém, a criança estava livre e foi levada às pressas, envolvida em lençóis, pela equipe médica; o rei deveria estar junto deles, acho, embora não parecesse estar por perto quando olhei. Então, depois que o quarto se esvaziou de novo, pude ver a rainha mais uma vez. De repente, ela se tornara apenas a coadjuvante naquele drama. Estava muito pálida, percebi, e me perguntei se não teria morrido — era inegável que havia sangue nos lençóis —, mas então ela se sentou e fez um apelo em meio àquele calorão.

E ninguém percebeu.

A plateia estava aplaudindo sem parar, pois a natureza é uma coisa impressionante, em especial quando se impunha sobre uma rainha. Mas então as pessoas começaram a se perguntar, em altíssimo e bom som, se a criança era um menino ou uma menina, se era um delfim ou uma delfina. E a notícia começou a se espalhar em cochichos, em sussurros de decepção: "uma filha, uma filha, uma filha, uma filha".

Mas ninguém dava atenção à rainha.

Do meu lugar no alto da cômoda, acenei para chamar a atenção das pessoas. "A rainha!", gritei. "A rainha!" Pelo que eu estava vendo, do meu ponto de vista, Sua Majestade estava sofrendo convulsões.

E mesmo assim ninguém reparou.

Um instante depois, outra pessoa percebeu. A princesa de Lamballe, sempre muito pálida, sempre à beira de um desmaio, agitando as mãos loucamente, tinha visto a rainha, mas, traumatizada como estava, foi incapaz de emitir qualquer palavra. Ficando de pé, provavelmente para tentar puxar alguém pelo colarinho e alertar para o perigo, Lamballe começou a cambalear, e seus olhos grandes começaram a ficar vazios, e ela despencou em um desmaio profundo, caindo para trás e derrubando quem estivesse no caminho, que era bastante gente, o que provocou vários impactos ruidosos. O resultado, porém, foi que a atenção de todos se voltou para a princesa em colapso, desviando ainda mais o foco da rainha em apuros.

Somente depois que a princesa de Lamballe foi carregada para fora, e eu já agitava as mãos em um gesto de desespero, é que finalmente alguém reparou em mim. Foi o chaveiro. No meio da multidão, ele não conseguia me ouvir por causa do barulho ensurdecedor, mas consegui chamar sua atenção e apontei com urgência para a rainha. Vendo Sua Majestade sufocando no leito maternal, ele se arremessou bravamente por entre os presentes, mas não na direção da rainha; na verdade, partiu para o outro lado — talvez por causa da regra de não poder tocar na realeza, e por ele não conseguir pensar em outra forma de ser útil —, abrindo caminho aos empurrões até chegar às janelas, que estavam vedadas assim como as do meu corredor por causa do frio do inverno. Com sua força bruta, ele começou a arrancar as vedações, e, por fim, conseguiu abri-las para deixar o ar fresco entrar. Em seguida, várias outras pessoas, com menos coragem e força física, foram abrindo as demais janelas, e dezembro se fez sentir em um instante. Mas essas outras pessoas não faziam ideia do motivo pelo qual o chaveiro estava escancarando as janelas; pareciam achar que seria para gritar para as multidões reunidas no pátio mais abaixo; e por isso o heroico trabalhador precisou abrir caminho pelo quarto para chegar à rainha que jazia na cama, bastante pálida, com os lençóis empapados de sangue para todo mundo ver. E todo mundo viu.

Uma grande comoção se deu em seguida; uma bacia de água quente foi solicitada, mas nunca chegou; os médicos espetaram sua pálida majestade, a princípio sem despertar reação. Eles começaram a sangrá-la pelo pé. Tiraram cinco pires cheios, o que pelo jeito parecia ser a quantidade certa, e enfim a rainha deu sinais de vida. E durante todo esse tempo o chaveiro, o herói do momento, não saiu do lado dela. Inegavelmente, havia lágrimas em seus olhos. Ela estava morta? Mas finalmente a rainha respirou fundo pela boca, e tudo ficou bem de novo. E o chaveiro demonstrou um alívio imenso. Levou o lenço ao rosto para disfarçar as lágrimas. Foi uma cena muito emocionante mesmo.

Quando o chaveiro se levantou da cama, as pessoas fizeram mesuras para ele — de agradecimento, pensei. Então vi quando ele se virou para mim e fez um brevíssimo aceno de cabeça. As mesuras continuaram, e foi só então que comecei a entender um fato novo para mim, e inacreditável.

A rainha era casada com um chaveiro.
O chaveiro com quem ela se casara se chamava Luís XVI.
Senti vontade de gritar. Eu queria contar para alguém. Mas para quem poderia falar? Para Edmond era impossível. Quem, então? Decidi escrever ao meu patrão para informá-lo, para comunicar a Jacques um fato que era o contrário de um enforcamento, mas então veio a preocupação: se eu escrevesse, o dr. Curtius se lembraria da minha existência, e a viúva perguntaria por que eu não havia conseguido permissão para tirar um molde da rainha. Mesmo assim, era uma coisa mágica: eu conhecia o rei! Eu! Pequena! Então aplaudi de leve, como Curtius faria.

Esse rei que eu conhecia, com quem quase compartilhei um pedaço de bolo, estava pedindo para o quarto ser esvaziado. A rainha precisava ficar a sós. Todo mundo foi colocado para fora. Esse rei, o meu companheiro de telhado com quem dividi um guarda-chuva, mandou seus criados expulsarem todos e saiu em seguida, com seu andar cambaleante, para ficar com a filhinha. Quando procurei por Elisabeth, ainda abismada com a minha descoberta extraordinária, vi que ela e suas damas de companhia já tinham ido embora. Elas me deixaram lá.

Quando as amas-secas entraram, a rainha perguntou aos berros sobre o bebê. Elas a acalmaram. Disseram que a criança estava perfeitamente saudável. Ela queria vê-la, queria ver o novo membro da dinastia dos Bourbon, o herdeiro do trono da França que ela havia produzido. Não, elas disseram, não era um herdeiro, de forma nenhuma, era uma garota, uma filha, não um herdeiro, sim, estamos certas disso, madame, uma menina, uma menina bem rosadinha e cheia de saúde, mas uma menina, sim, sim, temos certeza absoluta. E então a rainha, exausta pelo dia que teve e pela multidão que enfrentou e pelo resultado de tudo, começou a chorar.

Desconfiei que eu não deveria mais estar naquele quarto, o lugar se tornava o cenário de eventos de caráter bastante privativo. Mesmo assim eu fiquei, a última integrante de um público barulhento. Pensei em ir embora, porém diante de mim finalmente estava a rainha, e estava menos ocupada agora, as coisas haviam se acalmado, então me perguntei se aquele momento afinal poderia ser apropriado para conversar sobre uma moldagem. Não seria executada de imediato, claro, mas talvez eu conseguisse marcar uma audiência para o dr. Curtius. Era o tipo de oportunidade que não acontecia todos os dias. O quarto estava cada vez mais silencioso, com os prantos da rainha mais controlados, e encarei isso como um sinal de que o momento era propício. Desci silenciosamente do móvel, mas ao pousar no chão provoquei um pequeno impacto. Esse pequeno impacto fez os olhos da rainha se abrirem e se voltarem para mim. Eu sorri e dei alguns passos na direção do meu objetivo, já com um sorriso bem aberto, acho, quase uma risada, mas antes de eu fazer a proposta com toda a delicadeza, a rainha abriu a boca e emitiu estas palavras bastante inapropriadas:

"Um demônio! Um demônio em pessoa!".

Toda a minha esperança desapareceu em um instante. Fiquei assustada, e ela ampliou os meus temores dando um grito, e, em meio a uma tormenta de tristeza, decepção cruel e pavor, me afastei da esposa escandalosa do chaveiro correndo porta afora, abrindo caminho entre as pessoas que restavam até chegar ao meu armário. Encolhi-me lá dentro, fechei a porta e fiquei escondida embaixo das cobertas.

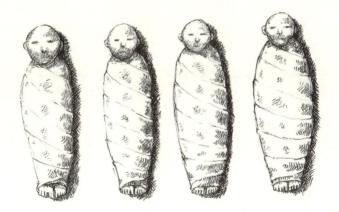

39

Uma criada e o rei.

Dois dias depois, eu me vi bastante afastada da escuridão estreita do meu armário, ainda mais perto do coração pulsante do palácio do que quando estive no quarto da rainha. Nunca se vire de costas, faça mesuras profundas, só fale quando solicitada, mantenha sempre um metro de distância e de forma nenhuma faça contato físico. Eu já havia me encontrado com o rei antes, e me sentira bem à vontade naquelas ocasiões; havia conversado com ele livremente e até compartilhado de um pedaço de seu sobretudo; mas então o rei era apenas o chaveiro do palácio, um entre muitos trabalhadores desse tipo na França, talvez milhares, já que havia tanta gente disposta a trancar as coisas longe do alcance dos outros. Mas cada país só poderia ter um rei. Isso é uma regra. Caso contrário, há derramamento de sangue.

Eu já tinha visto retratos do rei; seu perfil estava estampado em todas as moedas francesas. Mas a cabeça do rei em moedas e a cabeça do rei devorando pedaços de bolo pareciam ter pouquíssima semelhança, por isso não o reconheci.

Mesmo assim, Luís XVI, Sua Majestade o rei da França pela graça de Deus, naquele momento estava sentado em uma cadeira diante de mim.

"Ora, Marie Grosholtz", ele falou.

"Vossa Majestade", respondi, fazendo uma mesura profunda.

"Bem, devo dizer que a rainha está muito melhor agora. Da próxima vez não haverá de ser assim. Da próxima vez só estarão presentes as pessoas que forem estritamente necessárias. Não haverá, por exemplo, ninguém em cima dos móveis. Da próxima vez tudo acontecerá em privado."

"Sim, Vossa Majestade", falei, sem conseguir parar de pensar: esses são os lábios do rei, e por trás deles estão os dentes do rei e a língua em uma concavidade da realeza, e a epiglote do rei, e as glândulas salivares do rei também, e uma passagem da realeza que se chamava faringe, que leva às profundezas de seu corpo majestático.

"Me diga, você não fazia mesmo ideia de quem eu era?", ele quis saber.

"Não, Vossa Majestade. Pensei que fosse apenas um chaveiro."

"Isso me traz orgulho. Mas, lá no telhado, o criado estava usando a minha libré."

"Mas os criados de libré de vossa irmã também usam azul."

"Elisabeth gosta muito de você, não é mesmo? E finalmente está se encontrando. Jamais deveríamos ter colocado Madame Mackau para cuidar dela. A morte de nossos pais foi terrível para ela, a de nosso irmão também. Fomos muito unidos por um tempo. Ela às vezes fica um tanto nervosa, sabe. Vai às lágrimas e tudo. Mas está melhor ultimamente, acredito — com certeza. O que é uma forma de dizer meus parabéns. E obrigado. Por Elisabeth, e por sua recente intervenção em favor da rainha. Existe algo que eu possa lhe fazer em retribuição?"

Ali estava a minha brecha, aberta pelo próprio rei.

"Antes de vir para cá, Vossa Majestade", falei, "eu trabalhava para um modelador de cera muito talentoso em Paris. Sei que seria a maior das honras para a coleção dele se Vossa Majestade concedesse a permissão para fazer um molde do vosso rosto."

"Ah, eu não gosto nada dessa ideia."

"Vossa Majestade se admiraria com a qualidade de sua arte."

"Mesmo? Não sei. E você era aprendiz dele?"

"Sim, em Berna, na Suíça, de onde eu venho, ele me ensinou."

"Temos guardas da Suíça, posicionados dentro e fora do palácio, para proteção pessoal. Não sei o que faríamos sem eles. Eu reconheço as qualidades dos suíços, sem dúvida. Seu patrão foi um bom professor?"

"Ah, sim, maravilhoso."

"E você foi uma boa aluna?"

"Estudei com afinco e aprendi muito."
"Ora, então pode tirar o molde você mesma."
"Eu, Vossa Majestade?"
"Sim, você."
"Isso não pode ser sério."
"É absolutamente sério."
"Não, não pode ser."
"Você não saberia fazer?"
"Bem, eu saberia, mas não posso."
"Por que não pode?"
"Não, isso não seria certo."
"E se eu disser que seria certo?"
"Mas, por favor, é o meu patrão quem deve..."
"Eu digo que deve ser você."
"Isso o deixaria muito magoado."
"Pois que ele fique magoado."
"Ele jamais me perdoaria."
"Perdoaria, sim. Você pode dizer que foi ordem do rei."
"Isso está muito acima da minha altura!"
"Pois então cresça, menina, cresça!"
"Seria um crime, senhor."
"É agora ou nunca, Grosholtz."
E então, por minha conta e risco, eu fiz o processo todo sozinha.

Estávamos em um dos aposentos privativos do rei, com sua pequena forja ali perto. Primeiro comemos tortinhas de framboesa. O rei tirou seu paletó com brocados e vestiu um casaco largo comum. A sala era repleta de globos e uma imensa quantidade de mapas; havia maquetes de construções de aparência estranha, e uma grande quantidade de mecanismos engenhosos: telescópios e microscópios e sextantes e teodolitos e planetários e vários outros tipos de instrumentos de que eu nunca tinha ouvido falar. Ao redor da sala, entre globos terrestres e de outros planetas, havia centenas de livros, todos arrumados em ordem. Entre eles estava a *Encyclopédie* de Diderot na íntegra e também — como eu gostaria de contar a ele! — *Paris no Ano 2440*, de L.-S. Mercier.

Eu limpei o rosto do rei. Passei óleo em suas sobrancelhas, deixei-as penteadas. Enfiei canudos em seu nariz grande e real, fiz isso mesmo. Coloquei gesso no rosto, cobri a cabeça do rei de branco como se fosse um cobertor, fiz isso de verdade. O silêncio era total, éramos só eu e o rei. Sozinhos no mundo, no fim das contas. Retirei o gesso, limpei seu rosto.

Fiz as medições necessárias. Largura da cabeça de orelha a orelha: quarenta e cinco centímetros. Circunferência do pescoço: cinquenta e seis centímetros. Marie fez mesmo as medições.

Portanto, eu tinha a cabeça do rei, mas não a da rainha. Fiquei com medo de pedir mais, só que era necessário.

"Vossa Majestade, posso pedir mais uma coisa?"

O rei assentiu.

"Eu agradeceria demais a Vossa Majestade se pudesse conseguir uma audiência para o meu patrão tirar um molde da cabeça da rainha."

De um instante para o outro, o rei foi acometido por uma fúria protetora. "A rainha não deve ser incomodada! A rainha não é um objeto para ser empurrada e beliscada, para se colocar abertamente diante do público, para ser observada. Ela não deve ser exposta. Não existe mais noção de decência. Não, não, a rainha não deve ser incomodada."

"Sim, Vossa Majestade."

"Eu não permito."

"Perfeitamente, Vossa Majestade."

"Isso me irrita."

"Sim, Vossa Majestade. Eu agradeço, Vossa Majestade."

Ele olhou ao redor, agitado, como se estivesse perdido em meio a todos aqueles globos. "Não podemos mais ter aquelas nossas conversas", ele declarou, sacudindo a cabeça. "Isso não seria certo. Nem um pouco correto. Eu estava confuso. Quando nos vimos pela primeira vez, na minha forja, sabe, pensei que você fosse minha irmã. Não notei antes por causa dos óculos, mas agora vejo que você não é. De forma nenhuma, você é uma caricatura dela. Talvez a culpa não seja sua. Bem, não vai acontecer de novo. Eu sou o rei, e você é apenas Grosholtz. Bom dia. Passar bem."

Só fui ver o rei tão de perto de novo vários anos depois.

Mais tarde, na oficina, contei tudo para Elisabeth.

"Eu, Anne Marie Grosholtz, senti o cheiro do suor do rei."

"Você não é nada delicada, coração. Sou obrigada a lembrá-la que você é meu corpo, só meu, e de mais ninguém."

"Tirei um molde do rei, e vou mandar para o meu patrão em Paris."

"Você é meu corpo, não é?"

Ela ficava enciumada muito facilmente.

"Sim, querida Madame Elisabeth", tratei de assegurar sem demora. "Claro que sim."

"Você não vai me deixar, certo?"

"Não vou, só quando for a sua vontade."

"Essa nunca vai ser a minha vontade."
"Por favor, me diga isso de novo."
"Essa nunca vai ser a minha vontade, coração."
"Então posso beijá-la?"
"Acho que sim."

Acomodei o molde de gesso em um caixote cheio de palha. Lá dentro coloquei uma carta, que precisei esboçar várias vezes até ficar como eu queria:

Caro senhor,

Espero que esteja tudo bem com o senhor em Paris. Penso no senhor com frequência, e em todas as pessoas de cera. Acredito que o negócio esteja indo bem. Estou muito ocupada aqui e trabalho todos os dias para a Princesa Elisabeth. Acho que não é exagero dizer que me tornei sua favorita e, senhor, acho que ela gostaria muito de me manter aqui para sempre. Eu ficaria muito feliz com isso. Sou muitíssimo grata e ciente da atenção que o senhor dispensou à minha educação e agradeço humildemente por isso. Sempre hei de pensar no senhor com muita gratidão. Mas também posso afirmar, em um aparte, que trabalhei para o senhor, sem ser paga, durante muito tempo, e espero que os meus serviços lhe tenham trazido alguma satisfação. Em resumo, eu poderia ser liberada das minhas obrigações para com o senhor e ter os meus papéis mandados para cá?

Envio nesta caixa também um molde retirado em pessoa de Sua Majestade LUÍS XVI. Sua Majestade insistiu para que eu fizesse o molde e avisou que não haveria outra chance. Pedi para que chamassem o senhor, mas ele não permitiu. Portanto tive que realizar o trabalho sozinha. Por favor, me perdoe por isso, mas espero que o senhor considere que eu tirei o molde corretamente. E agora é necessário o seu brilhantismo para concluir o trabalho. Por favor, aceite isso como um pagamento da minha parte, e aceite escrever ao palácio e ceder os meus serviços oficialmente para a Princesa Elisabeth e mandar os meus papéis.

Obrigada,
Com toda a reverência,
Pequena, antes Marie Grosholtz,
sua antiga criada em Berna

Demorou duas semanas para que eu recebesse uma resposta, e quando chegou, não era do meu patrão:

Pequena criatura,

Você magoou seu patrão de tal forma que nem sequer conseguiria imaginar. Ele me deu uma preocupação enorme nos últimos dias. Pensei que fosse morrer.
  Saiba que seu nome está na latrina aqui, e que seus papéis não serão entregues.
  Confirmo o recebimento do molde. Depois de tantos anos temos tão pouca retribuição de você. Fico enojada só de pensar.
  De que serve um rei sem uma rainha? Consiga a rainha, e depressa, ou será arrastada de volta para cá e daremos um jeito em você.
  Trate de conseguir!

  Sinceramente,
  C. Picot (viúva)

Dobrei cuidadosamente a carta, que parecia conter uma dose cavalar de infelicidade, e com a ajuda de uma escada que consegui com Pallier, coloquei-a na última prateleira do meu armário, que eu nunca usava para nada. Ainda assim, mesmo estando em um lugar tão alto, ela ainda vinha me atormentar durante o meu sono, três prateleiras abaixo.

40

Sobre brinquedos e suas donas.

Pouco tempo depois surgiram novas circunstâncias que, em meio à nossa intimidade diária, eu havia me esquecido de que eram preocupantes.

"Ah, meu coração, minha querida", Elisabeth falou, abrindo o meu armário, "uma coisa incrível aconteceu! Eu fui procurada. Vou embora. Vai acontecer. Eu vou me casar! Vou sentir sua falta, meu coração, mas vou me *casar*! Vou embora daqui. Vou deixar tudo isto para trás. Vai dar tudo certo. Ó senhor, obrigada, eu agradeço do fundo do coração."

"Eu não posso dizer o mesmo", falei, pois era assim que me sentia.

"Foi anunciado! Meu futuro marido é o duque de Aosta. O duque de Aosta!"

Na minha cabeça, o nome *Aosta* fazia lembrar *aorta*. A aorta está situada acima do coração. Ela me mostrou um retrato de seu duque; para mim, não pareceu nada de mais. Quando Elisabeth estava muito ocupada para se juntar a mim na oficina, ela falou que eu deveria tratar de copiar o retrato, que precisava de outra cópia, uma que pudesse dobrar e guardar sempre consigo.

O desenho ficou todo borrado e vincado depois de ser visto e manuseado tantas vezes.

Num outro dia, Elisabeth veio bater na porta do meu armário. "Não posso mais passar tanto tempo com você."

"Foi Madame Guéméné que proibiu?"

"Madame Guéméné foi nomeada governanta da delfina. É a Madame Diane de Polignac quem cuida da minha ala agora. Rage foi mandada embora, e até Démon só vai poder fazer duas visitas ao mês. Tenho novas damas de companhia. Estou crescendo, dá para sentir."

"E eu?", questionei. "O que Madame de Polignac falou sobre mim?"

"Ah, meu coração, coração meu, é um novo começo! Aqui é um lugar tão apertado, meu coração. Quer que eu providencie um quarto de verdade? Seria um pouco mais distante, só que talvez seja melhor assim."

Triste é a sina dos brinquedos, pois geralmente são amados por pouquíssimo tempo; eles quebram, ou outras distrações os substituem, ou são mandados para quartos distantes e deixados de lado como objetos que ninguém ama. Gerações de bonecas são deixadas apodrecendo em depósitos de tralhas fora das casas. Depois de conhecer outras partes do palácio, ele não me parecia mais o leviatã dourado que encontrei a princípio, e sim um enorme esqueleto, os restos mortais de uma fera abatida, e eu sentia que estava morando dentro de seu corpo sem vida. A minha nova morada era um quarto inteiro, frio e vazio; era impossível aquecê-lo. Tentei conjurar o fantasma de Edmond naquele lugar infeliz, mas ele não vinha. Tinha desaparecido para mim, jamais voltaria a me visitar.

Por outro lado, sabe-se que os brinquedos descartados às vezes são pegos de volta e despertam um afeto renovado; esse conhecimento é muito útil em momentos de desespero.

Então, de forma tão repentina como teve início a conversa sobre o duque de Aosta, apenas uma semana depois que passei a habitar um quarto a quarenta minutos de caminhada, tudo chegou ao fim com uma única palavra: ele também era "inapropriado". Elisabeth precisava se conformar com isso. E imediatamente eu fui lembrada. O armário estava pronto para ser colocado em uso de novo.

Quem emergiu das lágrimas e dos tremores do choro na noite em que voltei ao armário foi uma Elisabeth mais soturna. Naquela noite, Elisabeth desistiu de si mesma; declarou que voltaria a se dedicar aos pobres e sofredores, que daquele momento em diante não teria mais nenhuma esperança na vida. Ela me mandou pegar seu Jesus de gesso, e o segurou no colo como os bebês que nunca teria. Dali em diante os nossos dias passaram a ser pautados pela religião; a partir daquele momento seríamos só nós: Elisabeth, eu e a figura de gesso. E, se eu tentava beijá-la, era delicadamente empurrada para longe.

O sofrimento reside na Igreja de São Ciro.

A partir de então, o tempo passou a ser medido em quantidade de visitas à Igreja de São Ciro. Nessa igreja, em várias capelas secundárias, era possível encontrar uma população cada vez maior de partes de corpos, empilhadas umas sobre as outras, e cada vez menos paredes descobertas. Os escritos sobre os *Pobres Sofredores* de Elisabeth chegavam ao seu terceiro volume, e meses se passaram, e por fim o ano mudou; o ano seguinte começou, e seria muito parecido com o anterior; e o mesmo poderia ser dito sobre os seguintes, e o tempo todo era tudo parecido, e os corpos eram lamentavelmente pobres e submetidos a um sofrimento sem fim e eram revelados a nós entre lágrimas e ranger de dentes nos lugares onde as dores os afetavam. Eles realmente sofriam dores naqueles dias e anos, dores terríveis, e havia sempre mais. Nem sempre ficavam contentes em nos ver, e às vezes aceitavam o dinheiro de Elisabeth com olhares hostis. Uma razão para isso, achávamos nós, devia ser o clima desfavorável e as colheitas ruins; outro motivo podia ser um dos homens, um ex-cavalariço que foi aleijado por um cavalo. Um dia, esse pobre homem chegou mancando ao palácio, implorando esmola. Foi espancado e enxotado pelos guardas, e morreu por causa dos ferimentos. Houve uma compensação em dinheiro, mas não fez efeito: quando o homem faleceu, o estado de espírito de todos declinou. Entretanto, Elisabeth não suspendeu as visitas; ainda anotávamos os nomes das pessoas e representávamos suas dificuldades em cera. E fomos ficando mais velhas. E, apesar de ainda sermos consideradas jovens e de Madame Elisabeth ser sempre mais nova que eu, camada por camada a poeira foi se assentando sobre nós, e a princesa pouco a pouco foi se tornando uma solteirona e desistiu de pensar em qualquer tipo de futuro. Por dentro, seu corpo estava se ressecando.

Nós também mudamos de aposentos.

O novo lar da princesa Elisabeth ficava no fim de um corredor na ala sudoeste do palácio; a justificativa era evitar que ela fosse incomodada, mas na verdade era para que pudesse ser esquecida. Das janelas de seus novos cômodos podíamos ver o Grand Canal, mas sobretudo o caminho para a Igreja de São Ciro, a direção para onde sempre olhávamos. Estávamos alojadas no primeiro andar; abaixo de nós ficavam os vastos apartamentos da rainha, e, acima, os aposentos do chefe dos estábulos, que sempre ouvíamos caminhar de um lado para o outro com suas botas pesadas. Ouvíamos a vida do palácio, mas nunca éramos incluídas. A nova morada tinha sete cômodos: a primeira e segunda antecâmara, o dormitório, o gabinete principal, a sala de bilhar, a biblioteca e o boudoir. Do lado de fora do quarto ficava o meu novo armário preso à parede; tinha uma prateleira a menos que o meu antigo espaço, e não estava limpo quando cheguei. Sua antiga ocupante não cuidou tão bem dele, e deixou marcas de botas e arranhões nas paredes internas. Eu o limpei direitinho e entrei. As formigas moravam lá dentro comigo, e até um camundongo, que de tempos em tempos aparecia na prateleira inferior.

Essas foram as longas temporadas sob a tutela de Madame de Polignac. Diane de Polignac, cunhada da mais nova favorita da rainha, era uma mulher, corcunda e de aparência desleixada, com a pele amarelada e lábios engordurados; ela engolia em seco sempre que via algum homem. Deixava claro que não gostava da princesa. Ela povoou os corredores de Elisabeth com seu próprio harém; elas riam da princesa e faziam questão de que ela ouvisse. As únicas companhias de Elisabeth eram eu e o Jesus no armário.

Fossem quais fossem as dificuldades que marcaram os reinados sucessivos de Mackau e Guéméné, elas faziam seu trabalho motivadas por boas intenções; seus métodos, apesar de caprichosos e impositivos, eram pensados para o benefício de Elisabeth. Polignac, por sua vez, só se preocupava consigo mesma. Foi a governanta quem exigiu uma sala de bilhar; Antonieta tinha tomado gosto por esse passatempo, e todo mundo precisava seguir seus modismos. Elisabeth foi se isolando cada vez mais. Em outras partes, o palácio fervilhava de atividades sociais; havia grandes festas e banquetes e jogatina, mas nunca vi nada disso pessoalmente. Abaixo de nós, ouvíamos os risos e a alegria; no piso de cima, passos duros e portas batendo. Embora só tivesse dezessete anos de idade, Elisabeth parecia uma mulher de trinta.

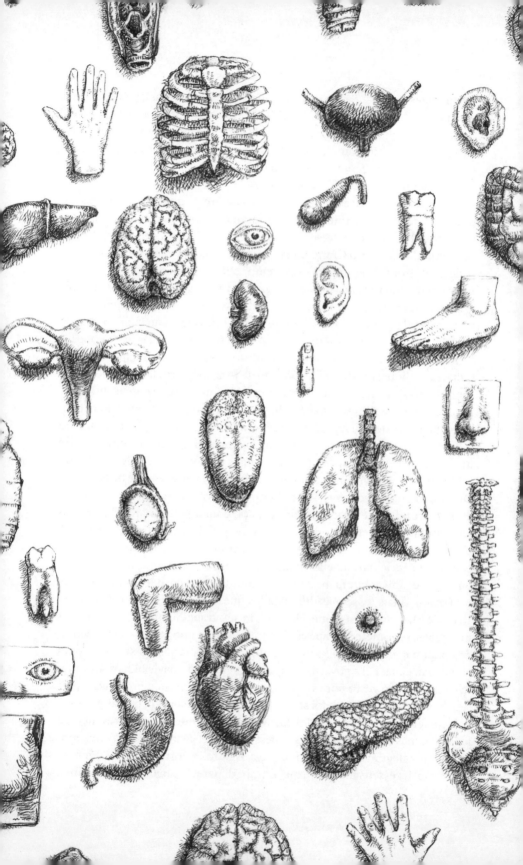

"Nunca me abandone, meu corpo. Nunca vá embora."

Nós vivíamos discretamente e nos tornamos íntimas das capelas secundárias da Igreja de São Ciro. Cada uma delas era batizada com o nome de um santo. Passei a conhecer muito bem os santos nessa época. A minha mãe ficaria satisfeitíssima comigo.

São Vicente de Paulo foi um ancião que dedicou a vida aos pobres e construiu casas para eles. Enchemos sua capela com nossas peças de cera, até não haver mais espaço para outro rim dolorido ou dedo quebrado, nem mesmo para um olho embaçado. São Martinho de Tours foi outro ancião que cortou seu manto ao meio para dar uma parte a um mendigo; em sua capela logo havia pernas quebradas, braços inchados, troncos contundidos, cabeças amassadas, narizes tortos, bocas pustulentas — tudo de cera, até não haver mais espaço para sequer uma migalha de sofrimento. São Dinis foi o primeiro bispo de Paris, e em sua capela apareceram, em cera, costelas trincadas, pulmões arrebentados, corações cansados, fígados desgastados, bexigas infeccionadas, ovários atrofiados, testículos torcidos, peles amareladas, cotos doloridos. Era muita dor, muito sofrimento, muita pobreza.

O bispo ficou preocupado: sua igreja fora tomada, seu lugar sagrado fora transformado em um açougue de cera. Porém era impossível deter Madame Elisabeth e eu. Assim como o próprio São Ciro, que nunca chegou à idade adulta, teve a cabeça esmagada contra uma parede por insistir em afirmar que era cristão, Elisabeth estava se martirizando com o sofrimento alheio. A princesa era sedenta por dor, por conhecer a dor dos outros para amenizar a sua; a dor dessas pessoas pobres e comuns era o alimento de sua vida. Ela se tornou viciada em miséria. Nós empilhávamos órgãos. Eu ouvia as batidas na porta do meu armário a qualquer hora do dia, às vezes à noite, antes do nascer do sol, para me convocar ao trabalho. Elisabeth tinha fé naqueles pequenos objetos de cera — eles eram a prova concreta de sua intenção —, ainda que para os pobres não significassem absolutamente nada.

"Vamos, vamos, meu coração, temos muito o que fazer."

Eu envelheci em Versalhes. O meu corpo mudou, fiquei mais magra, ganhei mais ângulos agudos, me tonei mais quieta. Desenhava no meu armário à luz de uma vela, e quando cometia erros — e ainda cometia erros — apagava os vestígios com uma bola de goma vegetal, a mais recente ferramenta criada para os artistas; Elisabeth sempre dispunha dos melhores e mais novos produtos. Adeus, pão.

Elisabeth e eu habitávamos cômodos cheios de partes de corpos, em um vasto lar de órgãos feitos de cera, onde nossos dias tomados por orações se tornavam tangíveis.

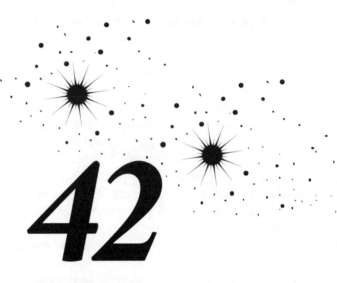

42

Marie fecit ou quartas cabeças.

Os domingos, por hábito, sempre foram os meus dias mais livres no palácio. Nesses dias, Elisabeth passava quase o tempo todo com membros da família entre as paredes de uma ou outra casa sagrada de Deus, e eu não era requisitada.

Na maioria dos domingos, eu passava mais ou menos uma hora limpando e arejando o meu armário ou bebendo uma cervejinha com Pallier. Passávamos nosso tempo juntas conversando sobre corpos, Pallier e eu. Num certo domingo, quando ela se ausentou porque um de seus parentes estava mal (rezamos por ele e fizemos um esôfago de cera), fiquei me sentindo meio solitária. Embora fizesse muito tempo que não me aventurava a sair, enfim resolvi ir além dos aposentos de Elisabeth. As criadas de Polignac, com um sorriso de superioridade no rosto, me deixaram passar, e eu me vi livre do lado de fora. Encontrei-me passando pelo mesmo caminho que conduzia ao local dos nascimentos da realeza, seguindo um grupo de parisienses que fazia uma visita e que seguia naquela direção. Como não tinha nenhum outro compromisso, decidi segui-los. Fizemos fila para entrar na Sala da Guarda do Rei e paramos bem em frente à Antecâmara da Rainha, um recinto também conhecido como Antecâmara do Grand Couvert. Ali, os guardas que controlavam a entrada só nos deixavam passar depois de inspecionar nossas roupas. Assim que nos submetemos à revista, nós entramos.

A princípio parecia ser muito barulho por nada, pois não havia muita coisa além de uma roda de homens da Guarda Suíça, que usavam três penas brancas em seus chapéus. Mas então, quando espiei pelo espaço entre eles, vi uma mesa em forma de ferradura, cercada de cadeiras com espaldares altos, à qual estava sentada toda a família real.

Eles estavam comendo.

De início me perguntei se não eram apenas autômatos engenhosos imitando pessoas, tão maquinais eram seus movimentos de levar a sopa à boca, ou de cortar a carne nos pratos. Então vi a rainha piscar. E o rei engolir. E o conde da Provença, irmão mais novo do rei, abrir um sorriso, e o caçula dos irmãos do rei, o conde d'Artois, retribuir o gesto, e esses dois, ao contrário dos demais, começaram a conversar. Elisabeth também estava lá, comendo aos bocadinhos e se interrompendo o tempo todo. Havia uma mulher de cada lado dela, uma magra e uma gorda; pareciam ser as tias. A maioria da família real só brincava com a comida no prato em vez de comer de fato. Era mais do que claro que ninguém ali estava apreciando a ocasião, que ninguém ali gostava de se expor daquela maneira, mas, acima de tudo, uma outra coisa ficava evidente: que a realeza era composta de humanos como quaisquer outros, e que observá-los era fascinante.

Logo em seguida fomos colocados para fora de novo.

"É o Grand Couvert", Pallier me contou mais tarde. "Acontece todo domingo, você não sabia?"

"Todo domingo?"

"A não ser que eles estejam em viagem."

"E qualquer um pode ir?"

"É preciso estar vestido de acordo. Os homens, de meias e peruca, e portando espadas. Mas quem não tiver nada disso é só alugar no portão quando entrar."

"Todo mundo pode vê-los?"

"Se estiver vestido de acordo."

"Mas por quê?"

"Por determinação de Luís XVI. Ele declarou que a realeza precisava ser vista uma vez por semana como uma família, por uma plateia vestida de acordo."

Eu voltei no domingo seguinte. E no outro depois daquele. A princípio dizia a mim mesma que era para ver Elisabeth, porém, mais tarde, admiti que era para ver toda a realeza da França na hora de comer. Escapulia das vistas das damas de companhia de Diane de Polignac e me misturava aos presentes. Precisávamos fazer fila, e nossas observações eram interrompidas de tempos em tempos pela Guarda Suíça, que servia como barreira entre nós, os plebeus, e eles, a realeza. Nunca me cansava dessa cerimônia; esperava

ansiosamente pela chegada do domingo, e logo comecei a levar lápis e papel, para fazer esboços e anotações. E então, quando fechava os olhos, conseguia visualizar a mastigação da realeza. Via a comida ser transformada em uma papa e engolida, via farelos naqueles lábios reais. Nem toda a família participava desse ritual; a rainha permanecia com as luvas nas mãos, e os pratos colocados diante dela com tanto cuidado sequer recebiam um simples olhar. Como o meu patrão ficaria interessado em ver isso, pensei.

Em meio ao tédio, no meu armário, comecei a transformar as minhas anotações em desenhos mais detalhados das cabeças da família real. Não deveria ter feito isso, pois em pouco tempo, assim como o meu patrão antes de mim, desenvolvi o desejo de produzir aquelas cabeças. Quando segurava um pulmão de cera nas mãos, minha vontade era de fazer um nariz; quando pegava um fígado, desejava fazer uma boca.

Depois que a ideia surgiu, tornou-se impossível parar de pensar a respeito: um grupo de pessoas compondo uma cena. Figuras inteiras. Próximas umas das outras. Reagindo umas às outras. Isso nunca tinha sido feito antes na Casa dos Macacos; era uma coisa nova. E a cena, qual seria? Ora, "A Família Real à Mesa". As bocas reais abertas, as bochechas reais ocupadas por comida, as mandíbulas reais se abrindo e se fechando, todos aqueles pomos-de-adão reais se movimentando.

Eu os desenhava toda semana. Nunca contei para ninguém a respeito. Mês após mês após mês. Até formar uma pilha de páginas. Com o tempo, comecei a temer que o meu patrão não entendesse as minhas marcações, e que talvez fosse melhor produzir eu mesma as cabeças, só para ter certeza. Eles poderiam ajustá-las ou descartá-las mais tarde se quisessem, pensei. Dessa forma, eu me pus a fazer a família real. Dessa forma, passei a mentir para mim mesma.

Quando comecei, não conseguia mais parar; as cabeças dominaram a minha vida. Não contei para Elisabeth que elas estavam lá, escondidas no meu armário. Ficou bem cheio lá dentro. Eu pegava tudo de que precisava na oficina. Usávamos tanta argila que ninguém reparava se eu pegasse mais. Com o tempo, o mesmo passou a valer em relação ao gesso e até à cera. Eu encomendava cada vez mais e recebia tudo prontamente, sem questionamentos. Na verdade, ninguém no palácio tinha estima pelos objetos; ninguém mostrava consideração por eles, deixando-os em qualquer lugar como se não tivessem nenhum valor. Eram todos ignorantes em relação à cera e seus talentos sutis. Nunca compreenderam realmente a dignidade e a tristeza de um bastão de cera transformado em vela. Nunca passaram longas horas com os objetos, encorajando-os silenciosamente a se revelarem. As pessoas ali não sabiam e não se importavam.

Cabeça por cabeça. Boca por boca. Deglutição por deglutição. Eu os capturei. Manipulava a argila, voltava a cada domingo para verificar e fazia modificações e recomeçava, e parava e desistia e começava mais uma vez. E pouco a pouco os comensais foram vindo até mim. De volta ao queixo do rei; de volta aos lóbulos das orelhas da rainha; de volta à testa do conde. Indo e voltando, indo e voltando. Olhe bem, olhe melhor, não é assim, ainda não está certo, apague e faça tudo de novo, olhe melhor, se concentre. Eu jamais vou conseguir. Eu vou conseguir. Eu jamais vou conseguir.

Demorou meses. Não, na verdade anos. Eu trabalhava quando Elisabeth estava com as tias, e muitas vezes enquanto o palácio dormia. A princípio, apenas quatro: o rei, a rainha, os irmãos do rei. Quatro cabeças com armações pregadas em tábuas, cobertas com panos úmidos, ocultas no meu armário depois do meu trabalho noturno; e quando se tornaram muito numerosas, também escondidas em armários na nossa oficina. Só as cabeças. Os corpos poderiam ser providenciados mais tarde.

A forma de cada cabeça surgia depressa, mas depois se seguiam meses de ajustes. Perto do fim, eu olhava para as cabeças de argila durante horas para fazer uma mudança mínima, acrescentando um único pedacinho de argila úmida do tamanho de um grão de arroz no período de duas horas, e então ia para a cama e sonhava com aquelas cabeças. Mas suas peles eram de argila, e a pele de argila alisada acabava sem poros, enquanto a pele humana é cheia de pintas e poros abertos: os meus óculos faziam questão de me mostrar isso. Para tornar os membros da minha família real mais verossímeis, perguntei a Elisabeth se poderia comer algumas laranjas no meu armário, e ela mandou entregar as frutas para mim. A casca da laranja, assim como a nossa pele, tem poros. Ao tirar o molde de uma casca de laranja, descobri que era possível imprimir o negativo desse molde na argila fresca das cabeças da realeza, conferindo detalhe às suas peles, todas as imperfeições que uma cabeça de verdade tem. Eu me afastei para olhar, e aplaudi.

Dessa maneira, eu as moldei. Cobri os rostos de argila com gesso, como se estivesse assassinando a minha própria obra, já que estraguei as cabeças de argila ao retirá-lo. Misturei a cera, despejei no molde e o abri — e ali estava! O que antes era argila passou a ser cera. Esta é a rainha? Testa alta, lábio inferior pronunciado? Feche os olhos, abra de novo. Esta é a rainha, não moldada diretamente, mas esculpida a partir da observação? Feche os olhos. Abra de novo. Sim, para mim era. A rainha estava ali.

Aquilo nasceu das minhas marcações. Surgiu de mim. Das minhas mãos, dos meus pensamentos. Lá estava a rainha, e não só ela: Marie Grosholtz também, viva naquela cabeça. No momento em que compreendi isso, não consegui mais parar. Era tudo o que eu queria.

Comecei a dançar ao redor da cabeça da rainha. Eu fiz você. Eu mesma. Bem-vinda.
"Que barulho é esse? Você vai acordar todo mundo!" Era Pallier. "O que está acontecendo? O que você... Ora, essa é a rainha, não?"
"Repita isso para mim."
"Essa é a rainha!"
"Mais uma vez, linda Pallier!"
"Essa é a rainha!"
Era mesmo, e foi seguida pelo rei (mais uma vez), o conde d'Artois, o conde da Provença. A minha família real. À noite, ou quando Elisabeth não estava, eu me sentava com as cabeças da realeza e conversava com elas, como se eu fizesse parte daquela família. Para mim era mais agradável passar o tempo com as minhas cabeças do que com pessoas reais. Por um tempo eu as mantive por perto; eram tão queridas para mim, as minhas primeiras cabeças. Elas seriam recebidas como um grande triunfo no Gabinete, os meus membros da realeza, era o que eu dizia a mim mesma no meu armário. Quando eles recebessem as cabeças, pensei, eu teria permissão para ficar. Eu pediria mais uma vez ao meu patrão para ser liberada. Era isso o que eu dizia a mim mesma. Estava mentindo, claro, porque queria ser valorizada. Quem não quer? Todo mundo quer.
E então eu traí a mim mesma.
Mandei as cabeças para lá.
Escrevi uma carta explicando qual cabeça era de quem, incluindo diversos esboços. Cada cabeça foi colocada dentro de seu molde, e as duas metades dos moldes foram amarradas para proteção durante o transporte, e então foram encaixotadas e mandadas para o bulevar. Eu fechei os olhos, tentando imaginá-los quando abrissem aquelas cabeças. Fiquei quase triste por não estar lá para ver, mas o meu lar era no palácio, era o meu lugar, em um armário, ou na oficina com Elisabeth. Era preciso esquecer as cabeças da realeza por ora, disse a mim mesma, e me concentrar nas outras partes do corpo humano de que eu tanto gostava antes. Mas como sentia falta delas, como a vida ficava sem graça em meio àquela ausência.
Uma semana depois, recebi uma carta do meu patrão:

Cara Pequena Marie Grosholtz,

A Viúva Picot e eu iremos a Versalhes no próximo domingo para observar o Grand Couvert e analisar as semelhanças. Esperamos que nos encontre no portão e nos mostre o motivo de seu longo exílio.

Lembro a você que ainda sou seu patrão,
Curtius

43
A minha família em Versalhes.

A carruagem descarregou seus passageiros. Não havia como confundi-los. Em Versalhes as pessoas obedeciam às regras e eram muito sérias e, apesar de usarem muitas cores, o ambiente não era exatamente colorido. Na Casa dos Macacos as pessoas eram escandalosas e triunfais e chamavam bastante atenção. Não combinavam com Versalhes; não eram feitas para palácios, esse não era o tipo de arquitetura que deveria abrigá-las. Diante de mim havia dois mundos em colisão.

Lá estava o dr. Curtius, todo engomado e rígido, uma garça velha em um terno novo, bastante deslocado no palácio, e com uma grande pinta preta no lado esquerdo do rosto.

"Senhor!", gritei. "Estou aqui!"

"É você?", ele falou, com um sorriso de afeto se abrindo no rosto. "É sim! É mesmo! Como você está adulta!"

"Senhor! Dr. Curtius!"

"Marie, a Pequena Marie."

"Pequena! Só Pequena já basta", falou a voz trovejante.

Era a viúva, toda vermelha e agitada, brandindo uma bengala, parecendo pouco à vontade em seu vestido com armação. Ela fumava um charuto.

"Madame!", falei.

"Que trabalhão você arrumou para nós."

"Pequena!", disse uma voz áspera.

Lá estava Jacques, mancando, todo desajeitado com seu colete. "Nanquim amarelo", ele falou sobre o tecido de suas vestes. "Do Japão!"

"Ah, Jacques", eu disse. "Meu caro Jacques. Quantos assassinatos aconteceram desde a última vez que vi você? Quantos enforcamentos?"

"Vários! Muitos!"

A família toda estava lá, com exceção de Edmond, claro; ele não estava presente, nem foi mencionado. E havia novas pessoas também, meninos vestidos com trajes idênticos, carregando um distintivo vermelho em seus paletós com um C bordado no meio. Jacques tinha um deles a seu serviço, um garoto mal-encarado de cabeça raspada.

"Quem são esses?", perguntei.

"Ora essa!", resmungou a viúva. "Nós crescemos desde que você nos deixou, e empregamos vários outros. Não podíamos ficar esperando você voltar para sempre."

"Claro que não, madame."

"Temos mais vinte e quatro, e não só na Casa dos Macacos. Montamos outros estabelecimentos!"

"Estabelecimentos! Minha nossa!", exclamei. Ao que parecia, a viúva havia incorporado o gosto pela expansão arquitetônica, pois seu corpo também tinha se expandido como uma propriedade. "Eu jamais imaginei."

"Você pensa pequeno demais, pelo que me lembro. Não é por isso que é chamada de Pequena?"

Dois dos garotos carregavam caixas pesadas de papelão.

"O que é isso?", perguntei.

"Não é da sua conta", bufou a viúva. "Vamos lá, nos mostre tudo, nós queremos ver. Não viemos até aqui só para ficar olhando para você. Eu já deveria imaginar!"

Mostrei para ela as janelas pelas quais já tinha olhado, e apontei para o telhado. Em pouco tempo, os sinos da capela real tocaram, e estava na hora de entrar. Os olhos da viúva observavam absolutamente tudo. O meu patrão estava carregando uma espada alugada, e parecia um cachorro com um brinquedo novo com aquela coisa.

"Gostaram das minhas cabeças?", perguntei.

"Na verdade, é bem sujinho aqui", ela falou.

"É que é grande demais, sabe", respondi, "tão grande que fica difícil manter tudo limpo. E tem os gatos selvagens. No meu armário tinha até um camundongo. E as minhas cabeças?"

"Eles deixam qualquer um entrar?", questionou a viúva, observando a multidão que se formava para o Grand Couvert. "Nosso caso é diferente, claro", ela comentou com um tom de voz bem alto, "nossa garota é uma artista residente a serviço da princesa Elisabeth. O que tem atrás dessa porta?"
"Está na hora do Grand Couvert", avisei. "Precisamos nos apressar."
"Eu não me apresso por ninguém. Não é mesmo, Curtius?"
"Ah, não mesmo, Pequena. É melhor não apressar a viúva."

Na Sala da Guarda, onde todos estavam à espera, os garotos com as caixas começaram a desembalar as coisas. Lá estavam as minhas cabeças de cera do rei e da rainha.

"Não, por favor!", implorei. "Vocês não podem entrar com isso. Não podem!"
"Nós precisamos", disse a viúva. "Para analisar a semelhança."

Eu não tinha como impedi-los. Jamais conseguiria. Eles entraram. Primeiro a viúva, depois Curtius, e então os garotos com as cabeças de cera, e, por último, Jacques e seu ajudante. Não me aproximei da Guarda Suíça, como sempre fazia; fiquei perto da janela e assim consegui não me envolver na comoção que se seguiu.

Ao contrário das minhas visitas anteriores ao Grand Couvert, a passagem das pessoas de uma sala para a outra não se deu de forma ordeira; em vez disso, uma grande aglomeração se formou diante da mesa em formato de ferradura. A conversa se limitava ao lado do público. Do outro lado da Guarda Suíça, do lado da realeza, havia apenas olhares, e não para a comida, mas para os plebeus.

Foi quando vi as cabeças, as minhas cabeças, mas não nas minhas mãos. Lá estavam eles, o rei e a rainha, diante do rei e da rainha. Fisionomias duplicadas! Se antes eu sentia identificação e felicidade ao vê-las, naquele momento surgiu uma dúvida, que se espalhou de forma infecciosa. As cabeças suspensas não tinham um corpo a acompanhá-las; e pior ainda era a falta de cabelos, pois nenhuma das duas estava de peruca, foram exibidas carecas. E, onde deveriam estar os olhos, não havia nada além de órbitas vazias. Era como se aquelas cabeças tivessem vindo de uma sala de dissecação, como se o casal real estivesse diante de sua própria morte. Não era essa a minha intenção. Aquilo não era certo. Foi um erro terrível. Eles nunca deveriam ter se encontrado, o meu rei e a minha rainha e os originais.

Só então ouvi um aplauso de aprovação. Era Curtius, claro. E eu pensei: que maravilha! Afinal de contas, era uma maravilha mesmo! Mas logo veio um gemido bem alto, de uma voz feminina, e em seguida um rosnado, como o de um cão, e então começaram os gritos e os berros.

Eu fugi.
Saí correndo.
E me escondi.

Fechando as portas do armário.

As lacaias de Polignac acabaram me encontrando, escondida em um pátio onde ficavam os cães. Fui levada de volta aos aposentos de Elisabeth e enfiada no meu armário. As portas foram trancadas por fora. Uma hora depois, talvez, foram abertas de novo, e Polignac em pessoa me tirou de lá. Duas criadas agarraram o meu vestido, e Polignac ergueu uma bengala e me deu vinte golpes fortes. Eu estava sendo tratada como uma criança, apesar de estar a dois anos de fazer trinta! Quando ela terminou, fui colocada de volta no armário, arfando e ardendo e latejando.

Na escuridão do meu armário, trancada por fora e sem velas, fiquei espiando pelo buraco da chave. Ninguém parou para me ver. Elisabeth veio até o armário, mas acompanhada de uma das criadas de Polignac, e foi obrigada a seguir em frente sem falar comigo.

Pelo buraco da chave, vi a oficina de Madame Elisabeth ser esvaziada. Toda a cera e a tinta, os potes de terebintina e óleo, todas as ferramentas, tudo foi levado embora. Eu gritava e batia na porta do armário, mas ninguém apareceu.

Quando por fim as portas foram abertas, Pallier estava lá, e me pediu com delicadeza para ficar em silêncio. Como foi estranho ouvir isso justamente dela. Foi então que percebi que havia algo pendurado na porta do meu armário: um ex-voto de cera, preso por um barbante. Elisabeth não viera para falar comigo, como pensei, mas para colocar uma coisa na minha porta. Era um único objeto, muito bem modelado.

"Eu sou uma ótima professora", comentei. "Disso ninguém pode duvidar."

No aviso sob o órgão de cera havia os dizeres:

> DENTRO DESTE ARMÁRIO
> ESTÁ O BAÇO
> DA PRINCESA ELISABETH
> NÃO PERTURBE

Pallier murmurou que Elisabeth queria me ver.

Eu fui até lá. A sala, que era no mínimo intimidadora, transmitia uma veemência toda particular naquele momento.

"Você vai para casa", Elisabeth falou.

"Aqui é a minha casa", respondi.

"Eu só peguei você emprestada por um tempo, e agora o tempo acabou."

"Não estou entendendo."

"O seu patrão precisa de você."

"Mas eu não quero ir."

"Isso não importa."

"O meu lugar é aqui com você."

"Você não é minha."

"Eu tenho muito mais a ensinar. Muito mais."

"Está tudo encerrado."

"Mas eu posso voltar daqui a uma semana? Posso visitá-la?"

"Grosholtz, escute bem, meu coração. Eu nunca mais vou ver você."

"Isso não pode ser verdade."

"Aquelas cabeças horríveis, carecas e sem olhos. A rainha ficou perturbadíssima. Rostos de boca aberta, bochechas estufadas. Como gente de uma taverna qualquer."

"Não foi a minha intenção..."

"Não *mesmo*, porque você não tinha esse direito. Você não pediu permissão. Simplesmente fez o que quis. Seu empregador foi multado. Só não foi preso porque eu interferi. Um dos seus colegas se mostrou bastante violento, e precisou ser reprimido. Nós cuidamos de você, colocamos comida na mesa, sempre fomos amorosos e atenciosos. E em troca você nos exibiu como porcos em um chiqueiro."

"Não, eu os exibi como são. Exatamente como são."

"Não é seu papel nos julgar."

"Eu não julguei ninguém."

"Você não deveria nem olhar para nós. Uma criada não está em posição de olhar para um rei e uma rainha. Que coisa para se fazer, Marie. Como você pôde fazer aquelas cabeças?"

"Por favor, Elisabeth, por favor, acredite em mim. Eu não consegui me conter. Agora me arrependo, me arrependo muito, mas enquanto trabalhava fui tomada por uma necessidade imensa, não consegui me segurar. Nunca mais vou fazer isso."

"Não, de fato não vai mesmo."

"Eu prometo."

"É tarde demais."

"O meu lugar é com você."

"Não, não mais."

"Madame Elisabeth, eu estou sendo posta para fora?"

"Marie Grosholtz, não é apenas seu patrão que quer você fora daqui. Preciso me portar como uma adulta agora. Preciso me afastar de você. Eu não vou mais vê-la. A brincadeira acabou. Dizem que eu fui deixada sozinha por tempo demais."

"Sozinha? *Eu* estava ao seu lado!"

"Não faz bem para a pessoa ficar sozinha. Vou passar mais tempo com as minhas tias a partir de agora. Adeus, Marie Grosholtz. Pense em mim. Não, não, você não pode me tocar. Nada de encostar em mim."

"Sou eu, o seu coração quem está falando. Me escute, eu imploro. Quero ficar com você."

"Não, eu não vou chorar, já não sou mais capaz disso."

"*Eu* estou chorando."

"Criadas não devem ter sentimentos. O que você tem é um resfriado. Vou rezar para que melhore. O que quer que esteja sentindo, controle-se, guarde tudo para si. Não deixe que ninguém veja. Como você está estranha. Você sempre teve essa aparência desagradável? Talvez sim. Eu é que devo ter me acostumado."

"Como você vai viver daqui para a frente? O que vai ser de você?"

"E pensar que você chegou a achar que éramos parecidas. Ninguém deve ser capaz de dizer isso agora."

"Daqui a uma semana, você vai estar parecendo uma tia velha."

"Adeus, Marie."

"Você vai mandar me chamar. Sempre acaba fazendo isso. E eu vou estar à espera."

"Adeus. Adeus."

"Posso pedir desculpas? Você não vê como estou arrependida?"

O último presente que ganhei dela foi o baço de cera.

"Elisabeth!"

Assim aprendi que, além da possibilidade de seu amor ser retirado de você e dado a outra pessoa, existe a chance de a pessoa amada se afastar por conta própria. Você pode abrir os braços e a pessoa não vir. A Elisabeth que eu amava não existia mais. O que ficou em seu lugar foi uma concha vazia, uma figura de gesso. Oca. Dentro dela só havia um ar viciado incapaz de se libertar. Como eu queria abrir aquela casca.

Recebi permissão para esvaziar pessoalmente as minhas prateleiras.

Eu passei a vida escondida no mundo, habitando seus menores espaços. Nunca me impus de uma maneira grandiosa. Só encontrava brechas e me infiltrava nelas. Naquele momento, mais uma fresta se fechava para mim.

Arrumei as minhas coisas com cuidado no meu baú. O baú foi levado. Abri a porta do quarto dela e vi o lar do Jesus do armário.

"Você vem comigo", falei. "Cuidado para não cair aí do alto." No entanto, quando abri seu armário com forro de veludo, ele não estava lá, estava com ela. Ele tinha me vencido. Uma hora mais tarde, quando fui me despedir de Elisabeth, havia criados de libré guardando a porta da sala onde ficavam seus furiosos objetos, e a minha entrada não foi permitida. Eu precisava de uma última cabeça; não poderia partir sem ela.

"Madame Elisabeth! Madame Elisabeth!", gritei. "Por favor, Madame Elisabeth, nunca tirei um molde seu. Preciso da sua fisionomia — não para mostrar aos outros, mas para mim. Por favor, Madame Elisabeth, é o seu coração quem está pedindo! Seu baço, se assim preferir. Mas me responda!"

Uma dama de companhia apareceu.

"Démon! Démon! Graças aos céus é você. Pode me deixar entrar?"

"Meu nome, faça a gentileza de se lembrar, é marquesa de Monstiers-Mérinville", ela respondeu. "Nós sequer sabemos quem você é. O que uma pessoa dessa laia estaria fazendo em Versalhes?"

"Por favor, Démon..."

"Não me dirija a palavra."

"Por favor, eu preciso me despedir de Madame Elisabeth."

"Sua presença não é mais requisitada."

"Posso ver o rosto dela? Só por um instante?"

"Você precisa sair daqui agora mesmo. Aqui não é seu lugar."

Ela me deu as costas, a Démon. Toda séria, como se eu nunca a tivesse visto antes, toda adulta. Eram os favoritos que restaram, Démon e o homem de gesso pintado. Os criados me levaram lá para baixo, um em cada braço, me retirando de lá às pressas.

Enquanto era conduzida pelos corredores, percebi que eu não era a única pessoa saindo para não voltar mais. As passagens estavam cheias de baús e criados correndo de um lado para o outro com objetos envolvidos em panos. "Para onde todo mundo está indo?", perguntei. "Por que estão todos indo embora?" Mas não recebi resposta.

Jacques estava à minha espera nos portões. Fiquei contente em vê-lo, mas ele estava com os dois olhos roxos e um corte na testa, e foi frio e distante comigo. Seu ajudante de aspecto feroz estava ao seu lado, também ferido.

"Eles machucaram você, Jacques? Ah, Jacques, sinto muito por terem machucado você."

"Ninguém é capaz de machucar Jacques", ele falou. "Isso é impossível."

Quando a carruagem começou a se mover, eu só conseguia pensar no amor. Eu amava Edmond Picot, antes de ele ter sido tirado de mim. E naquele momento estava com um coração em um bolso e um baço no outro. Era a prova de que eu precisava. Eu havia me imposto no mundo, sim. Tinha deixado pequenas marcas de cera. Ela vai mandar me buscar, pensei, com certeza vai mandar me buscar.

"Meu armário!", gritei. "Eu quero o meu armário!"

Mas o meu armário estava trancado para mim, e eu nunca o teria de volta.

MADAME TUSSAUD

LIVRO CINCO

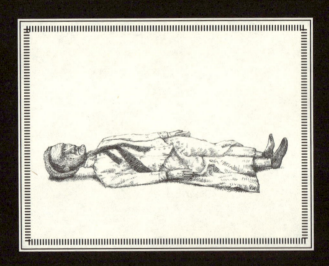

O PALÁCIO DO POVO
De quando eu tinha
vinte e oito anos até os
meus trinta e dois.

1789-1793

45

Entrada e saída.

Jacques ficou me encarando enquanto voltávamos a Paris, assim como o seu ajudante de cabeça raspada. Se fosse haver alguma conversa, percebi que precisaria ser por iniciativa minha.

"Quem é o seu amigo, Jacques?"

"É o meu ajudante. É o Emile."

"Olá, Emile, prazer em conhecer você. Eu sou a Marie."

Emile franziu o lábio.

"Ele é igualzinho a você!", exclamei. "Você fazia isso também!"

"Ele meio que me copia um pouco. Eu não ligo. É o meu ajudante, é pago para fazer coisas para mim."

"Ele é pago, é?"

"Todos nós somos."

"Como deve estar tudo diferente, com tanta gente nova."

"Ah, sim, está tudo bem maior que antes, e eu tenho o meu Emile, e a gente se dá muito bem."

Emile rosnou para mim.

"Não tem nenhum problema com ela, Emile, é uma amiga. Só ficou fora muito tempo."

"Agora estou aqui."

"É. Agora está aqui."

A princípio pensei que Jacques Beauvisage tinha ganhado peso, mas não foi gordura que ele acumulou, acho que foi ternura. Ele desenvolveu um vínculo; a responsabilidade por um outro ser humano conferiu um toque de suavidade a seu rosto. Na minha ausência, ele encontrou outra pessoa a quem dedicar seu amor; era a coisa certa a fazer, acho, mesmo assim era surpreendente.

Estávamos indo de volta a Paris, transitando por suas ruas sinuosas e abarrotadas, mais tristes do que eu imaginava, a caminho do bulevar. E lá estava. A Casa dos Macacos, que tanto havia crescido na minha ausência.

Fiquei sem jeito. Era como ver uma velha amiga depois de uma década, alguém que costumava ser magrinha, mas que havia adquirido uma corpulência. Que antes era jovem, mas agora estava na meia-idade e ganhara corpo.

Não havia apenas uma, mas duas grandes portas da frente, uma identificada como ENTRADA, a outra como SAÍDA. Nosso antigo vizinho do bulevar, O Pequeno Mundo Teatral, tinha sido demolido, e a Casa dos Macacos se expandiu para seu terreno. À direita, no lugar onde ficava o café com tabuleiros para enxadristas, outra ampliação tinha sido construída. Todo esse progresso era protegido por cercas altas de metal e um grande portão com lanças, pelo qual Jacques me conduziu. No alto do portão estava pendurado o antigo sino de Henri Picot. Caminhei na direção da porta assinalada como ENTRADA, mas antes de subir os degraus Jacques me segurou pelo braço.

"Pelos fundos, Pequena. Entre pelos fundos."

Eu o segui até uma porta lateral e adentrei um território desconhecido para mim: paredes vazias, pisos sujos, garotos ocupados correndo de um lado para o outro. Perto dessa entrada dos fundos havia vários manequins de loja empilhados. Eu conhecia aqueles! Eram os últimos remanescentes do meu querido Edmond Picot, que havia ido embora para a gráfica Ticre. Um dos manequins ostentava um bigode. Fiquei em choque ao vê-los. Jacques me puxou.

"Venha por aqui", ele falou. "Precisamos ir agora. Eles não podem ficar esperando."

Florence Biblot estava na cozinha, ainda com a pele engordurada e agora com mais dobras e rugas, acompanhada de uma garotinha magra de avental, sua ajudante.

"Olá, Florence!", cumprimentei. "Lembra de mim? Como senti falta da sua comida!"

"Ddddd, dddd", ela respondeu com sua risadinha, assim como antes.

"Ora, Pequena, vamos logo. Eles vão ficar irritados."

Fui conduzida a um escritório. Espalhados pelo chão havia baldes de metal, vários deles cheios de cinzas e tocos de charutos; as paredes e a escrivaninha grande no centro do cômodo estavam cobertas de gravuras, retratos de muitas pessoas diferentes. Jacques me pediu para esperar ali e desapareceu.

Eu já fiz isso antes, pensei; é como a minha primeira vez em Versalhes. Mas que lugar diferente é esse, que sala diferente. Um instante depois, os rostos retratados em papel pareceram estremecer de terror, e a viúva Picot entrou. Estava enorme e cheia de verrugas, ostentando com orgulho sua cabeleira, com sobrancelhas e lábios grossos, uma rã graúda em um vestido bonito — bruta, indômita e mal-humorada. Os cabelos continuavam amarrados, longe das vistas sob o gorro de renda, mas as roupas, consegui perceber, pareciam um pouco sujas e puídas.

"Que audácia a sua de mostrar a cara por aqui", ela falou. "Por que deveríamos aceitar os rejeitos do palácio?"

"Eu quero voltar para lá", falei. "Prefiro não ficar."

"Mas você nunca vai poder voltar, sua insignificante; portanto, engula seu orgulho."

A porta se abriu outra vez, e as cabeças retratadas nas páginas estremeceram de novo, e envolto em sedas e pó surgiu a forma cadavérica do meu querido patrão, bastante desgastado, com roupas e joias novas e reluzentes, mas coberto por um sofrimento antigo e dolorido. A pinta falsa havia migrado para o queixo, mas pouco fazia para melhorar seu aspecto.

"Cara viúva Picot", ele disse.

"Dr. Curtius", ela falou e assentiu.

"Tudo bem?"

"Tudo indo! Tudo indo!"

"As minhas atividades estão frutificando."

"Fico feliz em saber."

Pelo que entendi, a viúva e o meu patrão não se viam todos os dias.

"Ela está de volta."

"Quero voltar para Versalhes", falei.

"Mas eles não querem você, Marie", o meu patrão falou. "Mandaram você de volta."

"Eu já falei isso. Ela não quer acreditar."

"Elisabeth vai mandar me chamar, *sim*", falei.

"Que problemão você causou", esbravejou a viúva. "Foi a Guarda Suíça que machucou Jacques. A cabeça dele ficou sangrando. Pessoas do seu país!"

"Eu lamento muito por isso."

"E deveria mesmo!", ela retrucou.

"Eu vou fazer os cabelos, como antes?", perguntei.

"Você vai fazer o que for mandado", respondeu a viúva. "Você pode ter vindo de um palácio, mas agora está em outro, que se chama a Grande Casa dos Macacos. Não quero ouvir falar de nenhum outro lugar."

"Pois não, madame."

"Infelizmente você não vai poder ficar com uma chave do armário da cera, Marie", Curtius acrescentou.

"Claro que não", confirmou a viúva.

"Você ainda tem muito a aprender, Marie, mas são tantas cabeças e mãos para fazer que vai ser colocada para trabalhar imediatamente."

"Ah, vou?", falei. "Obrigada, senhor. Eu agradeço por isso."

"Não fique se sentindo importante", avisou a viúva, "e não se meta onde não for chamada. O sótão é perigoso, os cômodos lá de cima não são seguros. Se subir lá, pode acabar caindo e morrendo. Os arquitetos da Grande Casa dos Macacos nos aconselharam a não deixar que ninguém suba."

"Claro, madame. Por favor, senhor e madame, posso perguntar uma coisa? A família real à mesa vai ser exposta?"

Depois de um breve silêncio, a viúva resmungou: "Uma compensação é necessária para que o sofrimento de Jacques não tenha sido à toa".

"Então vocês vão expor?", sussurrei. "Vão expor, sim!"

"Eu não gosto da voz dela, nunca gostei."

"E eu preciso ser paga como todos os outros. Agora eu vou ser paga?"

"Para mim, esta entrevista está encerrada", declarou a viúva. "Eu não estava nada ansiosa por isso, e agora meu humor está arruinado. Estou indo embora. Volto no fim do dia. Pode ser que eu chegue só tarde da noite. Se precisar de mim, mande um garoto. Agora vou me recolher à companhia de pessoas melhores."

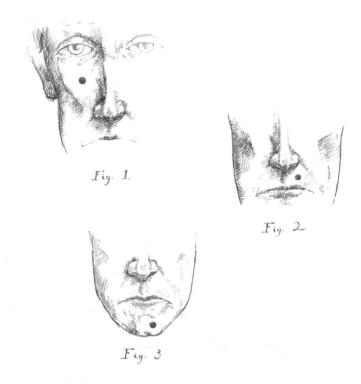

Fig. 1

Fig. 2

Fig. 3

A viúva foi embora, levando as palavras consigo. O meu patrão e eu ficamos nos olhando, sem saber o que dizer. Por fim, acariciando a pinta falsa, ele murmurou: "Ela foi para o Palais-Royal. Tem aposentos por lá. Recebeu permissão para isso do duque de Orléans em pessoa, que lhe deu suas bênçãos". Eu não disse nada. Ele continuou. "Ela passa a maior parte do tempo lá, fumando charutos. Mantemos as melhores ceras por lá, todos os bons seres humanos da sociedade civilizada. É uma coisa grandiosa, na verdade. Um endereço como aquele, e com um aluguel daqueles! Aqui temos todos os criminosos e todo tipo de gente temerária. Entendeu? Só o que não presta aqui, tudo de bom lá. Ela cuida das pessoas decentes, e eu me encarrego da outra tribo. Foi um trato que fizemos, sabe. É assim que vivemos hoje em dia: divididos."

"Tudo cresceu muito por aqui desde que fui embora, senhor."

"Sim", ele reconheceu, "estamos prosperando."

"Perdão, senhor, mas é impossível não reparar. Tem uma coisa no seu queixo."

"Ah, tem?", ele murmurou, tocando o círculo escuro. "Ah, sim, eu esqueço que está aí às vezes. É uma coisa feita para me tornar mais atraente."

"E torna, senhor?"

"Eu uso por ela. Sabia que isso me custou trinta e cinco libras francesas, Pequena? É da melhor qualidade, sabe, tafetá preto. Nunca sei onde colocar. Às vezes uso na bochecha, às vezes em cima do lábio. Pouco tempo atrás foi parar no meu queixo, onde acho que é um local mais feliz. Mas não vale a pena, Marie, porque ela nem repara."

Ele voltou a ficar em silêncio, e soltou um suspiro longo e melancólico, se sacudindo um pouco. "Venha comigo, então."

Enquanto caminhávamos, não para a antiga Casa dos Macacos, mas para uma parte do edifício engordado que eu não conhecia, perguntei: "O senhor gostou das minhas cabeças? Das minhas? Um pouquinho?".

"Eu sou um acúmulo de dores e incômodos."

"Nós fomos bem longe desde que chegamos de Berna, senhor."

"Berna? Sim, eu me lembro, Pequena. Sim, fomos bem longe... E sim! Eu cheguei até aqui." Ele começou a andar mais depressa, como se estivesse sendo perseguido. "Posso contar uma coisa para você, Marie? Eu fui descoberto. Sou um grande nivelador. Equalizo as pessoas, sabe. As pessoas escreveram sobre mim — e eu li! — e é assim que me chamam, Pequena, o grande nivelador." Então seus olhos voltaram a pousar em mim, e foi como se ele estivesse despertando de um sonho. "Ah! Querida Marie", ele falou, me olhando nos olhos e sorrindo para mim pela primeira vez. "Não posso dizer isso na frente dela, mas estou feliz por você ter voltado para casa."

"Estou contente em ver o senhor também. Mas, além disso, devo dizer que lamento muito ter saído do palácio. Aprendi a gostar de Elisabeth, e ela de mim. Acho que devo voltar para lá, e provavelmente muito em breve. O senhor vai me ceder para lá, não?"

"Versalhes está sendo esvaziado, Marie. Os aristocratas estão de mudança."

"Estão mesmo? Tem certeza? Por que eles fariam isso? Eu não entendi."

"Não sei se existe alguém que entenda, a não ser a viúva, talvez, ela estuda muito a respeito do mundo. Ninguém entende a situação melhor do que ela. Está tudo um caos, Marie, você não ficou sabendo? As pessoas estão defendendo suas posições com muita força. Gostaria que não fosse assim, mas é. Isso a deixa muito contrariada. Monsieur Mercier está perambulando por aí como se estivesse com bicho-carpinteiro. Tudo se tornou muito incerto."

"Então eu fui mandada embora para o meu próprio bem?"

Curtius pareceu não me ouvir. Mas em seguida perguntou: "Ela amava você, essa sua Elisabeth? É muito bom ser amado. Venha comigo".

As pessoas de Versalhes, de mudança? Isso seria possível?

Fiquei me perguntando se algum dia as coisas deixariam de ser incertas de novo.

46

Um novo começo.

"Chegam cabeças, novas cabeças para ocupar nossos pensamentos todos os dias", anunciou o meu patrão. "A Casa dos Macacos cresceu demais, não temos como voltar atrás agora, nem se quiséssemos. Logo ali, Marie, fica a sua oficina."

"A minha oficina?"

"E para trabalhar ao seu lado, todos os dias, aqui está Georges Offroy."

Um garoto deu um passo à frente.

"Olá, senhorita", ele falou, fazendo uma mesura.

Estava se dirigindo a mim.

"Olá, Georges. É um prazer conhecer você."

Que rosto mais alegre e saudável, com aqueles dentes tortos. Gostei dele de imediato. Um garoto de treze anos como outro qualquer. Desde quando eu conhecia criaturas assim?

"Estou aqui para fazer o que a senhorita mandar", ele falou. "Estou ao seu dispor."

"Fico muito contente com isso", respondi. "Não sabia que teria um assistente. Nunca tive um antes."

"Estou aqui para fazer o melhor possível, senhorita."

"E com certeza vai fazer."

"Eu vi suas cabeças da realeza antes de serem mandadas para o Palais!", ele exclamou. "Elas ficaram famosas! Que cabeças!"

"Obrigada, Georges!", falei, quase gritando. "E é lá que elas estão? No Palais-Royal? As minhas cabeças! Eu posso ver?"

"É melhor começar a trabalhar, Pequena", disse o meu patrão. "Você precisa se apressar. Existem muitas coisas a fazer!"

A minha oficina era uma pequena sala conectada à do meu patrão, e ficava no pavimento térreo da nova ampliação. Uma despensa que havia sido esvaziada e equipada com uma mesa e duas cadeiras. Não tinha acesso independente; não era possível entrar lá sem passar pela oficina do meu patrão. Havia só uma janela, tão alta que era preciso subir em uma cadeira para olhar para fora. Mas era a minha sala, a minha oficina.

Naquela primeira tarde, os meus dedos percorreram todas aquelas ferramentas e potes, e até a cera. Georges e eu precisávamos fazer algumas mãos de cera para uma figura que o meu patrão estava terminando, enquanto o corpo pesado estava sendo montado em outra oficina. Mãos grandes e compridas, com dedos grossos, foram a nossa primeira incumbência, então um padeiro grandalhão de Charenton foi chamado para ceder um molde de suas mãos em troca de pagamento. A cabeça daquelas mãos gordas tinha muitas marcas na pele, e uma peruca gigantesca e despenteada. Parecia um leão adoecido. Conde de Mirabeau era seu nome.

Nesse primeiro dia, as mãos gordas me deixaram tão ocupada que depois de um tempo quase me esqueci de pensar em Elisabeth em seu corredor com o homem de gesso. A minha mente estava voltada para outras coisas. Enquanto trabalhávamos, eu virei para o meu assistente: "Com licença, Georges. Não quero parecer intrometida, mas você é pago por esse trabalho?".

"Com certeza, senhorita, com a pontualidade de um relógio. Eu não continuaria aqui se não fosse assim. Vou até a tesouraria e recebo a minha parte. É um bom emprego."

"Você acha que eu vou ser paga, Georges?"

"Claro que vai."

"Você acha! Será que você pode, Georges, me mostrar onde fica a tesouraria? Essa sala não existia antes, e não sei onde fica."

"Com prazer. Quer ir agora? Claro. Tranquilamente."

Atravessamos um longo corredor, contornamos uma parede e de repente estávamos de novo na velha casa que eu conhecia tão bem. Enquanto subíamos as escadas, fomos recebidos pelo manequim de Henri Picot, que àquela altura usava uma camisa branca e um colete de seda com listras ousadas.

No local que era chamado de sala da tesouraria havia uma grande caixa-forte de metal. Dentro desse móvel de personalidade fria estava a grande fortuna do Gabinete. Havia três chaves, eu ficaria sabendo mais tarde: uma para a viúva, uma para Curtius e uma para o guarda-livros. O guarda-livros era quem estava lá quando chegamos, sentado em seu banco alto, um homem de vinte e poucos anos com uma calvície prematura, cabelos e olhos castanhos em um rosto pálido e sem nenhum sinal de simpatia.

"Esta é Marie Grosholtz", anunciou Georges. "E este, senhorita, é Martin Millot. É ele que cuida das contas."

Martin apontou para os meus óculos e falou: "Vinte libras francesas". E então, depois de um momento: "A senhorita morava no palácio".

"Sim, é verdade."

"Por isso recebíamos cinquenta libras francesas por mês", ele falou.

"Cinquenta libras francesas!" Fiquei pensando naquela quantia. Para mim não parecia pouca coisa.

"Nós faturamos isso em algumas poucas horas, às vezes."

"O dinheiro é meu? O que vinha de Versalhes? Posso receber?"

"Receber?"

"Era o pagamento pelos meus serviços."

"Eu não tenho autoridade para uma liberação de fundos como essa."

"Mas era um dinheiro pago por mim, não? Pelo meu trabalho."

"Pode até ser, mas eu não tenho autoridade para definir isso."

"Desculpe a pergunta, mas... eu vou ser paga daqui em diante?", perguntei. "Agora que estou de volta? Eu vou ter um salário?"

"Não recebi nenhuma instrução a respeito, nem autorizando, nem desautorizando."

"A família real à mesa... eu fiz as cabeças. Foram obra minha."

"Ah, foram? E o que tem isso?"

"Eu não deveria ser paga?"

"O que a senhorita quer que eu diga? Não recebi nenhuma instrução a respeito, nem autorizando, nem desautorizando. Sem uma ordem de cima, o dinheiro não sai daqui. A senhorita parece abalada demais. Não se aflija tanto comigo, não é minha culpa. Eu faço as somas, as subtrações. Não sei a que quantia a senhorita se refere. Então, por favor, peço que tenha calma."

"Vamos voltar ao trabalho, senhorita?", perguntou Georges.

"Acho melhor mesmo, Georges", falei.

"Não fique tão abalada, senhorita."

"Não, Georges. Eu estava esperançosa, só isso."

Continuamos trabalhando por várias horas, e a tarde caiu, e então uma balbúrdia começou a se espalhar pela construção, e os objetos dentro da sala começaram a tremer.

"É o público", explicou Georges. "As portas foram abertas, e eles entraram. Geralmente somos sacudidos um pouco, para lá e para cá, até as pessoas irem embora. Mas é um barulho bom, segundo a viúva. Ela chama isso de prosperidade."

A construção inteira vibrava com a dose de vida injetada pelas pessoas que passavam pelos portões. Um pouco mais tarde, o meu patrão colocou o casaco e saiu.

"Ele costuma sair à noite com Jacques e Emile", Georges contou.

"Aonde eles vão?"

"Não sei exatamente. Lugares obscuros, rinhas de galo e coisas assim, e tavernas perigosas onde acontecem brigas e assassinatos. Mas, agora que ele já foi, você quer ver o resto? Tem um buraco de onde dá para espiar tudo."

Georges me pegou pela mão e me conduziu pela escada dos fundos e por um corredor escuro. Um outro funcionário novo cruzou o nosso caminho.

"O que você está fazendo, Georges?", ele quis saber.

"Só mostrando tudo para a srta. Grosholtz."

Eu precisava que alguém me mostrasse o meu antigo lar? Sim.

"E você *deveria* estar fazendo isso?" O rosto do outro garoto surgiu, semiescondido no colarinho alto. Sofria de um estrabismo severo, e seus olhos eram tão separados que pareciam completos desconhecidos um em relação ao outro. "Eu não sei se deveria."

"Eu sou Marie Grosholtz", anunciei.

"Ah, é?", ele respondeu. "E daí?"

"Eu fiz a família real."

"E eu aqui pensando que foi Deus quem tinha feito." Ele nos encarou, cada um com um olho, antes de se afastar, fazendo cara feia.

"Esse é André Valentin. É o bilheteiro. Não precisamos lidar com ele, na maioria do tempo."

"Ainda bem."

"Aqui está."

Ele me mostrou um buraco feito em uma parede. Através dele era possível ver o estabelecimento colossal — de gente de cera! — e os visitantes de carne e osso. Que população!

"Acho que o resto de Paris deve estar vazio agora", comentei.

"Deve estar mesmo."

Os velhos objetos cenográficos não estavam mais lá. Tudo parecia escuro e mal iluminado. As paredes pareciam tomadas de umidade; grandes sombras pretas perambulavam pelo saguão; todos os assassinos e suas vítimas estavam sinistramente retratados. Era o Salão dos Grandes Ladrões. Ali estava tudo muitíssimo mal acomodado. Figuras por toda parte, com posturas orgulhosas de seus crimes. E pessoas de verdade perambulando entre aquelas almas natimortas, gritando e rindo delas. Havia bancos espalhados aqui e ali, onde as pessoas poderiam se sentar e descansar de tanta infâmia.

"Está vendo que tem uma pessoa dormindo no banco?", perguntou Georges.

No saguão havia um homem de meia-idade, com a cabeça caída sobre o ombro. Duas ou três pessoas se aproximaram, apontando para ele e sorrindo; depois, uma delas chegou mais perto e deu um tapinha no joelho dele. Como ele não se moveu, foi cutucado mais um pouco. Depois o grupo soltou um gritinho, e ouvi quando disseram: "Ele é de cera!".

"Um homem de cera fingindo ser um visitante!", exclamei.

"Esse sujeito dormindo", contou Georges, aos risos, "é uma réplica de cera de Cyprien Bouchard, pintor de porcelanas. Ele ganhou o sorteio."

O sorteio, segundo Georges me contou, era feito a cada seis meses. Era uma ocasião popular e aberta a todos: os nomes eram colocados em um saco, e aquele que fosse sorteado virava uma peça de cera. O sorteio tivera três vencedores até então: uma criada de cozinha, um cabeleireiro e um pintor de porcelanas. Eles estavam espalhados pelas exposições, misturados às figuras celebradas e às infames. A criada com um assassino, o cabeleireiro perto de um ladrão, e o pintor de porcelanas junto a uma noiva afogada.

"Que ideia!", comentei.

Todos os ruídos e burburinhos da Casa dos Macacos expandida, toda a conversa e a movimentação, todas as batidas e reverberações esporádicas eram novidade para mim. Deitei sozinha no meu estrado dentro da minha oficina naquela noite, depois que o público se retirou, e ouvi a construção respirar, fazendo diversos barulhos estranhos — aquela casa falava, sempre foi assim, porém agora com sons diferentes, novas reclamações. Quando eu conseguia pegar no sono, um novo som me acordava. E eu me sentava com a certeza de ter ouvido passos se aproximando.

47

Uma visita.

Os sons voltavam noite após noite enquanto eu estava deitada no meu estrado — pancadas, arranhões. Às vezes, em um estado semidesperto, eu achava que alguém tinha entrado na minha sala; eu me sentava assustada e olhava para a porta, que às vezes estava aberta, sendo que eu sempre a fechava antes de ir dormir. O meu patrão deve ter aparecido aqui à noite, eu dizia para mim mesma.

Certa manhã, quando acordei, o dia estava começando a clarear, e de repente me dei conta de que não estava sozinha. Alguém estava sentado no banco diante de mim.

"Olá", falei.

Não houve resposta.

"Quem está aí?"

A pessoa se manteve imóvel.

"É você, Georges? Pare de brincadeira, o que você está fazendo?"

Mas a pessoa continuou só olhando. Conforme mais luz foi entrando, vi o contorno sutil de uma touca. Era uma mulher miudinha sentada ali.

"É você?", me apressei em dizer. "Elisabeth! Você veio me buscar!"

Mas ela não disse nada.

"U-uh!", arrisquei dizer.

Não houve resposta. O dia foi nascendo lentamente, e vi a pessoa com mais clareza. Estava usando um vestido preto e uma touca branca; no peito, havia um emblema vermelho com a letra C no meio, idêntico ao que os trabalhadores do Gabinete usavam. Pouco a pouco, bem lentamente, comecei a ver melhor. A mulher me encarava com olhos escuros e brilhantes.

"Quem é você? Por que está aqui?"

Mas ela continuou imóvel, só encarando.

"Por favor, fale. Converse comigo. Por que você está aqui?"

Ela se limitava a me encarar.

Então me inclinei para a frente e a empurrei, e ela tombou e foi ao chão, onde ficou caída, ainda imóvel.

Eu me agachei e toquei seus cabelos. Eles caíram da cabeça.

Eu gritei.

Mas então consegui ver melhor: a estranha mulher careca não era uma pessoa viva, na verdade estava bem morta, e nunca teve vida, pois era uma boneca. Uma boneca que representava uma mulher de tamanho diminuto, feita de madeira, não de cera, usando um vestido de tecido e com olhos de vidro fixados à cabeça. Eu a coloquei sentada; como era pesada, e desajeitada, com os membros caindo cada um para um lado. Alguém havia colocado aquilo ali para me assustar.

Que rosto mais horrível e cruel. Como me encarava com aqueles olhos sem vida. Eu recoloquei seus cabelos, apesar do desgosto de encostar naquilo. Enquanto eu ajeitava a maldita boneca, a porta se moveu e alguém, uma silhueta que estava lá o tempo todo, saiu em disparada pela oficina do meu patrão e pelo corredor. Eu fui atrás, guiada pelos rangidos no assoalho, como se a própria casa quisesse me ajudar a encontrar o culpado. Parei ao pé da escada do sótão da casa antiga, na extremidade do território proibido. Não fazia diferença se o sótão me mataria; nada seria capaz de me deter.

Fui subindo com bastante cautela, bem devagar. Quando cheguei no último degrau, contemplando a escuridão, não vi ninguém. Mas então, depois de um longo tempo, quando a minha respiração se aquietou, vi uma forma com uma luminosidade diferente no meio da penumbra, e estava vindo na minha direção. Seu nome — ah, seu nome —, seu nome era Edmond Henri Picot.

48

Proibido colar avisos.

Edmond Henri Picot. Com um bigode e os cabelos grisalhos e olhos atormentados. Levei as mãos à boca para não gritar. A figura veio direto na minha direção, com movimentos tão suaves que parecia uma aranha ao vento, e murmurou:

"Catarro? Este tratamento poderoso é cura certa. Nazalia. Limpa e purifica todos os órgãos respiratórios; penetrando nos recessos mais inacessíveis da membrana mucosa da garganta e do nariz, dissolve e remove toda a crosta e fleuma, dispersa o catarro, acaba com o zumbido nos ouvidos e cura a surdez parcial".

"Ah, Edmond!", falei, aos prantos. "O que aconteceu com você, meu queridíssimo Edmond?"

"Você sofre de alguma doença de pele", ele continuou, "na forma de oleosidade, espinhas, manchas e vermelhidão, que podem levar a eczemas e seus terríveis sintomas de queimação e coceira? Para uma cura total dos eczemas, duas libras francesas é muito dinheiro?"

"Edmond, o que aconteceu? Você mora sozinho aqui em cima?"

"Uma pastilha laxante e refrescante com sabor de frutas. Muito agradável de tomar. Tamar Indien Grillon para constipação, hemorroidas, bile, dores de cabeça, perda de apetite, problemas gástricos e intestinais. Tamar Indien Grillon."

"Ah, Edmond, o que fizeram com você?"

"Ratoeiras!", ele falou. "Contra camundongos e ratazanas! Chega de infestações!"

Pense, Marie Grosholtz.

"Não vamos conversar sobre isso. Vamos só sentar um pouco aqui. Me deixe recuperar o fôlego."

"Uma sobremesa oriental em Paris — pistaches."

"Sim, Edmond, claro."

Àquela altura já era possível ver os cômodos do sótão. Eles tinham... uma população. Edmond colocara um manequim de loja em cada espaço vazio. Havia pratos e copos, uma mesinha e até uma toalha de mesa. Então arrisquei uma suposição.

"Eles sabem que você está aqui? O pessoal lá de baixo. Você não está se escondendo aqui, não é mesmo, Edmond?"

Eu segurei sua mão. Todos os seus dedos estavam manchados de tinta preta.

"Proibido colar avisos", ele murmurou.

"Eles sabem, não é?"

"Quem colocar avisos será indiciado."

"Sim. Eles sabem." Alguém vinha lhe trazer comida. "Não é possível, Edmond."

Eu toquei seu rosto. Suas orelhas estavam pálidas e frias. Toquei o bigode tímido.

"Espere aqui, Edmond. Volto daqui a pouco."

Peguei uma faca afiada na minha oficina, e um pouco de sabão, e com uma tigela d'água raspei o bigode de Edmond. "Pronto, assim está melhor", falei. "Agora você está mais parecido com quem realmente é." Mas a verdade é que ele parecia quase insignificante sem aquele bigode. "Você me reconheceu, Edmond. Eu sei que sim. Deixou uma coisa na minha oficina hoje de manhã. Não sei o que aconteceu com você, mas vai ficar tudo bem de novo."

"Proibido colar avisos", ele disse.

"Tudo bem mesmo", falei.

Um sino soou lá embaixo.

"Preciso ir agora, Edmond, mas volto depois. Preciso conversar com algumas pessoas lá embaixo. Pois é. Mas vou voltar!"

Quando retornei à minha oficina, Georges já estava lá.

"Edmond Picot está no sótão", anunciei.

Ele não falou nada, mas parecia constrangido.

"Onde está a viúva?", perguntei.

"Por favor, senhorita, ela saiu bem cedo hoje."

"Então onde está Curtius?"

"Também não está, acabou de sair. A senhorita o perdeu por muito pouco."

"Eu acredito em você. Com certeza ele me ouviu lá em cima, e saiu para evitar problemas."

"É possível."

"E Jacques?"

"Ainda não chegou."

"Me diga, Georges, a viúva sabe sobre a presença daquela pessoa no sótão?"

"Sabe, sim, senhorita. Foi ela que o colocou lá."

"Ah, aquela mulher maldita!"

"Ele não parava de chorar."

"Coitado! Georges, me conte o que aconteceu."

"Ele caiu de cama com uma febre cerebral, senhorita, uma exaustão nervosa total, e quando a febre passou, o cérebro dele se foi também."

"Ninguém me contou isso!"

"Perdão, senhorita, mas haveria algum motivo para contar?"

"Ele fica sozinho no sótão?"

"Ele fica menos em pânico lá sozinho. A senhorita viu a boneca de madeira dele?"

"Vi, sim. Levei um tremendo susto."

"Foi ele que fez. Sabe quem é aquela?"

"Foi Edmond que fez? Ele? Não, eu não sei quem é."

"Não sabe mesmo?"

"É uma mulher com um rosto horroroso, que me despertou calafrios."

"De verdade a senhorita não sabe quem é?"

"Não, Georges, eu não sei. Com certeza nunca vi ninguém com uma aparência como aquela."

"Ora, é a senhorita."

"Eu?"

"Sim."

"Eu me pareço com aquilo?"

"Um pouco."

"Oh."

Para mim, foi a pior coisa que poderia ouvir.

"A senhorita ficou bem quieta agora."

Fiquei mesmo.

"Pensei que fosse uma honra", ele falou, "sabe como é, ter um retrato seu."

"É assim que ele me vê."

"Foi feita de memória."

"Eu não sou uma pessoa vaidosa. Nunca fui."

"Ele teve um trabalhão."

"Ela usa as minhas velhas roupas, agora vejo isso, e tem as minhas medidas também, acho."

"De fato, é inconfundível."

"É mesmo?"

"Ele se empenhou de verdade naquilo."

"É mesmo? *Mesmo*?"

"Posso contar uma história?"

"Sim, Georges, conte."

"Pois bem. Vou contar sobre essa boneca. Talvez ajude. Enfim, vamos lá. Quando Monsieur Edmond fazia suas visitas, ele passava um tempo com a mãe, ou com o manequim do pai, e mais tarde ia para o sótão. Lá, um pouquinho por vez, de visita em visita, ele foi entalhando. Ele fez a senhorita sozinho, nos quartos lá de cima, quando estava longe da esposa. Entalhou sua cabeça com uma das vigas do sótão, que reclamou demais disso. Ele arrancou a viga e, desde então, acho que afundou um pouco, o sótão. Depois, sempre que vinha visitar, ele ficava lá em cima com você.

"Quando a viúva finalmente encontrou a boneca, foi um escândalo. A boneca foi quase inteiramente arrebentada. Ele passou a vir menos depois disso — a esposa não deixava —, e aconteceu uma discussão aos gritos, eu me lembro, entre Madame Cornélie e a viúva. Mas a viúva arrumou uma utilidade para a boneca. Colocava-a nas janelas — lamento dizer isso, senhorita — para assustar as crianças do bulevar quando vinham espiar. E às vezes era usada como peso, para prender as coisas no lugar. Também já serviu para manter portas abertas. Jacques às vezes a colocava sentada ao lado dele nos degraus. Assim a boneca pôde ficar. E essa é a história da boneca, senhorita, caso não se importe."

Lágrimas, lágrimas por Edmond, e por mim, com direito a nariz escorrendo e soluços.

"Ele está muito mal?", perguntei. "Me conte tudo, Georges."

"Eu acho que sim."

"E Cornélie o colocou para fora?"

"Ela não aparece mais por aqui. Foram os Ticre que o trouxeram de volta. Madame Cornélie não o quis nesse estado. Ela rompeu o casamento. Na corte de justiça, como manda o figurino. Argumentou que Monsieur Edmond não vinha cumprindo seu papel de marido. E, quando o juiz solicitou que Monsieur Edmond falasse, ele só resmungou suas frases sem sentido, então o casamento foi rompido e ele veio de volta para cá."

"Com um bigode no rosto e os dedos manchados de tinta."

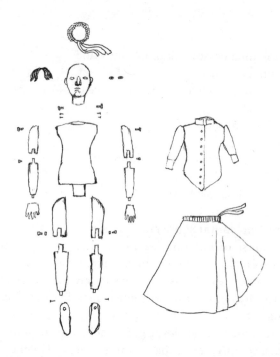

"A viúva não permite que ele apareça em público. Ele é uma figura lamentável. Causa incômodo nas pessoas."

"Ela esconde o filho."

"Ele morre de medo das pessoas de cera. Fica mais feliz lá em cima. Recebe sua comida lá, e quando tenta descer, um dos garotos o leva de volta. Aqueles quartos são dele; sempre falam que é um lugar perigoso, mas isso é só para que ele seja deixado em paz. Ele está bem contente vivendo sozinho. Muito mais do que estava antes. Disseram que a chegada da senhorita iria provocar uma reação desagradável, por isso a recomendação de nunca subir lá."

"Mas ele me descobriu aqui."

"Sim, ele descobriu a senhorita."

"As coisas que ele fala não fazem sentido."

"São anúncios, senhorita. Folhetos impressos na gráfica Ticre. Ele decorou todos. E é só o que consegue falar hoje em dia. Fica repetindo, vários deles, sem parar. Só serve para tarefas menores, nem isso, na verdade. Às vezes é solicitado a costurar alguma coisa, mas acaba se furando."

"A viúva vai lá falar com ele?"

"Às vezes. Mas ela é uma mulher orgulhosa, não gosta de mostrar seu lado mais fraco."

"E ele fica sozinho lá em cima?"

"Acho que ele está contente assim."

"Isso é o que veremos", falei.

Fiquei subindo e descendo para vê-lo o dia todo, e entreguei sua comida. Ele continuava imóvel por lá, murmurando textos dos folhetos.

Quando ela por fim chegou em casa, eu estava à sua espera. Fui até lá em cima, peguei Edmond pela mão e o trouxe para baixo. Para o escritório dela, onde entrei sem bater.

"É Edmond", falei para ela. "Este é Edmond!"

Com o rosto trêmulo e furioso, os dentes cerrados, ela sibilou: "Eu não o quero aqui! Lá para cima! Os visitantes vão chegar a qualquer momento!".

"Pode ficar, Edmond!"

"EU NÃO O QUERO AQUI!"

Um garoto apareceu.

"É o seu próprio filho", argumentei. "Não merece um tratamento melhor da senhora?"

"FORA DAQUI! AGORA!"

"Por gentileza", Edmond falou, mais alto que o normal, "não entrar."

Ele saiu da sala por iniciativa própria, em silêncio. O garoto foi atrás. Fiquei sozinha com ela.

"Não vá pensando que me conhece", ela falou. "Se entrar no meu caminho, acabo com a sua raça. Com as minhas próprias mãos. Arranco cada vestígio de vida do seu corpo e desapareço com você com a maior felicidade. Eu poderia fazer isso agora mesmo. Quem é você, uma insignificante, e quem sou eu? Saia daqui!"

Eu saí, mas aquilo era só o começo.

Todos os dias, eu lavava os dedos de Edmond. Subia e descia aquelas escadas o tempo todo. Consegui atraí-lo para a oficina. Estava decidida a reencontrá-lo, se o Edmond que eu conhecia ainda estivesse lá.

"Edmond, você me conhece", eu disse. "Sei que conhece. Agora estou de volta. Estou aqui de novo."

"Velas do Cais."

"Não vou deixar você lá no sótão."

"Compramos dentes."

"Você vai ficar aqui embaixo comigo."

"Propriedade com ótimas instalações, propostas aqui."

"Você vai ficar perto de mim, vai ser meu companheiro de novo."

"Com uma área de mil e oitocentos metros."

"E em algum lugar no meio dessas palavras..."

"Fachada de mais ou menos quarenta metros."

"...o Edmond de verdade vai aparecer."

"Disponível para aluguel."

49

Todo mundo está aqui.

Louis-Sébastien Mercier veio fazer uma visita. Ele me procurou na minha oficina, onde eu estava fazendo mãos com Georges. Edmond estava sentado em um canto, sem dizer uma palavra.
"Aqui está você de novo, Pequena! De volta ao mundo real!"
"Não fale muito alto, senhor, por gentileza. Isso não faz bem para Edmond. Veja só ele ali. Veja no que se transformou."
"Ah, sim, fiquei sabendo. Mas, Marie", ele continuou, se animando um pouco, "eu vi a sua família real!"
"É mesmo? Como está Elisabeth?"
"Estou falando da versão em cera, claro. Que ousadia. Retratá-los assim!"
"Obrigada. E como vai o senhor, caro Monsieur Mercier? Como estão seus sapatos?"
"Continuamos em atividade. E como continuamos!"
Enquanto Georges e eu trabalhávamos, Mercier me contou sobre o tempo que passou perambulando de um lugar a outro, como se Paris estivesse abalada por contínuos terremotos. Às vezes, segundo contou, via a viúva passando apressada também, resfolegante, reunindo informações. Ele tirou

os sapatos e os exibiu. Estavam de fato bem gastos. E mostrou um folheto que havia acabado de terminar, intitulado *Os Celebrados Salões de Cera*, do qual leu um trecho para nós:

Nestes tempos de novidades surgindo em ritmo acelerado, o Gabinete do Dr. Curtius é um ponto de visitação obrigatório no Palais-Royal e em todo o bulevar. Alguns chegam a dizer que não existe atração melhor em toda a capital. Curtius é um ótimo entretenimento para homens de todas as profissões, para as crianças, para as mulheres, para os idosos, para os curiosos, para os desinformados, para os corajosos, para os sem imaginação, para os cansados da vida, para os entediados, para os elegantes, para os esfarrapados, para os fracos, para os poderosos, para os patrões e seus criados, para os ousados e os comportados, para os nativos compreenderem como sua capital funciona nesta época de instabilidade e para os estrangeiros entenderem uma cidade desconhecida.

Existem poucas pessoas em Paris para quem Curtius não é relevante nestes dias extraordinários. Por melhor que você imagine conhecer a cidade, Curtius sempre tem uma surpresa reservada — como se fosse o próprio Dr. Curtius a decidir quem importa e quem não importa. Tudo o que é conhecido, tudo o que há de melhor, tudo o que há de extraordinário e inspirador, tudo o que há de abominável, tudo isso está concentrado no Gabinete. Se as figuras vivas famosas podem ser uma decepção na vida real, com suas aparições breves e sempre distantes, no Gabinete de Curtius elas nunca decepcionam. Em seu estabelecimento, as damas e os cavalheiros de convivência mais exclusiva sempre têm tempo para simplesmente todo mundo.

Pois uma coisa é verdade: Curtius, em seu salão, aboliu os privilégios! Curtius dispensou todas as regras de etiqueta. Curtius acabou com o sistema de classes. Onde mais no mundo um plebeu pode se aproximar de um rei? Um medíocre pode tocar um gênio? A feiura pode ser atrativa — tanto quanto a beleza? O Gabinete é o único lugar.

É verdade que existe uma certa magia dentro do confinamento dos locais de exibição; uma vez do lado de fora, a gravidade das pressões e preocupações e esperanças do dia a dia se restabelece de imediato. Mas quem pode reclamar de ter visto o fascínio de um menino de idade escolar diante de seu mais recente herói? Quem pode reclamar quando vê um estudioso da Sorbonne se aproximando com reverência de um grande autor falecido cujas palavras têm tanta importância em sua vida? Quem pode reclamar quando uma matrona temente à lei pode sentir o terror e a proximidade de estar diante do

maior assassino de sua época? De fato, quem pode reclamar quando algum súdito do reino da França pode visitar o Palais-Royal e ver, quando e como quiser, em qualquer dia da semana, a família real sentada à mesa, e chegar cada vez mais perto, e sentir uma ligação com o rei e a rainha que nunca experimentou antes, e pode até, ao custo de três libras francesas, se tiver coragem — e poucos têm —, ousar... TOCÁ-LOS?
Que assim continue sendo!
Até mesmo o mistério da realeza é solucionado no Gabinete do Dr. Curtius!

"Obrigada, Monsieur Mercier", falei, pegando o volume magro entre as mãos. "Vou guardar com muito carinho."
"Você acha, Pequena, acha possível que agora pensem em um novo busto meu? Para o Palais-Royal, claro, não para cá. Você acha possível?"
"Quem é que sabe?", respondi. "Isso não depende de mim."
"Mas você acha?"
"Eu não sei", falei.
"Pois é, não", ele murmurou. "Eu participo todas as vezes do sorteio, ponho o meu nome junto dos outros."
"Puro leite, ovos frescos", falou Edmond.

50

Onde cabeças são roubadas.

A viúva substituiu os uniformes de quem trabalhava atendendo o público. Os trajes de seda foram trocados por casacos de algodão preto, meias pretas e chapéus simples de três pontas também pretos, mas todos adornados com emblemas com a letra C. Essas vestes sóbrias eram uma réplica daquelas usadas pelos representantes dos comuns no recém-eleito parlamento.

Certo domingo, não muito depois da minha volta, os sinos ressoaram por toda a cidade, repicando por muito mais tempo que o normal. Nós trabalhamos nas nossas oficinas a manhã toda, sem dar muita atenção a isso, mas os sinos não paravam, e Edmond começou a andar de um lado para o outro no sótão. Eu subi para acalmá-lo, mas o barulho o incomodava, e ele estava com um péssimo humor. Segurei suas orelhas; isso sempre ajudava. Falei que os sinos logo parariam, mas isso não aconteceu.

No fim da tarde a viúva, aos gritos, retornou à Casa dos Macacos e entrou com estardalhaço na oficina do meu patrão.

"Um roubo! Um roubo! Subtração de propriedades! Cabeças! Nossas cabeças, Curtius!"

A viúva estava muito vermelha, suando em bicas.

"Madame!", respondeu Curtius. "Qual é o problema?"

"Cabeças! Cabeças!" Ela estava ofegante.
"Sim", disse Curtius. "Alguma em particular?"
"Sim", ela falou, resfolegando, lutando para conseguir respirar, "arrancadas de nós no Palais-Royal!"
"Um roubo?"
"Em plena luz do dia. Centenas!"
"Centenas de cabeças?"
"Não, de pessoas! Centenas de ladrões, todos pedindo a mesma coisa."
"Cabeças?"
"Sim, Curtius! Nossas propriedades foram subtraídas!"
"Mas de quem eram as cabeças?"
"Nossas!"
"Mas quais foram?"
"A do ministro Necker e a do duque de Orléans."
"Mas para quê?"
"Para empalar e desfilar pelas ruas em uma marcha fúnebre."
"Mas elas são nossas! Por que eles fizeram isso?"
"Você precisa se informar, Curtius! Manter os ouvidos abertos. O ministro foi demitido, e o duque foi banido, e as pessoas estão marchando pela cidade exibindo suas cabeças. Como os homens em si estão ausentes, são representados pelas cabeças."
"Eles deveriam fazer suas próprias cabeças de Necker e Orléans. Aquelas são nossas!"
"Eles gritaram palavras de ordem, bateram nas janelas, invadiram o salão sem comprar ingresso e exigiram as cabeças."
"E o que a senhora fez?"
"Eu as entreguei. Eles teriam pegado de qualquer forma, e quem sabe o estrago que não fariam. Queriam o rei também, mas eu implorei que não, disse que o rei era uma figura de constituição íntegra, e muito pesada, enquanto as demais eram só bustos."

O rei era obra minha. "Ainda bem que o rei está em segurança", falei. "Obrigada por salvá-lo."

A viúva virou as costas para mim.

"Vamos colocá-los na cadeia", rosnou Curtius. "Fui *eu* que fiz aquelas cabeças! São propriedades particulares!"

"Consegui dois nomes. François Pépin, um vendedor de rua, e André Ladry, um *limonadier*."

"Eles serão indiciados!"

"Eles prometeram devolver as cabeças."

"A senhora não deveria ter deixado que elas fossem levadas."

"O senhor não estava lá", ela murmurou — bem baixinho, mas eu ouvi. "Eu estava sozinha lá, e fiquei assustada."

Houve um grande silêncio nesse momento, como se estivéssemos dentro de um buraco, e então um rasgo, como se a viúva estivesse se desmanchando, e com ela, o nosso mundo como um todo.

"A senhora, assustada?", Curtius sussurrou. "A *senhora*? Não consigo acreditar."

"Pensei que fossem me matar, aquelas pessoas. Não seria muito difícil. Eles fariam isso, e não havia nada capaz de impedi-los se realmente quisessem. Era só pegar uma faca afiada e me sangrarem ali mesmo. Eu teria morrido, teria, sim. No fim foi uma sorte, Philippe", ela falou, com lágrimas nos olhos.

"A senhora nunca me chamou de Philippe antes."

Isso foi outro choque.

Acho que nesse momento todos ficamos assustados.

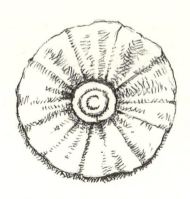

51

Sobre o capitão Curtius.

A cera é usada em mosquetes, rifles e espingardas. Ela lubrifica os gatilhos para tornar sua resposta mais precisa; ela alisa o interior dos canos para ajudar o projétil e a pólvora a passarem com mais eficiência.

Houve barulhos noite adentro. Gritaria no bulevar, vidros quebrados. Um relato distante sobre tiroteios. Esses sons foram ouvidos na Grande Casa dos Macacos, e a Grande Casa dos Macacos usou-os à sua maneira: distorceu e alongou, fez com que reverberassem pelas paredes e não parecia disposta a deixá-los morrer. Os uivos provocaram tamanho sofrimento em Edmond que ele perdeu o sono. Não sei quantas portas e janelas foram destruídas naquela noite, só sei que os portões da Casa dos Macacos aguentaram firme.

De manhã, todos os sinos da cidade tocaram juntos, chamando uns aos outros por toda Paris. Na Grande Casa dos Macacos, nada. Os portões foram mantidos fechados. Os funcionários que moravam na cidade não vieram trabalhar. Apenas Martin Millot, o guarda-livros, apareceu, preocupadíssimo em saber se estava tudo em segurança. Nós, que restamos, nos pusemos a trabalhar nas salas dos fundos, sem pressa e sem concentração. Millot contava o dinheiro, Jacques cortava tecidos, a viúva costurava bustos, o meu patrão fazia cabeças, e eu, as mãos. Edmond não se juntou a nós porque sua mãe estava presente. À medida que o dia foi passando, distraídos com a cera ou os cabelos ou os tecidos, nos esquecemos de tudo que não fosse aquilo que estava diante de nós.

Apenas perto do meio-dia nosso sino tocou. Jacques foi até o portão. Ele voltou com dois homens de negócios do bulevar: o alto e magro Monsieur Nicolet, o chefe dos acrobatas da corda bamba — sua construção de tijolos se chamava Grandes Danseurs de Corde —, e o dr. Graham do Leito Celestial, com seus cabelos de fogo. Só fiquei sabendo depois que ele abriu a boca para falar, mas Graham era escocês — um estrangeiro como eu e o meu patrão.

Os dois tinham vindo, segundo disseram, porque no bulevar não havia outro local tão famoso quanto a Grande Casa dos Macacos. Ele sabia que os acontecimentos da noite passada deviam ter nos deixado apavorados, porque tínhamos muito a perder. Não era apavorante, perguntaram, o fato de não ter ninguém tomando as rédeas da cidade? A não ser que alguma coisa fosse feita, e depressa, a cidade seria arrastada para o abismo. A anarquia se espalharia de bairro a bairro; a cidade arderia em chamas, e tudo o que havia dentro de suas muralhas seria perdido.

"Nós sabemos bem o que significa uma perda", contou a viúva. "Ontem, duas de nossas cabeças foram arrancadas de nós."

"Necker", complementou Curtius. "E o duque de Orléans."

"Os homens que roubaram vocês, que promoveram essa marcha ilegal, foram dispersados a fogo."

"E as nossas cabeças?"

"As ruas de Paris estão cobertas de sangue. A ordem precisa ser restaurada."

"Nós vamos conseguir nossas cabeças de volta?"

Eles tinham acabado de voltar do Hôtel de Ville. Houvera uma reunião: foi por isso que o aviso dos sinos foi dado. Eram momentos de desespero, os dois concordavam; era fácil ficar em casa e se enfiar embaixo das cobertas, mas, se nada fosse feito, alguém iria arrancar os cobertores da sua cara e jogar você na rua sem nenhuma roupa no corpo. Esse último comentário foi dirigido especificamente para Curtius.

Na reunião do Hôtel de Ville, foi proposta a formação de uma milícia cidadã, uma força numerosa o bastante para proteger a cidade tanto dos terrores desconhecidos de fora de suas muralhas como das ameaças conhecidas que habitavam seu interior. Os homens fizeram uma pausa, e então falaram com toda a clareza: seria um grande incentivo para as pessoas do bulevar e do bairro, eles explicaram, se Curtius, sua personalidade mais proeminente, se voluntariasse como capitão local da milícia popular. "O senhor faria isso, capitão Curtius?", eles perguntaram.

Lá estavam Curtius e a viúva. Diante dos meus óculos, eles pareceram encolher. Ouvi alguém fungar, e parecia ser o meu patrão.

"Vocês estão enganados", ele respondeu por fim. "Philippe Wilhelm Mathias Curtius. Ou dr. Curtius. Ou, ontem mesmo, Philippe. Nunca querido, é verdade, nem meu caro. Apenas Curtius é aceitável. Mais nada."

"*Capitão* Curtius", eles insistiram. "Ninguém seria mais apropriado."

"O lugar dele é aqui, entre as pessoas de cera", falou a viúva.

"Sim, de fato", eles disseram, "e para proteger essa população tão distinta é preciso primeiro proteger o bairro."

"Não", proclamou a viúva. "Não, isso não está certo."

"Capitão Curtius", os homens disseram. "É uma grande honra ser escolhido como capitão."

"Ele não precisa dessa honra", a viúva respondeu aos dois, "nem da covardia de vocês."

"O nome dele já está alistado no Hôtel de Ville."

"Perdão, Curtius, pelo que vou dizer agora", ela falou baixinho antes de se voltar de novo para os homens. "Ele parece apto a isso? Ele não seria capaz. Não tem nenhuma habilidade para esse tipo de coisa."

"Assuma o seu dever, capitão Curtius."

"Capitão Curtius?", questionou o meu patrão.

"Capitão Curtius, o senhor está sendo aguardado na sede municipal."

"Não", insistiu a viúva. "Ele não vai."

"Existe a possibilidade, então", disse o dr. Graham, "de que ele seja preso."

"Existe a possibilidade", acrescentou o pau de virar tripa que era Nicolet, "de que a sua propriedade seja saqueada. Nós não teríamos como impedir."

O meu patrão se levantou em silêncio.

"Alguém precisa ir no lugar dele", propôs a viúva. "Eu vou!"

"Não", eles disseram. "Não, de jeito nenhum. De vestido. De saia. Não, não."

Foi quando o meu patrão se manifestou.

"Capitão Curtius", ele declarou. Como uma afirmação. Não era mais uma pergunta.

"Philippe, pare com isso!"

"*Muito* obrigado", disseram os homens. "Nós saudamos o senhor."

O meu patrão bateu continência para eles. Foi uma saudação que exército nenhum iria querer empregar: uma imitação vaga, um brevíssimo aceno diante do rosto, como se ele estivesse espantando uma mosca.

Mesmo derrotada, a viúva sempre sabia o que fazer. "Jacques, você vai com ele. E não o perca de vista."

"Sim, pode deixar!", gritou Jacques.

"Não permita que ninguém encoste um dedo nele."

"Não vou permitir!"

"Viúva Picot", falou o meu patrão. "Eu sou um capitão. O que a senhora aconselharia a um capitão? Eu preciso de uma farda? Gostaria de ter uma. Vou aparecer diante das pessoas. Elas me conhecem. E precisam dizer: 'Lá vai o capitão dr. Curtius'." Ele tirou a pinta falsa do queixo e prendeu-a na frente do chapéu, como se fosse uma condecoração militar.

"Hoje eu vou chamá-la de Charlotte", disse o meu patrão para a viúva.

"Por favor, Philippe, você não pode ir!"

"Charlotte, ah, Charlotte. Eu me vou." Ele jogou as mãos para cima, com seus braços compridos. "Mantenha as portas trancadas, não deixe ninguém entrar — esse tipo de coisa. Até mais ver, Charlotte."

"Senhor!", eu gritei.

"Philippe!" A viúva estava aos prantos!

Eu me perguntei se algum dia voltaria a vê-lo.

Eles saíram, Curtius com seu cão de guarda à frente, abrindo caminho às manquitoladas. Seu destino era o Hôtel de Ville, pegando o bulevar na direção do antigo portão de Saint-Antoine — derrubado fazia tempo —, por onde ele e eu entramos em Paris. No final do bulevar eles virariam à direita na Rue Saint-Antoine, onde havia uma fortaleza. Era 14 de julho.

52

Criança profana.

Os barulhos atingiram o volume máximo pouco depois das cinco. Já tinha havido disparos de canhão antes, mas naquele momento eles eram como um coro constante de vozes. Quando não consegui mais me concentrar no meu trabalho, fui para as salas dos fundos e subi a escada da velha Casa dos Macacos, passando pelo manequim de alfaiate do falecido Henri Picot. Eu não escutava nenhuma manifestação de Edmond fazia algum tempo, e queria ver como ele estava. Edmond não estava no sótão, não estava em lugar algum. Olhei pela janela, na esperança de localizar a fonte do barulho, mas só o que consegui ver foi o bulevar vazio. Então ouvi o clamor, cada vez mais alto. A multidão devia estar se aproximando; se eu continuasse ali no sótão, poderia testemunhar tudo em primeira mão.

Só então vi Edmond. Ele estava no pátio, dentro dos portões da Casa dos Macacos, andando de um lado para o outro e agitando as mãos. Sua boca estava escancarada — Edmond estaria gritando? Era impossível escutar por causa da multidão. O mais alto que pude, chamei:

"Edmond! Edmond, volte aqui para dentro!".

Mas ele pareceu não me ouvir. Foi até o portão e encostou a cabeça nele. Bateu a cabeça contra as grades. Até que bateu com tanta força que sua cabeça atravessou o gradil — e ficou lá. O corpo de Edmond estava de um lado, o da Grande Casa dos Macacos. Sua cabeça estava do outro. E havia uma multidão se aproximando.

"Puxe a cabeça de volta para dentro, Edmond! Puxe!", gritei.

Mas ele ficou agachado lá, com os ombros encostados na grade e a cabeça exposta para o bulevar. Desci correndo a escada, saí pela porta dos fundos e cheguei ao pátio. Estava tudo bem diferente do lado de fora. As pessoas se juntavam como uma tempestade em formação, ganhando cada vez mais volume; as construções chacoalhavam com o eco de seus ruídos. E lá estava Edmond, com a cabeça para fora da grade, e a multidão chegando.

"Você está preso, Edmond? Está preso?"

"Pastilhas de vinagre de limão!", ele disse.

"Edmond, vou tentar tirar você daí!"

Não adiantou.

"Edmond, não estou conseguindo!"

"Tortas de batata da Savoia!"

Já era possível ver a multidão, uma massa gigantesca, um vasto organismo de gente. Um bicho enorme, barulhento e com muitas bocas, um verdadeiro rei dos ratos, avançando com suas centenas de membros. Algumas pessoas estavam dançando, outras seguravam gaiolas velhas acima das cabeças; estavam agitadas e descontroladas, e eu queria que fossem embora. Quando cheguei aos portões, estavam aglomeradas lá na frente, tão perto que fiquei sem fôlego. Que nova criatura era aquela?

"Aqui tem outra cabeça", alguém gritou, para risos gerais.

"Não, não, está tudo bem", falei. "Por favor, prossigam."

"A cabeça dele ficou entalada?"

"Socorro! Socorro!", gritei na direção da Casa dos Macacos. "Alguém me ajude!"

"É verdade! Outra cabeça!", alguém berrou.

"Olha só essa cabeça, será que ela quer conhecer as outras?"

Então, em meio a celebrações, eles ergueram seus troféus. Cabeças. Duas cabeças empaladas. Muito bem feitas, cheguei a pensar por um instante; seriam obra de Curtius? Eram essas as cabeças que roubaram da viúva? Só então a verdade se revelou com uma repentina clareza: não eram cabeças de cera. Eram cabeças de carne e osso, feitas pelos pais de seus donos. Cabeças de verdade. Uma delas foi colocada ao lado da de Edmond, como se para compará-las, como se fosse possível promover uma conversa entre as cabeças. Edmond gritou, e seu corpo se sacudiu e se movimentou, mas sua cabeça continuava presa entre as grades.

Um dos garotos da Casa dos Macacos saiu.

"Cera", gritei para ele. "Traga cera, o mais depressa que puder!"

{O pescoço alongado do marquês de Launay.}

{Seu companheiro de jornada, De Flesselles.}

Cera, pensei; a cera era a solução. Apenas a cera, esfregada nas grades, seria capaz de libertar Edmond completamente. A cera é um lubrificante; impede que portas e janelas emperrem; funciona com metal e também com madeira. Pode ser usada tanto em humanos como em objetos metálicos. Faz uma dobradiça parar de ranger. E poderia fazer Edmond ficar em silêncio também.

Nessa hora a viúva havia saído. "Edmond!", ela gritou. "Edmond, entre agora mesmo." Ela me empurrou e tentou puxá-lo, mas nem mesmo as ordens da mãe foram capazes de tirá-lo de lá.

"Saia do caminho", a viúva ordenou para mim. "Deixe que eles passem direto."

"Tragam cera!", gritei. "Cera para soltar a cabeça dele."

"Cera! Cera!", berrou a viúva para os garotos da Casa dos Macacos, que corriam desvairados.

"A casa de cera... eu já entrei aí", disse uma voz na multidão.

"Tem um monte de corpos famosos!"

"E quanto ao que temos aqui? E estas famosas cabeças aqui? Não temos os corpos, claro, mas as cabeças. São cabeças que todo mundo deveria conhecer."

"De Launay, governador da Bastilha."

"Ex-governador."

"Ele atirou em nós!"

"Não vai mais fazer isso."

Os garotos vieram correndo, trazendo a cera. Cortei um pedaço e comecei a esfregar nas grades e nas orelhas de Edmond. A viúva me empurrou para o lado.

"Estou aqui, Edmond! Estou aqui", ela gritou.

"E aqui está De Flesselles — ele fez o povo passar fome."

A multidão colocou a outra cabeça junto à de Edmond. Ele ficou apavorado.

"Agora não vai mais existir fome!"

"Gordo como um leitão!"

"Nós arrancamos o recheio dele."

Eu nunca havia testemunhado um assassinato antes, nunca na vida. Jamais havia visto cabeças sem corpo que não houvessem sido moldadas. Mas agora lá estávamos, de repente, tão perto delas. Tão perto de uma nova realidade. Eu não conseguia olhar, mas também não conseguia desviar os olhos. E mesmo assim, o pobre Edmond, aos berros, em companhia tão aterradora, não conseguia se soltar.

A cera vai resolver, eu torcia. Vai resolver. Precisa resolver.

"Vocês deveriam moldar as *nossas* cabeças em cera", alguém gritou para a viúva.

"Sigam em frente, por favor, nos deixem em paz", a viúva grunhiu.

"Agora não. Só depois que vocês fizerem as cabeças. Peguem estas cabeças. E façam em cera."

"Não! Não, por favor, vão embora!"

"Não queira mandar em nós."

"Nós não vamos desistir. A não ser que você queira *três* cabeças empaladas."

"Arranquem mesmo! Arranquem mesmo! Cortem o pescoço dele."

Edmond gritou de novo, agora com razão. Que escândalo ele fez.

"Marie!", ele disse. "MARIE! MARIE!" Palavras de verdade! Saídas da boca dele, de novo e de novo... o *meu nome*, várias vezes sem parar! "MARIE! MARIE!"

"Eu estou aqui", disse a viúva. "Estou bem aqui, Edmond, a sua mãe."

"MARIE! MARIE!"

Não havia outra coisa a fazer. "Vou moldar as cabeças para vocês", eu disse por fim. "Vamos até ali na frente, venham comigo, me tragam as cabeças."

"MARIE!"

"Andem, meninos, vão buscar a maleta de Curtius. Depressa!"

"Só uns minutinhos", falei, "só preciso de uns minutos para o gesso secar. Vou fazer tudo bem depressa, e então vocês podem seguir seu caminho."

"É bom mesmo, ou vamos aumentar nossa coleção."

"Não existe necessidade", falei. "Não existe necessidade disso."

A bolsa do meu patrão, sempre pronta ao lado da porta lateral, foi trazida às pressas.

"Estou pronta", avisei.

Um homem subiu nos ombros de um companheiro e me passou uma cabeça, ainda empalada, por cima do portão. Fiquei tão surpresa com o peso dela que quase a derrubei. Eu precisava cobrir aquilo com gesso. Só o rosto.

"Não vou demorar tanto para tirar o molde de cabeças assim", falei. "Elas não precisam de canudos no nariz para respirar através do gesso, e se não forem bem tratadas certamente não vão reclamar."

Do lado de fora da Casa dos Macacos, eu me pus a trabalhar. Martin Millot me ajudou, com as mãos trêmulas.

"Um pouco de sabão de potássio", pedi.

A cabeça no meu colo era a do comerciante De Flesselles. Parecia me encarar com olhos opacos. Eu sabia que não deveria estar com sua cabeça entre as mãos, que o melhor a fazer era jogá-la longe. Aquilo era podridão, era imundície? Como poderia ser imundície se pouco tempo antes estava pensando, vendo, ouvindo, saboreando, mastigando no alto de um corpo humano? Nós viramos lixo assim que morremos? Aquela massa infeliz devia sentir muita falta do que havia logo abaixo dela tão pouco tempo antes. Como ficamos assustadores quando fracionados, que visão estranha. E — oh! — como é pesada uma cabeça humana. É um peso que sequer deveríamos conhecer. Pobre esfera. Não fui cruel com ela. Para o bem de Edmond, e da cabeça também.

A segunda cabeça era a do marquês de Launay, governador da Bastilha. Não estava em tão boa condição quanto a anterior, apesar de ter sido obtida depois. O meu colo logo ficou encharcado. Calma, eu disse a mim mesma, calma. Fale como o seu patrão falaria. Não deixe passar nada. Como se estivesse em Berna. Mostre que é bem treinada, e com orgulho.

"O pescoço do marquês de Launay está cortado em linhas irregulares", falei em voz alta enquanto a viúva aplicava mais cera na cabeça e no pescoço do filho. "Há um talho na fáscia temporal direita; os músculos ao redor do maxilar estão com cortes feios. A estrutura cartilaginosa do nariz está destruída; o nariz inteiro está ensanguentado e amassado para um dos lados; um pedaço de cartilagem está saindo pela narina esquerda. A ponta da estaca usada para o empalamento foi enfiada bem na abertura, no forame magno, na base do crânio, e entrou significativamente até não ter mais como avançar. A ponta da estaca agora está nas extremidades dos ossos parietais, ou seja, na sutura sagital superior — o que é possível confirmar pelo pequeno trincado que estou sentindo agora na parte externa do crânio, sob o couro cabeludo do marquês."

Lá estava eu, sentada em um banquinho diante da Casa dos Macacos, tirando os moldes de duas pesadas cabeças sem corpo para uma plateia enlouquecida do outro lado do portão, enquanto o céu acima da minha cabeça ficava cada vez mais cinzento. E enquanto eu terminava o meu trabalho, Edmond finalmente se libertou e voltou inteiro para dentro dos limites da Grande Casa dos Macacos, e estava exausto, deitado no colo largo da viúva ofegante. Ela estava aos prantos. Eu já tinha visto uma cena como aquela antes, e se chamava *pietà*.

Salvo, salvo pela cera.

Quando o gesso secou, Martin passou as duas cabeças de volta por cima do portão e a multidão enfim se foi, já perdendo um pouco da empolgação. O meu vestido estava coberto de sangue e secreções e gesso; com uma ânsia repentina, me virei para o lado e vomitei sobre as pedras do pavimento. Gostaria que isso não tivesse acontecido. Eu deveria ter me saído melhor. Eram só corpos, afinal; coisas perfeitamente naturais. Mas os meus pensamentos estavam carregados.

"Edmond, Edmond!", falei. "Você me chamou!" Mas ele já estava lá dentro.

Estava começando a chover. Isso me aliviou um pouco. Fiquei parada, deixando a chuva cair sobre mim. Que coisa eu fui fazer, pensei. Em pouco tempo todos entraram, e fiquei contente por estar sozinha por um momento.

Quando finalmente voltei para a Casa dos Macacos, as três portas estavam trancadas.

"Você não vai entrar", a viúva gritou. "Não quero você aqui dentro. Fique aí fora! Criança profana!"

53

Irritação.

Durante quatro horas fiquei tomando chuva no pátio. Quando enfim o dr. Curtius e Jacques voltaram, eu estava estremecendo junto à porta. O meu patrão tocou o sino e Millot apareceu, com a viúva logo atrás dele do outro lado da porta.

"Ela não vai entrar!", trovejou a viúva. "Não quero uma pessoa como essa aqui dentro. Repulsiva! Profana!"

O meu patrão foi informado do acontecido.

"Você tirou moldes de cabeças decepadas?"

"Tirou, sim! Tirou, sim!", gritou a viúva da porta.

"Para afastar as pessoas de Edmond. Achei que era a coisa certa a fazer", justifiquei.

"Como isso pode ser certo?", ela gritou.

"Isso não é certo, Marie", ele disse.

"Eu fui obrigada a fazer o que aquelas pessoas queriam", insisti. "O que mais eu poderia fazer?"

"Essa decisão cabia *a mim*", ele falou.

"O senhor não estava aqui", rebati.

"Eu deveria ter sido chamado."

"Ninguém sabia onde o senhor estava."

"Eu poderia ser encontrado."

"O senhor estava com a Guarda Nacional. Tinha uma tarefa importante a cumprir lá!"

"Enfim... estou muito chateado", o meu patrão falou.

"Eu estou mais do que chateada", a viúva insistiu. "Ela manteve aqueles assassinos na nossa porta enquanto a cabeça de Edmond estava presa na grade."

"Eu jamais faria alguma coisa para prejudicar Edmond", garanti. "Estava tentando..."

"Sua imunda! Verme! Quem você pensa que é?", ela berrou.

"A assistente de um escultor."

"Você me dá nojo, é repugnante!", ela descarregou.

E eu gritei de volta: "Não tenho medo de você, sua velha".

"Por favor, se acalmem, vocês duas", pediu o meu patrão.

"Como eu posso me acalmar com uma abominação dessas diante de mim?", rebateu a viúva.

"Entre", Curtius falou baixinho. "Entre e venha se secar."

"Ela não vai entrar!", gritou a viúva. Em seguida veio até mim e me estapeou no rosto, primeiro com a palma da mão, depois com o dorso.

Eu não iria aturar isso. Não depois de tudo que passei. Cerrei o meu punho pequeno e a acertei bem na cara. Isso interrompeu os tapas. E então, tomada subitamente pela raiva, voltei à carga. Um soco bem dado no rosto. Eu fiz isso. Eu.

Achei que tivesse reduzido a minha mão a pó.

Que estrago! Sangue nos lábios dela. O choque. Eu fiz aquilo. Como foi bom, o corte na boca dela, o corte na minha mão pelo contato com os dentes.

"Assassina!", ela berrou.

"Eu poderia matar você *se quisesse*", gritei de volta, pois não havia como me acalmar. "Já pensei nisso muitas vezes. Como imaginei isso na minha cabeça!"

"Marie! Pequena!", interveio o meu patrão. "Cuidado com o que diz! Pobre Charlotte!"

"Já aturei desaforos suficientes dela. Agora chega. Talvez eu possa empalar a cabeça *dela*. Por quantos anos não escutei essas palavras de desprezo? Não vou mais aceitar isso. Eu vou ser paga — ah, pelo amor de Deus, eu exijo ser paga agora. Hoje mesmo!"

"Pequena, você precisa se desculpar. Você sabe que precisa."

A viúva estava mais do que vermelha. "Foi o que Nicolet falou: anarquia!", ela bradou. "É assim que a coisa se espalha, a lei é virada de pernas para o ar, a rebelião começa no lar."

"O seu lábio está inchado, madame!"

"Você precisa implorar pelo perdão da viúva."

E então toda a minha mágoa guardada por anos e anos entrou em ebulição e foi vomitada. Aquelas cabeças foram a gota d'água: turbilhões de raiva e de sofrimento.

"E o senhor!", falei para Curtius, me virando e dando um chute em sua canela. "E o senhor também. Quanto eu não fiz pelo senhor? E o que recebi em troca? Se não fosse por mim, o senhor não teria assassino nenhum. Fui eu que dei essa ideia. E fiz as cabeças da realeza. Eu sou imunda? Como vocês dois conseguem limpar a sujeira da culpa impregnada na pele? Por quantos anos eu limpei o chão de vocês? Por quantos anos eu só disse 'sim, senhor' e 'não, madame'? E o que recebi em troca? Nem um mero agradecimento. O senhor não é capaz nem de me defender. Nunca teve a capacidade de fazer isso. De que vale fazer o mínimo pela Pequena? A senhora, mulher, quando vê o mínimo de felicidade, o mínimo de amor brotando na sua casa de bonecas, destrói tudo sem pensar duas vezes. Sufoca toda e qualquer beleza com o seu pensamento cruel. E esse é o agradecimento que eu recebo por salvar Edmond. Eu já suportei coisas demais, agora chega.

"A senhora deveria me agradecer! Eu fiz por merecer o meu lugar! Veja só a senhora, vermelha a ponto de explodir! Pois então que exploda! A senhora estraga tudo o que cruza seu caminho. Massacrou Edmond até que ele virasse um trapo velho. Reduziu o meu patrão a uma carcaça de homem, devorado pelo amor que sente pela senhora. Enquanto a senhora fica aí, chorando pelo amor morto, se alimentando do luto — tudo por aquele manequim no alto da escada. Queime aquela coisa e nos poupe desse vexame! Para trás, viúva Picot! Não chegue perto de mim ou eu juro que arranco a sua cabeça!"

"Essa cadela! Essa pequena cadela!", gritou a viúva, tentando recuperar o fôlego. "Faça alguma coisa, Curtius! Como ela ousa dizer isso? Sem mim, vocês estariam todos na rua. Se eu não estivesse aqui, não existiria nada disso. Eu faço tudo nesta casa. Sou eu que mantenho as coisas vivas. Você tem ideia do fardo que é isso? Não percebe que isso está me matando?"

"Então morra!", gritei do corredor, e fui pisando duro até a minha oficina e bati a porta com tanta força que a minha vontade era derrubar a casa toda. Fiquei sentada por um instante, chorando com as minhas roupas ensanguentadas. Então, depois de me acalmar, comecei a empacotar as minhas coisas, com a certeza de que seria mandada embora.

No fim Jacques apareceu, trazendo uma garrafa de vinho. O meu patrão veio logo em seguida.

"São documentos importantes, essas cabeças", comentou ele.

"Isso é tudo o que o senhor tem a dizer?"
"Bem, Marie, você foi muito cruel."
"Mais alguma coisa?"
"Obrigado, eu acho. Muito obrigado?"
"Mais alguma coisa?"
"A viúva está com o filho dela."
"Mais alguma coisa?"
"Minha canela está doendo."
"Bom, seria de se esperar."
"Não sei o que deu em você, mas é uma coisa impossível de ser ignorada. Você tem que se desculpar, mas não precisa ser agora. Por enquanto, vamos deixar as coisas como estão." Ele suspirou. "Isso não foi nem um pouco do seu feitio, Marie."
"Bom, acho que finalmente estou acordando."
"Eu nunca vi nada parecido com isso. O que está acontecendo conosco?"
"Eu fui provocada."
"Marie", ele falou, "você pode me ajudar com as cabeças agora?"
"Sim", respondi por fim. "Sim, isso eu posso fazer."
E foi isso o que fizemos. E lá estávamos nós, com as cabeças de novo.
"Senhor, como foram as coisas por lá?", perguntei enquanto trabalhávamos. "Na Bastilha?"
"Foram terríveis, eu acho."
"Isso exigiu muita coragem da sua parte, senhor."
"Sim. Acho que exigiu mesmo."
"O senhor não ficou com medo?"
"Vamos nos concentrar no trabalho."
"Nós perdemos toda a ação", falou Jacques. "Sinto muito em dizer. Eu teria gostado de ver."
"O senhor perdeu a ação?"
"Ora, Marie, nós não nos afastamos muito daqui."
"A gente estava no Café Robert, no Quai Saint-Paul", contou Jacques.
"Isso é verdade, senhor?"
"Fui eu que tive a ideia de ir para lá", contou Jacques, "pela segurança dele."
"Sério mesmo, senhor?"
"A minha especialidade são as cabeças, Marie. Essa coisa de capitão... não fui feito para isso, infelizmente. Mas com as cabeças eu me sinto à vontade. Aqui é o meu lugar, você entende?"
"Você fez muito bem, Jacques."
"Mesmo assim eu queria ter participado da ação."
"Cabeças, sabe, como estas."

Aquelas duas cabeças provocaram uma reviravolta dentro da casa. Despertaram um novo lado do meu temperamento, e provocaram um corte nos lábios da viúva e na minha mão, e ainda fizeram outra coisa incrível: tiraram Edmond daquele sótão. A viúva o colocou no quarto dela. Não me deixou chegar perto dele naquela noite, mas no dia seguinte levei uma trouxinha com alguns materiais de trabalho — linho branco, linha, uma agulha e tesoura.

"O que você está fazendo aqui?", a viúva questionou, bloqueando a porta. Fiquei com a impressão de que ela estava com um pouco de medo.

"Isto é para Edmond", falei.

"Seu lugar não é neste corredor."

"Ele pode gostar de receber isto."

"Você não tem permissão para entrar."

Então ouvi uma voz dentro do quarto: "Marie, Marie".

"Ele está me chamando. Estou ouvindo. Olá, Edmond."

"Marie. Marie."

"É só isso que ele diz", ela admitiu, constrangida. "Não está bem da cabeça."

"Ele está falando o meu nome. Porque quer me ver."

"Não, não, é só um ruído sem sentido."

"É o ruído do meu nome. Um ruído que diz respeito a mim."

"Marie. Marie."

"Ele está me chamando. Olá, Edmond! Trouxe uma coisa para você."

"Que absurdo. Ele não pode mexer nisso. Vai acabar se machucando."

"Eu acho que não."

"Quem se importa com o que você acha? Desde quando você ficou tão abusada e se sentindo tão importante?"

"Desde que a senhora me trancou para fora."

"Você é uma mulherzinha horrorosa."

"É mesmo, madame? Isso é o pior que a senhora tem a dizer sobre mim?"

"Você não tem importância nenhuma na minha família."

"Isso não é verdade mesmo."

"Volte lá para baixo."

"Sim, madame. Mas só porque eu quero. Até mais, Edmond. Fico contente por sua mãe ter lembrado que você existe."

E, apesar de não ter entregado a trouxa que preparei, ela deixou que Edmond ficasse com alguns pedaços de tecido, com os quais ele fez uma figura humana, um novo Edmond de pano. Isso era um avanço. Ele criou coragem para ir até a balaustrada e jogou o boneco no saguão, onde eu o encontrei mais tarde. Que rebelião estava acontecendo dentro daquela casa!

54

Ocupada.

Do lado de fora das nossas paredes, a inquietação predominava nas ruas. Jacques Beauvisage substituiu o meu patrão na tarefa de patrulhar o bulevar, com Emile Melin e outros brutamontes. Ao chegar em casa, com um pouco de sangue na camisa, ele abraçou todo mundo e gritou: "Somos todos cidadãos!". Em pouco tempo se revelou tão eficiente na nova função que foi nomeado chefe da seção do bulevar da Guarda Nacional. O meu patrão ficou recolhido na Casa dos Macacos até seu breve mandato como capitão ser revogado, e depois disso voltou a trabalhar no Gabinete.

A notícia sobre as cabeças do comerciante De Flesselles e do marquês de Launay se espalhou. Depois disso, quando uma pessoa era cortada em partes desiguais, passamos a ser conhecidos como aqueles a quem chamar para fazer uma boa cópia, para que quando os ânimos se acalmassem e o tempo bom voltasse os resultados pudessem ser avaliados de forma mais racional. Nessa atmosfera, eu assumi o comando. Todos os funcionários de Curtius passaram a ser valorizados. Cada um de nós, por maior ou menor que fosse, exercia um papel, carregando baldes, esfregando pisos, misturando gesso, mexendo a cera, pregando cabelos, ajustando olhos de vidro, movendo pedestais, recebendo dinheiro.

A viúva ainda não me deixava chegar nem perto de Edmond, mas me senti encorajada por ele chamar meu nome. Eu sabia fazer cabeças; isso já estava comprovado. Então passei a fazê-las, e o meu patrão deixou. Ele me deixou trabalhar sozinha enquanto eu colocava aquelas esferas pesadas sobre o colo — as que vinham sem corpo, deixadas no meio da noite sob nossos cuidados. Ninguém mais queria esse trabalho, mas eu não ligava. Ou melhor: ficava contente por isso. Eu me sentia viva, sentia que a minha vida estava boa. Nunca tinha sido tão requisitada antes. Eram os meus dias de maior popularidade. Fiquei muito impressionada comigo mesma. Estava me encontrando.

"De verdade, senhor, posso fazer mesmo?", eu perguntava ao dr. Curtius.
"Sim, pode, sim, Marie."
"Não quer fazer o senhor mesmo?"
"Confesso que estou meio cansado."
"É uma boa cabeça. Veja só os lábios, os dentes na boca."
"Não estou com apetite para isso."
"Logo o senhor falando assim!" Não consegui esconder o sorriso. "São só corpos, senhor."
"Eu sei disso, claro."
"Uma coisa perfeitamente natural."
"Mas o fim deles talvez não."
"Claro que sim! Não é natural para um ser humano matar um semelhante?" Eu me interrompi ao me dar conta do que tinha falado. "Mas... sim, senhor, sim. Pobre homem. Pobre sujeito. Uma coisa terrível, não?"
"Terrível demais. O assassinato."
"Sim, senhor. Mas eu preciso fazer a cabeça, não?"
"Sim, acho que precisa, sim."
"Eu não ligo de fazer esse trabalho."

Os funcionários, toda aquela gente nova, como eles me admiravam! Cumprimentavam-me com acenos de cabeça quando eu me aproximava e mantinham distância, tamanho era o respeito. Eu lhes pedia para fazer coisas e era atendida. Uma experiência inédita para mim. Georges estava sempre muito ocupado trabalhando ao meu lado; não estava tão falador quanto antes, mas era porque havia muito o que fazer. E estávamos executando uma função tão importante, produzindo as cabeças e colocando-as no saguão para que as pessoas pudessem ver.

Embora não me deixasse ver Edmond, a viúva passou a mostrar algum respeito por mim. Parou de me dar ordens, e em pouco tempo começou a se manter longe da Casa dos Macacos durante o dia, passando o tempo com o filho no Palais-Royal. Ela me deixou em paz.

Em meio a tantas chegadas, houve também uma partida. A do jovem de dezesseis anos chamado André Valentin, aquele com os olhos bem separados. Mas seus olhos não eram o problema, e sim seu caráter, pois Martin descobriu que Valentin vinha roubando dinheiro do caixa. O pobre garoto ficou morrendo de medo. A viúva reuniu todo mundo no saguão e perguntou a Valentin se aquilo era verdade. Em meio a lágrimas, ele assentiu com a cabeça e implorou por uma nova chance. A viúva ficou parada diante dele por um momento, e em seguida estendeu o braço e arrancou o emblema com o C do peito dele.

"Não! Não!", o garoto gritou. "Por favor, senhor!"

Curtius se limitou a sacudir negativamente a cabeça, entristecido.

"Coloquem esse menino para fora daqui", a viúva mandou.

"Por favor! Mais uma chance!", ele gritou, olhando de um lado para o outro.

O ajudante de Jacques, Emile, o conduziu até o portão e o empurrou para fora.

"Não é a última vez que vocês ouvem falar de André Valentin!", ele gritou. "Um dia eu vou voltar, e vou colocar essa casa abaixo!"

Senti pena dele, o pobre garoto, que saiu andando na direção da vala. Mas eu não tinha tempo para pensar em sua sina. Havia pessoas de cera para exibir. Nossa popularidade estava maior do que nunca. Homens e mulheres apareciam todos os dias, às centenas, pagando três sous cada um — um preço promocional para os conquistadores da Bastilha.

55

Algumas histórias de amor.

Esta é a história de um estabelecimento comercial. A história de um negócio, com seus altos e baixos, com funcionários chegando e partindo, com seus lucros e prejuízos, e às vezes envolvendo o mundo de fora e as pessoas que vinham bater em nossa porta. Pois bem. Vou explicar.

A família real, incluindo a princesa Elisabeth — com destaque para a minha Elisabeth — foi mandada de Versalhes para Paris. Uma turba de trabalhadoras tinha aparecido no palácio exigindo pão, e o rei, cercado e temendo pela própria vida, foi acossado por uma grande aglomeração de plebeus. O palácio foi fechado. Eu teria ficado morrendo de medo por Elisabeth, mas só fiquei sabendo do levante sangrento quando estava encerrado. Uma cabeça foi levada até mim — foi assim que fiquei sabendo.

Um grupo de peixeiras do mercado de Les Halles chegou à nossa porta com uma entrega embrulhada em um avental. Elas a jogaram sobre a mesa. Uma cabeça, decepada com grande imperícia.

"Aqui está", a mulher falou. "Trouxe especialmente para vocês."

"Bem", eu perguntei, "e quem é?"

"Um guarda de Versalhes."

"Um homem da Guarda Suíça?"

"Sim, um deles."

"Não reconheço esse rosto. Duvido que a própria mãe dele conseguisse reconhecê-lo."

"Faça uma cabeça de cera."

"Ele foi chutado, acho."

"Ddddd, ddddd."

Era Florence, a cozinheira. Florence, no meio delas!

"Florence, você estava lá? Você foi?"

"Ddddd. Sim. Fui."

"Oh."

"Vai em frente", Florence incentivou. "Faça a cabeça."

"Vocês poderiam ter trazido para mim antes de ser tão maltratada."

"Faça." Já não havia sorriso nenhum em seu rosto.

Foi Florence quem me contou que Elisabeth fora obrigada a se mudar. Elas estavam muito orgulhosas de seu feito, essas mulheres.

"Seu antigo lar foi fechado", ela falou.

Que vazio imenso. Haveria um vazio maior do que o Palácio de Versalhes abandonado? E, além disso, onde colocaram todas as pessoas que viviam lá?

"Lamento muito por isso."

"Você lamenta?", questionou Florence.

"Bem, por Elisabeth."

"Lamenta? Ela diz que lamenta?"

"Não", respondi. "Não pode ser, não é? Sou só uma criada. Só faço o que me mandam."

"Então faça essa cabeça."

"Sim, Florence."

"E depois vou preparar uma coisa gostosa para você."

Na manhã seguinte fui até o Palácio das Tulherias, onde os membros da realeza estavam sendo mantidos. Meu coração batia forte quando atravessei os jardins. Havia homens da Guarda Suíça e soldados em formação diante do palácio, e uma aglomeração enorme de parisienses curiosos para espiar a movimentação. Consegui abrir caminho até lá na frente — crianças tinham permissão para fazer isso, e eu era miúda como uma menina — e abordei os guardas. "Sou uma antiga criada de Madame Elisabeth", falei, "uma criada especial." Uma amiga, até. Será que eles poderiam me deixar entrar? "Diga que é Marie Grosholtz", pedi, "seu coração e seu baço, à espera aqui fora."

"Vá embora, senhorita."

"Só diga a ela o meu nome. Ela vai querer me ver."

"Nada de visitantes. Desapareça daqui!"

Alguém na multidão cuspiu em mim, e recebi um empurrão, e, quando me dei conta, Georges estava ao meu lado, tinha vindo me buscar porque uma nova cabeça havia chegado. Fui levada às pressas para casa, dizendo a mim mesma que voltaria mais tarde. Havia coisas extremamente incomuns acontecendo naqueles dias, afinal de contas: o povo havia desafiado a família real. Eu havia desafiado a viúva Picot. E mais: Edmond estava fora do sótão. Elisabeth estava por perto. Nós morávamos em Paris, os três: ele, ela e eu.

"Eu vou embora em breve", avisei o meu patrão. "Aproveite para usar os meus serviços agora, enquanto ainda estou aqui. Quando eu tiver ido embora, o senhor vai ter que pegar essas cabeças e fazê-las. Não vou querer mais saber disso."

Mas Elisabeth ainda não estava disposta a me receber. Voltei às Tulherias, mas os guardas sequer falaram comigo.

Os parisienses gastavam um bom dinheiro no Gabinete do Dr. Curtius. Vinham para olhar as mais recentes cabeças; falavam de cidadania e liberdade; vinham ver uns aos outros, além das cabeças. Foi assim que muita gente conheceu essa novidade parisiense; algumas pessoas choravam à distância, outras não conseguiam se aproximar. O dinheiro era levado para Martin Millot no andar de cima, era registrado nos livros e ia para a caixa-forte. Eu via tudo, pois tinha permissão para circular pelo saguão sempre que quisesse. Quando a viúva aparecia, ficava com o rosto vermelho, sacudia a cabeça em desaprovação, e uma vez chegou às lágrimas, gritando com todo mundo.

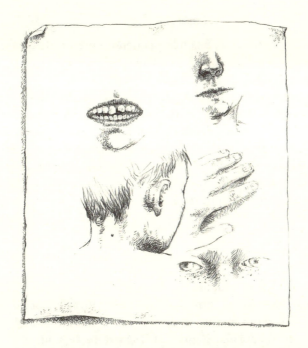

Fora dos limites da Grande Casa dos Macacos, haveria um imenso festival.

"Que homens são esses novos parisienses, Pequena!", contou Mercier. "O retrato do trabalho, da conciliação, da paz. É o maior espetáculo já visto. Todas as classes de cidadãos estão lá, preparando a Fête de la Fédération. A multidão da cidade trabalhando altruisticamente por uma causa comum, arrumando o Champ-de-Mars para a celebração. Todos como irmãos e irmãs, peixeiras e aristocratas. Pequena, nós vivemos para ver isto: o aperfeiçoamento da humanidade! Todos podem ir! Todos vão celebrar!"

"A princesa Elisabeth vai estar lá?"

"Todos! Todos!"

"Como eu gostaria de ir para poder vê-la."

Chuvas torrenciais caíram na Fête de la Fédération, mas não importava. Milhares de pessoas vieram à cidade, e muitas delas visitaram a população de cera de Curtius, maravilhadas com a época em que viviam. Nesse breve momento do festival, as pessoas amaram umas às outras e deram as mãos e beijaram seus semelhantes. Uma grande leveza pairava na atmosfera da cidade; foram dias miraculosos, em que todos eram jovens e lindos, em que a cidade de Paris viveu sua breve utopia. Até mesmo Jacques Beauvisage e seu companheiro Emile mostraram seu melhor lado, procurando e alimentando cachorros perdidos, dogues alemães, poodles e spaniels que perambulavam pelas vias da cidade, animais elegantes abandonados às pressas por seus donos aristocratas. Curtius foi trabalhar com a viúva no escritório dela, fazendo pequenos enfeites de cera de flores e frutas. Ela não os exibiu, deixou tudo guardado em uma gaveta, mas também não jogou fora.

Em um desses dias estranhos, distraída com os trabalhos em cera, ela deixou Edmond sozinho no pátio da Grande Casa dos Macacos, e eu me aproximei silenciosamente dele. Sob a luz do sol, vi suas veias azuladas, mas também um dente lascado, e a verruga que havia em sua nuca. Eu conhecia essas suas marcas: se ele ficava muito tempo no sol, sardas apareciam sob os olhos e sobre o nariz, logo acima das narinas assimétricas. E então eu vi: suas orelhas começaram a ficar vermelhas.

"Edmond?"

"Marie."

"Edmond! Você está aí?"

"Marie... Aqui."

"Você voltou? Voltou, sim!"

Mas, logo em seguida: "Edmond!", gritou a viúva. "Edmond, onde você está? Volte aqui agora mesmo!" Sua mãe estava alerta, gritando pelo filho sem parar, e ele foi até ela. Só que antes se virou e acenou.

Foi durante essa breve temporada que Curtius me chamou em sua oficina, quase corado, com algo semelhante a uma expressão saudável. "Você sabe alguma coisa sobre isso, Pequena?", ele perguntou timidamente. "Tem alguma noção sobre esse assunto? Alguma ideia? Algum conselho para me dar?"

"Qual seria o assunto? O senhor não disse."

"Ah, não? Pensei que tivesse mencionado. Bem, o assunto é *amor*, Marie. Você sabe alguma coisa sobre isso?"

"Sei, sim, senhor. É meu tema preferido."

"Mas você acha, Marie, como pessoa, e você *é* uma pessoa, você acha que alguém como eu seria capaz de amar?"

"Acho, sim, senhor."

"Mas você acha que por acaso eu poderia também ser *amado*?"

"Acho possível, sim, senhor."

"Desde essa última mudança de curso nos negócios, sabe, ela também mudou. Eu percebi. Charlotte, minha cara Charlotte. Antes ela só precisava de mim para os negócios, mas agora acho que existe uma necessidade diferente. Não consigo nem imaginar. Não. Amor", ele murmurou, "amor. O que é isso? Conseguir ver isso em um rosto. Capturar em cera. Seria um feito e tanto."

56

Perdas na família.

Ela fez uma coisa muito idiota, Elisabeth fez. Tentou fugir. Fiquei muito irritada com ela. Por pensar que poderia ir embora sem se despedir. Por saber que ela havia arriscado a vida.

    Na noite de 20 de junho, o rei, a rainha, seus dois filhos sobreviventes e a minha Elisabeth — todos vestidos e arrumados como criados e governantas, papéis que jamais saberiam executar de forma convincente — fugiram de Paris em uma carruagem lotada. Às onze da noite do dia seguinte, o mais longo do ano com luz do sol, os fugitivos foram capturados na zona rural e levados de volta à capital. Afrontada, a cidade inteira foi ver: as pessoas abarrotaram as ruas, as janelas, os telhados e todos os pontos de observação possíveis enquanto a desajeitada carruagem real voltava a passo de formiga para as Tulherias. A Assembleia afixou dois avisos:

    QUEM APLAUDIR O REI SERÁ ESPANCADO
    QUEM INSULTAR O REI SERÁ ENFORCADO

As pessoas permaneceram com os chapéus na cabeça quando o rei passou. Espiavam pelas janelas da carruagem; chegavam bem perto. Eu estava nessa multidão; tentei vê-la, mas não consegui me aproximar o suficiente.

Por um breve instante pensei ter visto sua nuca, sua touca, um pouco de seus cabelos loiros. A minha Elisabeth. Quase foi embora, pensei, mas voltou, e vou vê-la de novo em breve, quando ela mandar me chamar. Agora com certeza isso vai acontecer.

A outra família real, a minha família real de cera, seguia em uma carroça na direção oposta, retirada do Palais-Royal para ser levada à Grande Casa dos Macacos. Fiquei feliz por tê-los de volta, mas eles foram mandados para ser expostos junto às cabeças decepadas, com os criminosos e com os culpados. Não eram mais exibidos em um cenário que reproduzia o Grand Couvert, e sim colocados em volta de uma mesa comum, com um homem com a farda da Guarda Nacional indo até eles em uma reencenação do momento em que eles foram pegos, em um lugar chamado Varennes. Não havia tempo de fazer uma cabeça nova para o guarda, então encontraram uma de um envenenador pouco conhecido, que estava fora de circulação havia tempos, e o disfarçaram com uma peruca preta nova. O único membro faltante da realeza era Elisabeth, porque eu nunca a modelei. Foi como se eu a tivesse salvado daquela cena.

Em 17 de julho, a Guarda Nacional, sob o comando de Lafayette, abriu fogo contra uma multidão de manifestantes, matando cinquenta pessoas. Assim, a cabeça de cera de Lafayette se juntou às cabeças dos criminosos no bulevar, deixando a viúva ainda mais solitária em seu Palais-Royal cada vez menos frequentado. O antigo prefeito Monsieur Bailly fez o mesmo trajeto, assim como Calonne e Mirabeau; todas as reproduções de cera estavam voltando para casa. Em 1º de abril, a viúva enfim abandonou o Palais-Royal. Estava quase vazio então, com apenas alguns notáveis restantes: Voltaire e Rousseau, Gluck e Franklin, e os irmãos Montgolfier. Edmond foi devolvido à Casa dos Macacos, mas ficava sempre no andar de cima.

Em 20 de abril, temendo uma invasão, a França declarou guerra à Áustria e à Prússia. No dia 25, o assaltante de estradas Nicolas-Jacques Pelletier foi executado com um método inédito, a partir de um mecanismo projetado por Monsieur Louis. A louisette, como era chamada, tinha uma estrutura alta de madeira e uma lâmina larga e angulada; quando uma alavanca foi acionada, a lâmina despencou de lá de cima diretamente sobre o pescoço de Monsieur Pelletier, fazendo sua cabeça saltar para longe do corpo. Jacques e Emile estavam lá para ver. Voltaram decepcionadíssimos.

"Não deu para ver nada", comentou Jacques. "Foi rápido demais. Quando a gente percebeu, já tinha acabado."

E o estabelecimento continuou funcionando como de costume, mais movimentado do que nunca. Que filão foi descoberto naquela oficina, que máquina mais adequada para reproduzir a história recente! Nenhum de nós tinha uma compreensão muito ampla da humanidade; cada um conhecia apenas o seu quinhão. Para alguns eram os cabelos, para outros, os dentes; um se concentrava nos olhos, outro na tinta; um misturava a cera, outro preparava o gesso. Ninguém enxergava além de sua própria estação de trabalho. Somente juntos éramos capazes de produzir a anatomia de uma cidade em transformação; somente juntos éramos capazes de tornar as coisas legíveis para todos.

A viúva fumava charutos e gastava a pena no papel em seu escritório, se perguntando se havia deixado passar alguma coisa, hesitando em suas decisões, sem a mesma certeza de que caminho seguir. Ela costurou um barrete frígio vermelho para a cabeça de Luís XVI; depois disso, trabalhou nos novos uniformes para os funcionários que atendiam o público. Antes eles usavam fardas da Guarda Nacional, porém a guarda viu sua popularidade decair depois de abrir fogo contra cidadãos em julho, então os garotos passaram a se vestir como os *sans-culottes*, os membros da classe trabalhadora: calça listrada, camisa larga e paletó simples. Ainda usavam a inicial de Curtius, mas acrescida de um emblema tricolor: vermelho e azul, as antigas cores de Paris, e branco, a cor da família real.

Mais adiante, no mesmo corredor, eu trabalhava na oficina principal, abrindo os moldes e libertando as cabeças de cera. Ao meu lado ficava Georges Offroy, a postos com uma paleta de rosas e vermelhos. A minha antiga oficina, logo ao lado, era usada para os implantes de cabelos, dentes e olhos. No pavimento aberto ao público, no caixa, ficava Martin Millot. Ele baixara o preço dos ingressos, mas o aumento de público compensava a diferença, pois atraíamos grandes multidões. Crianças entravam ruidosamente, fazendo citações da *Declaração dos Direitos do Homem e do Cidadão*. Jovens criadas cuspiam no nosso Lafayette de cera, que chamavam de Corruptor. Os velhos que vinham só falavam sobre a pátria. Visitar o estabelecimento de Curtius naqueles dias era um evento patriótico.

Na noite de 1º de agosto, não houve nenhum grande evento nacional, mas aconteceu algo importante na nossa casa: eu ouvi Curtius e a viúva conversando no patamar da escada. O meu patrão estava com Henri nas mãos.

"Está na hora de guardá-lo, Charlotte. Ele está morto! Morto! Fique comigo."

"Eu não posso!", ela falou, e era possível ouvir as lágrimas em sua voz. "Seja gentil comigo! Um pouco de cada vez. Vou tirar as roupas dele, mas só isso. Ele é meu ponto de apoio. Não conseguiria ter feito nada sem ele. Você nunca o conheceu. Era um homem como você nunca vai ser."

"Mas eu estou vivo!"

"Por favor, Philippe. Ainda estou me acostumando."

Na manhã seguinte, Henri estava despido no patamar.

Em 10 de agosto, houve uma enorme manifestação de cidadãos exigindo a abdicação do rei. Da Grande Casa dos Macacos, ouvimos os tiros e os canhões da Guarda Suíça defendendo as Tulherias. Elisabeth! Pensei. Ela estava lá dentro. Fui para a minha oficina e peguei o coração e o baço. "Esteja a salvo, esteja a salvo, esteja a salvo."

A Casa dos Macacos foi fechada e trancada, assim como todas as outras na cidade. Não podíamos sair; quem se arriscava era morto. No saguão, aquela gente oca se sacudia de leve a cada sinal de disparo; Bailly estremecia, os membros da família real saltavam dos assentos. Deitamos algumas pessoas de cera no chão para que não sofressem danos se caíssem. Tudo balançava com o estrondo dos canhões.

"Por favor, esteja a salvo, esteja a salvo, por favor, esteja a salvo."

O sino de Henri Picot tocou. Quando as trancas foram retiradas e as portas se abriram, vimos Jacques Beauvisage nos portões com seu ajudante Emile. O garoto estava encurvado, com a pele do rosto cinzenta, os olhos fechados. Não estava parando de pé sozinho. E quando Jacques Beauvisage, cronista dos melhores assassinatos, suspendeu a criança de cabeça raspada para atravessar a porta, ficou claro que Emile Melin não estava mais entre os vivos. Jacques enfim testemunhara um assassinato em primeira mão.

"Jacques, o que aconteceu?", perguntou o meu patrão.

"Assassino! Assassino, assassino, assassino! Matou o meu ajudante. O meu menino!"

"Ah, Jacques!", gritei. "Meu pobre e querido Jacques!"

"MENINO!", rugiu Jacques.

Naquele momento, a cidade inteira estava bloqueada. Homens a cavalo passavam de rua em rua anunciando a pena de morte para quem abrigasse algum homem da Guarda Suíça do Palácio das Tulherias. As buscas continuaram noite adentro. A cidade toda estava abalada pela caçada. Se a Guarda Suíça debandara, então a barreira entre os plebeus e a realeza havia se dissolvido, e todos poderiam se misturar em uma confusão generalizada de corpos. Eu não sabia se Elisabeth estava viva ou morta.

"Me ajudem", chorava Jacques. "Ai, me ajudem!"

Mais tarde, naquele fim de manhã abafado, na minha oficina, de repente ficou muito escuro. Fui até a janela, abri, e ouvi um zumbido terrível. Era um enxame de moscas cobrindo o vidro e bloqueando a luz. Nuvens espessas de moscas circulavam pelo bulevar. Havia então muitos corpos por ali, espalhados por toda a cidade.

Oficiais usando faixas tricolores bateram na porta e exigiram saber a nacionalidade do meu patrão. "Ele é Curtius!", a viúva gritou. "Curtius em pessoa." Mas os homens não quiseram saber de ouvir. Interrogaram o meu patrão outra vez, e ele respondeu que era nascido na Suíça. Então perguntaram se havia mais algum suíço ali, e o meu patrão respondeu que sim, que sua assistente de longa data também era suíça.

"Dois suíços", os homens disseram. "Fato registrado."

"Eles são cidadãos leais da França", a viúva argumentou, "os dois."

"Eles são da Suíça."

"A casa deles é aqui."

"Eles são suíços. A casa deles é a Suíça."

"Eles não fizeram nada de errado."

"Isso nós veremos. Dois suíços. Fato registrado."

Quando eles saíram, a viúva estava toda trêmula. "Vocês vão ficar bem. Eu prometo. Até ela."

"Obrigada!", gritei. Jamais esperava tal promessa da boca da viúva.

"Já basta. Não quero ouvir mais nada."

"Mas eu agradeço. Essas foram as primeiras palavras gentis que a senhora dirigiu a mim."

"As primeiras? Ora. Mas já basta. Você tem sido útil."

Eu não conseguia acreditar. "Útil, eu?"

"E, Pequena", continuou a viúva, "mais uma coisa, aproveitando a ocasião: você deve querer saber. Sua princesa está a salvo. Estão todos vivos, no templo. São prisioneiros, mas estão todos vivos. A notícia chegou horas atrás. Talvez você quisesse saber."

"Ah! Obrigada!"

"Agora suma das minhas vistas."

"Sim, pode deixar, pode deixar."

"Então vá."

Para o meu patrão, ela disse: "Eu não sei mais quais são as regras, elas mudam tão depressa. Não consigo imaginar o que vem pela frente. Ela, sim. Ela sabe mais do que eu! Somente ela pode entender o que está acontecendo hoje em dia. Somente uma criatura como essa".

O que teria dado nela para se abrir dessa maneira? Que perigo estávamos enfrentando para ela perder o fôlego assim? Ela deve temer por nossas vidas, pensei. Deve temer enormemente.

Parecia que, de uma hora para a outra, já não éramos bem-vindos no bulevar. Florence Biblot, a nossa cozinheira, deixou a casa naquela manhã. Falou que não trabalharia para suíço nenhum. No dia seguinte outros homens apareceram e fizeram muitos questionamentos, pediram para ver as instalações e tomaram muitas notas, e se referiram ao meu patrão como "o suíço Curtius de Berna", e não mais como um patriota ou um cidadão. Foi só porque Jacques falou a seu favor que ele não foi levado de imediato.

Os agentes voltavam todos os dias à Casa dos Macacos, revistando nossos cômodos à procura de evidências.

"Não fizemos nada de errado!", gritava a viúva.

"A senhora está abrigando suíços."

A Grande Casa dos Macacos foi reaberta. A louisette se tornou o modo preferencial de execuções ao redor do país; uma fábrica inteira na Rue Mouffetard passou a se dedicar apenas à fabricação do mecanismo. Àquela altura o nome do dispositivo havia mudado: como louisette lembrava demais o rei caído em desgraça, foi rebatizado de guilhotina, em homenagem a um médico que havia dedicado muitos anos de pesquisa ao desenvolvimento de uma forma humanizada para executar criminosos.

Para se esquivar das suspeitas, a viúva e o meu patrão reuniram as figuras mais detestadas na mesma parte da exposição. A família real foi relegada à antiga jaula que um dia abrigara Lazare, o babuíno.

O meu patrão, sob a mira da Paris oficial, ainda ansiava para ser notado dentro da Casa dos Macacos. "Ela vai vir até mim, Marie, muito em breve. Vai vir até mim. Ela precisa de mim. Charlotte. A qualquer momento agora, ela vai bater na porta, e aqui estou eu. As barreiras estão caindo."

"Fico contente pelo senhor. Ela mudou muito mesmo."

Quando saí da minha oficina, certa noite, para visitar as pessoas que habitavam silenciosamente o saguão, surpreendi a viúva ajoelhada ao lado do manequim do antigo marido, costurando a peça. Ela ficou nervosa ao me ver, e me repreendeu por estar espionando; ao se levantar, ajeitou o manequim, e fiquei com a impressão de ter ouvido alguma coisa tilintar.

Uma manhã, vi André Valentin, o jovem com os olhos tortos, de volta ao bulevar, conversando com Martin Millot através do portão. Quando fui até lá, Valentin se afastou às pressas.

"O que ele queria?", perguntei.

"Dinheiro, claro", Martin respondeu. "Como sempre, dinheiro."

"Ele está passando fome?"

"Ele precisa se alimentar."

"É melhor manter distância. Ele não é de confiança."

"Mas é um francês mesmo assim."

No dia 25 de agosto perdemos todos os nossos funcionários. Eles foram para a guerra, inclusive o meu corajoso Georges, junto a milhares de outros convocados pelo Comitê Executivo Provisório para se juntarem ao exército. Nós nos despedimos deles com acenos, todos aqueles jovens marchando para fora de Paris ao som de tambores por toda a cidade. Eles jamais voltaram.

57

"Modelem a minha cabeça."

"Eles vão ser mortos na prisão." Mercier veio nos dar as mais recentes notícias de Paris. "Esta noite. Enquanto falo com vocês, prisioneiros estão sendo recolhidos e massacrados, sem julgamento, sem clemência. Esses sapatos ensanguentados me fizeram dar meia-volta e vir correndo até vocês. Sem dúvida, em breve haverá muitas cabeças, Pequena." O tom de voz dele era de amargura. Estávamos sentados juntos no saguão, todos nós, até Edmond.
"E a princesa Elisabeth?", perguntei.
"Não, a família real, não. Os padres, em sua maioria."
"É mesmo?", falei. "Obrigada. Já me sinto melhor em saber."
Edmond se virou para mim. Não dava para saber em que ele estava pensando.
"Sente-se, Sébastien", disse o meu patrão. "Beba um pouco de vinho. Estamos felizes que esteja aqui. Na verdade, houve uma redução no número de visitantes ultimamente."
"Preciso contar sobre uma pessoa em particular", Mercier continuou. "Seu corpo está manchado pelo sangue de muitos homens. Acho que nem ele sabe o número exato. Ele está partindo-os ao meio, destroçando-os. Padres e aristocratas. Seus braços estão até doloridos."

"Mercier, não estou entendendo", disse a viúva. "De quem você está falando?"

"Dr. Curtius e viúva Picot, eu preciso perguntar: onde está Jacques Beauvisage?"

"Fazendo a guarda do distrito", disse a viúva.

"Não", respondeu Mercier. "Infelizmente não, viúva Picot. Beauvisage está matando padres que se recusam a se submeter à Constituição Civil. Está abrindo-os de cima a baixo. Arrancando a vida de todos eles!"

"O senhor deve estar enganado", falou o meu patrão.

"Era o seu sanguinário Jacques. Eu vi."

"Não, não, acho que não."

"Ele bebe muito vinho", continuou Mercier, deixando de lado sua taça. "Tem uma sede tremenda. Trabalha com afinco matando homens."

"Não acho que isso seja verdade", insistiu o meu patrão.

"Este lugar é uma escola para assassinos", comentou Mercier, observando os rostos de cera.

O meu patrão ficou pálido. "Só mostramos o que acontece fora dos nossos portões", ele disse.

"Mas não precisam mostrar, não é mesmo?"

"Precisamos, sim! É nosso dever. O público exige!"

"Essas cabeças vão trazer mais cabeças. Vocês precisam cobri-las! Escondê-las! Não devem mostrá-las! Precisam trocar essas estátuas."

"Elas apenas mostram o que acontece fora daqui, na cidade."

"Vocês celebram essas coisas!"

"Nós observamos."

"Vocês as reproduzem! Pegam o que existe de pior e mostram aqui!"

"Não existe nada mais honesto que a cera. Todo mundo sabe disso. A cera não mente."

Isso é verdade. A cera nunca mente — não como os retratos em óleo em molduras elegantes espalhados pelo palácio. A cera é a mais honesta das substâncias.

"Escondam isso, estou implorando!"

"Mas seria o mesmo que mentir."

Mercier soltou um grunhido de melancolia. "Esta cidade vai explodir."

Barulho do lado de fora. O sino tocou. Mais um grupo de pessoas. Um bando diferente, mas todas as turbas se parecem. Outra cabeça trazida para mim, colocada sobre a mesa, erguida sobre o que restou do pescoço. Cabelos loiros! Pele branca! Olhos claros e cinzentos!

"Oh!", exclamei, chocada. "Isso aqui é diferente. Eu conhecia essa cabeça! Conversava com ela quando era viva!"

"Silêncio, Pequena. Marie. Garota", disse a viúva, falando o mais baixo que conseguia, "faça o molde. Você não pode conhecê-la. Vão matar você por isso."
"Esta é...", perguntou o meu patrão, me ajudando com o gesso. "É Elisabeth?"
"A primeira coisa que vi foram os cabelos loiros."
"Mas é?"
"Ah, senhor, eu pensei que fosse."
"Mas é?"
"Não. Esta é... é uma tal de princesa de Lamballe."
"Ah, então não é. Fico feliz por isso. Já é um alento, com certeza."
"A pele dela é tão branquinha."
"Pense nela como se fosse mármore, se isso ajudar."
"Mas é uma cabeça conhecida, senhor!"
"Lá vamos nós."
"Eu não conhecia nenhuma das outras cabeças! É como se elas estivessem se tornando cada vez mais próximas de nós."
"Vamos, Marie, levante a cabeça."
"Ela é pesada."
"Boa menina."

Edmond nos observava enquanto trabalhávamos na cabeça, e não desviou o olhar. Seus olhos estavam bem arregalados, mas ele não chorava. Estava sentado bem retinho, se segurando no assento. Quando nosso trabalho foi concluído e a cabeça foi retirada da Casa dos Macacos, vi Mercier sentado em um canto. Era ele quem estava chorando.

"Eu deveria ter deixado você em Berna", Mercier comentou.
"Nesse caso eu não teria conhecido essa beldade", respondeu Curtius, olhando para a viúva.
"Ah, Pequena", Mercier disse. "Pequena crueldade, pequena arma, pequena mancha de sangue. Como o seu rosto é apropriado a esta época. Como você atingiu seu ápice: um pequeno pesadelo."
"Por que o senhor está me dizendo essas coisas?", questionei. "Por que os insultos? O que eu fiz para merecer isso? Não fui eu que cortei as cabeças, fui?"
"Adeus", disse Mercier. "Acho que não volto mais aqui."

Mercier foi acompanhado até os portões. Ele se deteve, virou as costas e chutou a casa antes de sair.

"Na hora de beber nosso vinho não reclama", comentou a viúva.
"Na verdade, nunca gostei da cabeça dele", complementou o meu patrão.

Mais tarde naquela noite, enquanto estávamos no saguão, com a viúva sentada ao lado de Curtius, o sino de Henri Picot foi tocado de novo. Jacques Beauvisage estava do outro lado do portão, com um sabre em uma das mãos e um mosquete na outra, pedindo para entrar. As palavras que se seguiram foram ditas em sussurros (do lado de dentro) e em rugidos (do lado de fora).

"Ele vai matar todos nós", disse a viúva.

"Não", eu falei, "ele jamais faria nada contra nós."

"Ele está sujo de sangue", falou Martin Millot. "Estou vendo."

"Não podemos deixá-lo entrar?", perguntou Curtius.

"Ele está fora de si", argumentou a viúva. "Vai massacrar todos nós e chorar de arrependimento amanhã."

"Jacques", comentei. "O nosso sanguinário Jacques."

"Modelem a minha cabeça!", Jacques gritava dos portões. "Modelem a minha cabeça!"

"É contra as regras", murmurou a viúva. "Nós não modelamos nós mesmos. Não somos material de exposição. Não nos mostramos assim."

"Eu fiz muita coisa!", berrou Jacques.

"Ele está bem bêbado", eu disse. "Está fora de si."

"Melhor deixá-lo entrar e dormir nos degraus da frente", sugeriu Curtius.

"E por acaso uma noite de sono bastaria para tirá-lo desse estado?", questionou a viúva.

"Muita coisa! Ah, muita coisa!", ele gritou. "Com estas mãos."

Houve uma longa pausa.

"Ele foi embora?", perguntou Martin.

"Acho que sim." Mas então:

"Ah, me ajudem!", Jacques voltou a gritar. "Ajudem Jacques! Quem é que vai ajudar Jacques?"

"Não aguento mais isso", falou o meu patrão.

"Pequena, me ajude! Pequena!"

"Quero ir lá falar com ele", anunciei.

"Emile! Emile!", Jacques choramingou.

"Ele está um pouco mais tranquilo. Está se acalmando, mas não podemos deixá-lo entrar", avisou a viúva.

"O que eu faço?", ele gemeu. "O que eu faço agora?"

"Logo ele vai embora", disse a viúva. "Vai se acalmar."

"Família!", gritou Jacques. "Mãe! Pai! Irmã! Irmão!"

"Jacques Beauvisage", murmurei, "faça silêncio agora."

"Eu! Eu! Eu! Me ajudem! Me ajudem!"

Ele deu um berro, um longo e horrendo uivo animalesco. Tudo ficou em silêncio, e ele se foi.

"Amanhã precisamos procurar por ele, senhor", eu disse.

"Sim, Marie, aí ele já vai estar mais calmo. Não ficaria surpreso se ele voltasse mais tarde e dormisse no portão."

Jacques Beauvisage não voltou naquela noite, nem na manhã seguinte. Atraído pelo sangue, abriu mão da maciez de sua cama, deixou de lado o calor e o conforto, e se lançou junto de seu sofrimento às ruas.

Naquela noite, a cidade era como um lugar totalmente novo, e todos os sons do bulevar se perderam. Onde antes havia carruagens e pessoas perambulando de um lado para o outro, cada qual com um interesse diferente, agora restava o silêncio. Os portões da cidade estavam trancados. Patrulhas de homens armados percorriam as ruas uma a uma, batendo nas portas. No rio, havia barcos posicionados a cada poucos metros, atirando no que quer que se movesse.

De manhã, quando os portões da cidade se abriram de novo, Curtius e eu saímos para procurar Jacques, chamando seu nome, assobiando, gritando. Paramos gente nas ruas. Oferecemos recompensa por notícias. Mas naquele dia, e nos muitos outros que vieram depois, ninguém apareceu.

"Meu Jacques", falou Curtius, enlutado. "Meu garoto! O que vai acontecer se aparecerem ladrões no meio da noite? Quem vai nos proteger agora?"

58

Sem sentimentos.

Enquanto todos os portões da cidade e todas as venezianas e todas as janelas estavam fechadas por ordem da Comuna, enquanto algumas vias essenciais estavam ocupadas por até quatro fileiras de soldados, Curtius, a viúva, Edmond e eu estávamos na Igreja da Madalena, na Rue de la Madeleine, convocados em nome da Assembleia Nacional. Depois de recebermos ordens por escrito, acordamos cedo, nos lavamos e nos vestimos com esmero. Martin Millot nos inspecionou, escovou nossas roupas, deixou nossos emblemas tricolores bem alinhados, se afastou para nos olhar melhor e então nos dispensou com um aceno.

"Vocês estão apresentáveis", ele falou. "Mas que dia. Vocês fizeram por merecer isso."

E lá fomos nós. Eu me virei para retribuir o aceno, porém o meu olhar foi atraído por uma figura solitária em uma rua próxima, com o colarinho alto virado pelo vento.

Passamos uma longa manhã na igreja, foram tantas horas de espera que até nos esquecemos do motivo por que estávamos lá. Por fim ouvimos um rufar de tambores, e então um silêncio, e em seguida um ruído que atingiu as paredes da igreja como o estampido de um trovão, e finalmente um enorme aplauso. Não demoraria muito. Aconteceria a qualquer momento. Que frio na barriga. O estômago de Curtius roncava. A viúva começou a transpirar, apesar do frio. Edmond segurava seu Edmond de pano no colo. Nós trocávamos olhares sem parar, Edmond e eu. Mas continuamos aguardando, só na espera. Sem dizer nada. Por volta das dez e meia os portões da cidade foram abertos de novo, e o dia pôde começar. As venezianas foram abertas, e apareceu gente nas janelas, e as pessoas foram cuidar de seus assuntos cotidianos, comprar verduras e legumes e carne na feira que começou mais tarde, ou beber café, ou jogar uma partida de xadrez, ou voltar para a cama. Mais ou menos no mesmo horário, pouco depois das dez e meia, nossa encomenda chegou. Fomos conduzidos para fora. A maior parte estava em um carrinho de mão; uma cova fora aberta no pátio da igreja, e a cal estava à mão em um balde. Recebemos nosso pacote em um cesto, com ordens para sermos rápidos.

"Está faltando a maior parte do cabelo", observou Curtius.

"Foi vendido em pequenas mechas", falou um dos homens do carrinho de mão.

Eu senti o peso no meu colo.

"É melhor vocês irem depressa", recomendou o homem. "Acho que a mulher está chorando", comentou ele.

"Acho que não", respondeu o meu patrão. "Marie, você está mesmo? Isso não é do seu feitio."

"Ela não deveria estar chorando. Isso não é certo."

"Nós somos anônimos, Marie", falou o meu patrão. "Não temos sentimentos. Não podemos nos dar ao luxo; isso só existe para as outras pessoas. Você deveria saber disso melhor do que ninguém. Quantas cabeças já fizemos? Por que se incomodar com isso agora? Nós somos jornais. Apenas registramos as coisas. Somos privilegiados, Marie, por ver o que vimos, e este é o auge do nosso privilégio. Os reis também morrem, de todas as formas possíveis. A história registra. E agora nós registramos também. É um fato. Um fato."

"Obrigada, senhor, já estou me sentindo melhor."

"Ora, isso não é certo mesmo", falou o homem do carrinho de mão. "A senhora mais velha está chorando também."

A viúva Picot, a fortaleza inexpugnável, tinha uma gota de sangue do rei em seu colo. Ela cutucou o sangue com o dedo. De verdade, seus olhos estavam marejados.

"O rei", murmurou ela. "Ah, o rei. Como foi que chegamos a este ponto?"

Era uma cabeça de tal monta que até a viúva ficou desconcertada. Edmond, que já havia perdido seu café da manhã, ficou sentado ao lado da mãe, estremecendo, com seu Edmond de pano na boca.

Curtius e eu nos pusemos a trabalhar. Passávamos a cabeça um para o outro para limpá-la minimamente. A circunferência do pescoço decepado, o pedaço de carne pendurado, os coágulos, as lascas de ossos. Apliquei a pomada no rosto, tomando o cuidado de não abrir as pálpebras. Não havia muita expressividade. Uma pequena ruga entre as sobrancelhas; os lábios precisaram ser ajeitados aqui e ali. Os dentes estavam corroídos por tantos doces que havia consumido — não, isso não, não pense nisso.

"*Robinson Crusoé* era o livro predileto dele."

"Óleo", pediu o meu patrão.

"Se podem fazer isso com ele, poderiam fazer com Elisabeth, não?"

"Gesso", pediu o meu patrão.

Quando terminamos, puseram as duas partes em uma caixa de madeira simples e cobriram com cal. Guardei os moldes secos de gesso na maleta do pai de Curtius, à espera de instruções da Assembleia Nacional. Aqueles moldes vazios eram mais palpáveis do que qualquer outra coisa que Curtius já tinha feito. Então fomos para casa, nos revezando com a bolsa pesada. Enquanto caminhávamos, me perguntei o que faríamos com os modelos de cera do rei — o que estava sentado à mesa, que eu fizera depois de tantos desenhos, e o que estava de pé, que eu produzira a partir de um molde. Afinal de contas, eram modelos completos, peças completas. Era errado que ainda estivessem inteiros; deveriam ter suas cabeças automaticamente separadas do corpo logo após a execução do rei.

A viúva pegou a bolsa da minha mão.

"Eu levo agora", ela disse. "Você já carregou o suficiente."

Eu era parte da família a essa altura.

Quando chegamos, percebi que a porta com o aviso de SAÍDA e um dos portões estavam abertos. Martin Millot, pensei, deveria ter deixado assim para entrarmos. Eu o chamei, mas ele não apareceu. Lá dentro, estava tudo como antes: aquelas cabeças em estacas, todas aquelas personalidades espalhadas por toda parte. Curtius pôs a bolsa no chão, mas isso não parecia certo, então a viúva a colocou sobre uma mesa. Tirei os moldes de lá de dentro e os deixei ali, em cima da mesa, para que tudo estivesse no devido lugar quando fôssemos requisitados pela Assembleia Nacional. A bolsa de Curtius precisava estar sempre preparada: fui até a oficina, repus o suprimento de gesso e pomada, e deixei tudo na porta dos fundos para quando precisássemos sair de novo.

Quando voltei ao saguão, Martin ainda não tinha aparecido, então fui procurá-lo. Ele não estava em seu banquinho na tesouraria, e a escrivaninha estava vazia. Percebi que a porta da caixa-forte estava entreaberta. Martin não costuma fazer isso, pensei, deixar tudo aberto; em geral ele é muito rígido com essas coisas. Quando me aproximei para fechar, percebi que a caixa-forte estava vazia. Não havia nada nas prateleiras além de um pedaço de papel.

Apanhei o bilhete, voltei correndo lá para baixo, aos gritos. Sem parar de berrar, coloquei o papel nas mãos da viúva. Eu ainda estava histérica quando ela o pegou.

A viúva estava sentada com Curtius no banco do saguão, com Cyprien Bouchard, o ganhador do sorteio, entre os dois. Ela baixou a cabeça para ler:

> *Eu levei 17.675 assignats.*
> *Eu levei 12.364 luíses de ouro.*
> *Eu levei as 9 mil libras francesas que a viúva Picot guardava dentro do marido.*
> *Este negócio sujo está arruinado. Eu pus um fim nele.*
> *Quando voltarem para casa os portões estarão abertos e eu já terei ido embora há muito tempo.*
> *Assinado: Martin Millot*

A cabeça da viúva continuou abaixada enquanto ela lia o bilhete. Continuou assim, mas eu sabia que se ergueria novamente. Ela sempre sabia o que fazer. A cabeça da viúva permanecia baixa, mas a qualquer momento, muito em breve, voltaria a se erguer. Foi um golpe duro, sem dúvidas, mas ela daria um jeito. Sempre sabia o que fazer. Nós confiávamos nela. A cabeça da viúva continuava baixa. A qualquer momento, muito em breve...

A cabeça da viúva continuou abaixada.

Permaneceu daquele jeito.

E não voltou a se erguer.

MADAME TUSSAUD

LIVRO SEIS

CASA SILENCIOSA
Os meus trinta e dois
e trinta e três anos.

1793-1794

59

A Casa Silenciosa na Rua Silenciosa.

Para onde as pessoas estavam indo depois de um dia de trabalho? Não estavam aqui. Não estavam vindo. Quem tinha dinheiro para gastar com diversões, agora que o pão e as velas e os tecidos tinham triplicado de preço? Os empresários de entretenimento do bulevar tinham feito as malas e levado suas diversões para outro lugar. O estabelecimento do dr. Graham agora tinha uma placa presa na porta: ALUGA-SE. Não havia mais nada lá, mais nada. Que tombo, que perda. Nada de fogos de artifício. Sequer uma faísca. O Boulevard du Temple tinha morrido, e sido substituído pela Rua Silenciosa.

A Grande Casa dos Macacos parecia abandonada; o portão da frente que Martin Millot deixara aberto nunca mais se fechou, e estava caído no chão. Martin teria nos roubado sozinho ou contou com alguma ajuda? Aquilo não condizia com ele. Alguém com certeza o assessorou. O mato crescia por entre as rachaduras no pátio; as crianças brincavam no pavimento e ninguém as expulsava. O sino enferrujado no portão despencado estava mudo. Como a viúva não conseguiu erguer a cabeça, o Gabinete simplesmente parou. Tinha perdido seu cérebro.

Não que a casa estivesse vazia. Era quase impossível perceber, mas havia gente lá dentro. Quatro corações batendo. Um quase parando, talvez, mas com um outro disparado para compensar.

"Eu sou um médico", Curtius falou, "e você, Edmond, é o filho, e você, Marie, é... bom, você é a Pequena. Agora vamos encarar os fatos, apenas os fatos. Nada mais que a verdade, Charlotte. Minha cara Charlotte: apoplexia."
Edmond e eu juntamos os canudos da oficina, aqueles que eram usados para ajudar as pessoas a respirar enquanto os moldes eram tirados. Agora eram colocados na boca contorcida da viúva, para alimentá-la.

"Apoplexia, quase sou capaz de jurar", Curtius falou. "Rigidez no pescoço, talvez uma congestão no cérebro. Hemiplegia, uma paralisia de cinquenta por cento. Ou um aneurisma? Você está lúcida, Charlotte? Consegue entender o que está acontecendo? Pode fazer um sinal? Se eu conseguisse ver dentro dela", ele falou, acariciando de leve o gorro da viúva com a ponta dos dedos, "saberia imediatamente. Se pudesse dar uma olhadinha... Haverá um coágulo? Um inchaço? Alguma coisa rompida? Eu não devo fazer isso, embora você esteja escondendo o segredo de nós. Ocorreu algum acidente na sua cabeça? Me ajude. Não sei o que fazer. Não pare assim, Charlotte. Por favor, estou implorando, não pare."

Ela se limitava a olhar para o teto. Bebia água, o que era bom, embora Curtius precisasse tapar seu nariz para isso. E continuava respirando, o que ele dizia que era o essencial.

"Vou sempre estar aqui", ele disse, dando tapinhas em sua mão.

Um pouco de baba escorreu da boca para o queixo da viúva. Ele a enxugou.

"Precisa trocar de roupa?", ele perguntou, fungando. "Sim. Eu troco você. Marie, Edmond, saiam, por favor, isso é um dever meu. Vou movimentar sua mãe agora, Edmond. Preciso fazer isso para essa grande mulher, Marie, que tanto fez por você. Voltem daqui a pouco. Posso dar conta disso sozinho. Estou fortalecendo meus músculos por você, Charlotte. Estou ficando muito forte. Não, Charlotte, não sinto falta das outras cabeças. Não, eu não tenho nenhum interesse nelas. Tenho tudo de que preciso aqui. E me sinto muito mais rico por isso."

Os novos tempos para o dr. Curtius eram tempos de amor. Ele amava esse trabalho, amava o suor e a saliva dela, amava tudo o que aquele corpo produzia. Até mesmo os grunhidos da viúva eram recebidos com amor por seus ouvidos, porque vinham dela. Sentindo-se corajoso, ele sussurrava:

"Ah, eu amo você, amo você. Eu amo você. Nunca disse isso antes?"

E, como ninguém o censurava, ele deixou de apenas sussurrar, e passou a anunciar em alto e bom som, para que ela o ouvisse. Declarava-se sempre que podia. Às vezes se sentava junto ao lado mais arruinado dela, observando aquele rosto caído, aquele braço e aquela perna que nunca se moviam, a parte contorcida da boca, o olho com a pálpebra caída.

"Vou falar sobre você", ele disse. "Você é grandalhona, verruguenta e cabeluda, é, sim. Charlotte, a chefe dos negócios, com seu charuto; que sucesso ela é, que orgulho temos dela. São muitos motivos de admiração. Existe Charlotte, a mãe; que belo rapaz é seu filho. Existe Charlotte, a dona de casa; quanta atenção a todos os detalhes. Existe também Charlotte, a viúva; não podemos nos esquecer dela, uma Charlotte menor que as outras. Essa pode se perder, talvez, é uma Charlotte do passado. Também existe a Charlotte do presente, não é mesmo? Afinal de contas, ela está em sua cama. Com um lado do corpo apontando para o passado, e o outro, eu acho, ainda está aguentando firme, não? Voltado para o que está por vir, ao menos um pouquinho? Sim! Aí está ela, a Charlotte do futuro. Talvez a melhor Charlotte possível."

As portas de ENTRADA e SAÍDA foram fechadas. O molde de gesso da cabeça do monarca executado esperava a convocação da Assembleia Nacional. Isso nunca aconteceu. Ao que parecia, ninguém a queria. E ficaram lá, juntas, as duas metades de um molde. No espaço vazio dentro do gesso estava algo que representava um pedaço imenso da história. Nós éramos seus guardiões.

Nessa época, Edmond e eu de repente pudemos nos aproximar. Não havia ninguém para nos impedir. E, depois de tanto tempo afastados, a princípio não sabíamos o que dizer um ao outro. Apenas nos limitávamos a ficar perto, sempre mantendo a proximidade física, mas sem sabermos ao certo o que fazer com aquela estranha liberdade. Às vezes saíamos da Grande Casa dos Macacos, atravessando a extensão da Rua Silenciosa para cumprir pequenas tarefas: horas na fila do pão, sob os olhares dos nossos antigos vizinhos, que não escondiam o prazer de nos ver em má situação. Às vezes, quando estávamos quase alcançando a frente da fila, éramos mandados lá para trás; às vezes, quando chegava a nossa vez de novo, não restava mais nada. Certo dia, foi um jovem com olhos de peixe que nos tirou da fila, vestindo roupas novas e com um sabre elegante na cintura.

"Já morreu?", ele perguntou.

"Não, André Valentin", eu disse, pois aquele jovem era ele. "Ela parece estar um pouco melhor hoje."

"Que pena. Onde estão seus papéis? Quero ver de novo."

"Eu já mostrei." Nessa época, nossos papéis estavam sempre conosco.

"Eu quero ver de novo... posso pedir para ver quando quiser. Sua suíça! Sabe o que nós fazemos com os suíços? Nós *prendemos* os suíços. E arrancamos a cabeça deles. Quantos suíços ainda devem estar em Paris por estes dias? O número deve ser bem pequeno, e está diminuindo."

"Como você conseguiu essa espada, cidadão?"

"Eu fiz por merecê-la. Me diga, como andam os negócios?"
"Bem devagar ultimamente."
"Sim, sim, eu sei! Azar de vocês, por terem jogado o pobre Valentin na rua. Saiam daí, para o fim da fila."
Depois de ser empurrado para fora dos portões, no bulevar, com o nariz sangrando, André Valentin não abaixou a cabeça. Ele brandiu o punho contra a Grande Casa dos Macacos, e outras pessoas se juntaram a ele. Valentin recorreu a elas e contou como aquele lugar era terrível, e os ouvintes disseram: "Você pode nos contar mais coisas?". "Sim, muito mais! Quanto tempo vocês têm?" E assim ele foi acolhido, recebendo comida e vinho em troca de histórias terríveis, e foi assim que André Valentin sobreviveu. Acho que foi o sonho de destruir a Casa dos Macacos que o manteve vivo.

Depois que Jacques Beauvisage desapareceu, Valentin conseguiu um trabalho no policiamento do distrito, vigiando as propriedades das pessoas com seus olhos que viam as coisas de um ângulo tão estranho, encontrando evidências que os demais deixavam passar. Ele abriu o vestido de uma mulher e encontrou um pingente em seu pescoço; ao abri-lo, descobriu que havia uma foto do rei dentro do camafeu, e ela foi executada. Ele encontrou nos esgotos um homem da Guarda Suíça, que foi afogado lá mesmo. Achou uma boneca da rainha nos pertences de uma criança, que foi presa junto à mãe. E em tempos mais recentes, de alguma forma, conseguiu ganhar dinheiro, o suficiente para lhe comprar privilégios aqui e ali; tínhamos nossas suspeitas a respeito desse dinheiro, mas não havia provas, e ninguém endossaria acusações de um estrangeiro contra um cidadão patriota. André Valentin havia se tornado uma figura oficial, andando para cima e para baixo com uma grande fita tricolor presa no peito, e pouco podíamos fazer para detê-lo. Era um dos membros de uma nova tribo de homens que se colocou tão em evidência naqueles dias; ele não necessariamente aspirava à liberdade, mas encontrou uma forma de se dar bem em meio àqueles que a proclamavam.

Edmond e eu voltávamos com pouquíssima coisa, às vezes nada. Certa vez, quando chegamos em casa, ouvimos uma barulheira terrível no andar de cima. Depois de corrermos até lá, encontramos o meu patrão arrastando umas coisas.

"Senhor! O que o senhor está fazendo?"
"Uma ajuda! Me deem uma ajuda."
"Ah", disse Edmond.
"Estou mudando a minha cama de lugar. Vamos dormir no mesmo quarto a partir de agora."

"Ah", repetiu Edmond, desesperado. "Ah, nossa!"
"Se não vão ajudar, saiam do caminho!"

E assim o colchão dele foi parar junto à cama da viúva, do lado saudável dela.

"É a minha felicidade que está naquela cama. A *minha* felicidade. A minha vida. Está na hora de reerguê-la. O lado esquerdo é frágil, mas o direito está saudável. Eu vou assumir a responsabilidade pelos dois, Marie, o esquerdo e o direito."

Ela ainda estava deitada imóvel, com os olhos fixos no teto, enquanto ao nosso redor todos os cômodos caíam em ruínas.

60

O Leito Celestial do Dr. James Graham.

Algumas construções, não importa o que lhes aconteça, por mais que estejam abandonadas ou ganhem uma pintura nova, por mais que se mantenham fechadas ou sejam alugadas para novos e destrutivos inquilinos, ainda mantêm suas características. O estabelecimento que o dr. James Graham deixou vago era um lugar assim. O dr. Graham não estava mais no bulevar, fugira de volta para a Escócia, mas havia deixado para trás uma porção de si, um certo rastro essencial e bastante característico. Talvez fosse uma saudade; talvez fosse a luxúria; fosse o que fosse, uma parte dele permaneceu depois de sua partida, e era impossível de ser removida da casa. O LEITO CELESTIAL DO DR. GRAHAM — ALUGA-SE ficava bem em frente ao local ocupado por nós no bulevar, e naquelas longas manhãs e tardes passei um tempão olhando pela janela para aquela construção abandonada.

Nas paredes externas ainda havia vestígios descascados de duas silhuetas — uma masculina, outra feminina, e nenhuma das duas vestida. Eu estava observando aquelas formas fantasmagóricas. Edmond veio se sentar ao meu lado. Ele estava lúcido nessa época.

"Edmond", comentei. "Edmond, estou vendo você claramente agora."

"Marie", ele disse. "Sim, Marie. Fico feliz por você estar aqui."

Ele segurou a minha mão. Sentados juntos à janela, com ele bem perto de mim, observamos o estabelecimento do dr. Graham. Ficamos olhando para a casa em frente. Eu me perguntei como ela seria por dentro.

Em uma noite de nevoeiro e pouquíssimo movimento fomos até a casa do dr. Graham. Atravessamos a área de segurança lamacenta que separava as duas propriedades, atraídos por aquelas silhuetas. Ficamos na ponta dos pés e tentamos espiar lá dentro, e a princípio não vimos nada. Só a escuridão. Nos fundos havia uma porta que descobrimos que podia ser forçada com facilidade, e entramos. Tivemos até a ousadia de acender uma vela. Pelos fundos, chegamos a uma parte do estabelecimento que logo percebemos que não era aberta ao público em geral. Nós estávamos, Edmond e eu, nos camarins da casa de entretenimento do dr. Graham. Espelhos quebrados, uma anágua rasgada deixada no chão, uma mensagem esquecida em um cartão amarelado: *Nos encontramos no Café Ramponeau? No horário de sempre?* O bilhete era assinado por alguém que se intitulava *Victor Faminto*.

Atravessando um corredor sem nada de extraordinário, chegamos às entranhas da casa. Por que o ar parecia tão pesado ali? E que cheiro era aquele? De almíscar ou alguma especiaria que eu não conhecia. Encontramos o hall de entrada e paramos para ler um aviso pintado na parede:

> *Bem-vindos ao templo do Dr. Graham, construído para a propagação de seres racionais e mais sublimes em termos mentais e físicos do que a atual raça provisória de mortais fracos, débeis e inconsequentes que rastejam por aí, corrosiva e polidamente, cortando as gargantas uns dos outros sem motivo nenhum pela maioria dos lugares deste globo terrestre. Sejam bem-vindos, muito bem-vindos. Aqui não é um lugar de decepção, e sim de TRANSFORMAÇÃO. Entrem, submetam-se às influências superiores. Entrem sem hesitação. Entrem.*

"Edmond", falei, "não deveríamos fazer isso nós mesmos, passo a passo, conforme está escrito aí? Vamos seguir em frente como se este lugar estivesse aberto de novo ao público noturno."

"Sim, Marie", ele disse.

"Ótimo", respondi, e li as demais palavras em voz alta: "'Sigam em frente, sob a nova influência da música incessante e dos odores que são como bálsamos.'"

Entramos em um cômodo cujas paredes continham pinturas de figuras despidas em grande proximidade umas das outras; iluminadas pela chama bruxuleante da vela de Edmond, pareciam estar se movendo. A MÚSICA AMENIZA A MENTE DE UM CASAL FELIZ, TORNA-OS PURO AMOR, PURA HARMONIA, dizia uma placa pintada mais acima.

"Precisamos imaginar que está tocando música aqui, Edmond."
"Sim, Marie", ele murmurou. "Eu quase consigo ouvir."
Nós subimos a escada, nos segurando em balaústres estofados e revestidos de seda. No alto dos degraus havia uma porta grande, também com coisas escritas:

> *Aqui dentro está O LEITO CELESTIAL DO DR. GRAHAM. Nem eu nem a criadagem da casa jamais colocaremos os olhos em quem estiver repousando neste aposento, que eu chamo de SANCTUM SANCTORUM! O LEITO CELESTIAL DO DR. GRAHAM. Tudo o que está além desta porta, coisas que não consigo descrever com palavras, foi minuciosamente pensado, e é fruto de um estudo extenso e intenso. Agora, abram a porta!*

Foi o que Edmond fez. Mas ainda não estávamos diante do Leito Celestial do Dr. Graham, e sim em uma antecâmara. Havia mais uma porta, com mais um texto escrito logo acima: O TEMPLO DO HÍMEN. E instruções adicionais:

> *Neste momento, permitam que a criadagem da casa fique com seus pertences, que lhes serão devolvidos, com um aroma muito mais agradável, quando saírem. SILÊNCIO AGORA! Não digam uma palavra!*

A vela de Edmond tremia cada vez mais, percebi, mas quando fui colocar a minha mão sobre a sua para acalmá-lo, descobri que eu também estava trêmula. Continuamos lendo:

> *É perfeitamente aceitável e apropriado aos iniciados, caso assim queiram, o que é sempre encorajado, ajudar o parceiro a se desfazer das coisas impostas pela sociedade. Não é permitido sapatos do lado de dentro. Nem paletós. Nem gorros. Nem perucas. Nem vestidos. Nem calças. Nem camisas. Nem espartilhos. Nem anáguas. Nem roupas de baixo. Nada. Nada mesmo.*

E aquelas palavras eram tão imperativas que, mesmo trêmulos, nós obedecemos e começamos, como se estivéssemos em transe, a despir um ao outro: lutando contra as peças de roupa, soltando tudo e deixando cair em uma pilha sobre o chão, ambos ofegantes. As partes normalmente cobertas de Edmond estavam descobertas. E ele murmurou para mim:
"Marie, seus mamilos são bem pequenos e pontudos. Eu nunca imaginei isso."
Eu não disse nada.

E Edmond acrescentou: "Eles são muito bonitos".

E bem baixinho eu fiz: "Shhh", pois havia mais um aviso: NADA DE PALAVRAS. NENHUMA PALAVRA DEVE SER OUVIDA. APENAS MÚSICA. ESCUTEM A MÚSICA. No entanto, a única música que eu escutava eram as batidas fortes dos nossos corações.

Tomando a frente, Edmond abriu a porta e revelou uma grande cortina de seda diante de nós, na qual se viam estampadas palavras de comando: PROCUL! O PROCUL ESTE PROFANI! Encontramos uma abertura na cortina e a atravessamos, e Edmond murmurou:

"O Leito Celestial do Dr. James Graham!".

Não havia dúvida, era mesmo, pois nenhum outro objeto na história dos objetos construídos para humanos na horizontal poderia ser parecido com aquilo. Media seis metros por quatro e meio, e suspenso acima de sua considerável superfície havia um grande domo, com um espelho redondo dentro que refletia com perfeição os lençóis de seda amarrotados mais abaixo. Sob o domo havia uma cabeceira colossal, com mais uma instrução do dr. Graham: FRUTIFIQUEM. MULTIPLIQUEM-SE E REPOVOEM A TERRA.

Edmond e eu parecíamos minúsculos diante do leito. Não havia sequer degraus para subirmos. Se estivéssemos em um local simples, para um repouso tranquilo e natural, talvez nos sentíssemos à vontade um com o outro, mas diante daquela estrutura palaciana, de dimensões titânicas, nos sentimos pequenos e inseguros.

Eu me senti observada por aquele estranho aposento, como se eu fosse uma pessoa de cera a ser analisada por todos os ângulos. Trinta e dois anos de idade. Uma mulher de tamanho diminuto. Subi na cama e me cobri com os lençóis empoeirados. Depois de um instante, Edmond fez o mesmo.

Ele colou os lábios nos meus, uma boca bem seca a princípio, e em seguida me beijou no rosto e no pescoço. Edmond soltou um ruído parecido com um bocejo, como se estivesse com sono, e então com movimentos gentis me deitou de barriga para cima e continuou me beijando do pescoço para baixo, com os lábios agora não tão secos. Senti beijos suaves no meu ombro. Ele foi descendo cada vez mais, e chegou bem perto dos meus seios, que tocou com os dedos e depois com a boca. "Suas costas se arquearam", ele murmurou. "Você suspirou!"

Não muito tempo depois, Edmond Henri Picot estava dentro de mim, e me preencheu, e fui abraçada e sacudida. Fechei os olhos, e na escuridão lá estava Edmond de novo.

"Eu sou Edmond Henri Picot", ele disse, "e você é Marie Grosholtz, conhecida como Pequena, e estamos como devemos estar, e como deveríamos estar desde muito, muito tempo atrás."

Pois então. Antes havia uma garota impenetrável chamada Marie Grosholtz, até que certa tarde ela se abriu e outra Marie Grosholtz foi descoberta, uma pessoa sensível e transparente, que estava começando a vir à superfície. E não voltaria a se esconder de novo.

Aquilo era viver. Aquilo, sim, era viver. Eu me senti apaixonada. Apaixonada por Edmond.

Depois disso, nós dois sentíamos o desejo, em muitos momentos diferentes, de escapulir para o outro lado do bulevar e nos deitarmos na cama abandonada do dr. Graham. Às vezes a pressa era tanta que eu nem tirava o vestido, e Edmond tropeçava na cueca abaixada e nas meias, amarrotadas em volta dos pés. E não importava se nós éramos as únicas coisas genuínas que restavam naquela propriedade abandonada, nós a fizemos renascer. Para mim, para a minha vida, o importante era que o principal corpo entre todos os corpos, o de Edmond Henri Picot, agora era meu. Eu me tornei uma grande especialista em Edmond Henri Picot, e tinha um orgulho imenso do meu conhecimento. Nós nos encaixávamos muito bem, ulna com rádio, fíbula com tíbia. E sempre, no fim, lá estava Edmond, me encarando com enorme intensidade, com a cabeça deitada no meu peito.

A vida, pensei, sempre segue em frente e nunca para de surpreender.

Este pequeno aparte, este capítulo, termina aqui, lacrado e separado dos demais que o cercam, para que outras pessoas de diferentes capítulos não venham e causem perturbações, para que tudo permaneça aqui, sem jamais se esparramar para além de seus limites, e que se mantenha como uma coisa privada e preciosa, divina e triunfante, e maravilhosa também. Mas que fique contida apenas aqui. A cera também é privacidade. A cera serve como lacre para cartas. A cera mantém todas as palavras do mundo onde devem ficar até que cheguem às mãos certas e sejam liberadas.

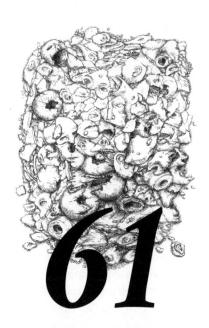

Sextas cabeças.

Na fila do pão, falei para uma pessoa que não entendeu nada: "Edmond Picot me despiu". No caminho de casa, parei um velho para anunciar com alegria: "Eu fui deflorada". Contei para uma jovem mãe: "Eu sou amada! Eu!". Esses foram os nossos dias, meus e de Edmond, com ocasionais interrupções do meu patrão. Quando não estávamos entretidos com nós mesmos, quando tínhamos a companhia do meu patrão, olhávamos ao redor para os objetos cotidianos — janelas e venezianas, lintéis, portas e maçanetas — e nos sentíamos gratos por tudo isso. As construções se mantinham de pé para que pudéssemos viver nelas. Dizíamos bom-dia e boa-noite um ao outro. Nesses dias nos sentávamos à mesa não na sala de jantar, pois tínhamos visto um rato ao abrir um armário de lá, mas na velha cozinha. Sempre colocávamos um lugar para a viúva. As crianças brincavam do lado de fora sobre as pedras quebradas do calçamento, e seus barulhos perturbavam a nossa casa fragilizada.

A população de cera foi ficando empoeirada. A cabeça decepada do rei continuava feita de ar. Quando visitávamos as figuras, removendo algumas que não eram mais seguras para exibir, os nossos pés deixavam pegadas na poeira. Alguns personagens se tornaram perigosos. Era melhor não ter um rosto como o de Mirabeau; era desaconselhável ter um Lafayette; não deveria haver nem evidências de que tal pessoa tivera um rosto. A família real — acima de tudo a família real — não podia estar na nossa casa, não à mesa, nem mesmo numa jaula.

Como o rei, a rainha foi executada; nós não saímos nesse dia, mas ouvimos os aplausos. Elisabeth ainda estava viva, mantida prisioneira no templo. E eu sabia que não deveria visitá-la, porque isso colocaria em risco a vida de todos nós. Precisava me contentar com apenas passar diante da construção uma vez por semana. Tenho que esperar mais um pouco, eu pensava. Eles vão ficar satisfeitos agora que acabaram com a rainha. A sede deles vai ser saciada.

As nossas pegadas na poeira do saguão lembravam a história do povo francês, pois estávamos arrastando para longe das vistas as figuras proibidas e destituindo-as — primeiro das roupas, e depois das cabeças. Os corpos continuavam inteiros; apenas as cabeças eram perigosas. Nós erguíamos as cabeças proibidas, Edmond e eu, acima dos ombros e as jogávamos no chão, destruíamos uma por uma, até que estivessem todas misturadas umas às outras. Edmond me entregou as cabeças da família real. O privilégio era meu, já que foram feitas por mim. E assim elas tombaram. O nariz da rainha se misturou com a orelha do marido e o queixo do cunhado, ou com um pedaço da bochecha esburacada de Mirabeau, ou com as órbitas vazias de Bailly. (Os olhos foram poupados porque poderiam ser reutilizados.) Nós andamos por cima de todas essas cabeças do passado, esmagando-as sob nossos pés, depois varremos os cacos e os colocamos, até o último pedaço, em nosso grande tacho de latão. Em seguida acendemos o fogo e derretemos tudo.

Depois que foram reduzidas a líquido, apagamos o fogo, e Curtius se colocou ao lado do tacho com grande dignidade para realizar o ritual. Colocando as mãos sobre a substância em processo de resfriamento, sentindo seu calor se esvair, ele murmurou:

"O homem que é nascido da cera tem pouco tempo para viver".

Meia hora depois, viramos o tacho e, com a pequena ajuda de uma espátula, liberamos seu conteúdo. Com um baque surdo ele caiu sobre a mesa, uma enorme meia-esfera de tempo derretido, totalmente ilegível. Cabeças perdidas. Superfícies esquecidas.

Eu me sentei ao lado do meu patrão, que se mantinha em silêncio naquele momento. A viúva estava dormindo no andar de cima.

"Tanto trabalho", comentei.

"Alguns trabalhos belíssimos, outros nem tanto."

"Tudo perdido. Para sempre."

"Por outro lado", ele falou.

"Por outro lado o quê, senhor?"

"Nós temos os moldes. Não está tudo esquecido, de forma nenhuma. Só invisível."

Lá estávamos nós, Edmond e eu, de mãos dadas nas salas dos fundos da Grande Casa dos Macacos. Lá estava o dr. Curtius, todo dedicado à viúva Picot, que a cada ruído que fazia o deixava maravilhado: "Escutem só! Que força de espírito!".

Mas a nossa vida não continuaria sem perturbações por muito tempo. Um dia, perto da meia-noite — estávamos dormindo — um som ecoou pelo saguão. A princípio não entendemos o que era; tínhamos nos esquecido daquele barulho.

Alguém estava tocando o sino de Henri Picot.

Dez homens. Passando pela grade enferrujada, batendo na porta de ENTRADA, batendo na porta de SAÍDA.

"Eles não vão embora", falei. "Vou avisar que estamos fechados."

"Eu não posso descer", disse Curtius. "Não posso sair do lado dela."

"Talvez finalmente tenham vindo buscar o rei."

Eu desci. Edmond também veio.

"Só estão vocês aqui?", eles perguntaram.

"Sim", me apressei em dizer, "só nós."

"Onde está o patrão?"

"Está indisponível", falei.

"Vocês estão com o equipamento a postos?"

"Para tirar moldes?", perguntei, surpresa. "Hã, sim?"

Eles disseram para irmos depressa e levarmos o equipamento. Fomos levados para o outro lado do rio. Depressa, depressa, eles exigiram. Chegamos a uma pequena casa com uma multidão considerável ao redor. Gente chorando. Nossa escolta nos colocou para dentro. Fomos até os cômodos no primeiro andar, onde nos conduziram por um corredor cheio de homens reunidos em torno de uma única mulher usando um vestido listrado, um pouco rasgado, que ninguém queria soltar de jeito nenhum.

"O que ela fez?", perguntei.

"Cometeu assassinato", foi a resposta.

Fomos colocados para dentro de um quarto lotado. A multidão se abriu, revelando um homem na cama que vestia apenas uma camisola velha, com uma espécie de turbante enrolado em torno da cabeça. Seu rosto tinha formato de lua cheia e era todo esburacado, as pálpebras grandes não estavam exatamente fechadas, a bocarra aberta exibia a língua pendendo de um canto, e a pele amarelada tinha feridas e arranhões e sangue seco. Havia um buraco enorme em seu peito, uma abertura funda e escura, cujas profundezas podíamos visualizar facilmente. O homem estava começando a se enrijecer; os líquidos dentro de seu corpo estavam sem movimento, já escurecendo.

"Você está bem, Edmond?", perguntei.

"Sim, obrigado, Marie", ele falou. "Não se preocupe comigo. Eu sou resistente. Tenho fibra. Só me diga o que fazer e estarei ao seu lado. Ora, estou até surpreso comigo mesmo! Até olhei de novo. Um homem morto, assassinado."

Um ruído ensurdecedor se fez ouvir do lado de fora: a garota do corredor estava sendo levada.

Ao lado do corpo estava um homem alto, com cabelos crespos, segurando um caderno de desenhos. Ele baixou o lápis e se virou para nós. Eu o considerei muito bonito à primeira vista, mas então vi o lado esquerdo de seu rosto: uma área inchada e deformada se estendia até o canto da boca em volta de um corte, conferindo-lhe um aspecto um tanto parecido com o da viúva. Ele falava de modo arrastado e gaguejante.

"Que-queeem?"

"Viemos em nome de Curtius", falei. "Somos treinados. Já fiz cabeças antes, cabeças mortas, cabeças vivas. Edmond Picot faz os corpos."

"Currrrtiasss?"

"Não pôde vir."

"Prreecisa fazer c-corrrpo todo em cherra."

"Sim, senhor", respondi. "Nós sabemos como fazer isso."

"E deprrressha!"

"Sim, senhor, imediatamente."

"Eshtá decaindo, o corrrpo. Apodrrrechendo."

"Sim, de fato já começou a se decompor."

"E eu prrreciso pintar."

"Pintar, senhor?"

"Pintar o herrói asshasshinado para a Connnvennnchão."

"O senhor é um pintor?"

"Eu shou Dafiiiiid."

Era mesmo. Jacques-Louis David. O pintor.

"Ah, é mesmo, senhor?" Eu nunca tinha ouvido falar. "E posso saber quem é a pobre vítima?"

"MARRAHHHHH!"

Era o dr. Jean-Paul Marat. O exaltado dr. Marat, que a cada dia exigia que mais gente fosse guilhotinada para que o país fosse salvo. O raivoso dr. Marat, que se autointitulava a Fúria do Povo. O doente dr. Marat

— sua enfermidade sem dúvida afetava seu temperamento — que, enquanto estava deitado na banheira fria para aliviar a infecção na pele, recebera uma facada que atravessou o pulmão esquerdo, a aorta e o ventrículo esquerdo.

Precisávamos ser rápidos, precisávamos ser cuidadosos, precisávamos preservar aquele corpo horrendo.

Fomos os primeiros a chegar perto de Marat, os primeiros de muitos. Tiramos os moldes, Edmond e eu, trabalhando juntos. Apenas a cabeça e um pedaço do peito; o restante era delicado demais. O rosto de Marat estava desabando, seus olhos estavam gelatinosos como ostras. Quando terminamos os moldes, outros homens abriram o corpo; tiraram algumas partes e jogaram fora, porém foram mais cuidadosos com outras, envolvendo-as em panos molhados. Era o trabalho daqueles homens, com seu vinagre e arsênico e sal de mercúrio, com suas agulhas e linhas, preparar o corpo para um funeral público. Eles pegaram o coração, o coração de verdade, e o depositaram em uma urna de pórfiro. Nós pegamos a cabeça, o molde em gesso, e levamos para casa, com ordens de trazer a máscara mortuária para David o quanto antes.

"Vamos fazer isso juntos, Edmond", falei enquanto corríamos para casa. "Tudo isso juntos. Vou precisar da sua ajuda."

"Claro", ele respondeu. "Eu sei disso."

Primeiro varremos o chão da oficina principal. Depois esfregamos bem a mesa e limpamos os instrumentos. Colocamos tudo sobre a bancada: medidas, gesso em pó, sabão de potássio. Apenas quando estava tudo em ordem colocamos o molde de gesso sobre a superfície de trabalho.

Curtius apareceu. "O que é isso?"
"Uma cabeça", respondi.
"Novos negócios?", ele questionou, em choque. "Uma encomenda?"
"Sim, senhor", falei, "uma pequena encomenda."
"Não, nada disso. A oficina está fechada."
"Nós precisamos fazer isso, senhor. Recebemos ordens."
"Quem é?"
"Alguém que foi assassinado."
"Já chega de morte. Quero me concentrar na vida. Só quero saber dos vivos. Sem sequer encostar na morte. Isso pode se espalhar." Com as mãos trêmulas, ele me entregou a chave do armário onde ficava a cera. "Tome. Eu não quero mais saber. Preciso voltar. Não acordem Charlotte, ela está dormindo. Preciso voltar."

Nossa primeira versão da máscara mortuária foi colocada na janela do aposento de Marat, olhando para a rua, onde estavam centenas de pessoas de luto.

"Shim! Shim!", disse David quando nós a entregamos. "Grrrande patrrriota!"

Ele se referiu a mim como uma grande patriota.

Dois dias depois, substituímos a máscara mortuária por um busto do homem assassinado. David nos instruiu a fazer o corpo todo de Marat em cera para exibição pública. O cadáver estava se decompondo depressa no calor do verão, e os preparativos para o funeral não estavam finalizados.

"O corrrpo todo, deprrressha, porrr faforrrr, deprrressha."

Voltamos para casa e para o trabalho, nós dois. O Marat de cera foi feito em doze segmentos separados. Para as partes das quais não conseguimos tirar um molde em sua versão de carne e osso — peito, ombros, nuca e parte posterior da cabeça —, tivemos que modelar uma réplica de argila, lançando mão das minhas anotações e das medições feitas por Edmond. Precisamos encaixar a máscara mortuária no corpo de argila e depois tirar novos moldes para o corpo todo; a partir desses novos moldes surgiu a figura de cera. Acrescentamos corantes à cera chinesa, transformando-a com todo o cuidado em uma água de banho, que foi aquecida à temperatura certa e despejada lentamente nos moldes. Em seguida, libertamos a cera e juntamos tudo, para mais tarde pintar as lesões na pele, acrescentando pequenos flocos de cera para fazer as cascas das feridas.

"Vocês estão fazendo barulho demais", reclamou Curtius.

Porém mal abrimos a boca, Edmond e eu. Estávamos concentrados no trabalho.

Três dias depois da morte de Marat, em 15 de julho, quando fui até David informar sobre o nosso progresso, o cadáver de Marat tinha ficado verde. No quinto dia, houve um alívio no clima sufocante, veio a chuva, e a garota que o matou foi executada. No sexto dia, o corpo do dr. Jean-Paul Marat enfim foi removido de casa e levado para a Igreja dos Cordeliers, para o velório. O ferimento fatal estava à mostra. As pessoas podiam chegar perto a ponto de olhar dentro de seu corpo, que recebia borrifadas de perfume o tempo inteiro. A atmosfera era de veneração. No sétimo dia, nosso Marat de cera estava pronto e foi levado para a Convenção. Nosso Marat em seu último suspiro, a figura na banheira com uma faca no peito, em uma agonia congelada em movimento. Era possível estender a mão e tocá-lo. Um Marat que não fedia, não estava em decomposição, e até brilhava de tão fresco. Ele permaneceria lá até que David terminasse a enorme pintura do morto em sua banheira, um mártir, um santo, um deus.

"M-muito obrrrigado, chidadãossssh", David falou, com lágrimas rolando pelo rosto deformado.

As pessoas ansiavam por suvenires do homem assassinado. Onde aquelas coisas poderiam ser compradas? Elas viram a máscara mortuária na janela. Onde era possível conseguir uma daquelas?

Sem que fosse nossa intenção, nós nos tornamos a principal fonte de coisas relacionadas a Marat.

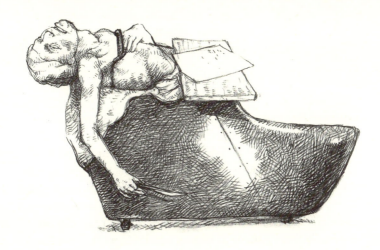

62

Um novo negócio.

Naquelas semanas, naqueles meses, nos vimos envolvidos por acaso em um bem-sucedido negócio caseiro. Fazíamos cabeças de gesso do radical Marat: de manhã Marat, ao longo do dia apenas Marat, à noite só Marat. Colocamos os seguintes dizeres abaixo das palavras ENTRADA e SAÍDA:

PARA MARAT
FAVOR CHAMAR NA PORTA DOS FUNDOS

"Agora, Edmond", falei, "cabe a nós administrar esse negócio."
  "Ele é nosso?"
  "Só nosso. Curtius só quer se dedicar à viúva. Nós vamos cuidar de tudo."
  "A que ponto chegamos, Marie, você e eu!"
  Montamos uma mesa nos fundos, e Edmond e eu ficávamos lá arrecadando o dinheiro: setenta assignats por uma cabeça de Marat. Nesses dias descobrimos o que era estar totalmente um com o outro, compartilhar lugares e corpos, sentar lado a lado em um banco, dando as mãos por baixo da mesa. Éramos um comércio parado no tempo, em suspenso, pairando durante meses sobre a data de 13 de julho de 1793, o dia da morte de Marat.
  "Só uma cabeça?", questionou o dr. Curtius. "Só uma?"

"Sim, senhor, só uma."

"Mas isso não pode estar certo! Uma só cabeça. E se for a cabeça errada?"

"Eu também não entendo, senhor. Parece estranho mesmo. Mas nós sempre tivemos uma Casa dos Macacos cheia das pessoas mais populares, e hoje o mais procurado é Marat."

O Edmond de pano estava maior do que nunca, enrolado com cores brilhantes, tons de turquesa e vermelho e roxo, com toques de lavanda e índigo e marrom, retalhos retirados da oficina abandonada de sua mãe. O Edmond de pano era ousado, vívido e belo, da mesma forma como o Edmond de carne e osso costumava ser reservado e distante e sem brilho.

"Eu medi a sua Marta", ele falou.

"Me conte mais, Edmond", pedi.

"Eu me lembro disso."

"Do que mais?"

"Eu visitava você à noite. Pensava em você o tempo todo."

"Ah, sim, sim."

Pode ter sido a falta de costume de ouvir Edmond falar tanto. Pode ter sido a movimentação de gente atrás das cabeças de Marat. Ou talvez tenha sido a presença constante de Curtius ao lado de sua cama, sua adoração e atenção, suas milhares de histórias sobre o corpo humano. Qualquer que fosse a causa, alguma coisa começou a vir à tona no interior do que restava da viúva Picot.

O dr. Curtius disse que ela estava fazendo mais barulhos, e olhando mais para as paredes e não para o teto. Pobre dr. Curtius, dissemos um ao outro, coitado, ela permanece igual, é ele que tem esse carinho tão grande. Mas certa manhã, quando Edmond foi vê-la, seus olhos se moveram do teto para a parede, e em seguida — ele jurou — se fixaram no filho, e depois disso não o deixaram mais. Quando ele foi para um canto do quarto, foi seguido pelos olhos da mãe. Quando foi para o outro, a mesma coisa. Edmond gritou. E veio correndo.

"Venha ver! Venha ver!"

Quando chegamos, ela já estava dormindo de novo. Mas no dia seguinte, quando entrei, Curtius estava conversando com a viúva, que parecia emitir sons intencionais.

"Auaaaaaalo", ela disse.

Não entendi nada.

"Auaaaaaaaalo", ela falou.

"Ah, sim, você fala", ele respondeu, "nós estamos ouvindo."

"Trabalho, viúva Picot?", arrisquei. "A senhora quis dizer trabalho?"

"Auuuaaaaaaaalo", ela insistiu.

Eu trouxe algumas roupas velhas, alguns uniformes dos antigos empregados, e ela fez força para segurá-los. Quando pressionei o material contra seu rosto, ela começou a chorar. A viúva estava tentando voltar — pelo menos uma parte dela. Nós a levantamos da cama, a colocamos em um carrinho e a movemos pelos cômodos do andar de cima. Demos coisas com as quais ela pudesse mexer; na maior parte das vezes ela as atirava no chão, como se tivesse prazer em nos ver pegando-as de volta. Certa manhã, o dr. Curtius se inclinou sobre ela e, com um movimento rápido do bisturi, cortou o cordão de seu gorro, que caiu, mas os cabelos permaneceram no lugar. Um cheiro forte se espalhou de imediato pelo quarto. Havia muita privacidade naquele cheiro. Uma vasta cabeleira presa se apresentava em tons castanhos e grisalhos e brancos — não em cores agradáveis, mas de negligência. Os cabelos da viúva se tornaram sólidos, quase como ossos. Cantarolando, Curtius pegou um pente de marfim, mas não sabia por onde começar. Tentou em um lugar e depois em outro, enfiou os dentes do pente, puxou um pouco, e a cabeça da viúva foi para trás. Edmond observava traumatizado. Em seguida, Curtius pegou uma pinça comprida com pontas bifurcadas, usada para cirurgias uterinas; com isso conseguiu soltar uma parte dos cabelos, desfazer algumas das antigas tranças. Partes do cabelo caíam por vontade própria. Como Curtius tremia quando segurou nas mãos os cabelos emaranhados, grossos, embaraçados, cheios de nós, quebradiços, com pontas duplas, malcheirosos e sem vida da viúva. Sem o gorro, todo o amor dela estava à mostra de novo, e como havia se tornado estranho; que coisa frágil, instável e peculiar era aquele amor. Curtius tentou alisá-lo.

Ela o mordeu.

Curtius ficou parado diante dela, perplexo. E então aplaudiu. "Você está mostrando a cara de novo, Charlotte, está mostrando a cara de novo! Morda mais uma vez. Morda agora mesmo!"

Ela de fato havia voltado. Mas não era a mesma mulher de antes. Deixava Curtius mexer em seus cabelos, e às vezes até apará-los; com todo o cuidado e amor, ele a arrumava. Edmond mostrou à mãe os velhos livros de contabilidade; usando a mão que ainda se movia, ela arrancou algumas páginas. Nós a levamos ao saguão, mas estava tão destruído agora, cheio de espaços vazios onde ficavam todas as pessoas de cera, pedestais sem nada. Nós a conduzimos diante dos indivíduos de cera que restavam, mas ela não exibiu nenhuma reação. Mostrei nosso novo trabalho, as várias prateleiras de cabeças de Marat feitas de gesso, mas ela não pareceu capaz de entender. Mostrei o dinheiro que ganhamos, mas era o dinheiro novo, o assignat, e a cada vez que o colocávamos em sua mão ela deixava cair. Então Edmond

posicionou as mãos sob suas axilas, e o meu patrão e eu pegamos uma perna cada um, e a carregamos de volta para o andar de cima. Acho que ela preferia ficar no quarto.

Foi Edmond quem levou o manequim de Henri Picot, em péssimo estado àquela altura, esvaziado por Martin Millot — e seus eventuais cúmplices do crime —, com o peito murcho.

"Mamãe, quero que se lembre de papai e que se lembre de mim. Eu sou Edmond, seu filho. Posso estar diferente de como era antes, é verdade, e a senhora pode ter dificuldade em me reconhecer. Mas quero que me conheça como realmente sou. Seu filho, enfim um homem forte."

Curtius mordeu os dedos e se curvou, desviando o olhar. Edmond colocou o pai esvaziado na frente da mãe, e ela o olhou por um bom tempo, mas não viu nada ali.

"Papai falava bem baixinho, quase em um sussurro", Edmond lembrou.

Curtius se dobrou inteiro, apavorado com a ideia de a viúva se recordar do marido.

A viúva olhou para o teto.

"Papai às vezes assentia com a cabeça quando falava", lembrou Edmond.

Curtius balançou a cabeça várias vezes, furioso consigo mesmo. Estava tão acostumado a imitar os rostos que modelava — se esforçando tanto para entendê-los — que isso havia se tornado um hábito. E então, enquanto Edmond se lembrava do pai, o meu patrão involuntariamente reproduzia os gestos descritos.

A viúva continuou olhando para o teto.

"Papai cantava hinos de igreja enquanto trabalhava", recordou Edmond.

"Não! Não é possível que ele fizesse isso!", murmurou Curtius, e começou a cantarolar um pouco.

E a viúva olhando para o teto.

"Papai", gritou Edmond, o meu forte e decidido Edmond, "tinha os pés tortos!"

"Deus do céu!", exclamou Curtius, virando os pés na direção um do outro.

E a viúva seguiu olhando para o teto, mas franziu a testa.

"Papai...", Edmond berrou. "Papai tinha orelhas de abano."

"Socorro! Socorro! Socorro!", gritou Curtius, empurrando as próprias orelhas para a frente.

Mas a viúva havia pegado no sono.

Em nosso pequeno negócio, toda vez que abria um molde, eu me perguntava se veria outra pessoa daquela vez, se haveria alguém diferente à espreita, mas era sempre Marat. Às vezes, ao abrir o molde, era inevitável: me sentia enjoada.

"É a cabeça", eu dizia. "É só a cabeça. Basta desviar os olhos que eu já me sinto melhor."

Naqueles tempos já havíamos estabelecido uma vida doméstica em que conversas mundanas e cotidianas podiam se estabelecer, contendo o tipo de informações eventualmente presentes em outras casas, onde pessoas comuns cuidavam da própria vida.

"Não", falou Edmond, com uma expressão bem séria. "Acho que eu entendi. Não é a cabeça, Marie."

"Ah, não?"

"Não, não. Você está grávida."

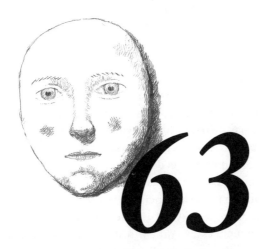

63

Edmond arruma companhias.

No dia 23 de agosto, foi feita uma declaração chamada Levée en Masse. A população masculina foi requisitada para o serviço militar. Os homens foram reunidos e saíram em marcha. Os jovens que estavam nas ruas exercendo suas atividades de costume foram pegos à força.

Na Casa dos Macacos, Edmond passou a existir apenas atrás de venezianas fechadas. Nem mesmo isso era o bastante. Ele precisava voltar ao sótão.

"Não, Marie. Eu não vou voltar lá para cima."

"Mas você precisa, para a sua segurança."

"Eu detesto aquele lugar."

"Mas é mais seguro."

"É mesmo? Como você pode dizer isso? Já ficou lá em cima? É um lugar horrível para uma pessoa. Domina sua mente."

"Não", eu falei. "Não tem mais esse efeito, não agora. Não em quem você é hoje."

Eu subia para vê-lo sempre que podia, mas ele precisava ficar escondido. Se alguém o visse, se alguém o ouvisse, ele seria levado embora e tudo estaria perdido. Edmond permanecia lá em cima, e ninguém havia aparecido para buscá-lo ainda. Enquanto isso, os visitantes que compravam as cabeças de Marat me contavam tudo.

"Mercier foi preso... não ficou sabendo?"
"Pobre Monsieur Mercier! Eu não sabia", falei.
"Então você não sabe quem foi que o prendeu?"
"Não", respondi.
"Foi Jacques Beauvisage."
"Você viu Jacques? Sabe onde ele está?"
"Só estou dizendo o que ouvi. Me disseram que foi ele, só isso."

Edmond ficou resignado lá em cima, com sua boneca de madeira inspirada em mim e suas pessoas de pano. Ele colocou todos os manequins em um único cômodo, agrupados. Às vezes ia ficar com eles, como se estivessem reunidos para uma convenção da guilda de manequins. Nós fizemos um estoque de comida seca lá em cima, para o caso de sermos levados embora em algum momento. Para que na nossa ausência ele tivesse como se alimentar.

Com Edmond lá em cima, o dr. Curtius acelerou a desintegração de Henri Picot. Quando ninguém estava olhando, ele puxava disfarçadamente as costuras; arrancava pedaços; usava os remendos de Henri Picot para tapar buracos na parede. Um dia reparei que o manequim do alfaiate tinha sido reduzido a um trapo velho, que ele mantinha no bolso e às vezes usava para limpar a testa da viúva. "Quem é esse, quem é esse agora?", ele perguntava, com o trapo na mão, mas ela não conseguia dizer nada, e Curtius só assentia com a cabeça.

Em outra ocasião, Curtius me disse: "Eu conheço anatomia. Sou versado na forma humana. Havia partes de mães que me eram levadas em estado de exaustão puerperal. Vi muitos troncos serem trazidos até mim. De um deles me lembro muito bem, ela não foi tão mexida quanto as demais. Eu a abri", a voz dele se transformou em um sussurro, "e havia uma pessoinha lá dentro. O que, Pequena, o que, Marie, você tem aí?".

"Um bebê", respondi.
"De verdade?", ele questionou.
"Sim", falei. "Espero que sim."
"Como ele foi parar aí?"
"Da maneira convencional."
Ele pareceu bem confuso. Apontei para o teto.
"Ah!", ele disse.
"Pois é, senhor."
"É um perigo", ele comentou. "Não é seguro."
"As pessoas têm bebês o tempo todo."
"Você já está velha. Está velha demais! Vai morrer!"
"Talvez sim, senhor", respondi, "talvez não."
"Ah, não. Você vai, sim."

Agora o meu patrão tinha duas mulheres para cuidar. Ele auscultava o meu peito e a minha barriga várias vezes por dia, exigia que eu me deitasse. Também lavava o meu rosto, e ficava sacudindo negativamente a cabeça. Inclusive foi me ajudar com as cabeças de Marat. Nessa época, nosso Marat de cera já nos tinha sido devolvido; o lugar dele na Convenção foi ocupado pela pintura de David. Com isso, os pedidos de cabeças de Marat começaram a decair; embora a nossa tenha sido moldada no próprio rosto do morto, era feia em comparação à de David. Ele fizera um Marat bonito e santificado, como se tivesse saído da Bíblia, mas Marat não era assim de forma alguma. Aquela pintura era uma mentira.

Edmond costurou para si um traje simples de aniagem, parecidíssimo com o de um manequim de loja.

"Se alguém subir aqui", ele falou, "não vão saber me diferenciar deles."

"Não é para sempre, Edmond", respondi. "Não se esqueça de quem você é. Não pode se esquecer. Olhe pela janela, para a casa do dr. Graham. Vou procurar você hoje à noite."

"Nós vamos ter um bebê."

"Espero que sim, Edmond, se tivermos sorte."

"Tem um crescendo aí dentro de você."

"Sim, mas isso não significa que não possa parar de crescer."

Ele começou a chorar.

"Mas vamos fazer nosso melhor."

"Sim, vamos fazer o nosso máximo."

Foi nesses dias vividos apenas pela metade, na semipenumbra, quando nós nos movíamos tão devagar pela casa, fazendo tão pouco barulho, que as notícias de fora chegaram. Alguém de outra vida. Eu não pensava mais nela; havia me esquecido disso. Se tivesse pensado, talvez ela estivesse em segurança, ainda estivesse viva, ainda estivesse respirando.

Eu estava saindo para buscar pão, mas a porta dos fundos estava trancada. O dr. Curtius estava parado ali em frente, para bloqueá-la. "É melhor não sair hoje", ele avisou. "Não vamos precisar de pão."

"Precisamos, sim", falei. "Nós vamos precisar de pão."

"É melhor não sairmos hoje", ele disse.

E a princípio não consegui ligar uma coisa à outra.

O dr. Curtius insistiu para que eu me sentasse um pouco. Em seguida, Edmond me mostrou uma máscara de papel machê que ele mesmo fizera: cobria todo o seu rosto, com buracos só nas narinas. A máscara tinha até olhos pintados de forma tosca para cobrir os dele.

"Não faça isso, Edmond, é um exagero."

"Não, não, estou me sentindo melhor assim. Mais seguro."

Ele colocava a máscara sempre que ouvia os degraus da escada do sótão rangerem com a aproximação de alguém. Curtius queria que eu lhe lembrasse de novo sobre os nossos dias em Berna. Nesse dia, Curtius falou: "Vamos falar das nossas primeiras cabeças. Se enrole nesse cobertor". E assim, comigo toda embrulhada, nós nos sentamos junto do fogo e nos lembramos de toda aquela cera antiga e sem grande importância.

No fim deu certo.

Os meus pensamentos tomaram o seguinte curso: as venezianas estão todas fechadas, assim como quando o rei e a rainha morreram, então talvez alguém muito importante tenha morrido. Quem pode ser? Mas, quando abri uma veneziana e olhei para as casas ocupadas que restavam, vi que a nossa era a única fechada e trancada, e o pânico começou a bater. Talvez seja ela, pensei. Pode ser que sim. Talvez seja ela. Do contrário, por que todo mundo estaria olhando assim para mim? Por que estariam me afagando e me mimando desse jeito?

"Mmmmmmm", fez a viúva.

"Elisabeth?", perguntei.

"Marie, posso passar a mão na sua barriga?", pediu Edmond.

"Elisabeth?", questionei.

"Marie, venha se sentar perto do fogo comigo", chamou o meu patrão.

"Elisabeth?", repeti.

"Me conte sobre aquelas cabeças de Berna."

"Elisabeth?", voltei a perguntar. "Elisabeth? Elisabeth?"

Por fim ele assentiu com a cabeça. "Elisabeth." E depois: "Venha se sentar perto do fogo".

E eu, desnorteada, fiz isso.

Vinte e sete de maio de 1794, ou Oito Prairial, Ano II, na linguagem dos novos calendários. Talvez ela estivesse com o Jesus de gesso, aquela coisa horrenda. Eu deveria ter estado lá. Todos aglomerados na carroça, muita gente. Rezando, sem dúvida, por todo o caminho. Ela seguiu nessa jornada com a cabeça descoberta, segundo disseram, depois que o vento soprou seu lenço para longe. Seu número era vinte e quatro. Houve vinte e três antes dela naquela sessão. A minha Elisabeth. A minha Elisabeth, encontrando a morte sem o coração e o baço. A minha Elisabeth. Ela nunca mais mandou me chamar.

Por que não mandou me chamar?

Na manhã seguinte eu saí para comprar pão.

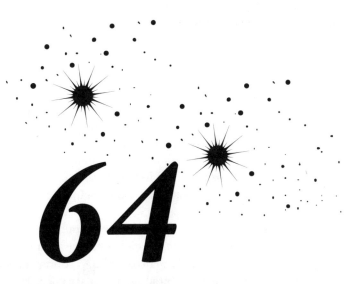

64

Levados embora.

Em 10 de junho de 1794, a Lei de 22 Prairial foi aprovada: *O Tribunal deve ser tão ativo quanto a criminalidade e concluir todos os casos dentro de vinte e quatro horas.* Então as pessoas, a gente comum do dia a dia, começaram a ser levadas das celas para as cortes logo de manhã, recebiam o veredito por volta das duas da tarde, e às três estavam na carroça a caminho da guilhotina. O promotor público apontava e declarava: "Você é culpada por causa do seu vestido. Você é culpado por causa do seu nome. Você é culpado por causa do seu bigode. Você, por causa do seu cabelo. Você deve morrer porque nasceu com mais dinheiro que os demais. Você, com menos. Você, porque cochichou uma opinião. Você, porque saiu sem seu emblema. Você, porque seu vizinho falou coisas a seu respeito. Você, porque não gritou alto o bastante. Você deve morrer porque não gostei da sua cara. Você deve morrer para cumprir a cota. Você deve morrer porque assim determinamos. Nós sabemos o que se passa na sua cabeça; você é uma ameaça à nossa liberdade; você não inspira segurança".

Nós estávamos na sala dos moldes, Curtius e eu, em meio a prateleiras e mais prateleiras de cabeças em negativo.

"Precisamos quebrar tudo isso", falei. "Precisamos, senhor. Esses moldes vão ser o motivo para a nossa execução se forem encontrados. Todos os dias André Valentin está no bulevar. Ele nunca vai deixar a gente em paz. Precisamos quebrar tudo isso, senhor. Caso contrário, vamos ser mortos."

Ele parecia desolado.

"Aqui eu construí a minha vida com a viúva", ele falou. "E ter de jogar tudo isso fora!"

"É o que precisa ser feito."

"Mas espere! Espere! Talvez exista uma chance. Marie, e se nós enchêssemos a sala de moldes inteira de gesso, do chão ao teto? Até não sobrar nada da sala, só gesso. Tudo gesso, nada mais que gesso. E mais tarde — se houver um mais tarde — nós voltamos com todo o cuidado, com um martelo e um cinzel, e resgatamos tudo. Primeiro, ajeitamos os moldes no fundo da sala, cobrimos com uma lona encerada, e depois enchemos o resto com gesso. Quem for libertar a sala vai ver a lona, e assim vai saber que encontrou os moldes, sãos e salvos."

E assim fizemos. Os moldes foram empilhados e cobertos. Baldes e mais baldes de gesso foram despejados, e tábuas foram pregadas na porta para manter tudo do lado de dentro, até não sobrar mais espaço na sala. Um cômodo é um espaço limitado entre quatro paredes; ali não havia espaço, apenas algumas lacunas do tamanho de cabeças, esperando por uma outra época. Coloquei, inclusive, a cabeça do rei. Ninguém nunca a pediu, e aqueles que a encomendaram não estavam mais entre os vivos. Arrancamos os lintéis e pregamos um rodapé onde antes havia a porta. Uma ex-porta para uma ex-sala.

Continuamos na Grande Casa dos Macacos, escutando silenciosamente as pessoas marcharem do lado de fora. Às vezes André Valentin aparecia diante dos nossos portões arrebentados, sorrindo. Uma vez chegou a entrar e a mexer nas coisas, e até chegou a dar batidinhas com as juntas dos dedos na cabeça da viúva. Queria saber onde estava Edmond. Dissemos que ele tinha ido embora, voltado para a esposa. Ele não acreditou e saiu procurando por toda a Grande Casa dos Macacos, até no sótão — e especialmente lá —, mas, apesar de provavelmente ter olhado para Edmond no meio de todos aqueles manequins de loja, seus olhos tortos não conseguiram vê-lo. Ele voltou de novo, e procurou de novo, e foi embora de novo. E talvez, nós acreditávamos, André Valentin só estivesse nos provocando, talvez gostasse daquele joguinho — e podia ser só isso, um jogo. Mas então Valentin apareceu outra vez, chutando a poeira do chão, derrubando cadeiras. Florence Biblot, a antiga cozinheira, estava com ele, com uma faixa tricolor presa ao corpanzil.

"Pois bem, cidadã Biblot, quem são essas pessoas?"

"Ddddd", ela respondeu.

"E são leais ao rei deposto?"

"Ddddd", ela respondeu.

"E são suíços?"

"Ddddd", ela respondeu. "*Rösti. Fleischkäse.*"

"Mais alguma coisa?"

"Ddddd", ela respondeu. "Eles lamentam pelo rei. Eu ouvi quando ela disse. Dddd. Ouvi o que eles diziam por anos, tentando conseguir um retrato da rainha. Adoravam todos eles. Todo mundo aqui. Aquela ali até morou em Versalhes."

Ela cuspiu.

"Obrigada, cidadã", disse Valentin.

"Ddddd."

Ele soprou seu apito de metal.

"Vocês estão presos pela Lei de 22 Prairial", ele anunciou, incapaz de nos encarar diretamente. "Vão sair daqui acompanhados por estes homens. Fechem a casa."

Fomos levados embora.

Todos, menos Edmond. Ele continuou no sótão, com seu traje de aniagem e sua máscara. Se vierem nos prender, havíamos combinado, Edmond se esconderia junto de seus irmãos e irmãs.

Não tive a chance de me despedir. E não ousei olhar para trás.

MADAME TUSSAUD

LIVRO SETE

A SALA DE ESPERA E
A PROPRIEDADE DE PAPELÃO
Dos trinta e três aos
quarenta e um anos.

1794-1802

65
Vida e morte em uma sala.

Fomos levados primeiro à prisão de La Force, onde nos indiciaram formalmente. Lá, a viúva e eu fomos separadas do dr. Curtius, fomos todos despachados para cadeias diferentes até sermos chamados para julgamento, embora nenhum de nós soubesse que aquele era o momento da separação até o meu patrão ser levado embora. Em seguida houve outra jornada, observando ruas e casas através das grades da carruagem, vendo-as como se fosse a primeira vez, encontrando beleza em todos os lugares, e então chegamos ao convento das freiras carmelitas e adentramos a escuridão. Ali, em uma noite de setembro, disseram que Jacques Beauvisage havia assassinado padres. Naquela noite ainda éramos livres, eu tinha Edmond ao meu lado; agora eu estava com sua mãe doente em um quarto com vinte outras mulheres, gado como nós, esperando e chorando em cima de palha velha.

Carmes, era como chamavam aquela prisão. Parece um nome tão pacífico.

Era como se nossa pequena cela ficasse no fundo do oceano. O tempo pesava ali, carregado com os últimos momentos de vinte mulheres, todas juntas lá dentro. Naquele lugar cada respiração era levada a sério. Uma de nós poderia dizer à outra: "Que bom que tem amarelo em seu vestido. Caso contrário o amarelo não estaria aqui entre nós, e isso seria uma pena".

Lá estavam as mulheres, naquele pequeno recinto de portas e paredes grossas. A mais nova era uma menina de doze anos, e a mais velha, uma condessa de setenta e poucos. Acho que algumas das mulheres, pensando na garota, se ressentiam da presença da septuagenária.
Que cheiro, todas aquelas mulheres aglomeradas.
Mulheres entravam e mulheres saíam. Eu estava quase certa quanto ao local para onde eram levadas: a Conciergerie, antecâmara da morte, e de lá para a Place du Trône, e então a jornada final, nas tábuas móveis e com a cabeça na Janela Nacional.[1] Fiquei segurando a mão da viúva. Ela não conseguia entender onde estava, pois perdera o pouco juízo que lhe restava. Nosso corpo pode ser bem gentil conosco às vezes.

Eles não guilhotinavam mulheres grávidas. As meninas, sim, e certamente as velhas e loucas, mas as grávidas estavam a salvo, pelo menos por um tempo. Depois que eu desse à luz, muito provavelmente seria levada. Enquanto tivesse um bebê dentro de mim, estava segura. Nós nos mantínhamos vivos. De acordo com os meus cálculos, eu tinha mais três meses de vida.

A cela media, de acordo com as minhas estimativas, seis metros por nove. O piso era de pedra, mas havia montinhos de palha para servir como leitos. Não eram suficientes — às vezes era necessário brigar por um lugar para dormir —, mas na maior parte do tempo as pessoas revezavam. Tínhamos permissão para limpar o ambiente uma vez por semana. Havia apenas uma janelinha horrorosa que dava para uma parede cinzenta e carrancuda. Não era possível ver o céu. Uma das paredes tinha um pouco de musgo. Eu gostava de olhar para o musgo. Pelo menos tinha cor.

Nosso balde comunitário não era levado para ser esvaziado com muita frequência. Algumas mulheres usavam o balde sem a menor cerimônia; conversavam normalmente enquanto estavam sentadas lá; para outras, era uma humilhação diária, um tormento profundo. Uma mãe fazia a filha segurar um pedaço de pano à sua frente, mas aquela cobertura improvisada não era como uma parede, não encobria os ruídos, apenas chamava atenção para eles. Algumas mulheres não conseguiam compreender o pudor das outras. Não havia solidão ali. Ou talvez o único fiapo de solidão existente estivesse dentro da cabeça da velha viúva Picot.

Eu nunca tinha estado com tanta gente. As moças mais novas se sentavam juntas e falavam sobre homens. Havia brigas, claro, sobre coisas importantes e insignificantes. Todos os relacionamentos estabelecidos naquela cela eram os últimos esforços em vida. Às vezes éramos cruéis umas com as

---

1 No original francês, *Fenêtre Nationale* — um jeito irônico de se referir à guilhotina. [NT]

outras, às vezes gentis. Todo mundo queria um pouco de calor humano. Eu me lembro de uma mulher, uma ex-vendedora de bilhetes de loteria, que perambulava pela cela o dia inteiro, pedindo para todas: "Posso segurar sua mão um pouco, por favor?", ou "É a sua mão que vou segurar depois, está bem?", ou "Posso ficar segurando a sua um pouco mais?".

Às vezes tínhamos permissão para circular por Carmes. Havia homens lá também; o lugar inteiro fedia a dejetos humanos e amônia e umidade. Tudo ali era permeado pelo ar espesso e viciado. Nesses momentos fora da cela, espremida entre as outras mulheres, vendo homens tão sem esperança quanto nós, as pessoas murmuravam sobre quem havia sido preso, quem havia chegado no dia anterior e naquele. Em Carmes, ouvi mais histórias sobre Jacques Beauvisage: tinha sido visto aqui e ali cometendo as piores atrocidades, atolado em sangue até a cintura, assassinando famílias inteiras, botando fogo em vilarejos. Mas todos esses relatos sobre Jacques careciam de substância, não eram fatos sólidos — ninguém mencionava sua perna manca, ou a tristeza que sentia por seu ajudante morto. Não acreditei em nada daquilo.

O que dava forma à nossa vida em Carmes eram as listas, publicadas quase todos os dias e que determinavam quais pessoas seriam levadas em seguida. Muitas vezes, depois que uma nova lista era divulgada, havia um intervalo de vinte e quatro horas até que as pessoas fossem chamadas. Quanto sofrimento permeava aquelas horas! E então vinham os sons das pessoas sendo arrastadas escada acima, os gritos, as súplicas, as lutas corporais. Mas, no fim, ninguém ficava. Passávamos as noites suando, e muita gente chorava. Se pelo menos pudéssemos tomar um ar, respirar novos ares.

Tínhamos muito tempo pela frente.

E não tínhamos tempo nenhum.

Uma a uma, as mulheres desapareciam. Não, isso não é verdade; às vezes iam três de uma só vez. E de alguma forma o tempo foi passando. E ainda estávamos vivas, a viúva e eu. Às vezes alguma mulher não conseguia se controlar, gritava ou chorava aos soluços, mas não fazia diferença, aquilo só perturbava as outras. Nós tentávamos viver com o pouco de dignidade que tínhamos, nos comportando bem, sendo civilizadas e decentes e gentis. Às vezes até ríamos. Pois, para algumas, chegava a ser um alívio estar ali; na cidade, vínhamos vivendo sob uma pressão imensa, esperando pela batida na porta, que quando chegou foi uma espécie de consolo, um pouco de paz: tínhamos sido levadas, podíamos voltar a ser quem éramos. Nossas mentes nunca se afastavam daquela porta. Algumas tentavam não olhar para ela, mas nenhuma de nós era capaz de se esquecer de sua existência.

Havia uma mulher em particular que era muito bonita, muito sensível e bondosa; demonstrava tamanha dignidade que inspirou todas nós com sua coragem. Na noite anterior ao aparecimento de seu nome na lista, eu a ouvi murmurando: "Sei que sou a próxima". Antes de sair, ela deu um beijo de despedida em cada uma e distribuiu tudo o que tinha. Eu também gostaria de ir dessa forma.

Nossos dias eram preenchidos por comida dura, pães e ervilhas e feijões, que quebravam dentes maltratados e deixavam maxilares doloridos de tanto sugar os alimentos. O meu bebê padecia de fome. Éramos parecidas com os pobres sofredores de Elisabeth, pensei. Como se a miséria fosse uma espécie de uniforme obrigatório que todas nós havíamos recebido. Ela me confundiria com uma daquelas pessoas se me visse agora, se não estivesse morta.

Estávamos todas juntas naquela cela, e tudo para nós era precioso. Havia pouquíssimas coisas para amar. Toda aquela barulheira do povo de Paris encurralado, vivendo aquela situação dia e noite.

Tínhamos muito tempo pela frente.

E não tínhamos tempo nenhum.

Os rostos estavam sempre mudando.

A princípio ocupei o meu tempo com a viúva. Nós nos entretínhamos juntas, e eu falava sobre Edmond e o dr. Curtius. Eu a lavava. E a limpava. Eu a abraçava, deixava sua cabeça enrugada repousar sobre o meu ombro. Tentava desfazer os nós de seus cabelos com os dedos. Deixava-a bonita, e lhe dizia isso. Ela estava tão menos severa depois da doença; eu não conseguia mais odiá-la. Tentava amá-la em vez disso. A viúva não era capaz de compreender a ideia de ser avó, mas olhava para a minha barriga e parecia muito triste e era como se estivesse sempre prestes a se lembrar de alguma coisa, mas nunca conseguia. Que estranho era nós duas terminarmos juntas.

"A senhora tem um filho. Lembra? Edmond, é o nome dele. Está vivo e bem. Está escondido e seguro. Ninguém vai encontrá-lo."

"Uuuuuuh."

Edmond margeava sua consciência, uma figura envolvida em brumas, que desaparecia logo em seguida. Quando achava que ela me reconhecia, percebia uma raiva surgir em seu rosto, mas logo em seguida seus olhos se enchiam de lágrimas; ela havia se esquecido de mim de novo. De costas ela sequer parecia uma pessoa, a pobre velhinha, só uma pilha de trapos dentro das roupas.

Ela não entendeu quando seu nome apareceu na lista. Não contei para ela; era impossível que compreendesse. Mantive-me muito perto o dia todo. Cantei para ela. Nunca a deixei sair das minhas vistas. Ela dormiu algumas horas com a cabeça no meu colo. Acariciei seus cabelos desalinhados. Logo alguém os cortaria curtos, antes da jornada final. Os cabelos eram sempre cortados na altura do pescoço. Fiquei torcendo para que ela quebrasse a tesoura. Quando chamaram seu nome, ela não o reconheceu como seu. Precisei responder em seu lugar. Ela estava feliz a princípio, mas não conseguia entender por que eu não iria junto. Começou a chorar quando falei que não poderia. É terrível ver uma velha chorar. Espero que ela já tenha se esquecido de mim ao ser levada escada acima. Espero que não tenha compreendido nada do processo cruel que era o julgamento. Espero que alguém tenha sido gentil com ela na carroça. Espero que ela tenha sido a primeira. Espero que ela não tenha se dado conta de que perderia a cabeça. Talvez tenha pensado que todas aquelas pessoas estavam sendo transformadas em manequins de alfaiate; talvez não se importasse em ser transformada em um também. Acho que o sangue sobre as tábuas pode tê-la deixado perturbada. Espero que não. Espero que tenha sido um dia ensolarado. Espero que o tempo tenha estado quente. Uma velha grandalhona e brava. Ah, me ajude, me ajude, ajude todas nós.

Tínhamos muito tempo pela frente.

E não tínhamos tempo nenhum.

Os rostos estavam sempre mudando.

Depois que ela se foi, eu me deitava com Marta toda tensa em cima da palha e fingia que só havia serragem dentro de mim. Durante dias, não fiz questão nenhuma de conversar com ninguém. Comia pelo meu bebê, não por mim. Só conseguiria voltar a encarar Edmond algum dia se eu mantivesse a criança viva. Sua mãe eu não consegui manter. Havia uma vida dentro de mim, e por isso segui em frente.

Comecei a conversar com as pessoas de novo.

Contávamos nossas histórias umas para as outras. De novo e de novo. Sempre dava para saber quais eram verdadeiras e quais eram falsas, porque as falsas mudavam a cada vez que eram contadas. As verdadeiras permaneciam iguais. O que é uma vida? É com isto que ficamos no fim: com histórias. Elas eram as nossas vestimentas.

Depois que uma mulher, a esposa de um subchefe de polícia já executado, foi chamada, escutei uma outra contar a história dela como se fosse sua na noite seguinte. A ladra de histórias era uma atriz da Comédie-Française, presa depois de ser ouvida citando uma peça que falava sobre um rei — não o chaveiro decapitado, mas algum outro monarca de muito tempo antes. Não fazia diferença: rei era rei. Ela havia escutado a história da esposa do subchefe, e depois começou a repeti-la, quase palavra por palavra, para duas mulheres novas, que não sabiam de nada. Ficamos furiosas. E a chamamos de ladra. Mas ela se limitou a sacudir negativamente a cabeça, com tristeza. Não era má pessoa, conforme argumentou. Apenas queria compilar aquelas histórias, que eram tudo o que restara daquelas mulheres, e queria mantê-las vivas com sua memória prodigiosa. Era por isso que se tornara atriz, ela então compreendia, para que pudesse contar o que as outras pessoas viveram, não personagens fictícios, como seria de se supor, mas gente de verdade, como as mulheres presas naquela cela, para que não fossem esquecidas depois que morressem. Com certeza a ideia por trás daquilo era sobreviver, para que todas as histórias pudessem ficar a salvo com ela. Mas seu nome foi chamado também, e essa biblioteca desapareceu junto.

Depois de um mês lá dentro, eu também comecei a contar a vida das pessoas que já tinham ido embora — não como se fosse minha, mas para transmitir às recém-chegadas. Ali, naquele canto, ficava Elodie, e essa é sua história; quem ficava lá era Madame Grenlin de Marselha; Mademoiselle Cossé passava o dia todo perto da janela, vejam as marcas que ela fez com as unhas. Havia marcas em todas as paredes; o lugar inteiro estava lotado de pequenas mensagens significativas, os únicos resquícios de uma vida. Às vezes as mulheres gritavam para eu me calar, mas muitas tinham tanto medo de ser esquecidas que vinham me contar suas histórias, e depois me interrogavam sobre tudo o que eu havia ouvido. Eu era obrigada a me lembrar de sardas e covinhas e de um conjunto de cadeiras, de flores em jardins, de velhos e jovens, de meninos de perucas e meias, de garotas que adoravam morangos e de mulheres de fé, de costas de jovens, de viagens para encontrar parentes, de jogos de cartas, de ovos cozidos, de dinheiros ganhos e casinhas com o primeiro papel de parede, bebês nascidos e crianças perdidas e pais falecidos, tudo isso, muitas histórias, cachorros favoritos, cavalos prediletos, uma velha canção, quem viu o rei e quando, joias e esplendor, heranças de família, poemas, os contos de fadas "Cendrillon" e "Perlimpinpin" e "Persinette", um filho na guilda. Você vai se lembrar, Marie? Consegue se lembrar agora? Entendeu isso? Quem era o meu primo? Onde conheci Pierre? Qual era o meu brasão? A cicatriz perto do olho dele. Quanta informação. Devagar, devagar, ou vou perder muita coisa.

Havia histórias demais para lembrar, eu não conseguia guardar todas. Algumas partes de certos relatos se misturavam e apareciam em outro momento: o amor de Madame D. por narcisos era atribuído a Mademoiselle P., cuja grande paixão por um soldado chamado Augustin emergia na confusa biografia de uma matrona mais idosa do Faubourg Saint-Marcel, que tinha a irmã, sua companheira de vida, jogada de repente na historinha de uma mulher que vendia refrescos na Place de la Révolution durante as execuções.

Comecei a temer essas histórias. Elas apareciam para mim durante o sono; se infiltravam nos meus sonhos. Faziam mal para o meu bebê. Eu tinha certeza disso. Parei de ouvi-las. Não queria saber de mais ninguém. Só havia eu, o meu bebê e Edmond. Tentei ficar recolhida a mim mesma. Hoje perdi essas histórias; elas voltam para mim em pedaços. Às vezes o meu sono é perturbado por um imenso coro de mulheres mortas, em vários tipos de roupas diferentes, dizendo seus nomes e os nomes das pessoas que amavam, em todos os seus pequenos detalhes. Uma mulher me contou que nunca se relacionava com gente que não gostasse de couve-de-bruxelas. "Pessoas fracas, pessoas sem caráter", ela dizia. Outra mulher me disse que havia dançado com um urso em um festival de diversões no interior. O urso fora um dançarino aceitável. Uma menina me falou sobre o povo imaginário de uma ilha imaginária que ela inventou, para a qual inclusive desenhou mapas e escreveu leis. Histórias dignas de livros, foi o que essas pessoas me entregaram.

Dentro do almanaque das perdas, uma história me foi contada tantas vezes que ainda me lembro dela. Em Carmes, dois meses após a minha chegada, apareceu uma mulher creole da Martinica que crescera em uma fazenda de escravizados. O marido também estivera em Carmes, mas seu nome já havia aparecido na lista. O nome dela era Marie-Josèphe-Rose Tascher de la Pagerie, mas era chamada de Rose.

Era uma mulher de constituição sólida. Um pouco melancólica, bonita — mas não chegava a ser uma beldade —, com ombros caídos, cabelos escuros, sobrancelhas grossas, olhos e boca grandes, e também o nariz, pensando bem, não era muito pequeno. O choro era seu estado natural; mais tarde ela dizia que era corajosa, que saía oferecendo conforto para todas as mulheres, mas não era assim. Ela estava apavorada. Quem poderia culpá-la? Ela se sentava comigo e chorava no meu ombro.

"Vou lhe dizer, *mademoiselle*", ela começava, "Não vou chamá-la de cidadã, isso não serviu para nada de bom. Vou contar de quem sinto mais falta. Não é do meu marido, apesar de eu lamentar seu destino, mas ele nem sempre era justo, não era fiel. Sinto muito porque ele morreu, mas não tenho como trazê-lo de volta. Não é do meu filho nem da minha filha. Amo os dois com o amor de uma mãe, mas eles estão sendo bem cuidados além das muralhas da cidade. Eu fiz com que se tornassem aprendizes, para sua própria proteção — Hortense com uma costureira, Eugène com um marceneiro. Eles estão em segurança, mas como vão ficar depois disso tudo? Quem vão se tornar? Não, acima de tudo, vou dizer de quem sinto falta: do meu cachorro pug. Não existe ninguém melhor que Fortune. Eu gosto de vê-lo coçando as orelhas, balançando o rabo, latindo, recobrando o fôlego, espirrando. É de Fortune que sinto mais falta, meu querido pug."

    Sem seu cachorro por perto, não demorou muito para que ela começasse a me chamar de Pug. Um cão de focinho chato. Que piada era aquilo, como ela se divertia. Chamava-me no meio da noite. E ficava inconsolável até me ter ao seu lado, até poder me acariciar e passar a mão nos meus cabelos. Eu não ligava. Às vezes ela me dava comida. Eu precisava comer.
    Até consegui conhecer o próprio Fortune. Rose conquistou um dos guardas na base do charme, e ele conseguia trazer Fortune para visitas semanais. Sua chegada nos trazia um pouco de vida. Era um bichinho alegre, muito dedicado à dona, e todas ficávamos contentes em vê-lo. Era a inocência de volta. Uma coisinha inofensiva com um rostinho preto e triste e olhos preocupados, como se entendesse a nossa provação. Ele nos fazia muito bem. Aqueles barulhinhos. Sua receptividade. Sua ausência de culpa. Ficávamos tristes quando ele era levado, e torcíamos para estarmos vivas só para vê-lo na semana seguinte. Vamos durar pelo menos até lá, dizíamos.
    Eu era acariciada por Rose, a minha barriga inclusive. Ela não me ajudava com a limpeza, mas conversava comigo enquanto eu e as outras mulheres cuidávamos disso. Acho que me apaixonei um pouco por ela, que, por sua vez, começou a gostar de um militar preso em Carmes, um homem bonito, com uma cicatriz impressionante provocada por um sabre. Passava um bom tempo cuidando de si mesma, tentando se manter bonita para o homem da cicatriz, cujo nome era Lazare Hoche. Ele estava certo de que não seria morto na guilhotina, e essa confiança era reconfortante para ela, que se arrumava toda para Lazare.
    Eu era dois anos mais velha que ela, mas não parecia. E também vivi mais, afinal. Ela morreu em função das consequências da abdicação, em 1814, antes de completar cinquenta e um anos. Para mim, ela parecia ter energia para resistir mais. Proporcionou-me muita diversão nos meus últimos dias de prisão.

Em 28 de julho de 1794, Dez Termidor, Ano III, a porta se abriu e o guarda chamou: "Anne Marie Grosholtz". "Estou grávida", falei. "Olhe a minha barriga." Se eles pusessem a mão ali, logo sentiriam um chute. Mas chamaram o meu nome de novo e disseram que eu precisava ir. Agora, pensei, nem mesmo as mulheres grávidas estão seguras. Isso não deveria ser um choque para mim, no fim das contas, considerei. Não é nada surpreendente. Afinal, por que eu seria poupada? O que me torna tão importante assim? *Bebê, lá vamos nós. Eu não vou me separar de você. Não posso me separar de você.*

Fui levada lá para cima, para o pavimento térreo de novo, onde o ar era bem mais leve, e os meus pulmões tomaram um susto com a mudança. As minhas mãos estavam imundas, o meu vestido estava imundo, os meus cabelos estavam imundos. Pensei que estivesse me cuidando bem; acho que isso não fazia diferença. Segurava minha barriga, me desculpava por sua existência. Lá em cima, do lado de fora da entrada do convento, em uma rua de Paris, um homem da Guarda Nacional me falou:

"Por aqui, por favor, cidadã."

"Eu estou grávida."

"Sim", ele falou. "Não se preocupe."

"Mas eu estou preocupada, *sim*!"

"Você não vai a julgamento."

"Não? Não mesmo?"

"Não, cidadã, de forma nenhuma. O que vai acontecer é outra coisa."

66

O queixo destroçado.

Ouvi as pessoas celebrando na Rue Saint-Honoré, como se fosse um feriado nacional. Que barulheira! "Acabou!", ouvi alguém gritar. "O Tirano se foi!" "O Tirano está morto, e estão prendendo todos que eram próximos dele!"

Levaram-me para uma sala perto da Place de la Révolution. As pessoas estavam aglomeradas em torno de certos objetos que havia lá, em cima das mesas. Objetos como os vendidos por um açougueiro. Só que aqueles não seriam pesados nem comidos.

"Cabeças", falei. "Eu faço cabeças. Só sou chamada quando a vida das pessoas chega ao fim. Tem cabeças aqui."

"Sim", confirmaram.

"De quem é essa?", perguntei.

"Este", me disseram, enquanto me mostravam o local, "é Couthon, o aleijado. Sua cabeça está cortada neste ângulo porque precisaram executá-lo de lado. Ele foi esmagado pelas outras pessoas na carroça, pisoteado."

"E esse?", eu quis saber.

"Esse restolho se chamava Augustin Robespierre, o irmão. Quando soube que tudo estava terminado, se jogou no pátio de uma janela bem alta. Deve ter doído. Se quebrou todo, mas não morreu — não, nós nos encarregamos disso depois, com um cortezinho no pescoço, como você pode ver. Ao lado dele está o mais ajeitadinho, Saint-Just. Está bem limpo, em comparação com os outros."

"E este aqui? Aqui?", questionei.

"O Incorruptível em pessoa."

Em cima da mesa estava a esfera pertencente a Maximilien Robespierre. Foi nesse momento que conheci Robespierre, não antes. O estrago naquela cabeça não se limitava ao trauma do corte no pescoço. Esta minha história começou em um outro país, com um queixo, uma propriedade familiar destruída por um canhão com defeito. Aqui, perto do fim, havia outro queixo destroçado. Esse não estava ausente, ainda estava preso à cabeça, o maxilar inferior pendurado ao superior, rasgado por uma bala. Robespierre tentou se matar com um tiro e errou, um suicídio fracassado.

Eu não havia sido libertada da prisão com um privilégio especial para observar a colheita do dia. Precisava trabalhar. Havia bastante gesso à disposição. E cera — cera comum para velas, da pior qualidade, mas era tudo o que tinham —, recolhida de centenas de candelabros. Eu deveria fazer cabeças que seriam exibidas na Convenção. E fiz.

Demorei dois dias.

"Muita gente quer ver essas cabeças", falei. "Muita gente vai querer se certificar de que ele está morto. Vocês não acham? Eu acho. Tenho certeza. As pessoas vão continuar vindo por décadas para ver essas coisas."

Quando terminei o meu trabalho, perguntei o que ia acontecer comigo.

Disseram que eu estava livre.

Livre para ir aonde? Foi a minha pergunta.

Vá para casa, me disseram. Por que você não vai para casa?

"Para casa", murmurei. "Eu não havia pensado nisso."

Peguei o caminho mais longo, pelas ruas mais tortuosas. Não estava com pressa. Não havia como ter certeza do que me esperava por lá.

Pequena lista proibida.

Eu queria estar oca. Mas estava preenchida por dentro. Eu queria estar oca. Alguém deveria me esvaziar. Preciso fazer uma lista. Colocar tudo por escrito. Corpos vêm e vão; as pessoas não deveriam se apegar tanto. Enquanto eu estava presa, as pessoas iam embora o tempo todo. Preciso fazer uma lista.

Picot, Charlotte, sessenta anos, uma mulher velha e perdida.

Não está terminada, a minha lista. Sou pequena. Sou como uma lesma. Não, sou feita de couro. Escura e marcada. Sou muito pequena e muito robusta. Estava fazendo a minha lista; ainda não tinha terminado. Na Bíblia existe um homem chamado Jó. Ele perde a família e, como isso não o derruba, ele aparece coberto de bolhas e é espancado e arrebentado, mas continua de pé. Provavelmente nem sabe por quê. Eu estava escrevendo a minha lista. Já não dói tanto o tempo todo. A minha lista. Ao trabalho, então.

Cheguei a uma meia casa. Metade estava no chão — as muletas tinham cedido ou sido derrubadas, havia tijolos e madeira empilhados sobre o chão de terra como se um castelo de cartas tivesse desmoronado. A Grande Casa dos Macacos, uma ambição decaída. Duas paredes de tijolos entraram em colapso total, revelando a velha e dilapidada estrutura de madeira por baixo. As pedras do calçamento foram arrancadas; o gradeado não existia mais, nem o sino que pertencera a Henri Picot. Um dia existira esperança em torno daquele lugar; muitas pessoas trabalharam ali, e tantas outras o frequentaram. Tinha sido a grande atração do bulevar, a maior de Paris.

Fiquei parada em silêncio diante da construção.

"Edmond", murmurei, "estou em casa."

Não houve resposta.

"Edmond."

Nada.

O que aconteceu quando eu estava fora? Eu fiquei sabendo de tudo mais tarde, por meio de um registro na Préfecture du Département de la Seine. Juntei as peças. Analisei tudo.

Os membros da Guarda Nacional do nosso distrito, os líderes seccionais, os nativos — André Valentin, imagino, mas nunca vou conseguir provar —, apareceram na Grande Casa dos Macacos. Tinham ódio pelo lugar fazia muito tempo. Eles o cercaram e começaram a demolir. Não precisaram de muita ajuda. As muletas caíram facilmente; a casa inteira gritou e gemeu, como se os macacos estivessem lá dentro de novo. Os líderes seccionais destruíram tudo, de alto a baixo, cada armário, cada baú, cada gaveta, cada cômodo, no andar superior, no inferior, por dentro e por fora. Atacaram nossa casa de bonecas, destruindo-a, pois queriam atingir as nossas pessoas de cera. Arrastaram algumas para fora, dançaram embriagados pela rua com seus parceiros feitos de cera, depois os deixaram arrebentados no chão. Derrubaram e reviraram tudo. Mas a sala de gesso ainda estava a salvo. Eles não sabiam de sua existência. E mais para cima?

Ao pé da escada, encontrei a boneca que Edmond tinha feito pensando em mim, desmoronada em sua imobilidade inanimada, com as pernas dobradas para trás em um ângulo impossível, com uma rachadura de um dos lados da cabeça, uma mão contorcida para trás em uma tentativa de protegê-la, como se ela não suportasse olhar para tudo aquilo.

Eu segui em frente. Para o sótão, ou o que restou dele. Boa parte do telhado tinha desabado.

Enquanto vasculhavam tudo, bêbados e furiosos, revirando a Grande Casa dos Macacos, lá em cima ainda havia muitos irmãos e irmãs Picot. Gente tranquila e silenciosa. De repente havia homens amargurados entre eles, derrubando-os no chão, arrastando-os por aí, rindo, se divertindo muito. Forçando as vigas da estrutura. Começaram a arremessar todos aqueles Picots pelas janelas. Manequins quebrados no chão, empilhados uns sobre os outros, as paredes lá de cima rangendo, a madeira despencando. E então um manequim quente.

"Shhh", ele falou para o líder seccional. "Eu sou um manequim de loja."

O líder seccional ficou olhando para ele.

"Shhh", ele repetiu. "Preciso ficar bem quieto."

O líder seccional o agarrou pela roupa de aniagem. O sótão gemeu.

"Sou feito de madeira e lona e costuras. Minha cabeça é de papel machê pintado. Sou de tecido. Só tenho serragem por dentro."

As tábuas estavam cedendo.

"Então isto não vai machucar você, não é?"

Foi assim mesmo que aconteceu? Foram suas orelhas que o incriminaram? Ele era capaz de se camuflar entre mil outros. Não se destacava, com certeza não. Ou talvez sim. Talvez ele tenha gritado quando os homens estavam lá embaixo: "Meu nome é Edmond Henri Picot! Edmond Henri Picot! Eu não me esqueci!". Ou talvez, no fim, graças à sua concentração, ele tenha se transformado de fato em um manequim de loja. Irmãos e irmãs arrebentados. E, no meio de todos aqueles pedaços, membros e cabeças espatifados, troncos em colapso, havia um mais pesado que os demais. Talvez ele não tenha dito palavra, e eles nunca souberam que havia uma pessoa entre os manequins que arremessavam pela janela — pelo menos não até atingir o chão e eles verem a mancha vermelha. A minha vida foi expelida da casa. E não havia como reparar isso. Eu preenchi as lacunas. Mas como aconteceu? Ou foi simplesmente o sótão, insatisfeito fazia tempo, que começou a desabar, e Edmond, traumatizado, pulou?

Recebi o registro da Préfecture du Département de la Seine: *Homem caído de construção, um metro e sessenta e oito centímetros. Nome desconhecido.* Edmond treinou seu desaparecimento a vida toda. Lá estava ele, e assim terminava a minha vida privada.

Picot, Edmond Henri, trinta e nove anos, mestre no ofício de construir manequins.

O que restou da casa era apenas uma fração do que havia sido. A ampliação da propriedade que fora construída no terreno do café com tabuleiros de xadrez foi derrubada. Quanto à minha lista, eu ainda não a concluí. Preciso terminá-la.

Fui para o Hospital Salpêtrière. Lá, entre os leitos lotados, nasceu a minha criança. Mas ela não deu um pio. Houve uma grande agitação dentro de mim, e de repente percebi que estava apaixonada. Tenho um objeto, falei, um milagre. Mãozinhas, e perninhas, e uma barriguinha. Lábios bem finos e vermelhos. O queixo dos Grosholtz estava lá de novo, mas não o narigão dos Waltner. Em seu lugar estava o nariz insubstancial de Edmond. Minha querida filha. Não teve a menor chance. Uma criaturinha que fiz. Nascida sem vida. Natimorta. Não se moveu, e foi levada para longe de mim.

Grosholtz, Marie Charlotte, recém-nascida.

O mundo está em pedaços, pensei, estilhaçado. Há coisas faltando no mundo, e nunca vão ser repostas. Jamais poderão ser. Só então entendi de verdade, como a viúva sempre compreendeu, que o mundo é cheio de lacunas, e que esse era o meu lugar. Talvez eu não fosse capaz de gerar nada vivo. Com certeza é culpa minha só saber criar *imitações* da vida. O que esperar de um pai que estava mais para um manequim do que para um homem? O que esperar de uma mãe que passava mais tempo com pessoas de mentira do que com as de verdade?

Eu voltei para casa.

68

Nem sequer uma migalha.

Eu me enfiei lá dentro. Toda encolhida, toda torta. Alguém bateu na porta, e pensei que fosse alguma criança da rua para me provocar de novo, então não queria atender, mas as batidas continuaram. Não eram muito altas, como as crianças costumavam fazer; era uma batida suave, como a de alguém que pede desculpas por incomodar. Não eram como as batidinhas profissionais que Luís, o chaveiro, dava em sua forja; era uma batida, logo comecei a perceber, de compaixão. Uma batida de amor. Fui até a porta. Abri uma fresta.

O meu patrão Curtius.

O dr. Curtius e sua pupila juntos de novo. Nós estávamos lá, um em cada extremidade da prancha que coloquei na entrada depois que os degraus desabaram. Olhando um para o outro, só olhando, ele sobre as pedras arrebentadas do antigo pátio, eu do lado de dentro das ruínas em que vivia. Talvez por apenas alguns segundos, talvez por mais tempo, talvez minutos, dezenas deles. Que colírio para os olhos! Ele estava no Hôtel-Dieu, o hospital sobre o qual Mercier me contara em nossas andanças por Paris na cozinha; foi por isso que ele demorou tanto. Estava tão doente que foi libertado da prisão por medo de que infectasse os demais prisioneiros, que podiam acabar morrendo antes de serem guilhotinados. Ele foi removido para o Hôtel-Dieu, onde ficou apodrecendo junto a outros homens famintos, mas, contrariando as expectativas, não morreu. Os dias foram passando e ele não morria. Por fim, pouco a pouco, enquanto os demais morriam a seu lado, ele começou a se recuperar. E quando estava bem a ponto de caminhar alguns passos foi mandado para casa, como um homem livre. Meu velho querido, magérrimo, é claro, nem um pouco saudável, mas *vivo*; uma carcaça murcha e esticada, quase sem energias, mas capaz de se mover e produzir sons.

"Olá, senhor", falei.

"Será que é mesmo... minha Pequena? Eu queria muito que fosse."

"Sim", respondi. "Ela mesma. Com certeza."

"Então aqui estamos: você e eu."

"Quer entrar, senhor?"

"Sim, sim, acho que sim."

Ele entrou. Eu fechei a porta, mas ela não se encaixava direito no batente.

"Está muito escuro aqui, Marie", ele disse.

"Vou pegar uma vela."

"Ah, luz! A luz na escuridão."

Ele estava com alguma outra coisa em mente; vi o pânico em seu rosto; mas ele não perguntou naquele momento. Nós nos sentamos juntos e conversamos sobre o nada só para espantar o silêncio. Depois de meia hora, ele criou coragem para perguntar, bem baixinho, sobre o que importava:

"Pequena, Marie, onde está todo mundo? Eles foram embora? Vão voltar?"

Fiz que não com a cabeça.

Ficamos em silêncio por um tempo.

"Onde está Edmond, com certeza... lá em cima?"

"Não, eu bem que gostaria que estivesse. Isso seria muito bom."

"Ah, nossa", ele falou, suspirando. "Um excelente construtor de manequins."

"Sim, senhor."

"Minha pobre menina."

"Sim, senhor."

"E você, Marie? E quanto a você? Era para haver... uma vida nova."

Eu sacudi negativamente a cabeça.

"Nem sequer uma migalha", ele falou, com seus dedos expressivos se mexendo por conta própria, "nem sequer uma migalha de consolo."

Houve mais um silêncio. E então:

"Ela não, então?", ele falou, e logo emendou, bem depressa: "Pelo menos, ela não. Me diga que não a viúva, me diga."

"Sim. Sim, até mesmo a viúva."

Ele fechou os olhos.

"Mas ela estava em pedaços, estava em ruínas."

"Eu lamento muito."

"Pensei que ela pudesse escapar. Não queria pensar... pensei que ela não fosse... Que coisa, ah, mas que coisa."

Ele se debruçou na cadeira. Havia um leve tremor em seu rosto, uma onda de reação nervosa, um tique em um dos olhos, lábios franzidos. E então aconteceu o que só consigo descrever como o som de uma construção inteira desmoronando, pisos caindo sobre pisos, um grande desabamento de escombros, um impacto, um deslocamento de material pesado, tudo tombando de uma vez, só que esses barulhos vinham de dentro do meu patrão. Mas ele permaneceu sentado, e apesar de haver suor em sua testa e um pouco de líquido preto saindo de suas orelhas e um dos olhos parecer ter perdido a visão, aquela ruína continuava respirando. Pode ter sido o frio dentro do recinto, mas quando sua boca se abriu, me pareceu que uma estranha nuvem de ar e poeira saiu de lá de dentro.

Lá estávamos nós, na maldita Casa dos Macacos.

"Foi bom para nós, no fim das contas, Pequena? As partes de corpos, quero dizer. Não os nossos modelos, não a nossa cera, mas as partes humanas. Nós passamos muito tempo com elas? Talvez estejam chamando por nós."

Mas esse não foi o fim. Não exatamente. Nós seguimos em frente, Curtius e eu, só mais um pouco. Bem próximos um do outro. Não gostávamos de fazer as coisas sozinhos, muito menos correndo o risco de encontrar os fantasmas de nossas pessoas perdidas naquela casa em que todas elas estiveram. Nós seguimos em frente, aos tropeções, mas fomos adiante. Nós arrumamos tudo, varremos, florescemos em meio aos detritos. Onde havia buracos na casa, fizemos paredes de lona. Depois de um tempo, criamos coragem para abrir algumas venezianas. Começamos a trabalhar na sala de gesso que, por ser tão sólida, tinha sobrevivido bem; fomos escavando até encontrarmos a lona encerada, e os moldes sãos e salvos. Mesmo depois disso, a cabeça do rei, tirada após a morte, permaneceria vazia.

Tudo começou com Curtius e comigo; e assim continuaria. Dois meses depois da volta do meu patrão, abrimos de novo para o público, com meia dúzia de esquálidas figuras de cera. Recebemos permissão para usar os moldes das cabeças de Robespierre e seus seguidores. O dr. Curtius tinha fome de pessoas, sempre teve, e isso o manteve seguindo em frente.

"Você esteve ao meu lado durante todo esse tempo", ele me disse. "Que companheiros nós somos. Você faz o trabalho da viúva, e quase com a mesma competência que ela. Não é certo continuar me chamando de senhor, já chega. Fico envergonhado por isso. Então talvez, se quiser, Pequena, se não lhe causar repulsa, Marie, se não embolar sua garganta, já que afinal você não tem mãe, só uma boneca de pinos de madeira, nem pai, só um queixo de metal... talvez você possa me considerar um tio. E até me chamar assim."

"Tio?"
"Sim."
"Não, senhor, acho que não consigo."
"Não, bem, talvez com o tempo."
"Senhor, agora eu vou ser paga?"
"Bem, eu gostaria de fazer isso."

Os bustos de Marat foram destruídos; as pessoas ficaram com vergonha de tê-los em casa. O corpo de Marat foi desenterrado do Panthéon e jogado em uma pilha de estrume. Nós ainda exibíamos o nosso homem de cera, assassinado na banheira; Edmond e eu o fizéramos. Pintamos uma placa enorme:

SEUS MONSTROS AQUI DENTRO

Poucas pessoas vieram. Nós não as culpávamos. Todo mundo estava cansado de monstros. Inventamos um novo nome para nós:

CASA DA JUSTIÇA

Ainda assim, quase não aparecia ninguém. "Por que", eles perguntavam, "nós iríamos pagar para ver a cabeça de Robespierre, se foi o próprio Robespierre que condenou nossas mães, nossos pais, nossos filhos e nossas filhas à morte?" Nós não sabíamos ao certo como responder, então o meu patrão deixava várias pessoas entrarem de graça, uma medida que a viúva jamais permitiria. Não tínhamos mais um cão de guarda, ficávamos indefesos quando as pessoas nos atacavam na rua; só o que podíamos fazer era seguir em frente; crianças jogavam pedras em mim, colocavam o pé para que Curtius tropeçasse. Ao que parecia, havia gente que nos considerava culpados por alguma coisa.

Mas o meu patrão nunca perdeu a fé em seu trabalho. "Apenas espelhos, Marie", ele dizia. "Apenas espelhos. É isso o que fazemos. O estabelecimento sempre foi isso. Eles não gostam de olhar para si mesmos. Têm vergonha do que aparece refletido no vidro."

Nosso negócio se arrastou até as últimas horas de 25 de setembro. Nas primeiras horas do dia 26, ouvi Curtius aplaudindo no meio da noite; caso contrário, o evento teria sido quase tão silencioso quanto o do meu pai. Ele não desceu de manhã. Fiquei sentada na escada por um tempo, assim como quando a minha mãe morreu. Por fim, resolvi ir vê-lo.

"Hora de levantar, senhor, hora de levantar. Sabe que horas são?"
Ele não estava ouvindo.

"Abra os olhos, pelo menos. O senhor consegue fazer isso, não? Não é pedir muita coisa. Me deixe ver os seus olhos de novo. São azuis, eu sei."

Que homem teimoso.

"Um som. Um barulhinho, senhor. É só isso que eu peço, depois vou sair de mansinho e deixá-lo aqui até mais tarde. O senhor disse alguma coisa? Tente de novo. Acho que vi o senhor se mover. Não foi? Não me deixe sozinha, senhor. O senhor não pode me deixar sozinha. Isso não se faz. E se eu o sacudisse um pouco? Ah, senhor, senhor! Ficar imóvel desse jeito! O que é que eu faço?"

Mas eu sabia o tempo todo. Lavei seu rosto, penteei para trás o que restava de seus cabelos, passei o sabão de potássio, misturei o gesso, mas não precisava de canudos. Que estranho foi aquilo, a cabeça ainda conectada, um corpo ali no caminho, tinha me esquecido de como era. A máscara mortuária de Philippe Wilhelm Mathias Curtius, nascido em Berna em 1749, falecido em Paris em 1794, o maior dos homens de entretenimento de Paris, o cronista da história, fabricante de pessoas, apaixonado por uma viúva, e que conhecia o corpo humano melhor do que quase todo mundo, mas nunca compartilhou o seu com ninguém. Grande Curtius.

"Eu deveria ter chamado o senhor de tio no fim das contas", falei. "Tio."

O funeral, de acordo com a lei revolucionária, aconteceu à meia-noite, sem nenhuma cerimônia religiosa. Não houve muita plateia. Apenas alguns enlutados inexpressivos. Um homem chegou trazido em um carrinho de mão; era Louis-Sébastien Mercier. Depois da morte de Robespierre, Mercier, como muitos outros, tinha sido libertado da prisão. A luz de Paris brilhava sobre ele, mas o pobre homem não era capaz de enxergar. Seus olhos ainda funcionavam bem, mas ele só conseguia ver o passado; já não era capaz de entender Paris. Este novo lugar, segundo suas palavras, lhe era desconhecido.

Durante o encarceramento, Mercier jamais tirou seus tão amados sapatos. A princípio, caminhava com eles ao redor da cela todos os dias, mas depois de um tempo começou a ficar sentado pelos cantos, deixando de exercitar a si mesmo e seus calçados. Era um lugar úmido, a água escorria pelas paredes, a palha onde ele dormia nunca estava limpa. E, em meio à indolência, enquanto suas antigas caminhadas se tornavam cada vez mais confusas em sua mente, e ele se perdia em seus pensamentos, seus sapatos começaram a apodrecer. O couro dos sapatos se grudou à pele dos pés. Os tornozelos inchados envolveram os calçados, e, com o tempo, sapatos e pés se tornaram um só. A dor que Mercier sentia quando eles tocavam o chão de Paris era torturante. Ele precisou sair carregado da cadeia.

Os médicos sugeriram uma cirurgia para remover os calçados dos pés, segundo Mercier contou, mas ele não permitiu. Tinha vindo se despedir de Curtius. Convidou-me para morar com ele, para ser seus sapatos, para contar o que via nas minhas andanças pela nova Paris. Eu agradeci, mas recusei.

Gibé, o advogado do meu patrão, mais rato que homem, foi quem me contou que havia um testamento e os detalhes que estavam lá. "Tudo foi deixado para uma única pessoa", ele revelou, "para você."

Para mim? Para a Pequena? Para Anne Marie Grosholtz? Tem certeza? Tudo? Não, isso não é certo. Deixe-me ver o papel de novo. Não pode ser. Diga-me, você não está mentindo, não é? Eu sou uma presa fácil, o senhor não deveria mentir para mim. Não seria um grande mérito. Pode ler em voz alta, por favor?

"Para Anne Marie Grosholtz, minha equivalente na arte."

Levei a mão à boca.

"Essa sou eu! Eu sou ela! E fui paga! Finalmente fui paga!"

Eu tinha uma casa. O meu tio me deixou uma.

"Existem dívidas", avisou Gibé.

O meu patrão devia a um médico-cirurgião, a dois alfaiates, a um chaveiro, a atacadistas de cera; não tinha pagado os impostos do ano anterior, uma dívida de cinquenta e cinco mil libras francesas no total. Uma quantia como essa, aquilo não parecia possível. Uma quantia capaz de afundar qualquer um.

Retrato de A. M. Grosholtz
(por Louis David, Ano III).

Estou quase no fim agora, apenas com questões menores para resolver. Procurei todo mundo que conhecia; não restava mais ninguém. Uma vez, é verdade, uma torta foi deixada na soleira quebrada da porta da Casa dos Macacos. Eu sabia que Florence Biblot a tinha deixado lá. Era um pedido de desculpas? Eu a chutei e a derrubei na lama. Nunca mais a vi, nem suas tortas. Eu era dona de um estabelecimento, uma pessoa de destaque. Tive até um retrato pintado por Jacques-Louis David, feito enquanto ele estava preso no Palácio de Luxemburgo.

Eu fui uma de suas poucas visitas; havia pouquíssima coisa que ele pudesse pintar. Eu não me incomodei. Uma mulher miúda vestida de preto. Estava com Marta no colo; era para ser a pequenina Marie Charlotte, mas Marta teve que servir. Eu insisti em ser retratada com a mão no rosto, porque ainda não estava me sentindo pronta para me mostrar.

Ele reclamou que não conseguia me ver direito, que o meu rosto estava coberto.

"Porrr faforrrr!"

Eu fiz questão. Queria ser inexpressiva como a boneca no meu colo. Qualquer rosto poderia ser imaginado ali.

Então: como preencher o vazio. Cinquenta mil libras francesas.

Peguei dinheiro emprestado. Do atacadista de gesso; o negócio dele, afinal, dependia em parte do meu. Não foi o suficiente. Eu precisava ser esperta. Tinha trinta e quatro anos e um estabelecimento para administrar. Parecia que eu iria perder tudo se não agisse depressa. A Casa dos Macacos, aquele lugar torto, não era agradável de ver. Vendi os terrenos vizinhos da antiga casa; os novos donos tiraram o entulho. Com o tempo, pensei, eu provavelmente poderia exibir algumas das antigas pessoas de novo; com o tempo, sua popularidade poderia voltar.

Eu ficava sozinha, junto de um manequim com a silhueta de Edmond. Preciso continuar assim, pensei. Manter a minha cabeça escondida sob a touca. Mas, no fim, eu não era como a viúva. Havia muita coisa a ser feita, e eu estava sozinha. Não podia ficar parada. Pessoas desesperadas tomam más decisões. Pois então.

Para salvar a mim mesma, me comprometi com uma parceria das mais convencionais: eu me casei.

A notícia se espalhou. As pessoas achavam que Curtius devia ter deixado uma fortuna. Não era verdade, mas ele tinha a Casa dos Macacos, que passou a ser minha. Os homens me cortejavam; as pessoas estavam passando fome, as oportunidades eram escassas. Um deles me mostrou cifras em um caderno, e alguns desenhos arquitetônicos. Talvez.

Em 5 de outubro de 1795, houve confrontos nas ruas de novo. No dia 26, Jacques-Louis David foi anistiado. No dia 28, na Préfecture du Département de la Seine, Ville de Paris, em uma salinha suja sem nenhuma decoração, onde havia bancos enfileirados para as testemunhas, para as noivas e os noivos sem adornos esperando ser chamados para o registro, se casaram Anne Marie Grosholtz e François Joseph Tussaud. "É um acordo comercial", falei para o cidadão Tussaud, e, guardando o caderno no bolso do paletó, o cidadão Tussaud aceitou.

Cidadão Tussaud. O meu marido. Não é uma história feliz. Os pais dele talvez sejam os culpados. Quando ele era criança foi levado ao teatro, e se apaixonou pela coisa. Isso fez François sonhar, e, enquanto crescia, não conseguia esquecer seu sonho. Como inúmeros outros que foram arrebatados pelos cenários e personagens dos palcos, ele foi pouco a pouco sendo esmagado pela beleza e pelas luzes da ribalta. Nunca soube o que havia nas coxias. Nunca se deu ao trabalho de ir além da porta com os dizeres ACESSO RESTRITO. Adorava os teatros de papelão e brincava com eles. Um homem bom, talvez, mas inútil.

Eu não me lembro da sensação do toque de seu bigode; eu não me lembro do som de seus passos no corredor; eu não me lembro de sua batida na porta do meu quarto, do quarto que antes era do meu patrão. Mas me lembro de ver suas cifras bancárias e do horror que representavam. Ele havia simplesmente mentido para mim, e fui burra o bastante para acreditar. Um casamento dos mais infelizes.

De alguma forma, consegui sobreviver. Eu me levantava todos os dias; era obrigada. O cidadão Tussaud e eu não dormíamos no mesmo quarto, mas ele morava na Casa dos Macacos comigo e me procurava de tempos em tempos, e, pobre de mim, eu não o expulsava.

Ele esperava que eu ganhasse dinheiro. Esperava que eu tivesse dinheiro o tempo todo. Eu lhe dava trocados, como os pais fazem com os filhos. Ele gastava em cartões de visita elegantes. "Agora", ele dizia, "vai dar tudo certo, você vai ver."

François Joseph Tussaud
L'architecte des théâtres
Grand atelier, 20 Boulevard du Temple

Isso também era feito de papelão. Ele saía toda manhã cheio de grandes ideias, mas voltava à tarde bêbado e derrotado. E foi nessa época que algo novo começou a crescer dentro de mim. Não esperava que fosse vingar, nem pensei muito a respeito no início, não tive coragem. Eu tratava François com rédea curta, mas ele fazia mais dívidas. Tentei ensiná-lo a fazer gente de cera, mas as figuras de cera não o interessavam. Ele não poderia trabalhar no Gabinete; só iria desviar dinheiro do negócio. Ele descobria onde eu guardava o dinheiro, não importava onde estivesse escondido — se tinha algum talento, era esse —, e gastava, e depois chorava ou se esgoelava na minha frente. A Casa dos Macacos precisava de mais gente, só que gente custava dinheiro. Talvez eu devesse constituir o meu próprio exército. Era perigoso, com certeza, ter filhos aos trinta e quatro anos, mas também foi perigoso ter sido deixada com o dr. Curtius aos sete, e foi perigoso para o dr. Curtius ter vindo a Paris.

E então surgiu a nova chama, o novo e inacreditável golpe de sorte. O fogo novo.

Uma vez, e depois de novo!

O Pequeno François nasceu em 1798. O Pequeno Joseph veio em 1800. Ambos tinham os inconfundíveis narizes dos Waltner e os queixos dos Grosholtz. Eu tinha companhia de novo! Assim como Edmond e Curtius fizeram comigo, ensinei a eles o que sabia do mundo, e até mesmo o que aprendi com a viúva. O cidadão Tussaud chorava e babava em cima deles; estava apaixonado também. Eles se movimentavam, aqueles garotinhos, e faziam barulho, e eu cuidava deles em meio às pessoas de cera.

Fomos felizes por um tempo com aquela nova e agradabilíssima companhia. Mas os negócios estavam mal.

A segurança da Casa dos Macacos precisava ser garantida, e a das crianças também. Aos quatro anos, o Pequeno François já começou a trabalhar para mim, colocando cabelos em cabeças de cera, misturando pó de gesso com água e acendendo o fogo, assim como eu fazia para Curtius.

"Ele só tem quatro anos", disse o cidadão Tussaud.

"Ele precisa trabalhar", respondi. "Você não se importa, não é mesmo, Pequeno F.?"

"Não, mamãe, me deixe trabalhar, por favor."

Era um menino bonzinho.

"Aonde estamos indo, mamãe?"

"Para o Palácio das Tulherias."

"Onde estava a princesa Elisabeth?"

"Sim, por um tempinho, sim. Muito bem, Pequeno F."

"Mas são cinco da manhã", reclamou o cidadão Tussaud. "A criança precisa dormir. Vamos lá, homenzinho, de volta para a cama."

"Não, cidadão Tussaud", disse o pequenino para o pai, "eu vou com a mamãe."

Se tivesse ficado na cama, ele nunca teria conhecido Napoleão.

{Pequeno F.}   {Pequeno J.}

70

A minha última figura francesa.

Eu tinha um grande plano, tão perigoso quanto o da viúva quando ela optou pela mudança para a Casa dos Macacos. Deixei a ideia amadurecer em silêncio. A mudança para a Casa dos Macacos foi uma atitude inspirada e ultrajante, assim como colecionar todas aquelas pessoas, as famosas e as infames. Seja ousada ou vá à falência. Comecei a colecionar de novo. Queria os melhores exemplares do povo francês, então olhei ao meu redor. Só havia um nome na minha lista — na lista de qualquer um. Coletei alguns favores para chegar a Napoleão.

O primeiro-cônsul, seu título na época, tinha se casado com uma conhecida minha, a Rose Chorona de Carmes. Enviei a ela um bilhete em que assinei: Carinhosamente, Pug. Não seria fácil, ela disse; ele não tinha tempo para essas coisas, mas a amava muito — apesar de preferir chamá-la de Josephine.

Rose me beijou e encostou o dedo gentilmente no nariz do Pequeno François. Fortune corria ao nosso redor. E lá estava Bonaparte.

"Aproxime-se", ele falou, e obedeci.

"Não você", ele disse, "o outro. O futuro da França."

Empurrei o Pequeno François à frente. Ele avançou, franzindo o narizinho comprido. Bonaparte chegou bem perto, colocou a mão no ombro do meu filho e o olhou com atenção. O Pequeno François ficou imóvel, e então deu um gritinho de alegria. Ele via graça nas coisas mais estranhas.

François, o meu primeiro filho, embora não o primogênito, contaria essa história muitas vezes. Era parte de sua mitologia, e ele se gabaria disso com os colegas da escola, apesar de nunca acreditarem em suas palavras.

"Você é a mãe?", Napoleão perguntou.

"Sim, senhor", respondi. "Não está na cara?"

"Ele tem coragem. Precisamos de gente corajosa. Faça seu trabalho."

Deixei tudo a postos, e expliquei exatamente o que seria feito. O rosto dele ficaria completamente coberto de gesso. O Pequeno François se adiantou com os canudos na mão. Ele assentiu.

Fizemos o nosso trabalho.

Depois que terminamos, ele falou: "Você tem a mim, ali no gesso?".

"Sim, primeiro-cônsul, com uma semelhança exata."

"Tome cuidado. É uma bela cabeça."

"Eu nunca julgo as cabeças", respondi. "Fui ensinada assim. Algumas cabeças duram para sempre, mas isso é incomum. Nós não derretemos Franklin, nem Voltaire. As pessoas já se esqueceram até do assassino Desrues. Nunca dá para saber. Mas seguimos em frente, primeiro-cônsul, não paramos, sempre há alguém para fazer, sempre há alguém para derreter."

"Pequena Pug", comentou Rose, "como você fala."

"Esse é o meu negócio. E eu o conheço muito bem. Não me incomodo de falar a respeito."

"Pequena Pug?", ele questionou.

"Era assim que eu a chamava na prisão, entre as visitas de Fortune."

"Houve uma moldagem excessiva de personagens exagerados, senhora tomadora de rostos", Napoleão observou. "A Revolução produziu todos os tipos de excentricidades. Roux, o monge gritalhão; Marat, o médico que só queria saber de matar pessoas; Jacques Beauvisage, o carrasco."

"O senhor o viu, primeiro-cônsul? Jacques Beauvisage?", perguntei.

"Jacques Beauvisage é uma lenda. 'Ouviu falar de como Jacques Beauvisage o matou?', as pessoas dizem. 'Como ele a despachou?' Homem nenhum poderia ter feito tudo aquilo, ou seria o maior monstro da história. Tudo o que houve de pior na Revolução foi atribuído a essa figura."

"O maior de todos os assassinos", comentei.

"Ouvi dizer que ele estava em Nantes afogando pessoas", disse Rose.

"Ouvi dizer que ele sentenciava pessoas junto a Fouquier-Tinville", falou Napoleão.

"Eu também ouvi dizer", continuou Rose, "que depois dos Massacres de Setembro, ele foi até a Place de Grève, gritando e praguejando, e uma multidão o cercou. Quando se juntaram centenas de pessoas, ele se matou na frente de todo mundo com um tiro na cabeça. Os cachorros bravos, contam, dormiram naquele local por várias noites depois disso."

"Isso é verdade? Foi isso o que aconteceu?", perguntei. "Pobre Jacques."

"Nada disso é verdade", disse Napoleão. "É tudo lenda. Que nome ridículo, Jacques Beauvisage. Essa pessoa nunca existiu."

"Ah, mas existiu, sim, senhor. Eu o conhecia. Ele estava conosco lá no início, senhor, no Gabinete de Curtius. Nós o chamávamos de nosso cão de guarda. Nós crescemos juntos."

"Essa história é novidade para mim", respondeu Napoleão. "Não espere que eu acredite nisso."

"Nós o procuramos por um tempão, mas ele não voltou para casa."

"Mais uma lenda criada pela Revolução, para assustar crianças e adultos. Para acrescentar mais mistério, sem dúvida, ao seu negócio. Você tem alguma prova disso? Ele foi moldado em cera?"

"Não foi, não. Mas ele pediu para ser."

"Bem. Já terminou, cidadã?", perguntou Napoleão.

"Como o mundo ainda está interessado em cabeças, tenho trabalho a fazer."

"Você já tem o que veio buscar, então. Passar bem."

"Obrigada, primeiro-cônsul, não preciso mesmo voltar. Adeus, Rose, obrigada. Adeus, Fortune."

Um ano depois, Fortune seria morto pelo buldogue inglês do cozinheiro de Napoleão.

E nós fomos até lá de novo. Havia outros à espera no corredor; ao que parecia, o cônsul Bonaparte reservara aquela manhã para receber artistas. David estava lá, e Houdon, o velho escultor, cuja aparência tinha um ar bastante empobrecido, e um jovem bonito que eu nunca tinha visto antes. Me perguntei qual deles seria recebido em seguida.

Tempos depois, Houdon faria um busto em tamanho real de Napoleão, e não ficou nada de mais. David o pintaria coroando a si mesmo como imperador em uma tela de seis metros por dez: eles nasceram um para o outro, David e Napoleão. O jovem no corredor o esculpiria no mais fino mármore, uma figura com mais de quatro metros de altura, como Marte, o deus da guerra. O nome desse artista era Antonio Canova.

Foram esses dois, David e Canova, entre outros, que transformaram um homem de um metro e sessenta e oito em um colosso. Nesse período, todos os artistas de Paris tinham somente uma cabeça a fazer, várias vezes e de diversas formas, e a cidade toda se tornou uma única fábrica de adoração. Quem iria a uma casa de cera cheia de Napoleões quando essa cabeça já tinha sido vista por toda a capital, de todos os ângulos, em todas as ruas, em todas as salas, públicas e privadas? Diziam que havia sete milhões de habitantes na França, e cinco milhões eram esculturas de Napoleão. Que oficina de cera poderia prosperar em tais circunstâncias?

71

Para nunca mais voltar.

Com o molde de Napoleão em mãos, enfim poderia revelar o meu plano. Não era uma nova Casa dos Macacos. Era algo maior. Um novo país. Uma nova cidade. Londres era o destino certo. Paris era frágil; Londres era promissora. Em Paris, as pessoas eram pele e osso; em Londres, eram robustas. Havia futuro em Londres; em Paris, apenas passado. Em Londres, conforme ouvi dizer, os operadores de lanterna mágica do bulevar estavam ganhando dinheiro exibindo imagens dos guilhotinados.

Eu tinha coisa melhor: cabeças. Objetos tangíveis. E agora, Napoleão.

Escrevi cartas, transferi verbas, aluguei uma sala no Lyceum Theatre. Eu voltaria a viver. O Pequeno François e o Pequeno Joseph poderiam crescer com seus narigões. Poderiam farejar algo de bom para suas vidas. Eles perdurariam.

"Londres", anunciei. "Lon-dres. Diga Lon-dres, Pequeno F."

"Lon-dres", ele repetiu.

Disse para o cidadão Tussaud que voltaria, mas nem eu acreditava nisso; então por que ele acreditaria? Ele era um homem feito apenas para figuras em negativo, uma subtração, um bolso furado. Eu o deixaria com a Casa dos Macacos, uma chance de provar seu valor. Tudo dependia dele. Quanto a mim, estava me despedindo daquela casa: adeus à viúva, ao dr.

Curtius, a Edmond. A Jacques Beauvisage também, que nunca voltou para casa, e cuja história nunca se completou, embora a mitologia em torno dele nunca tenha sido esquecida. Até hoje circulam lendas a seu respeito no bulevar, pelo que sei. Vão dormir, avisam às crianças, ou Jacques Beauvisage vai pegar vocês. Adeus a isso tudo.

"Vou levar as crianças para a Inglaterra", falei. "E ganhar dinheiro para nós."

O cidadão François Tussaud, meu marido, como não era inumano e era apaixonado pelos filhos, lutou pelos meninos. Açoitado pela dor, gastou seus trocados com advogados. O juiz do caso — como nossos destinos mudam — foi André Valentin. Ainda com um olho voltado para o leste e o outro para o oeste, ganhando o mundo, subindo os degraus.

"Suíça. Ainda está aqui?"

"Já estou de saída."

"Para onde?"

"Para Londres", falei. "Os estrangeiros são sempre bem-vindos lá."

Olhando para mim e para Tussaud simultaneamente, ele declarou que um filho iria com a mãe, mas o outro deveria ficar com o pai. Não havia nada que eu pudesse fazer. Mas eu ainda tinha um coração, que esperneava, aflito, sufocado. Fui forçada a deixar Joseph com o meu marido, forçada pelo homem que pode ter matado Edmond. Mas o que eu poderia fazer contra um juiz? André Valentin continuava roubando.

"Você estava lá?", questionei. "Quando Edmond caiu? Acho que sim. Estava?"

"Não sei do que você está falando."

"Por favor, o que aconteceu?"

"Quer que eu confisque seus papéis?"

"Foi você? Edmond?"

"Ora, cidadã, há outros casos além do seu. Concluindo: uma criança aqui, outra lá."

O navio se chamava *Kingfisher*. Mais tarde foi destruído, se arrebentou contra as ilhas da Sicília, porém primeiro nos levou à Inglaterra — não há nenhuma figura de cera com barba de algas nas profundezas do canal da Mancha. No convés eu me agarrava ao Pequeno F., o meu precioso, o meu futuro. Nos porões ia o meu passado, uma vida de coisas vividas, a minha história, o meu povo, os meus amores e ódios de cera, balançando com os caixotes. O meu retrato feito por Edmond com madeira e cabelos e vidro. Um manequim com a silhueta dele. Eu não o deixaria para trás.

Trouxe a história da França, cuidadosamente encaixotada, para as Ilhas Britânicas. Voltaire quebrou o nariz na viagem, e Franklin perdeu uma orelha, e o peito de Jean-Paul Marat ficou afundado. Mas essas coisas poderiam ser consertadas. Eu tinha os moldes.

Despedi-me de Paris e de tudo o que a cidade continha. Vou para uma ilha, falei. Vamos estar separados pelo mar. Não me siga, não me siga jamais.

Lá estava eu, atravessando o canal da Mancha, carregada de amor, para contar aos ingleses as nossas histórias. Já ouviu falar no Barba Azul e na Bela Adormecida e no Gato de Botas? Aqui temos mais uma: a mulher miudinha que carregava a história nas costas. Querem sangue? Eu tenho. Palácios? Claro. Habitações miseráveis? Com certeza! Ah, e monstros? Sim, sim, eu tenho monstros! Venham ver, me deem uma chance e venham ver, me deixem mostrar como tudo foi feito, me deixem contar a vocês, da maneira que posso, o que é um ser humano.

Mas existe amor aí?

Sim. Ah, sim.

Nós fomos embora, o Pequeno F. e eu. A França foi ficando para trás, cada vez menor, até não haver mais França nenhuma. Nada de André Valentin para destroçar meu coração. Virei as costas para isso, e orientei o Pequeno F. a olhar para a frente. Lá está a Grã-Bretanha, falei. O que ela vai fazer por nós? O que nós vamos fazer por ela? Eles falam inglês ali — nós sabemos inglês? *George le third. Doover. Lyceum Theatre, Lon-don.*

"Nós vamos voltar para casa, mamãe? Algum dia vamos voltar?"

"Vamos ter uma casa nova, F., uma casa novinha. E nunca vamos querer ir embora de lá."

DEPOIS

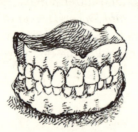

72

Sétimas cabeças.

Aqui estou eu. No andar de cima. Com todas as minhas coisas. Naquela parede está o meu retrato pintado por Jacques-Louis David. Naquele mostruário de vidro está a máscara mortuária do meu tio Curtius; ali ainda está a boneca de madeira que Edmond fez pensando em mim, e, ao lado dela, um manequim com a silhueta de um homem que conheci tão bem; há um coração de cera e um baço de cera ao lado, e ali a minha cabeça em cera, aos sete anos de idade, modelada por Curtius; e lá está a placa de metal do queixo do meu pai, que não foi esquecida em todos esses anos, e por último e acima de tudo, a minha boneca sem rosto, Marta, presente da minha mãe. Aí estão todos eles e aqui estou eu. E onde estamos nós?
Estamos em Londres. Estamos em um asilo para pobres? Não. Ninguém tem essas coisas no asilo para pobres. Estamos na nossa própria casa, propriedade nossa, nos saímos muito bem. Chegamos ao topo em Londres, que é a maior pilha de estrume já construída pelo homem, uma excrescência de dimensões impressionantes. Devo confessar, no entanto, que não estou aqui por inteiro. Agora sou feita de três partes. Os meus dentes se foram, e acabaram substituídos por outros: eu os coloco, a fileira de cima e a fileira de baixo, e ajeito a minha mandíbula como o meu pai.

Quando os tiro, o meu rosto desmorona, e o meu nariz chega perto do queixo a ponto de quase tocá-lo. Uso óculos ainda mais grossos, com armação redonda de arame. Não consigo ver ninguém, nem observar nada, sem a ajuda das lentes.

A minha casa fica na Baker Street, o que é apropriado porque, em certo sentido, nós fazemos pessoas como quem prepara pães e bolos. Nós vivemos nesta construção imensa, um elefante de proporções massivas, um monstro gigantesco. Este prédio é onde a história é mantida. Nós mostramos nossas pessoas, nossos bonecos, no primeiro e segundo andares e no porão. Temos uma galeria para a realeza e outros dignitários, todas as pessoas de maior e mais recente destaque. No terceiro andar fica a nossa oficina; lá, todos os dias, pessoas são derretidas ou modeladas, pessoas chegam, pessoas vão embora. Eu observo tudo, o circo da vida. Toda essa gente tão desesperada para se dar bem. Enfim estou segura. Eu me lembro do que a viúva Picot pensava atrás de seus portões. Nenhuma construção está a salvo, todas querem desmoronar.

Lá embaixo, longe da luz do sol, no porão, no escuro, deixamos as outras pessoas, aquelas caídas em desgraça, as que não se comportaram bem. Sempre existem essas pessoas. Os vilões de hoje, se misturando com os de ontem. Uma câmara dos horrores. Ontem mesmo, quando desci ao porão, um garoto, um rapaz durão do East End, estava ao lado de Jean-Paul Marat sangrando em sua banheira, cuja ferida ainda parecia bem fresca no triste corpo construído por Edmond, e esse rapaz estava comendo uma torta de carne de porco.

Eu faço as minhas rondas, visitando todo mundo, circulando entre as pessoas antigas. De vez em quando dou uma olhada nas novas, mas o meu lugar é com as antigas. Eu escovo Napoleão, ajeito o paletó de brocado de Luís XVI. Em seu bolso coloquei um mapa da ilha de Robinson Crusoé. Consigo ver a irmã dele em seu rosto.

As pessoas vêm para me tocar também. A Dama da História, como alguns me chamam, outros dizem Mãe Tempo. Muitos me chamam de Madame Duas-Espadas. De certa maneira, sou como um local público. Costumava contar aos meus visitantes a história da minha vida. É tudo verdade? Eles ficavam se perguntando. A cera, eu dizia, não sabe mentir.

Não posso mais me sentar à mesa da entrada para receber o dinheiro dos ingressos. Estou frágil demais, posso quebrar. Outros recebem o dinheiro no meu lugar. François e Joseph me fizeram em cera, e me colocaram no meu posto. Às vezes eu vou me juntar a ela à tarde; o público adora isso, nós duas juntas. O que inspirou o sr. Cruikshank a fazer um cartum chamado *Madame Tussaud Beside Herself*. Na verdade, não é uma peça das mais brilhantes em termos de semelhança. Mas eu me reconheço no modelo de cera, naquela migalha enrugada de existência, aquela criatura velha e murcha, um pouco como uma aranha, como um besouro, uma mariposa sem asas, uma forma encurvada feita de pó, toda de preto, das botas à touca, como a viúva Picot. Um homem vem a cada três meses para beliscar o meu queixo. Crianças assustadas gritam quando me veem. Sonham comigo e acordam aos berros. Essas mesmas crianças são as que ouvem os contos de fadas agora — esses contos não são mais para adultos, hoje em dia essas histórias frequentam os ambientes infantis. Essas mesmas crianças cantam "Brilha, Brilha, Estrelinha", uma melodia composta no ano do meu nascimento. Sou tão velha quanto esse som específico.

Alguns às pressas, alguns a seu próprio tempo, um a um todos foram morrendo. Louis-Sébastien Mercier partiu durante o sono, com os sapatos ainda presos aos pés. Jacques-Louis David, em desgraça, no exílio. Josephine, a Rose Chorona, ejetada do trono de imperatriz. Até mesmo Napoleão, em seu rochedo no Pacífico. François Tussaud, pai, o meu marido, foi embora endividado. E finalmente André Valentin, depois de chegar ao ápice, foi partido ao meio, uma parte caindo de um lado, a outra do outro, pelo crime de apropriação indevida do tesouro do imperador.

A Casa dos Macacos, vazia havia muito tempo, deu um último berro de babuíno, tossiu uma nuvem de poeira, virou entulho e foi levada para longe. Existem novas construções no local hoje.

Nenhum dos que permaneceram vivos me entende. Só as minhas bonecas. O sr. Dickens, o romancista, vem me ver. Um ladrão, é claro. Conto tudo a ele, que toma notas. Lá no andar de baixo, perto de Marat, tenho Burke e Hare, os ladrões de corpos da Escócia, um moldado em vida, o outro depois de morto. O duque de Wellington costumava visitar o meu Napoleão de cera. Agora eu tenho o duque em cera aqui também.

Há um estado intermediário entre a vida e a morte: ele se chama trabalho em cera.

Eu vivo no alto da construção, nos nossos aposentos, com a minha família. Atrás da porta marcada como LOCAL PRIVATIVO — ACESSO NÃO PERMITIDO EM HIPÓTESE NENHUMA — MANTENHA DISTÂNCIA — RESTRITO A PESSOAS AUTORIZADAS. Este é o meu quarto. Aqui estão as minhas coisas, jamais em exibição, sempre protegidas pela privacidade. Minha coleção pessoal, minha história pessoal.

E é aqui que ele vem todos os dias, o meu sétimo e último médico, dr. Marcus Healy. Um homem calvo, cuja corpulência ele tenta esconder, sempre preocupado comigo. Ele me move como se eu fosse incapaz de me mexer sozinha, com o cuidado de uma criança com um brinquedo novo.

O mundo se tornou mecânico. O novo mundo é feito de ferro. A vida hoje é pesada, impulsionada por vapor e pistões. No lugar de velas, as pessoas iluminam os lugares usando gás, que fornece uma luz sem mistérios. Eis um sinal da minha idade avançada: a aparência das pessoas não é mais como antes. Os homens têm bigodes que os tornam mais parecidos com spaniels do que com homens propriamente, e usam cera para dar forma à imensidão de seus pelos faciais. E tem mais uma novidade. François está com medo de que isso possa prejudicar o nosso negócio. A grande novidade se chama daguerreótipo. É uma coisa que captura uma imagem da vida, captura pessoas em prata polida. É um processo bem mais rápido que a cera. E é à prova de erros. Querem fazer uma imagem minha com essa máquina. Pretendo morrer antes disso.

Aqui estou eu, respirando com dificuldade, na cama. Consigo ver o fim, com clareza, aqui neste quarto. Tenho oitenta e nove anos. Não vou viver para ver os noventa. Sou Anne Marie Tussaud, sobrenome de solteira Grosholtz. Pequena.

Aquela que nunca irá embora.

AGRADECIMENTOS

Este livro demorou quinze anos para ser escrito, o que é bastante tempo. Embora seja baseado em acontecimentos e indivíduos reais, em alguns casos essas pessoas (Marie Grosholtz e Philippe Curtius, por exemplo) nos deixaram histórias vagas e às vezes indignas de confiança, por isso me senti livre para preencher algumas lacunas. Em meio a longas pesquisas, o maior prazer e a descoberta mais útil vieram na forma dos escritos de Louis-Sébastien Mercier. Um equivalente a Henry Mayhew em Londres e a Joseph Mitchell em Nova York, Mercier se revelou o melhor dos guias da Paris do século XVIII; fiz dele um personagem nestas páginas, e tentei manter viva a sua voz aqui.

Eu não poderia ter escrito este livro sem a ajuda das seguintes pessoas e instituições: Madame Tussauds em Londres, por me dar um emprego muitos anos atrás que deu início a tudo isso; Christopher Merrill e o International Writers Program; Patrick Deville e a Maison des Écrivains Étrangers et des Traducteurs; Søren Lind e a Brecht Hus; Claudia Woolgar e o Kilkenny Arts Festival; Bradford Morrow e a *Conjunctions*; Paul Lisicky e a *StoryQuarterly*; Yiyun Li e *A Public Space*; Arno Nauwels, por seus conselhos para fazer uma mulher de um metro e vinte de altura (totalmente articulada), e Elizabeth McCracken, por doar os cabelos; Dana Burton, por sua paciência e precisão; Charles Lambert, por sua generosidade; Elisabetta Sgarbi, por sempre estar presente; Michael Taeckens, por fazer toda a diferença; todo mundo na gloriosa e inspirada Gallic Books, em especial Jane Aitken, Maddy Allen e Emily Boyce, as primeiras a acolher esta criatura; todo mundo na maravilhosa e brilhante Riverhead Books, por ter confiança neste livro, incluindo as mais que excepcionais Jynne Martin, Jennifer Huang e Glory Plata, e ainda mais especialmente ao gênio incrível que é Calvert Morgan, cuja perspicácia e sabedoria e elegância e olhar afiadíssimo fizeram este livro enfim nascer, e a quem eu não saberia agradecer o suficiente; todo mundo da Blake Friedmann, inclusive a falecida e incrível Carole Blake, além de Tom Witcomb, James Pusey, Emanuela Anechoum e, em especial, a minha querida agente, Isobel Dixon, que leu este livro em tantas versões e formatos diferentes e que o apoiou por muito mais tempo do que qualquer um deveria; e acima de tudo, Elizabeth e Gus e Matilda, que são pequenos e poderosos.

EDWARD CAREY é escritor, ilustrador e dramaturgo. Escreveu os romances *Alva & Irva*, *Observatory Mansions*, e também *Iremonger*, sua aclamada série YA. Seu trabalho mais recente é *Madame Tussaud: A Pequena Colecionadora de Corpos*, livro que levou quinze anos para ser concluído. Nascido na Inglaterra, ele agora leciona na Universidade do Texas em Austin, onde mora com sua esposa, a autora Elizabeth McCracken, e sua família. Saiba mais em edwardcareyauthor.com.

MACABRA™
DARKSIDE

FEAR IS NATURAL ©MACABRA.TV   DARKSIDEBOOKS.COM

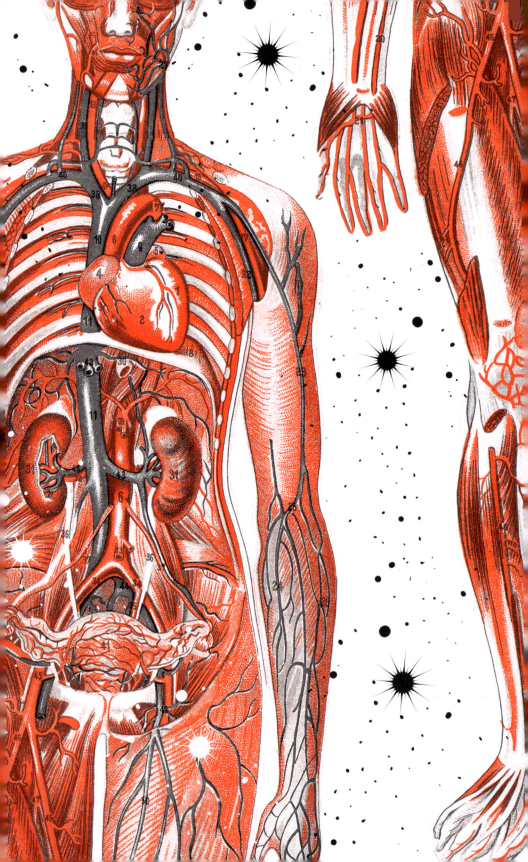